JULIA QUINN

Buscando esposa

JULIA QUINN

Buscando esposa

BRIDGERTON
Una romántica y divertida saga familiar.

TITANIA

Argentina • Chile • Colombia • España
Estados Unidos • México • Perú • Uruguay

Título original: *On the Way to the Wedding*
Editor original: Avon Books, An Imprint of HarperCollinsPublishers, New York
Traducción: Victoria E. Horrillo Ledesma

1.ª edición Abril 2020

Copyright © 2006 *by* Julie Cotler Pottinger
All Rights Reserved
© de la traducción: 2009 by Victoria E. Horrillo Ledesma
© 2020 *by* Ediciones Urano, S.A.U.
Plaza de los Reyes Magos, 8, piso 1.º C y D – 28007 Madrid
www.titania.org
atencion@titania.org

ISBN: 978-84-16327-89-8
E-ISBN: 978-84-17981-05-1
Depósito legal: B-5.162-2020

Fotocomposición: Ediciones Urano, S.A.U.

Impreso por Romanyà Valls, S.A. – Verdaguer, 1 – 08786 Capellades (Barcelona)

Impreso en España – *Printed in Spain*

Para Lyssa Keusch.
Porque eres mi editora.
Porque eres mi amiga.
Y también para Paul.
Solo porque sí.

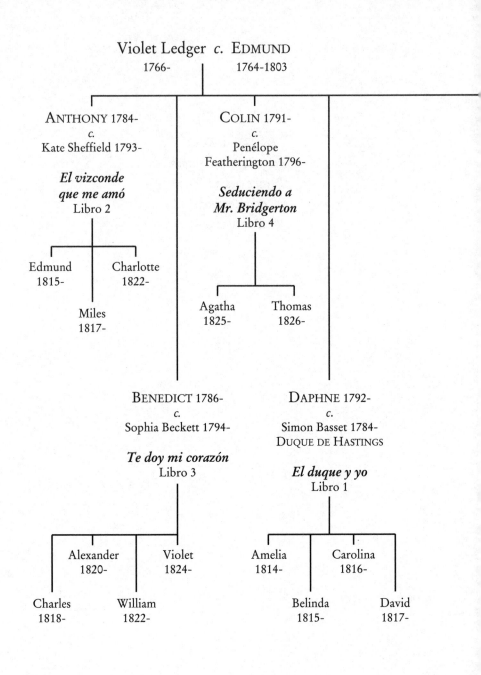

Violet Ledger *c.* EDMUND
1766-   1764-1803

ANTHONY 1784-
c.
Kate Sheffield 1793-

*El vizconde
que me amó*
Libro 2

Edmund   Charlotte
1815-   1822-

Miles
1817-

COLIN 1791-
c.
Penélope
Featherington 1796-

*Seduciendo a
Mr. Bridgerton*
Libro 4

Agatha   Thomas
1825-   1826-

BENEDICT 1786-
c.
Sophia Beckett 1794-

Te doy mi corazón
Libro 3

Alexander   Violet
1820-   1824-

Charles   William
1818-   1822-

DAPHNE 1792-
c.
Simon Basset 1784-
DUQUE DE HASTINGS

El duque y yo
Libro 1

Amelia   Carolina
1814-   1816-

Belinda   David
1815-   1817-

Árbol genealógico de la familia Bridgerton

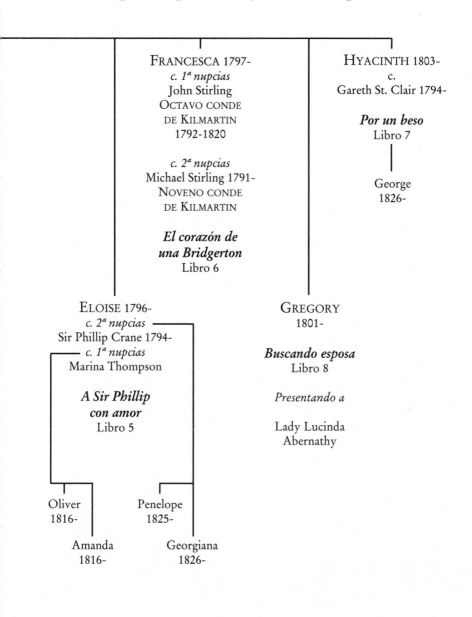

FRANCESCA 1797-
c. 1ª nupcias
John Stirling
OCTAVO CONDE
DE KILMARTIN
1792-1820

c. 2ª nupcias
Michael Stirling 1791-
NOVENO CONDE
DE KILMARTIN

**El corazón de
una Bridgerton**
Libro 6

HYACINTH 1803-
c.
Gareth St. Clair 1794-

Por un beso
Libro 7

George
1826-

ELOISE 1796-
c. 2ª nupcias
Sir Phillip Crane 1794-
c. 1ª nupcias
Marina Thompson

**A Sir Phillip
con amor**
Libro 5

GREGORY
1801-

Buscando esposa
Libro 8

Presentando a

Lady Lucinda
Abernathy

Oliver
1816-

Penelope
1825-

Amanda
1816-

Georgiana
1826-

Prólogo

Londres, no lejos de la iglesia de Saint George, Hanover Square.
Verano de 1827

Le ardían los pulmones.

Gregory Bridgerton corría. Corría por las calles de Londres, ajeno a las miradas curiosas de los transeúntes.

Tenían sus movimientos un ritmo poderoso y extraño (uno, dos, tres, cuatro, uno, dos, tres, cuatro) que lo impulsaba hacia delante a pesar de que su mente permanecía concentrada en una sola cosa.

La iglesia.

Tenía que llegar a la iglesia.

Tenía que detener la boda.

¿Cuánto tiempo llevaba corriendo? ¿Un minuto? ¿Cinco? No lo sabía, no podía concentrarse en nada, salvo en su meta.

La iglesia. Tenía que llegar a la iglesia.

Había empezado a las once. Aquello. La ceremonia. Justo aquello que no debería haber ocurrido. Pero ella lo había hecho de todos modos. Y él tenía que pararlo. Tenía que detenerla. No sabía cómo, y menos aún sabía por qué, pero ella iba a hacerlo, y era un error.

Ella tenía que saber que era un error.

Era suya. Se pertenecían el uno al otro. Ella lo sabía. Lo sabía, ¡maldición!

¿Cuánto duraba una boda? ¿Cinco minutos? ¿Diez? ¿Veinte? Nunca antes se había fijado; nunca se le había ocurrido, desde luego, mirar el reloj al principio y al final.

Nunca se le había pasado por la cabeza que necesitara aquella información. Nunca había pensado que pudiera importarle tanto.

¿Cuánto tiempo llevaba corriendo? ¿Dos minutos? ¿Diez?

Dobló una esquina y salió a Regent Street mascullando algo que pretendía ser un «disculpe» cuando tropezó con un caballero bien vestido y tiró al suelo su maletín.

Normalmente, se habría detenido para ayudar al caballero y se habría inclinado para recoger el maletín, pero ese día, no. Esa mañana, no.

Ahora, no.

La iglesia. Tenía que llegar a la iglesia. No podía pensar en otra cosa. No debía. Tenía que...

¡Maldición! Se paró en seco cuando un carruaje le cortó el paso. Apoyando las manos en los muslos (no porque quisiera, sino porque su cuerpo desesperado se lo exigía), respiró a grandes bocanadas, intentando aliviar la aguda presión que notaba en el pecho, aquella espantosa sensación de ardor, de desgarramiento que...

El carruaje pasó y Gregory echó a correr de nuevo. Ya estaba cerca. Podía conseguirlo. No podía hacer más de cinco minutos que había salido de casa. Tal vez seis. Parecía que habían pasado treinta, pero no podían ser más de siete.

Tenía que parar aquello. Era un error. Tenía que detenerlo. Lo detendría.

Veía la iglesia. Su campanario gris se alzaba a lo lejos, hacia el cielo azul brillante. Alguien había colgado flores de las farolas. Gregory no distinguía qué clase de flores eran: amarillas y blancas; amarillas, sobre todo. Se derramaban con languidez temeraria, rebosando de las cestas. Tenían un aire de celebración, incluso festivo, y era un error. Aquel no era un día alegre. Aquel no era un acontecimiento que festejar.

Y él iba a detenerlo.

Aminoró el paso lo justo para subir los escalones sin caerse de bruces y abrió la puerta de un tirón, sin oír apenas el estruendo que produjo al estrellarse contra el muro. Quizá debería haberse parado a recobrar el aliento. Quizá debería haber entrado despacio, concederse un momento para evaluar la situación, para calcular por dónde iban.

La iglesia quedó en silencio. El canturreo del párroco cesó y las espaldas se giraron en todos los bancos hasta que todas las caras se volvieron.

Hacia él.

—No —jadeó Gregory, pero le faltaba el aire y apenas se oyó—. No —repitió, más fuerte esta vez, agarrándose al borde de los bancos mientras se tambaleaba hacia delante—. No lo hagas.

Ella no dijo nada, pero Gregory la vio. La vio, vio su boca abierta por la impresión. Vio caer el ramo de sus manos, y lo supo: supo que se había quedado sin respiración.

Estaba preciosa. Su cabello dorado parecía atrapar la luz, y brillaba con un fulgor que lo llenó de ímpetu. Se irguió; todavía le costaba respirar, pero ya podía caminar sin ayuda, y soltó el banco.

—No lo hagas —repitió, avanzando hacia ella con la gallardía sigilosa de un hombre que sabe lo que quiere.

Que sabe lo que debe ser.

Ella seguía sin decir nada. Todos callaban. Era extraño, aquello. Trescientos de los mayores fisgones de Londres reunidos en un solo edificio, y nadie decía una palabra. Nadie podía quitarle los ojos de encima mientras avanzaba por el pasillo.

—Te quiero —dijo allí mismo, delante de todo el mundo. ¿Qué más daba? No quería que fuera un secreto. No iba a permitir que se casara con otro sin asegurarse de que todo el mundo supiera que era la dueña de su corazón.

—Te quiero —repitió, y por el rabillo del ojo vio a su madre y a su hermana, sentadas puntillosamente en un banco, boquiabiertas de estupor.

Siguió andando. Pasillo adelante, cada paso más seguro, más firme que el anterior.

—No lo hagas —dijo y, saliendo del pasillo, entró en el ábside—. No te cases con él.

—Gregory —susurró ella—, ¿por qué haces esto?

—Te quiero —dijo él, porque era la única cosa que podía decir. Era lo único que importaba.

Los ojos de ella brillaron, y Gregory vio que se le paraba la respiración en la garganta. Ella miró al hombre con el que intentaba casarse. Él levantó las cejas y encogió levemente un hombro, como si dijera: «Tú eliges».

Gregory clavó una rodilla en tierra.

—Cásate conmigo —dijo con toda su alma—. Cásate conmigo.

Dejó de respirar. La iglesia entera contuvo el aliento.

Los ojos de ella se clavaron en los suyos. Eran enormes y claros, y todo cuanto Gregory creía bueno, amable y honrado.

—Cásate conmigo —susurró él una última vez.

Los labios de ella temblaban, pero su voz sonó clara cuando dijo...

1

En el que nuestro héroe se enamora.

Dos meses antes

A diferencia de la mayoría de sus conocidos, Gregory Bridgerton creía en el amor verdadero.

Tendría que haber sido un necio para no creer en él.

Ha de tenerse en cuenta lo siguiente:

Su hermano mayor, Anthony.

Su hermana mayor, Daphne.

Sus otros hermanos, Benedict y Colin, por no hablar de sus hermanas Eloise, Francesca y (irritante pero cierto) Hyacinth, todos ellos (todos) estaban felizmente enamorados de sus cónyuges.

Para la mayoría de los hombres, tal situación solo sería frustrante, pero para Gregory, que había nacido con un espíritu extraordinariamente alegre, si bien fastidioso de cuando en cuando (según su hermana pequeña), ello solo significaba que no le quedaba más remedio que creer lo obvio:

El amor existía.

No era un vaporoso producto de la imaginación, ideado para impedir que los poetas perecieran de inanición. Podía no ser algo que se viera, se oliera o se tocara, pero estaba ahí, y solo era cuestión de tiempo que él también encontrara a la mujer de sus sueños y sentara la cabeza para dar fruto y multiplicarse, y adoptara aficiones tan incomprensibles como el papel maché o el coleccionismo de ralladores de nuez moscada.

Aunque, si uno quería poner los puntos sobre las íes (lo cual parecía un tanto apurado tratándose de un concepto tan abstracto), sus sueños no incluían exactamente una mujer. O, al menos, no una mujer con atributos específicos e identificables. Gregory no sabía nada sobre aquella mujer suya, la que se suponía que iba a transformar su vida por completo, convirtiéndolo en un alborozado pilar de la respetabilidad y el aburrimiento. Ignoraba si sería alta o baja, morena o rubia. Le gustaba pensar que sería inteligente y poseería un fino sentido del humor, pero, aparte de eso, ¿qué iba a saber él? Podía ser tímida o extrovertida. Podía gustarle cantar. O quizá no. Tal vez fuera una amazona de tez sonrojada por pasar tanto tiempo a la intemperie.

Gregory no lo sabía. En lo relativo a aquella mujer, a aquella fémina imposible, maravillosa y, de momento, inexistente, lo único que sabía en realidad era que cuando la encontrara...

Lo sabría.

Ignoraba cómo lo sabría; solo sabía que lo sabría. Algo tan trascendental, algo que hacía temblar la tierra y cambiaba la vida de arriba abajo..., en fin, no podía florecer sigilosamente. Llegaría con ímpetu y vigor, como el proverbial mazazo. La única duda era cuándo.

Y, entre tanto, Gregory no veía razón para no pasarlo bien mientras esperaba su llegada. A fin de cuentas, no hacía falta llevar la vida de un monje mientras uno aguardaba el amor verdadero.

Gregory era, a decir de todos, un londinense bastante típico, con una renta cómoda (aunque en absoluto exuberante), montones de amigos y una cabeza lo bastante despejada como para saber cuándo dejar una mesa de juego. En el mercado matrimonial era considerado un partido bastante bueno, aunque no precisamente de los mejores (los cuartos hijos nunca llamaban mucho la atención), y las señoras de la alta sociedad siempre recurrían a él cuando necesitaban un soltero apetecible para equilibrar el número de invitados a una cena. Cosa que le permitía estirar un poco más la mencionada renta..., lo cual era siempre una ventaja.

Tal vez debiera tener alguna aspiración más en la vida. Alguna meta, o simplemente una tarea significativa que cumplir. Pero eso podía esperar, ¿no? Pronto, estaba seguro, todo se aclararía. Sabría qué era lo que quería hacer, y con quién deseaba hacerlo, y entre tanto...

No se divertía. Al menos, ahora mismo.

O sea:

En este preciso instante, Gregory estaba sentado en un sillón de cuero, en uno bastante cómodo, y no es que ello tenga ninguna importancia en el asunto, aparte del hecho de que la comodidad le inducía a soñar despierto, lo que a su vez le inducía a no escuchar a su hermano, quien, es preciso decirlo, estaba de pie a unos dos metros de él, discurseando acerca de tal o cual cosa, con la inclusión casi segura de diversas variaciones de los conceptos «deber» y «responsabilidad».

Gregory no le prestaba atención. Rara vez se la prestaba.

Bueno, de vez en cuando, sí, pero...

—¿Gregory? ¡Gregory!

Gregory levantó la mirada, pestañeando. Anthony tenía los brazos cruzados, lo cual nunca era buena señal. Anthony era el vizconde Bridgerton desde hacía más de veinte años. Y aunque fuera (Gregory era el primero en admitirlo) el mejor de los hermanos, habría sido un señor feudal de primera.

—Te pido disculpas por interrumpir tus cavilaciones, sean cuales sean —dijo Anthony secamente—, pero ¿has oído por casualidad algo de lo que he dicho?

—Diligencia —repitió Gregory como un loro, inclinando la cabeza con lo que le pareció gravedad suficiente—. Claridad de miras.

—En efecto —dijo Anthony, y Gregory se felicitó por una actuación tan inspirada—. Va siendo hora de que busques un propósito en la vida.

—Por supuesto —murmuró Gregory, más que nada porque se había saltado la cena y tenía hambre, y había oído que su cuñada iba a servir un refrigerio en el jardín. Además, no tenía sentido discutir con Anthony. Jamás.

—Debes cambiar. Escoger un nuevo rumbo.

—En efecto. —Quizás hubiera emparedados. En ese momento podía comerse unos cuarenta de aquellos pequeñitos, sin corteza.

—Gregory...

La voz de Anthony tenía aquel tono. El tono que, aunque imposible de describir, era bastante fácil de reconocer. Y Gregory sabía que era hora de prestar atención.

—Sí —dijo, porque, a decir verdad, era asombroso lo bien que una sola sílaba podía posponer una frase auténtica—. Espero ingresar en el clero.

Anthony se paró en seco. Se quedó muerto, helado, frío. Gregory se detuvo a saborear aquel momento. Lástima que tuviera que convertirse en un condenado vicario para conseguirlo.

—¿Cómo has dicho? —murmuró por fin su hermano.

—No tengo muchas alternativas —respondió Gregory. Y, al pronunciar aquellas palabras, cayó en la cuenta de que era la primera vez que las decía. De alguna forma, aquello las hacía más reales, más permanentes—. Es el ejército o el clero —continuó—. Y, bueno, hay que reconocerlo: tengo una pésima puntería.

Anthony no dijo nada. Todos sabían que aquello era cierto.

Pasado un momento de violento silencio, Anthony murmuró:

—Hay espadas.

—Sí, pero con la suerte que tengo me destinarán al Sudán. —Gregory se estremeció—. No es por ponerme puntilloso, pero ese calor... ¿Tú querrías ir?

—No, claro que no —contestó Anthony inmediatamente.

—Y —añadió Gregory, que empezaba a divertirse— está mamá.

Hubo una pausa. Luego:

—¿Qué tiene ella que ver con... el Sudán?

—No le agradaría mucho mi partida, y además tú, lo sabes muy bien, serás quien tenga que cogerla de la mano cada vez que se preocupe o que tenga alguna pesadilla fantasmal acerca de...

—No digas más —le interrumpió Anthony.

Gregory se permitió una sonrisa para sus adentros. A decir verdad, aquello no le hacía justicia a su madre, que, era justo reconocerlo, nunca se las había dado de vaticinar el futuro con cosas tan etéreas como un sueño. Pero odiaría que él se fuera al Sudán, y Anthony tendría que escuchar sus lamentos.

Y como Gregory no deseaba particularmente abandonar las brumosas costas de Inglaterra, aquello era hablar por hablar, de todas formas.

—Ya —dijo Anthony—. Ya. Me alegra, entonces, que finalmente hayamos podido tener esta conversación.

Gregory miró el reloj.

Anthony carraspeó y, cuando volvió a hablar, había un deje de impaciencia en su voz.

—Y que finalmente estés pensando en el futuro.

Gregory sintió que algo se le tensaba en la parte de atrás de la mandíbula.

—Solo tengo veintiséis años —le recordó—. Soy muy joven para que repitas tanto la palabra «finalmente».

Anthony se limitó a enarcar una ceja.

—¿Quieres que me ponga en contacto con el arzobispo? ¿Qué te busque una parroquia?

El pecho de Gregory se encogió en un inesperado ataque de tos.

—Eh, no —dijo cuando pudo—. Todavía no, al menos.

Una esquina de la boca de Anthony se movió. Pero no mucho, y no, ni por asomo, en una sonrisa.

—Podrías casarte —dijo suavemente.

—Podría —convino Gregory—. Y lo haré. De hecho, pienso hacerlo.

—¿De veras?

—Cuando encuentre la mujer adecuada. —Y luego, al ver la expresión incrédula de Anthony, añadió—: Seguramente tú, más que cualquier otra persona, me recomendarías un matrimonio por amor, antes que uno por conveniencia.

Anthony estaba (todo el mundo lo sabía) enamorado de su esposa, quien a su vez estaba inexplicablemente enamorada de él. Anthony estaba también (todo el mundo lo sabía) entregado a sus siete hermanos pequeños, así que Gregory no debería haber sentido una efusión inesperada de emoción cuando dijo en voz baja:

—Te deseo toda la felicidad de la que disfruto yo.

El rugido de su estómago le salvó de tener que contestar. Miró a su hermano con expresión avergonzada.

—Lo siento. No he cenado.

—Lo sé. Te esperábamos más temprano.

Gregory logró no dar un respingo. Por los pelos.

—Kate estaba un poco molesta.

Eso era lo peor. Que Anthony estuviera enojado era una cosa. Pero cuando decía que su esposa estaba disgustada...

Entonces era cuando Gregory sabía que estaba en apuros.

—Salí tarde de Londres —farfulló. Era la verdad, pero aun así no excusaba su mala conducta. Le esperaban en casa a la hora de la cena, y no había llegado. Estuvo a punto de decir «La compensaré», pero en el último momento se mordió la lengua. Sabía que solo conseguiría empeorar las cosas, casi como si se estuviera tomando a la ligera su impuntualidad y asumiera que podía hacer olvidar cualquier ofensa con su sonrisa y su labia. Y a menudo podía, pero por alguna razón esta vez...

No quería hacerlo.

Así que se limitó a decir:

—Lo siento. —Y lo sentía de verdad.

—Está en el jardín —refunfuñó Anthony—. Creo que piensa celebrar un baile... en el patio, si es que puedes creerlo.

Gregory podía. Era muy propio de su cuñada. Kate no era de las que dejaban pasar una ocasión favorable, y haciendo un tiempo tan bueno, ¿por qué no organizar un baile improvisado al fresco?

—Asegúrate de bailar con quien ella quiera —dijo Anthony—. No querrá que ninguna de las jovencitas se sienta excluida.

—Claro que no —murmuró Gregory.

—Me reuniré con vosotros dentro de un cuarto de hora —añadió Anthony, volviendo a su escritorio, donde le aguardaban varios montones de papeles—. Todavía tengo que acabar unas cosas.

Gregory se levantó.

—Se lo diré a Kate. —Y entonces, terminada ya evidentemente la entrevista, salió de la habitación y se encaminó al jardín.

Hacía algún tiempo que no iba a Aubrey Hall, la casa solariega de los Bridgerton. La familia se reunía allí, en Kent, en Navidad, por supuesto, pero a decir verdad Gregory no sentía que aquella casa fuera su hogar, ni lo había sentido nunca. Tras la muerte de su padre, su madre había hecho algo poco convencional y había desarraigado a la familia, prefiriendo pasar casi todo el año en Londres. Ella nunca lo había dicho, pero Gregory siempre había sospechado que aquella casa, antigua y elegante, contenía demasiados recuerdos.

De ahí que Gregory siempre se hubiera sentido más a gusto en la ciudad que en el campo. La casa de su infancia era Bridgerton House, en Londres, no Aubrey Hall. Aun así, disfrutaba de sus visitas, y siempre se apuntaba a actividades bucólicas tales como montar a caballo y nadar (cuando la temperatura del lago lo permitía), y, cosa rara, le gustaba el cambio de ritmo. Le gustaba sentir el aire limpio y apacible después de pasar meses en la ciudad.

Y le gustaba poder dejar todo aquello atrás cuando se le hacía demasiado limpio y apacible.

Los festejos de esa noche iban a celebrarse en el prado del sur, o eso le había dicho el mayordomo al llegar, esa tarde. Parecía un buen lugar para una *fête* al aire libre: terreno llano, vistas sobre el lago y un patio espacioso con sitios de sobra para los menos enérgicos.

Al acercarse al largo salón que se abría al jardín, oyó entrar por las puertas francesas un suave murmullo de voces. No sabía con certeza a cuántas personas había invitado su cuñada a la fiesta: seguramente serían entre veinte y treinta. Lo bastante pocas como para que la fiesta fuera íntima, pero suficientes para que uno pudiera escapar en busca de un poco de paz y tranquilidad sin dejar un hueco visible en la reunión.

Cuando atravesaba el salón, respiró hondo, intentando en parte adivinar qué clase de comida había decidido servir Kate. No sería mucha, claro; ya habría atiborrado a sus invitados en la cena.

Dulces, se dijo al notar un leve olor a canela cuando llegó al patio de piedra gris clara. Dejó escapar un suspiro desilusionado. Estaba muerto de hambre, y en aquel momento un buen filetón le sonaba a gloria.

Pero llegaba tarde, y no era culpa de nadie, salvo suya, y Anthony le arrancaría la cabeza si no se unían inmediatamente a la fiesta, así que tendría que conformarse con pasteles y galletas.

Una brisa cálida le rozó la piel al salir. Hacía bastante calor para estar en mayo; todo el mundo hablaba de ello. Aquella era la clase de tiempo que parecía levantar el ánimo: tan sorprendentemente agradable que uno no podía menos que sonreír. Y, en efecto, los invitados que merodeaban por allí parecían estar de buen humor; carcajadas y gorgoritos de risa sazonaban con frecuencia el suave zumbido de las conversaciones.

Gregory miró a su alrededor, en busca de los refrigerios y de alguien a quien conociera, a poder ser su cuñada Kate, a la que, conforme a las normas del decoro, debía saludar la primera. Pero mientras paseaba la mirada por la escena...

La vio.

A *ella*.

Y lo supo. Supo que era ella. Se quedó helado, paralizado. El aire no salió de golpe de su cuerpo; pareció escapar lentamente hasta que no quedó nada, y él permaneció allí parado, vacío y ansiando más.

No podía verle la cara, ni siquiera de perfil. Solo veía su espalda, únicamente la curva arrebatadora y perfecta de su cuello y un mechón de pelo rubio que se rizaba sobre su hombro.

Y solo pudo pensar: *Estoy perdido.*

Para el resto de las mujeres, estaba perdido. Aquella intensidad, aquel ardor, aquella certeza avasalladora... Nunca había sentido nada igual.

Tal vez fuera una tontería. Quizá fuera una locura. Seguramente era ambas cosas. Pero había estado esperando. Llevaba esperando aquel momento mucho tiempo. Y de pronto comprendió por qué no había ingresado en el ejército ni en el clero, ni había aceptado una de las frecuentes ofertas de su hermano para dirigir alguna de las fincas menores de los Bridgerton.

Había estado esperando. Eso era todo. Demonios, ni siquiera se había dado cuenta de hasta qué punto había estado esperando aquel momento sin hacer otra cosa.

Y allí estaba.

Allí estaba *ella*.

Y él lo sabía.

Lo sabía.

Cruzó despacio el prado, olvidando a Kate y la comida. Logró saludar con un murmullo a una o dos personas junto a las que pasó, sin aflojar el paso. Tenía que llegar hasta ella. Tenía que verle la cara, respirar su olor, conocer el timbre de su voz.

Y entonces llegó y se quedó parado a unos metros de ella. Estaba sin aliento, estupefacto, casi colmado por el simple hecho de estar en su presencia.

Ella estaba hablando con otra joven; la conversación era lo bastante animada como para que saltara a la vista que eran amigas. Gregory se quedó allí un momento, observándolas hasta que se volvieron lentamente y le vieron allí.

Sonrió. Suavemente, solo un poquito. Y dijo...

—¿Cómo están?

Lucinda Abernathy, más conocida (para quienes la conocían) como Lucy, sofocó un gruñido al volverse hacia el caballero que se había acercado a ella sigilosamente, seguramente para mirar a Hermione con ojos de cordero, como hacían, en fin, todos al conocer a Hermione.

Eran gajes del oficio por ser amiga de Hermione Watson. Hermione coleccionaba corazones rotos como el viejo vicario de la abadía coleccionaba mariposas.

La única diferencia era, naturalmente, que Hermione no atravesaba los ejemplares de su colección con odiosos alfileres. A decir verdad, Hermione no deseaba romperle el corazón a ningún caballero, ni jamás se proponía hacerlo. Eran... cosas que pasaban. Lucy ya estaba acostumbrada. Hermione era Hermione, con su cabello rubio claro del color de la mantequilla, su cara en forma de corazón y sus ojos enormes y bien separados, del más sorprendente tono de verde.

Lucy, por su parte, era... En fin, no era Hermione, eso estaba claro. Era simplemente ella misma, y casi siempre le bastaba con eso.

Lucy era, en casi todos los aspectos visibles, un poquitín menos que Hermione. Un poco menos rubia. Un poco menos delgada. Un poco menos alta. El color de sus ojos era un poco menos vívido: gris azulado, en realidad, bastante bonitos si se los comparaba con los de cualquiera que no fuera Hermione, pero de poco le servía, porque nunca iba a ninguna parte sin Hermione.

Había llegado a aquella pasmosa conclusión un día que no estaba prestando atención a sus lecciones de Composición y Literatura Inglesa en la escuela de la señorita Moss para Señoritas Excepcionales, de la que Hermione y ella habían sido alumnas tres años.

Lucy era un poquito menos. O quizá, si uno quería expresarlo con menos crudeza, era simplemente *no tanto*.

Era, suponía, razonablemente atractiva, con aquel aire sano y tradicional, como de rosa inglesa, pero los hombres rara vez (está bien, nunca) se quedaban patidifusos en su presencia.

Hermione, en cambio... En fin, era una suerte que fuera tan buena persona. Si no, habría sido imposible ser su amiga.

Bueno, eso y el hecho de que no supiera bailar. El vals, el minué, la cuadrilla: daba igual. Si había música y movimiento por medio, Hermione era incapaz.

Y eso era encantador.

Lucy no se consideraba una persona especialmente superficial, y, si alguien le hubiera preguntado, habría insistido en que de buena gana se arrojaría delante de un carruaje por su mejor amiga, pero había una especie de gratificante justicia en el hecho de que la joven más bella de Inglaterra tuviera dos pies izquierdos, y al menos uno de ellos cojo.

Metafóricamente hablando.

Y ahora allí había otro. Otro hombre, claro, no otro pie. Y guapo, además. Alto, aunque no demasiado, con el pelo castaño claro y una sonrisa bastante bonita. Y también un brillo en los ojos, cuyo color Lucy no distinguía en la penumbra.

Eso por no decir que en realidad no podía verle los ojos, porque no la estaba mirando a ella. Estaba mirando a Hermione, como hacían siempre los hombres.

Y entonces hizo algo sumamente extraño. Tras desvelar su nombre (Lucy debería haber adivinado que era un Bridgerton por su aspecto), se inclinó y le besó la mano primero a ella.

Lucy se quedó sin respiración.

Después, naturalmente, se dio cuenta de lo que pretendía.

Oh, era bueno. Era realmente bueno. Nada, nada podía granjearle a un hombre la simpatía de Hermione con más rapidez que un cumplido a Lucy.

Lástima que el corazón de Hermione ya estuviera ocupado.

En fin. Al menos sería divertido ver desarrollarse el drama.

—Soy la señorita Hermione Watson —estaba diciendo Hermione, y Lucy se dio cuenta de que la táctica del señor Bridgerton era doblemente astuta. Al besar la mano de Hermione en segundo lugar, podía demorarse sobre ella, y luego sería Hermione quien tendría que hacer las presentaciones.

Lucy estaba casi impresionada. Aunque solo fuera eso, aquello le hacía parecer ligeramente más inteligente que el caballero medio.

—Y esta es mi queridísima amiga —prosiguió Hermione— lady Lucinda Abernathy.

Lo dijo como siempre lo decía, con cariño y devoción, y quizá con un ligerísimo toque de desesperación, como si dijera: «Por el amor de Dios, hágale también un poco de caso a Lucy».

Pero a ella nunca le hacían caso, desde luego. Salvo cuando querían consejo respecto a Hermione, su corazón y la conquista del mismo. Cuando eso sucedía, Lucy estaba siempre muy solicitada.

El señor Bridgerton (el señor Gregory Bridgerton, se corrigió Lucy para sus adentros, porque había, que ella supiera, tres señores Bridgerton en total, sin contar al vizconde, claro) se volvió y la sorprendió con una sonrisa encantadora y una mirada cálida.

—¿Cómo está, lady Lucinda? —murmuró.

—Muy bien, gracias. —Y podría haberse abofeteado porque tartamudeó antes de pronunciar la eme de «muy». Pero, por todos los santos, a ella nunca la miraban después de mirar a Hermione. Nunca.

¿Estaría interesado en ella?

No, imposible. Nunca lo estaban.

Y, en realidad, ¿qué más daba? Sería delicioso, claro, que un hombre se enamorara apasionada y locamente de ella, para variar. En realidad, no le importaría que le hicieran caso. Pero lo cierto era que Lucy estaba prácticamente comprometida con lord Haselby desde hacía años y años, así que era absurdo que tuviera un rendido admirador. Ello no podía llevar a ninguna parte, de todos modos.

Y, dejando eso a un lado, Hermione no tenía la culpa de haber nacido con la cara de un ángel.

Así pues, Hermione era la sirena y Lucy su fiel amiga, y todo era perfecto. O si no perfecto, al menos era bastante predecible.

—¿Podemos contarle entre nuestros anfitriones? —preguntó por fin Lucy, puesto que nadie había dicho una palabra desde el obligado «encantado de conocerle».

—Me temo que no —contestó el señor Bridgerton—. Aunque me gustaría atribuirme el mérito de la fiesta, resido en Londres.

—Es usted muy afortunado porque Aubrey Hall pertenezca a su familia —dijo Hermione amablemente—, aunque sea de su hermano.

Y entonces fue cuando Lucy lo supo. El señor Bridgerton se había prendado de Hermione. Poco importaba que hubiera besado primero su mano, o que la mirara cuando decía algo, cosa que la mayoría de los hombres no se molestaba en hacer. Solo había que ver el modo en que miraba a Hermione cuando hablaba para comprender que él también se había unido al rebaño.

Sus ojos tenían esa mirada ligeramente vidriosa. Sus labios estaban entreabiertos. Y había en él una intensidad como si tuviera ganas de tomar a Hermione en brazos y llevársela colina abajo, mandando al diablo a la gente y al decoro.

Aquella mirada no se parecía a la que le dedicaba a ella, que fácilmente podía catalogarse como de amable desinterés. O quizá quisiera decir: «¿Por qué está usted en medio y me impide tomar a Hermione en brazos y llevármela colina abajo, y al diablo con la gente y el decoro?».

No era una desilusión, exactamente. Era solo... lo de siempre.

Debería haber una palabra para aquello. Sí, debería haberla.

—¿Lucy? ¿Lucy?

Lucy se dio cuenta con cierto embarazo de que no estaba prestando atención a la conversación. Hermione la miraba con curiosidad, con la cabeza ladeada de esa manera que los hombres parecían encontrar tan arrebatadora. Lucy había probado a ladear la cabeza así una vez. Y se había mareado.

—¿Sí? —murmuró, dado que parecía hacerse necesaria alguna expresión verbal.

—El señor Bridgerton me ha invitado a bailar —dijo Hermione—, pero le he dicho que no puedo.

Hermione siempre estaba inventando resfriados y torceduras de tobillo para no acercarse al salón de baile. Lo cual estaba muy bien, de no ser porque le encasquetaba a Lucy a todos sus pretendientes. Lo cual estaba muy bien al principio, pero se había vuelto tan repetitivo que Lucy sospechaba que aquellos caballeros pensaban que los empujaba hacia ella por lástima, lo cual no podía estar más lejos de la verdad.

Lucy era, aunque estuviera mal que lo dijera ella, una buena bailarina. Y una estupenda conversadora, también.

—Será un placer para mí bailar con lady Lucinda —dijo el señor Bridgerton, porque, en realidad, ¿qué otra cosa podía decir?

Así pues, Lucy esbozó una sonrisa, no del todo sincera pero sonrisa al fin y al cabo, y dejó que la condujera al patio.

2

En el que nuestra heroína demuestra una decidida falta
de respeto por todo lo romántico.

Gregory era todo un caballero, y disimuló bien su decepción al ofrecerle su brazo a lady Lucinda y acompañarla a la improvisada pista de baile. Lady Lucinda era, estaba seguro, una joven perfectamente simpática y encantadora, pero no era la señorita Hermione Watson.

Y él llevaba toda la vida esperando conocer a la señorita Hermione Watson.

Aun así, aquello podía considerarse provechoso para su causa. Estaba claro que lady Lucinda era amiga íntima de la señorita Watson: la señorita Watson la había puesto por las nubes durante su breve conversación, mientras lady Lucinda parecía mirar algo más allá del hombro de Gregory sin escuchar una sola palabra. Y, teniendo cuatro hermanas, Gregory sabía una o dos cosas de mujeres, la más importante de las cuales era que siempre era buena idea hacerse amigo de la amiga, siempre y cuando lo suyo fuera verdadera amistad y no esa cosa extraña que hacían las mujeres cuando fingían ser amigas y en realidad solo estaban esperando el momento perfecto para apuñalarse mutuamente en las costillas.

Criaturas misteriosas, las mujeres. Si aprendieran a expresar sus deseos, el mundo sería mucho más sencillo.

Pero la señorita Watson y lady Lucinda daban la impresión de ser amigas devotas, a pesar del embelesamiento de lady Lucinda. Y si Gregory quería saber más sobre la señorita Watson, era evidente que debía empezar por lady Lucinda Abernathy.

—¿Lleva usted mucho en Aubrey Hall? —preguntó amablemente mientras esperaban que empezara a sonar la música.

—Solo desde ayer —contestó ella—. ¿Y usted? Hasta ahora no le habíamos visto en ninguna reunión.

—He llegado esta misma tarde —dijo Gregory—. Después de la cena. —Hizo una mueca. Ahora que ya no estaba mirando a la señorita Watson, volvía a acordarse de que tenía bastante hambre.

—Debe de estar hambriento —exclamó lady Lucinda—. ¿Prefiere dar una vuelta por la terraza en lugar de bailar? Le prometo que pasaremos por la mesa de los tentempiés.

Gregory podría haberla abrazado.

—Es usted una joven excelente, lady Lucinda.

Ella sonrió, pero fue una sonrisa extraña, y Gregory no comprendió muy bien su significado. Le había gustado su cumplido, de eso estaba seguro, pero había allí algo más, algo un poco reticente, quizás una pizca de resignación.

—Debe de tener algún hermano —dijo.

—Lo tengo —contestó ella, sonriendo por su deducción—. Es cuatro años mayor que yo y siempre está hambriento. Nunca dejará de asombrarme que quedara comida en la despensa cuando volvía del colegio.

Gregory apoyó la mano de Lucy en el hueco de su codo y juntos comenzaron a pasearse por el perímetro del patio.

—Por aquí —dijo lady Lucinda, tirándole un poco del brazo cuando Gregory intentó llevarla en dirección contraria a las agujas del reloj—. A no ser que prefiera los dulces.

Gregory notó que se le iluminaba la cara.

—¿Hay entremeses?

—Emparedados. Son pequeños, pero están bastante buenos, sobre todo los de huevo.

Él asintió un tanto distraído. Había visto a la señorita Watson por el rabillo del ojo, y le costaba un poco concentrarse en otra cosa. Sobre todo porque estaba rodeada de hombres. Gregory estaba seguro de que habían estado esperando a que alguien apartara a lady Lucinda de su lado para pasar al ataque.

—Eh... ¿conoce a la señorita Watson desde hace mucho? —preguntó, intentando que no se le notaran demasiado las intenciones.

Se hizo un ligerísimo silencio y luego ella dijo:

—Tres años. Estudiamos juntas en el colegio de la señorita Moss. O estudiábamos. Acabamos nuestros estudios a principios de este año.

—¿Deduzco entonces que piensan debutar en Londres a fines de esta primavera?

—Sí —contestó ella, señalando con la cabeza la mesa cargada de pequeños tentempiés—. Hemos pasado estos últimos meses entrenándonos, como le gusta decir a la madre de Hermione, asistiendo a fiestas y pequeñas reuniones.

—¿Puliéndose? —preguntó él con una sonrisa.

Los labios de Lucy respondieron curvándose.

—Exactamente eso. A estas alturas, creo que soy un excelente sujetavelas.

Aquello hizo gracia a Gregory.

—¿Un simple sujetavelas, lady Lucinda? Por favor, no se subestime. Por lo menos es usted uno de esos extravagantes cofres de plata que todo el mundo parece necesitar en sus salones últimamente.

—Soy un cofre, entonces —dijo ella, y casi pareció sopesar la idea—. Me pregunto en qué convierte eso a Hermione.

En un diamante. En un diamante montado en oro. En un diamante montado en oro y rodeado de...

Gregory hizo un esfuerzo por atajar sus pensamientos. Podía dedicarse a los ejercicios poéticos más tarde, cuando no se esperara de él que mantuviera una conversación. Una conversación con una joven diferente.

—No lo sé, la verdad —contestó con ligereza, ofreciéndole un plato—. A fin de cuentas, acabo de conocer a la señorita Watson.

Ella no dijo nada, pero levantó ligeramente las cejas. Y entonces Gregory cayó en la cuenta de que estaba mirando por encima de su hombro para ver mejor a la señorita Watson.

Lady Lucinda dejó escapar un pequeño suspiro.

—Seguramente debería usted saber que está enamorada de otro.

Gregory volvió a mirar con esfuerzo a la mujer a la que debía prestar atención.

—¿Cómo dice?

Ella se encogió delicadamente de hombros mientras ponía en su plato un par de pequeños emparedados.

—Hermione. Está enamorada de otro. He pensado que querría saberlo.

Gregory la miró boquiabierto, y luego, en contra de su sensatez, volvió a mirar a la señorita Watson. Fue un gesto evidente y patético, pero no pudo remediarlo. Solo... ¡Santo cielo!, solo quería mirarla y mirarla sin parar. Si aquello no era amor, no podía imaginar qué era.

—¿Jamón?

—¿Qué?

—Jamón. —Lady Lucinda le estaba ofreciendo un pequeño emparedado con unas pinzas de servir. Tenía una expresión tan serena que resultaba exasperante—. ¿Le apetece uno? —preguntó.

Gregory farfulló algo y le tendió su plato. Y luego, como no podía dejar correr el asunto, preguntó envarado:

—Estoy seguro de que eso no es asunto mío.

—¿Lo del emparedado?

—Lo de la señorita Watson —rezongó él.

No lo decía en serio, claro. En lo que a él concernía, Hermione Watson era asunto suyo, y mucho. O al menos lo sería muy pronto.

Era un tanto desconcertante que ella no pareciera afectada por el mismo rayo que le había fulminado a él. Nunca se le había ocurrido que, cuando se enamorara, su amada no sintiera lo mismo, y con la misma inmediatez. Pero al menos esa explicación (que creyera estar enamorada de otro) aliviaba su orgullo. Era mucho más llevadero creerla encaprichada de otro que completamente indiferente a él.

Lo único que quedaba por hacer era obligarla a darse cuenta de que el otro, fuera quien fuese, no era para ella.

Gregory no era tan vanidoso como para creer que podía conquistar a cualquier mujer a la que echara el ojo, pero ciertamente nunca había tenido problemas con el otro sexo, y teniendo en cuenta cómo había reaccionado al conocer a la señorita Watson, era sencillamente inconcebible que pasara mucho tiempo sin que sus sentimientos fueran correspondidos. Tal vez tuviera que esforzarse por conquistar su corazón y su mano, pero eso solo haría más dulce la victoria.

O eso se decía él. Lo cierto era que hubiera sido más fácil si aquel rayo los hubiera fulminado a los dos.

—No se disguste —dijo lady Lucinda, estirando un poco el cuello mientras miraba los emparedados, buscando, presumiblemente, algo más exótico que cerdo inglés.

—No me disgusto —replicó él, y esperó a que ella volviera a mirarlo. Al ver que no lo hacía, repitió—: No me disgusto.

Ella se volvió, le miró con franqueza y parpadeó.

—Bueno, he de decir que eso resulta refrescante. La mayoría de los hombres quedan destrozados.

Él frunció el ceño.

—¿Qué quiere decir con que la mayoría de los hombres quedan destrozados?

—Exactamente lo que he dicho —contestó ella, mirándole con impaciencia—. O si no están destrozados, se ponen furiosos. —Soltó un bufido femenino—. Como si fuera culpa de Hermione.

—¿Culpa? —repitió él, porque en realidad tenía grandes dificultades para seguirla.

—No es usted el primero que se imagina enamorado de Hermione —dijo ella con expresión hastiada—. Sucede constantemente.

—Yo no me imagino enamorado... —Gregory se interrumpió, y confió en que ella no notara que había puesto especial énfasis en la palabra «imagino». ¡Santo Dios!, ¿qué le pasaba? Solía tener sentido del humor. Incluso consigo mismo. Sobre todo consigo mismo.

—¿No? —Parecía gratamente sorprendida—. Bueno, eso es refrescante.

—¿Por qué es refrescante? —preguntó él entornando los ojos.

Ella contestó:

—¿Por qué hace usted tantas preguntas?

—No las hago —protestó él, aunque sí las hacía.

Ella suspiró, y después le pilló completamente por sorpresa al decir:

—Lo siento.

—¿Cómo dice?

Ella miró el emparedado de ensalada con huevo que había en su plato y luego volvió a mirarle a él. A Gregory, el orden de sus miradas no le pareció halagüeño. Solía estar por encima de una ensalada con huevo.

—Pensaba que quería hablar de Hermione —dijo—. Lo lamento, si me he equivocado.

Aquello puso a Gregory en un buen aprieto. Podía reconocer que se había enamorado en el acto de la señorita, lo cual resultaba un tanto embarazoso, incluso para un romántico empedernido como él. O podía negarlo, cosa que ella, evidentemente, no creería. O podía irse por las ramas y reconocer un leve enamoramiento, lo cual le habría parecido la mejor solución en circunstancias normales, si no fuera porque podía resultar ofensivo para lady Lucinda.

A fin de cuentas, las había conocido a las dos al mismo tiempo. Y no se había enamorado en el acto de ella.

Pero entonces, como si pudiera leerle el pensamiento (lo cual, francamente, le asustaba), ella agitó una mano y dijo:

—Por favor, no se preocupe por mis sentimientos. Estoy bastante acostumbrada a esto. Como le he dicho, sucede constantemente.

Abra el corazón, inserte una daga sin filo. Gire.

—Eso por no hablar —continuó ella despreocupadamente— de que yo también estoy prácticamente comprometida. —Y entonces dio un mordisco al emparedado de ensalada con huevo.

Gregory se descubrió preguntándose qué clase de hombre se habría comprometido con aquella extraña criatura. No le daba lástima exactamente. Solo... se lo preguntaba.

Y entonces lady Lucinda soltó un leve:

—¡Oh!

Los ojos de Gregory siguieron los suyos hasta el lugar en el que poco antes estaba la señorita Watson.

—Me pregunto dónde habrá ido —dijo lady Lucinda.

Gregory se volvió inmediatamente hacia la puerta con la esperanza de verla antes de que desapareciera, pero ya se había ido. Aquello era exasperante. ¿De qué servía sentir una atracción inmediata y salvaje, si no se podía hacer nada al respecto?

Y ni hablar de que fuera unilateral. ¡Santo Dios!

No estaba seguro de que hubiera una palabra que significara suspirar entre dientes, pero eso fue exactamente lo que hizo.

—¡Ah, lady Lucinda, está usted ahí!

Gregory levantó la mirada y vio acercarse a su cuñada.

Y se acordó de que se había olvidado completamente de ella. Kate no se ofendería; tenía un carácter estupendo. Pero aun así Gregory solía ser más educado con las mujeres a las que no le unía un parentesco sanguíneo.

Lady Lucinda hizo una pequeña y linda reverencia.

—Lady Bridgerton...

Kate sonrió con afecto.

—La señorita Watson me ha pedido que le informe de que no se encontraba bien y se ha retirado por esta noche.

—¿Ah, sí? ¿Ha dicho...? En fin, da igual. —Lady Lucinda agitó un poco la mano en un gesto que pretendía expresar despreocupación, pero Gregory notó que un leve asomo de irritación tensaba las comisuras de su boca.

—Un constipado, creo —añadió Kate.

Lady Lucinda asintió brevemente con la cabeza.

—Sí —dijo, y pareció menos preocupada de lo que Gregory habría imaginado, dadas las circunstancias—, será eso.

—Y tú —continuó Kate, volviéndose hacia Gregory—, ni siquiera has tenido a bien ir a saludarme. ¿Cómo estás?

Él la cogió de las manos y se las besó con aire de disculpa.

—Llego tarde.

—Eso ya lo sabía. —Su cara adoptó una expresión que no era de enfado, pero sí de leve exasperación—. ¿Cómo estás, por lo demás?

—Por lo demás, estupendamente. —Sonrió—. Como siempre.

—Como siempre —repitió ella, lanzándole una mirada que prometía un futuro interrogatorio—. Lady Lucinda —prosiguió Kate en tono bastante menos irónico—, confío en que le hayan presentado al hermano de mi marido, el señor Gregory Bridgerton.

—En efecto —contestó lady Lucinda—. Estábamos admirando la comida. Los emparedados son deliciosos.

—Gracias —dijo Kate, y añadió—: ¿Y le ha prometido Gregory un baile? No puedo prometer música de calidad profesional, pero hemos conseguido reunir un cuarteto de cuerdas entre nuestros invitados.

—Sí, me ha prometido un baile —contestó lady Lucinda—, pero le he liberado de su obligación para que pudiera aliviar su hambre.

—Debe de tener usted hermanos varones —dijo Kate con una sonrisa.

Lady Lucinda miró a Gregory con una expresión de ligera sorpresa antes de contestar:

—Solo uno.

Él se volvió hacia Kate.

—Yo le he dicho lo mismo —explicó.

Kate soltó una breve carcajada.

—Somos muy listos, no hay duda. —Se volvió hacia la joven y dijo—: Vale la pena comprender la conducta de los hombres, lady Lucinda. Nunca hay que subestimar el poder de la comida.

Lady Lucinda la miró con los ojos muy abiertos.

—¿Para ponerles de buen humor?

—Bueno, para eso también —contestó Kate casi con despreocupación—, pero siempre hay que tener presente su conveniencia para ganar una discusión. O simplemente para conseguir lo que una quiere.

—Lady Lucinda acaba de salir de la escuela, Kate —la reprendió Gregory.

Kate no le hizo caso y miró a lady Lucinda con una amplia sonrisa.

—Nunca se es demasiado joven para aprender cosas importantes.

Lady Lucinda miró a Gregory, luego a Kate, y después sus ojos empezaron a brillar, llenos de humor.

—Ya entiendo por qué se la admira tanto, lady Bridgerton.

Kate se rio.

—Es usted muy amable, lady Lucinda.

—¡Oh, por favor, Kate! —dijo Gregory. Se volvió hacia lady Lucinda y añadió—: Se quedará aquí toda la noche si sigue haciéndole cumplidos.

—No le haga caso —dijo Kate con una sonrisa—. Es joven y tonto, y no sabe lo que dice.

Gregory estaba a punto de hacer otro comentario (no podía permitir que Kate se saliera con la suya), pero lady Lucinda volvió a intervenir.

—De buena gana me pasaría el resto de la velada cantando sus alabanzas, lady Bridgerton, pero creo que es hora de que me retire. Me gustaría ir a ver cómo está Hermione. Lleva todo el día resfriada, y quiero asegurarme de que se encuentra bien.

—Claro —respondió Kate—. Por favor, dele recuerdos míos, y no dude en llamar si necesita algo. Nuestra ama de llaves se considera una entendida en hierbas medicinales, y siempre está mezclando pociones. Algunas hasta funcionan. —Sonrió, y su expresión era tan cordial que Gregory comprendió al instante que sentía simpatía por lady Lucinda. Lo cual significaba algo. Kate nunca había soportado a los necios, ni de buen grado, ni de otro modo.

—La acompaño a la puerta —se apresuró a decir. Lo menos que podía hacer era ofrecerle su cortesía y, además, no convenía ofender a la mejor amiga de la señorita Watson.

Se despidieron y Gregory la tomó del brazo. Caminaron en silencio hasta la puerta del salón, y Gregory dijo:

—Confío en que sepa llegar desde aquí.

—Por supuesto —contestó ella. Y entonces levantó la mirada (sus ojos eran azulados, notó Gregory casi distraídamente) y preguntó—: ¿Quiere que le dé algún recado a Hermione?

Gregory entreabrió los labios, sorprendido.

—¿Por qué iba a querer hacer eso? —preguntó, antes de que se le ocurriera templar su respuesta.

Ella se encogió de hombros y dijo:

—Es usted el menor entre dos males, señor Bridgerton.

Él deseó ansiosamente pedirle que le aclarara aquel comentario, pero no podía hacerle aquella pregunta conociéndola tan poco, de modo que se esforzó por adoptar un semblante imparcial al decir:

—Salúdela de mi parte, nada más.

—¿De veras?

¡Maldición, qué irritante era aquella mirada suya!

—De veras.

Ella hizo una levísima reverencia y se marchó.

Gregory se quedó mirando un momento la puerta por la que había desaparecido y luego volvió a la fiesta. Los invitados habían empezado a bailar en mayor número, y las risas llenaban el aire. Pero por alguna razón la noche le parecía sosa y sin vida.

Comida, pensó. Se comería veinte más de aquellos emparedados diminutos, y luego él también se retiraría a dormir.

Por la mañana todo se aclararía.

Lucy sabía que a Hermione no le dolía la cabeza, ni ninguna otra cosa, y no se extrañó en absoluto al encontrarla sentada en la cama, leyendo detenidamente lo que parecía ser una carta de cuatro páginas.

Escrita con una letra extremadamente compacta.

—Me la ha traído un lacayo —dijo Hermione sin levantar siquiera la mirada—. Dijo que había llegado en el correo de hoy, pero que habían olvidado traerla antes.

Lucy suspiró.

—Es del señor Edmonds, supongo.

Hermione asintió con un gesto.

Lucy cruzó la habitación que compartía con Hermione y se sentó en la silla del tocador. Aquella no era la primera carta que Hermione recibía del señor Edmonds, y Lucy sabía por experiencia que Hermione tendría que leerla dos veces, luego una tercera para analizarla mejor, y finalmente una cuarta, aunque solo fuera para escudriñar los mensajes ocultos que pudiera haber en el saludo y la despedida.

Lo que significaba que ella no tendría nada que hacer, salvo mirarse las uñas, durante al menos cinco minutos.

Eso hizo, no porque le interesaran mucho sus uñas, ni porque fuera una persona especialmente paciente, sino porque sabía cuándo las cosas no tenían remedio, y no veía razón para malgastar energías intentando trabar conversación con Hermione cuando a su amiga parecía interesarle tan poco lo que tuviera que decirle.

Pero las uñas sirven de poco entretenimiento, sobre todo porque ya estaban meticulosamente limpias y limadas, así que Lucy se levantó, se acercó al ropero y se puso a examinar distraídamente sus pertenencias.

—¡Demonios! —masculló—. Odio que haga eso. —Su doncella había dejado un par de zapatos del revés, el derecho a la izquierda y el izquierdo a la derecha, y aunque Lucy sabía que no había nada de terrible en ello, aquello ofendía una esquinita extraña (y sumamente pequeña) de su sensibilidad, así que puso bien los zapatos, se retiró para examinar su obra y, poniendo los brazos en jarras, se dio la vuelta—. ¿Has terminado ya? —preguntó.

—Casi —respondió Hermione, y aquello sonó como si hubiera tenido la palabra en la punta de la lengua todo el tiempo, como si hubiera estado preparada para quitarse de encima a Lucy cuando le preguntara.

Lucy se sentó con un bufido. Aquella era una escena que habían representado innumerables veces antes. O por lo menos cuatro.

Sí, Lucy sabía exactamente cuántas cartas había recibido Hermione del romántico señor Edmonds. Le habría gustado no saberlo; de hecho, le irritaba considerablemente que aquel asunto empezara a ocupar en su cerebro un hueco valioso que ella podría haber dedicado a algo útil, como la botánica o la música, o (¡santo cielo!) incluso a otra página del anuario *Debrett*, pero por desgracia las cartas del señor Edmonds eran todo un acontecimiento, y cuando a Hermione le sucedía un acontecimiento, en fin, Lucy se veía obligada a compartirlo.

Habían compartido habitación durante tres años en el colegio de la señorita Moss, y como entre los parientes cercanos de Lucy no había ninguna señora que pudiera ayudarla a presentarse en sociedad, la madre de Hermione había aceptado amadrinarla, de modo que allí estaban, todavía juntas.

Lo cual era estupendo, en realidad, si no fuera por el omnipresente (al menos en espíritu) señor Edmonds. Lucy le había visto solo una vez, pero tenía la sensación de que siempre estaba allí, revoloteando sobre ellas, haciendo que Hermione suspirara en los momentos más extraños y se quedaran con la mirada perdida, como si estuviera memorizando un soneto de amor para poder incluirlo en su siguiente respuesta.

—¿Te das cuenta —preguntó Lucy, a pesar de que Hermione no mostraba indicio alguno de haber acabado de leer su misiva— de que tus padres no dejarán que te cases con él?

Aquello bastó para que Hermione dejara la carta, aunque fuera un momento.

—Sí —dijo con expresión irritada—, ya me lo has dicho.

—Es un secretario —dijo Lucy.

—Lo sé.

—Un secretario —repitió Lucy, aunque ya habían tenido aquella conversación incontables veces antes—. El secretario de tu padre.

Hermione había vuelto a coger la carta en un intento de ignorar a Lucy, pero por fin se dio por vencida y volvió a dejarla, confirmando la sospecha de Lucy de que había acabado de leerla hacía tiempo y estaba ya en la primera, o quizás incluso en la segunda, relectura.

—El señor Edmonds es un hombre bueno y honorable —dijo Hermione con un mohín tenso.

—Estoy segura de que sí —dijo Lucy—, pero no puedes casarte con él. Tu padre es vizconde. ¿De veras crees que va a dejar que su única hija se case con un secretario sin un penique?

—Mi padre me quiere —masculló Hermione, pero su voz no rebosaba precisamente convicción.

—No intento disuadirte de que te cases por amor —comenzó a decir Lucy—, pero...

—Eso es exactamente lo que intentas hacer —la atajó Hermione.

—En absoluto. Es que no entiendo por qué no puedes intentar enamorarte de alguien que sea del gusto de tus padres.

La linda boca de Hermione se torció en una línea cargada de exasperación.

—Tú no lo entiendes.

—¿Qué hay que entender? ¿No crees que tu vida sería una pizca más fácil si te enamoraras de alguien que te conviniera?

—Lucy, una no elige de quién se enamora.

Lucy cruzó los brazos.

—No veo por qué no.

Hermione se quedó boquiabierta.

—Lucy Abernathy —dijo—, no entiendes nada.

—Sí —dijo Lucy secamente—, ya me lo has dicho.

—¿Cómo puedes creer que una persona puede elegir de quién se enamora? —dijo Hermione apasionadamente, aunque no tanto como para tener que incorporarse en la cama, donde estaba semirrecostada—. Esas cosas no se eligen. Simplemente suceden. En un instante.

—Eso sí que no me lo creo —contestó Lucy, y luego añadió sin poder remediarlo—: Ni por un instante.

—Pues así es —insistió Hermione—. Lo sé porque a mí me pasó. Yo no buscaba enamorarme.

—¿No?

—No. —Hermione la miró con enfado—. No lo buscaba. Pensaba buscar marido en Londres. De veras. ¿Quién iba a pensar que conocería a alguien en Fenchley? —dijo esto con el desdén propio de una oriunda de Fenchley.

Lucy levantó los ojos al cielo y ladeó la cabeza, esperando a que Hermione acabara.

Lo cual a Hermione no le hizo ninguna gracia.

—No pongas esa cara —le espetó.

—¿Cuál?

—Esa.

—Repito, ¿cuál?

La cara de Hermione se contrajo por completo.

—Sabes exactamente a qué me refiero.

Lucy se dio una palmada en la cara.

—¡Dios mío! —exclamó—. Eres idéntica a tu madre.

Hermione dio un respingo, ofendida.

—Eso no es muy amable.

—¡Pero si tu madre es guapísima!

—No cuando hace muecas.

—Tu madre está guapísima hasta cuando hace muecas —contestó Lucy, intentando zanjar la cuestión—. Bueno, ¿piensas contarme lo del señor Edmonds o no?

—¿Vas a burlarte de mí?

—Claro que no.

Hermione levantó las cejas.

—Hermione, te prometo que no me burlaré de ti.

Hermione no parecía muy convencida, pero dijo:

—Muy bien. Pero si...

—Hermione...

—Como te decía —prosiguió, lanzando a Lucy una mirada de advertencia—, no esperaba encontrar el amor. Ni siquiera sabía que mi padre había contratado a un secretario. Estaba simplemente paseando por el jardín, pensando qué rosas quería que cortaran para la mesa, cuando... le vi —dijo con dramatismo suficiente para asegurarse un papel en escena.

—¡Ay, Hermione! —suspiró Lucy.

—Has dicho que no ibas a burlarte de mí —dijo Hermione, y la señaló enérgicamente con el dedo, cosa que sorprendió a Lucy lo suficiente para hacerla callar.

—Al principio ni siquiera le vi la cara —continuó Hermione—. Solo la parte de atrás de la cabeza, y el pelo, que se le rizaba por encima del cuello de la chaqueta. —Suspiró. Se volvió hacia Lucy con expresión patética y suspiró—. ¡Y el color...! De veras, Lucy, ¿has visto alguna vez un tono de rubio tan espectacular?

Teniendo en cuenta la cantidad de veces que Lucy había tenido que escuchar a diversos caballeros hacer el mismo comentario sobre el cabello de Hermione, le pareció que hablaba bastante bien de ella el hecho de que se mordiera la lengua.

Pero Hermione no había acabado. Ni mucho menos.

—Entonces se volvió —dijo—, y vi su perfil, y te juro que oí música.

A Lucy le habría gustado decir que la sala de música de los Watson estaba situada junto a la rosaleda, pero se refrenó.

—Y entonces se dio la vuelta —dijo Hermione, cuya voz iba suavizándose y cuyos ojos iban adoptando esa expresión de «Estoy memorizando un soneto de amor»—. Y solo pude pensar: «Estoy perdida».

Lucy sofocó un gemido.

—No digas eso. Ni lo insinúes siquiera.

La perdición no era algo de lo que una señorita pudiera hablar a la ligera.

—Bueno, perdida, perdida, no —dijo Hermione con impaciencia—. ¡Santo cielo, Lucy, estaba en la rosaleda!, ¿o es que no me estás escuchando? Pero supe... supe que estaba perdida para cualquier otro hombre. Nunca podría haber otro igual.

—¿Y todo eso lo supiste por su nuca? —preguntó Lucy.

Hermione le lanzó una mirada cargada de exasperación.

—Y por su perfil, pero eso no es lo que importa.

Lucy esperó con paciencia a que le dijera qué era lo que importaba, aunque estaba segura de que no estaría de acuerdo. O de que seguramente ni siquiera lo entendería.

—Lo importante es —dijo Hermione con voz tan suave que Lucy tuvo que inclinarse hacia delante para oírla— que no puedo ser feliz sin él. Es imposible.

—Bueno —dijo Lucy lentamente, porque no estaba muy segura de qué podía responder a aquello—, ahora pareces feliz.

—Eso es solo porque sé que está esperándome. Y... —Hermione levantó la carta— aquí dice que me quiere.

—¡Ay, Dios! —dijo Lucy para sí misma.

Hermione pareció oírla, porque tensó la boca, pero no dijo nada. Se quedaron allí sentadas, en sus respectivos sitios, un minuto entero, y luego Lucy se aclaró la garganta y dijo:

—El señor Bridgerton, ese joven tan amable, parece haberse prendado de ti.

Hermione se encogió de hombros.

—Es un segundón, pero creo que tiene una buena renta. Y es de buena familia, desde luego.

—Lucy, ya sabes que no me interesa.

—Pues es muy guapo —dijo Lucy, quizá con un poco más de énfasis del que pretendía.

—Pues ve tú detrás de él —replicó Hermione.

Lucy la miró espantada.

—Sabes que no puedo. Estoy prácticamente comprometida con lord Haselby.

—Prácticamente —le recordó Hermione.

—Es como si fuera oficial —dijo Lucy. Y era cierto. Su tío había hablado del asunto con el conde de Davenport, el padre del vizconde Haselby, hacía años. Haselby era unos diez años mayor que ella, y solo estaban esperando a que Lucy creciera.

Dado que ya había ocurrido, seguramente la boda no andaría muy lejana.

Y era una buena boda. Haselby era un tipo encantador. No le hablaba como si fuera idiota, parecía portarse bien con los animales, y era bastante agradable de aspecto, aunque estuviera empezando a quedarse calvo. Naturalmente, Lucy solo había visto a su futuro marido tres veces, pero todo el mundo sabía que las primeras impresiones eran sumamente importantes, y normalmente acertadas.

Además, su tío era su tutor desde la muerte de su padre, diez años antes, y aunque a su hermano Richard y a ella no les hubiera abrumado precisamente con su amor y su afecto, había cumplido con su deber y les había educado bien, y Lucy sabía que era su deber obedecer sus deseos y cumplir el compromiso que había acordado.

O prácticamente acordado.

En realidad, daba igual. Iba a casarse con lord Haselby. Todo el mundo lo sabía.

—Creo que le utilizas como excusa —dijo Hermione.

Lucy se envaró.

—¿Cómo dices?

—Utilizas a Haselby como excusa —repitió Hermione, y su expresión adoptó esa mirada engreída que a Lucy no le gustaba ni pizca—. Así no dejas que tu corazón se comprometa con otro.

—¿Y con quién exactamente va a comprometerse mi corazón? —preguntó Lucy—. ¡La temporada ni siquiera ha empezado!

—Puede ser —dijo Hermione—, pero hemos salido mucho por ahí para «pulirnos», como os gusta decir a mi madre y a ti. No has estado viviendo debajo de una piedra, Lucy. Has conocido a muchos hombres.

En realidad, no tenía sentido decirle que ninguno de aquellos hombres la veía cuando Hermione andaba cerca. Hermione intentaría negarlo, pero las dos sabrían que estaba mintiendo para no herir sus sentimientos. Así que Lucy rezongó en voz baja algo que pretendía ser una respuesta sin serlo.

Y Hermione no dijo nada; se quedó mirándola con aquella expresión traviesa que no empleaba con nadie más, y por fin Lucy tuvo que defenderse.

—No es una excusa —dijo, cruzando los brazos, e incómoda los descruzó y los puso en jarras—. Francamente, ¿de qué serviría? Sabes que voy a casarme con Haselby. Hace siglos que está previsto.

Cruzó los brazos otra vez. Los bajó. Y finalmente se sentó.

—No es mal partido —dijo—. La verdad es que, después de lo que le pasó a Georgina Whilton, debería ponerme de rodillas y besar los pies de mi tío por haberme buscado un marido tan aceptable.

Hubo un momento de silencio horrorizado, casi reverencial. De haber sido católicas, se habrían santiguado.

—De buena te has librado —dijo Hermione por fin.

Lucy asintió lentamente. A Georgina la habían casado con un setentón al que le sonaba el pecho y le afligía la gota. Y ni siquiera tenía título. ¡Santo Dios!, Georgina se merecía al menos anteponer un «lady» a su nombre por su sacrificio.

—Así que ya ves —concluyó Lucy—. Haselby no está tan mal. Es mejor que la mayoría, en realidad.

Hermione la miró. Atentamente.

—Bueno, si eso es lo que quieres, Lucy, ya sabes que te apoyaré sin reservas. Pero en cuanto a mí... —Suspiró y sus ojos verdes asumieron aquella mirada soñadora que hacía desfallecer a hombres adultos—. Yo quiero algo más.

—Lo sé —dijo Lucy, intentando sonreír. Pero ni siquiera lograba imaginar cómo iba Hermione a hacer realidad sus sueños. En el mundo en el que vivían, las hijas de los vizcondes no se casaban con los secretarios de los vizcondes. Y a Lucy le parecía que era mucho más lógico amoldar los sueños de Hermione que cambiar el orden social. Y más fácil, además.

Pero en ese momento estaba cansada. Y quería irse a la cama. Por la mañana se encargaría de Hermione. Empezando por aquel señor Bridgerton tan guapo. Era perfecto para su amiga, y bien sabía Dios que estaba interesado.

Hermione se avendría a razones. Lucy se aseguraría de ello.

3

En el que nuestro héroe pone todo su empeño.

El día amaneció diáfano y radiante, y mientras Gregory se servía el desayuno apareció su cuñada con una leve sonrisa. Saltaba a la vista que tramaba algo.

—Buenos días —dijo Kate con demasiada ligereza.

Gregory inclinó la cabeza mientras se llenaba el plato de huevos.

—Kate.

—He pensado que, como hace tan buen día, podíamos organizar una excursión al pueblo.

—¿A comprar cintas y lazos?

—Exactamente —contestó ella—. Me parece importante apoyar a los tenderos locales, ¿a ti no?

—Por supuesto —murmuró él—, aunque últimamente no necesito muchas cintas o lazos.

Kate no pareció notar su sarcasmo.

—Todas las señoritas tienen un poco de dinero para sus caprichos y ningún sitio donde gastarlo. Si no las mando al pueblo, son capaces de montar una timba en el saloncito rosa.

Eso sí que le gustaría verlo.

—Y —añadió Kate con decisión— si las mando al pueblo, tendré que mandarlas con acompañantes—. En vista de que Gregory no respondía con prontitud suficiente, repitió—: Con acompañantes.

Gregory se aclaró la garganta.

—¿He de suponer que me estás pidiendo que vaya al pueblo esta tarde?

—Esta mañana —aclaró ella—. Y, como he pensado en emparejar a todo el mundo, y puesto que eres un Bridgerton y, por tanto, mi invitado predilecto, se me ha ocurrido preguntarte si hay, quizá, alguien con quien prefieras que te empareje.

Kate era toda una casamentera, pero en este caso Gregory decidió que debía dar gracias por que fuera tan entrometida.

—A decir verdad —comenzó a decir—, hay...

—¡Excelente! —le interrumpió Kate, dando palmas—. Es Lucy Abernathy.

Lucy Aber...

—¿Lucy Abernathy? —repitió él, atónito—. ¿Lady Lucinda?

—Sí, ayer me pareció que hacíais muy buena pareja, y debo decirte, Gregory, que me gusta muchísimo. Dice que está prácticamente comprometida, pero en mi opinión...

—Lady Lucinda no me interesa —la atajó él, decidiendo que era demasiado arriesgado esperar a que Kate tomara aire.

—¿Ah, no?

—No. No me interesa. Yo... —Se inclinó, a pesar de que eran las dos únicas personas que había en el salón del desayuno. Por alguna razón le parecía extraño y, sí, un poco embarazoso, decirlo en voz alta—. Hermione Watson —susurró—. Me gustaría acompañar a la señorita Watson.

—¿En serio? —Kate no parecía decepcionada precisamente, pero sí un poco resignada. Como si ya hubiera oído aquello otras veces. Repetidamente.

¡Maldición!

—Sí —respondió Gregory, y notó una oleada de exasperación de buen tamaño. Primero contra Kate, porque, en fin, estaba allí, y porque él se había enamorado perdidamente y a ella solo se le ocurría decir: «¿En serio?». Pero entonces se dio cuenta de que llevaba toda la mañana enfurruñado. No había dormido bien esa noche; no había podido dejar de pensar en Hermione y en la curva de su cuello, el verde de sus ojos, el timbre delicado de su voz. Nunca (jamás) le había producido tal efecto una mujer, y aunque en cierto modo se sentía aliviado por haber encontrado por fin a la mujer a la que pensaba hacer su esposa, era un poco desconcertante que ella no hubiera reaccionado de la misma manera.

Bien sabía Dios que había soñado muchas veces con aquel momento. Cada vez que pensaba en encontrar a su verdadero amor, ella aparecía borrosa: sin nombre, ni cara. Pero siempre sentía la misma gran pasión. No lo mandaba a bailar con su mejor amiga, ¡por el amor de Dios!

—Que sea Hermione Watson, entonces —dijo Kate, suspirando como suspiraban las mujeres cuando querían decirle a uno algo que no podía entender aunque se lo dijeran en su idioma, cosa que, por supuesto, no hacían.

Que fuera Hermione Watson. Sería Hermione Watson.

Muy pronto.

Quizás esa misma mañana.

—¿Crees que en el pueblo se podrá comprar algo, aparte de cintas y lazos? —le preguntó Hermione a Lucy mientras se ponían los guantes.

—Eso espero —respondió Lucy—. Hacen esto en todas las fiestas, ¿verdad? Mandarnos con nuestro dinero a comprar cintas y lazos. A estas alturas ya podría decorar una casa entera. O, al menos, una choza pequeña.

Hermione sonrió animosamente.

—Yo donaré las mías a la causa, y juntas haremos una... —Hizo una pausa, se quedó pensando y luego sonrió—. ¡Una choza grande!

Lucy sonrió. Hermione era tan leal... Nadie se daba cuenta, claro. Nadie se molestaba siquiera en mirar más allá de su cara. Aunque, para ser justos, Hermione se mostraba tal cual era tan pocas veces delante de sus admiradores que estos no se daban cuenta de lo que había detrás de su hermosa fachada. No era tímida, precisamente, aunque no era tan extrovertida como Lucy, desde luego. Hermione era más bien reservada. Sencillamente, no le gustaba compartir sus pensamientos y sus opiniones con gente a la que no conocía.

Y aquello volvía locos a los hombres.

Lucy miró por la ventana cuando entraron en uno de los muchos salones de Aubrey Hall. Lady Bridgerton les había ordenado llegar a las once en punto.

—Por lo menos parece que no va a llover —dijo. La última vez que las habían mandado a comprar fruslerías, no había parado de llover en todo el camino de vuelta. El dosel de los árboles las había mantenido moderadamente secas, pero sus botas habían quedado casi inservibles. Y Lucy se había pasado una semana estornudando.

—Buenos días, lady Lucinda, señorita Watson.

Era lady Bridgerton, su anfitriona, que acababa de entrar en el salón con su aplomo característico. Llevaba el pelo oscuro pulcramente recogido hacia atrás, y sus ojos brillaban con enérgica inteligencia.

—¡Qué maravilla verlas a las dos! —dijo—. Son las últimas en llegar.

—¿Sí? —preguntó Lucy, horrorizada. Odiaba llegar tarde—. Lo siento muchísimo. ¿No dijo a las once?

—¡Ay, Dios!, no quería preocuparles —dijo lady Bridgerton—. Dije a las once, en efecto. Pero es porque se me ocurrió mandarlas por turnos.

—¿Por turnos? —repitió Hermione.

—Sí, así es mucho más divertido, ¿no creen? Tengo ocho damas y ocho caballeros. Si los mandara a todos de una vez, sería imposible conversar como es debido. Por no hablar del ancho del camino. No me gustaría que se tropezaran los unos con los otros.

También era cierto que, cuantos más fueran, menos peligro habría, pero Lucy se calló aquella idea. Saltaba a la vista que lady Bridgerton tenía algún plan, y como Lucy ya había llegado a la conclusión de que admiraba enormemente a la vizcondesa, tenía curiosidad por ver el resultado.

—Señorita Watson, a usted va a acompañarla el hermano de mi marido. Creo que se conocieron anoche.

Hermione asintió con la cabeza educadamente.

Lucy se sonrió. El señor Bridgerton había estado muy atareado esa mañana. Bien hecho.

—Y usted, lady Lucinda —continuó lady Bridgerton—, irá acompañada del señor Berbrooke. —Sonrió débilmente, casi como si se disculpara—. Es una especie de pariente —añadió—, y, eh, un hombre muy campechano.

—¿Un pariente? —repitió Lucy, no sabiendo muy bien qué debía responder al tono extrañamente titubeante de lady Bridgerton—. ¿Una especie de pariente?

—Sí. La hermana de la mujer del hermano de mi marido está casada con su hermano.

—¡Ah! —Lucy no se inmutó—. Entonces estarán ustedes muy unidos.

Lady Bridgerton se rio.

—Me gusta usted, lady Abernathy. Y en cuanto a Neville..., bueno, estoy segura de que le encontrará usted divertido. Ah, ahí viene. ¡Neville! ¡Neville!

Lucy vio acercarse a lady Bridgerton a la puerta para saludar al señor Neville Berbrooke. Ya se conocían, claro; en la fiesta ya se habían hecho las presentaciones. Pero Lucy no había conversado aún con el señor Berbrooke, ni le había visto, en realidad, salvo de lejos. Parecía un hombre bastante afable, tirando a alegre, con la cara rubicunda y una buena mata de pelo rubio.

—Hola, lady Bridgerton —dijo, tropezando con la pata de una mesa al entrar en el salón—. El desayuno de esta mañana ha sido excelente. Sobre todo, los arenques ahumados.

—Gracias —contestó lady Bridgerton mientras miraba con nerviosismo el jarrón chino que se balanceaba sobre la mesa—. Sin duda se acuerda usted de lady Lucinda.

La pareja se saludó con un murmullo y luego el señor Berbrooke dijo:

—¿Le gustan a usted los arenques?

Lucy miró primero a Hermione y luego a lady Bridgerton en busca de consejo, pero ambas parecían tan perplejas como ella, así que se limitó a decir:

—Eh... ¿sí?

—¡Excelente! —dijo él—. ¿Eso que veo por la ventana es un charrán moñudo?

Lucy parpadeó. Miró a lady Bridgerton, solo para descubrir que la vizcondesa esquivaba su mirada.

—¿Un charrán moñudo, dice usted? —murmuró por fin, porque no se le ocurrió otra respuesta. El señor Berbrooke se había acercado a la ventana, así que fue a reunirse con él. Miró fuera. No vio ningún pájaro.

Entre tanto, por el rabillo del ojo, vio que el señor Bridgerton había entrado en la habitación y se esforzaba por encandilar a Hermione. ¡Santo Dios, qué sonrisa tan bonita tenía! Hasta tenía los dientes blancos, y la risa le iluminaba también los ojos, no como a la mayoría de los aburridos jóvenes aristócratas que conocía. El señor Bridgerton sonreía de verdad.

Lo cual era lógico, claro, puesto que estaba sonriendo a Hermione, de la que, obviamente, se había encaprichado.

Lucy no oía lo que estaban diciendo, pero enseguida reconoció la cara que había puesto Hermione. Era amable, claro, porque Hermione jamás era antipática. Pero en realidad, aunque tal vez nadie lo notara, excepto Lucy, que conocía tan bien a su amiga, Hermione no hacía más que tolerar las atenciones del señor Bridgerton y aceptar sus halagos con una inclinación de cabeza y una linda sonrisa mientras su pensamiento se hallaba muy, muy lejos de allí.

Con aquel dichoso señor Edmonds.

Lucy apretó los dientes mientras fingía buscar charranes, con o sin moño, con el señor Berbrooke. No tenía motivos para creer que el señor Edmonds no fuera un joven excelente, pero lo cierto era que los padres de Hermione jamás aprobarían aquel enlace, y aunque Hermione pensara que podía vivir felizmente con el sueldo de un secretario, Lucy estaba segura de que, en cuanto se marchitara la primera flor de su matrimonio, su amiga sería muy desgraciada.

Y Hermione merecía algo mucho mejor. Era evidente que podía casarse con cualquiera. Con cualquiera. No tenía por qué conformarse. Podía ser la reina de la alta sociedad, si quería.

Lucy miró al señor Bridgerton mientras asentía con la cabeza y escuchaba a medias al señor Berbrooke, que había vuelto a hablar de los arenques. El señor Bridgerton era perfecto. No tenía título, pero Lucy no era tan cruel como para creer que Hermione tenía que casarse con alguien del más alto rango. Pero tampoco podía atarse a un secretario, ¡por el amor de Dios!

Además, el señor Bridgerton era sumamente guapo, con su pelo castaño oscuro y sus hermosos ojos marrones. Y su familia parecía muy amable y discreta, lo cual a Lucy le parecía un punto a su favor. Cuando una se casaba con un hombre, se casaba también con su familia.

Lucy no podía imaginar mejor marido para Hermione. En fin, no se habría quejado, suponía, si el señor Bridgerton fuera el heredero de un marquesado, pero no se podía tener todo. Y, lo que era más importante, estaba segura de que haría feliz a Hermione, aunque Hermione no se diera cuenta aún.

—Yo haré que ocurra —dijo para sí.

—¿Eh? —preguntó el señor Berbrooke—. ¿Ha visto algún pájaro?

—Allí —dijo ella, señalando un árbol.

Él se inclinó hacia delante.

—¿De veras?

—¡Lucy! —dijo Hermione.

Lucy se volvió.

—¿Nos vamos? El señor Bridgerton está ansioso por ponerse en camino.

—Estoy a su servicio, señorita Watson —dijo el aludido—. Partiremos cuando usted lo desee.

Hermione lanzó a Lucy una mirada que decía claramente que era ella quien tenía prisa por marcharse, así que Lucy dijo:

—Vámonos, entonces. —Y, tomando el brazo que le ofrecía el señor Berbrooke, dejó que la llevara hasta la glorieta de la entrada, consiguiendo chillar solo una vez, a pesar de que tropezó tres veces con Dios sabía qué. Hasta teniendo delante una hermosa pradera de hierba, el señor Berbrooke se las arreglaba para encontrar cada raíz de árbol, cada piedra y cada bache y llevarla directamente a ellos.

¡Vaya por Dios!

Lucy se armó de valor. Aquella iba a ser una excursión muy penosa. Pero fructífera. Cuando volvieran a casa, Hermione sentiría al menos un poco de curiosidad por el señor Bridgerton.

Lucy se aseguraría de ello.

Si Gregory tenía aún alguna duda respecto a la señorita Hermione Watson, esa duda se disipó en cuanto puso su mano en el hueco de su brazo. Sintió que aquello era lo correcto, que dos mitades se juntaban en una rara fusión mística. Ella quedaba perfectamente a su lado. Encajaban.

Y él la deseaba.

Ni siquiera era deseo. Era muy extraño, en realidad. Gregory no sentía algo tan plebeyo como deseo físico. Era otra cosa. Algo interior. No quería solo hacerla suya. Quería mirarla, y conocerla. Saber que llevaría su apellido y tendría hijos suyos, y que le miraría con amor cada mañana mientras tomaba una taza de chocolate.

Quería decirle todo aquello, compartir sus sueños, pintarle el cuadro de su vida juntos, pero no era tonto, así que se limitó a decir mientras la acompañaba por el camino delantero:

—Está usted excepcionalmente guapa esta mañana, señorita Watson.

—Gracias —dijo ella.

Y luego no dijo nada más.

Él carraspeó.

—¿Ha dormido bien?

—Sí, gracias —contestó ella.

—¿Está disfrutando de su estancia?

—Sí, gracias —dijo.

Era curioso: siempre había pensado que le sería más fácil conversar con la mujer con la que iba a casarse.

Se acordó de que ella todavía se creía enamorada de otro. De alguien poco conveniente, a juzgar por el comentario que lady Lucinda le había hecho la víspera. ¿Qué había dicho de él? ¿Que era el menor de dos males?

Gregory miró hacia delante. Lady Lucinda iba tropezando delante de él, del brazo de Neville Berbrooke, que nunca había aprendido a adaptar su paso al de una dama. Parecía apañárselas bastante bien, aunque a Gregory le había parecido oír un gritito de dolor en algún momento.

Se sacudió mentalmente. Seguramente había sido solo un pájaro. ¿No decía Neville que había visto una bandada por la ventana?

—¿Lady Lucinda y usted son amigas desde hace mucho? —le preguntó a la señorita Watson. Conocía la respuesta, claro; lady Lucinda se lo había dicho la víspera. Pero no se le ocurría ninguna otra pregunta. Y necesitaba una pregunta que no pudiera contestarse con «Sí, gracias» o «No, gracias».

—Tres años —respondió la señorita Watson—. Es mi mejor amiga. —Y entonces su semblante se animó por fin un poco al decir—: Deberíamos alcanzarlos.

—¿Al señor Berbrooke y a lady Lucinda?

—Sí —dijo ella moviendo con firmeza la cabeza—. Sí, deberíamos.

Lo último que quería Gregory era malgastar su precioso tiempo a solas con la señorita Watson, pero llamó obedientemente a Berbrooke para que les esperaran. Berbrooke se paró tan de repente que lady Lucinda tropezó literalmente con él.

Se asustó y soltó un gritito, pero estaba claro que Berbrooke estaba ileso.

La señorita Watson aprovechó la ocasión, sin embargo, para soltarse del brazo de Gregory y correr hacia ella.

—¡Lucy! —exclamó—. Mi querida Lucy, ¿estás herida?

—En absoluto —contestó lady Lucinda un poco desconcertada por la exagerada preocupación de su amiga.

—Debo darte el brazo —declaró la señorita Watson, pasando el brazo por el de lady Lucinda.

—¿Debes? —repitió lady Lucinda, desasiéndose. O intentándolo—. No, de veras, no es necesario.

—Insisto.

—No es necesario —repitió lady Lucinda, y Gregory deseó poder verle la cara, porque por su voz parecía que estaba rechinando los dientes.

—Je, je —dijo Berbrooke—. Tal vez yo deba darle el brazo a usted, Bridgerton.

Gregory le miró fijamente.

—No.

Berbrooke pestañeó.

—Era una broma, ¿sabe?

Gregory refrenó las ganas de suspirar y logró decir:

—Ya me he dado cuenta. —Conocía a Neville Berbrooke desde que ambos llevaban pañales, y normalmente tenía más paciencia con él, pero en ese momento no había nada que deseara más que ponerle una mordaza.

Mientras tanto, las dos jóvenes se habían puesto a cuchichear en voz tan baja que Gregory perdió la esperanza de entender qué decían. Aunque probablemente no habría entendido nada aunque se hubieran puesto a gritar; estaba claro que se trataba de un asunto de mujeres. Lady Lucinda seguía intentando soltarse, y la señorita Watson se negaba en redondo a dejarla marchar.

—Está herida —dijo Hermione, volviéndose y batiendo las pestañas.

¿Batiendo las pestañas? ¿Elegía precisamente ese momento para ponerse a flirtear?

—No lo estoy —contestó Lucy. Se volvió hacia los dos caballeros—. No lo estoy —repitió—. En absoluto. Deberíamos continuar.

Gregory no sabía si reírse de aquella escena o darse por ofendido. Estaba claro que la señorita Watson no deseaba su compañía, y aunque a algunos hombres les gustaba languidecer deseando lo imposible, a él siempre le habían gustado más las mujeres risueñas, amables y bien dispuestas.

Pero la señorita Watson se volvió en ese momento y él le vio la nuca (¿qué tendría su nuca?). Sintió que se hundía otra vez, notó aquel loco enamoramiento que se había apoderado de él la noche anterior y se dijo que no debía desanimarse. Hacía menos de un día que la conocía; ella solo necesitaba tiempo para llegar a conocerlo. El amor no asaltaba a todo el mundo con la misma rapidez. Su hermano Colin, por ejemplo, hacía años y años que conocía a su mujer cuando se dio cuenta de que estaban hechos el uno para el otro.

Gregory no pensaba esperar años y años, pero aquello ponía las cosas en perspectiva.

Pasados unos instantes, se hizo evidente que la señorita Watson no iba a transigir y que las dos mujeres irían del brazo. Gregory echó a andar junto a la señorita Watson mientras Berbrooke seguía dando traspiés cerca de lady Lucinda.

—Tiene usted que contarnos cómo es tener tanta familia —le dijo lady Lucinda, inclinándose hacia delante para verlo, más allá de la señorita Watson—. Hermione y yo solo tenemos un hermano.

—Yo tengo tres —dijo Berbrooke—. Todos chicos. Menos mi hermana, claro.

—Es... —Gregory estaba a punto de dar su respuesta de siempre: que era una locura y un alboroto y que solía tener más inconvenientes que ventajas, pero por alguna razón la verdad se le escapó entre los labios, y se descubrió diciendo—: La verdad es que es bastante reconfortante.

—¿Reconfortante? —repitió lady Lucinda—. ¡Qué forma tan curiosa de decirlo!

Él miró más allá de la señorita Watson y la vio observándolo con ojos azules llenos de curiosidad.

Dejó que sus pensamientos se amalgamaran antes de contestar.

—Sí —dijo lentamente—. Es reconfortante tener una familia, creo. Es la sensación de... de saberlo, supongo.

—¿Qué quiere decir? —preguntó Lucy, y parecía sinceramente interesada.

—Sé que están ahí —dijo Gregory—, que, si alguna vez tengo problemas, o simplemente si necesito hablar con alguien, siempre puedo recurrir a ellos.

Y era cierto. Nunca había formulado aquella idea, pero era cierto. No estaba tan unido a sus hermanos varones como ellos entre sí, pero era lógico, teniendo en cuenta la diferencia de edad. Cuando ellos eran hombres adultos y salían por la ciudad, él estudiaba en Eton. Y ahora estaban los tres casados y tenían familia.

Pero aun así Gregory sabía que, si necesitaba a sus hermanos (o a sus hermanas), solo tenía que decirlo.

Nunca les había pedido ayuda, claro. Al menos, para nada importante. Ni tan siquiera para cosas sin importancia. Pero sabía que podía hacerlo. Y aquello era más de lo que podían decir muchos, mucho más de lo que tenía la mayoría de los hombres.

—¿Señor Bridgerton?

Gregory parpadeó. Lady Lucinda le miraba inquisitivamente.

—Disculpe —murmuró—. Estaba soñando despierto, supongo. —Le ofreció una sonrisa, inclinó la cabeza y luego miró a la señorita Watson y vio con sorpresa que ella también se había vuelto para mirarlo. Sus ojos parecían enormes en medio de su cara; eran de un verde claro y deslumbrante, y por un momento Gregory sintió una conexión casi eléctrica. Ella sonrió, solo un poco, algo avergonzada por que la hubiera sorprendido, y apartó la mirada.

A Gregory le dio un brinco el corazón.

Y entonces lady Lucinda volvió a hablar.

—Eso es exactamente lo que siento por Hermione —dijo—. Es mi hermana del alma.

—La señorita Watson es una joven verdaderamente excepcional —murmuró Gregory, y añadió—: Como usted, por supuesto.

—Es una acuarelista maravillosa —dijo lady Lucinda.

Hermione se sonrojó favorecedoramente.

—Lucy...

—Pero si es verdad —insistió su amiga.

—A mí también me gusta pintar —dijo alegremente Neville Berbrooke—. Pero siempre me estropeo las camisas.

Gregory le miró con sorpresa. Entre su conversación con lady Lucinda, que había sido extrañamente sincera, y la mirada que había cambiado con la señorita Watson, casi se había olvidado de que Berbrooke estaba allí.

—A mi criado le saca de quicio —continuó Neville mientras caminaba—. No sé por qué no hacen pintura que se quite del hilo. —Hizo una pausa, aparentemente enfrascado en sus pensamientos—. O de la lana.

—¿A usted le gusta pintar? —le preguntó lady Lucinda a Gregory.

—No tengo talento para ello —reconoció Gregory—. Pero mi hermano es un pintor de cierto renombre. Dos cuadros suyos cuelgan en la National Gallery.

—¡Qué maravilla! —exclamó ella. Se volvió hacia la señorita Watson—. ¿Has oído eso, Hermione? Tienes que pedirle al señor Bridgerton que te presente a su hermano.

—No quisiera molestar a ninguno de los dos —dijo ella recatadamente.

—No sería ninguna molestia —contestó Gregory con una sonrisa—. Sería un placer para mí presentarles, y a Benedict le encanta charlar de arte. Yo rara vez puedo seguir la conversación, pero él parece bastante animado.

—¿Ves? —dijo Lucy, dando unas palmadas en el brazo de Hermione—. El señor Bridgerton y tú tenéis muchas cosas en común.

Hasta Gregory pensó que aquello era mucho exagerar, pero no dijo nada.

—El terciopelo —dijo Neville de pronto.

Tres cabezas se giraron hacia él.

—¿Cómo dice? —murmuró lady Lucinda.

—Es lo peor —dijo él, asintiendo con gran vigor—. Para quitar la pintura, quiero decir.

Gregory solo podía ver la nuca de lady Lucinda, pero se la imaginó pestañeando cuando dijo:

—¿Va vestido de terciopelo cuando pinta?

—Si hace frío, sí.

—¡Qué... singular!

A Neville se le iluminó la cara.

—¿Usted cree? Siempre he querido ser singular.

—Y lo es —dijo ella, y Gregory solo oyó en su voz un deseo de tranquilizarle—. Lo es, señor Berbrooke, no le quepa duda.

Neville sonrió, radiante.

—Singular. Me gusta. Singular. —Sonrió de nuevo, saboreando la palabra—. Singular. Singular. Singulaaaaaar.

Siguieron andando los cuatro hacia el pueblo en medio de un cómodo silencio, salpicado por los intentos que de tanto en tanto hacía Gregory por trabar conversación con la señorita Watson. A veces lo conseguía, pero casi siempre no, y acababa charlando con lady Lucinda. Es decir, cuando ella no estaba intentando animar a la señorita Watson a participar en la conversación.

Entre tanto, Neville seguía parloteando, especialmente consigo mismo y acerca de su flamante singularidad.

Por fin los edificios del pueblo aparecieron a la vista. Neville se declaró singularmente hambriento, significara eso lo que significara, de modo que Gregory llevó al grupo al White Hart, una fonda en la que servían comida sencilla, pero siempre deliciosa.

—Deberíamos almorzar en el campo —sugirió lady Lucinda—. ¿No sería maravilloso?

—Una idea estupenda —exclamó Neville, mirándola como si fuera una diosa. A Gregory le sorprendió un poco el fervor de su semblante, pero lady Lucinda no pareció reparar en ello.

—¿Qué opina usted, señorita Watson? —preguntó. Pero la aludida estaba absorta en sus pensamientos, con la mirada perdida y los ojos fijos en un cuadro de la pared.

—¿Señorita Watson? —repitió él, y cuando por fin le hizo caso dijo—: ¿Le apetece almorzar en el campo?

—¡Oh! Sí, sería encantador. —Y volvió a quedarse con la mirada perdida y los labios perfectos curvados en una sonrisa melancólica, casi anhelante.

Gregory asintió con la cabeza, refrenando su decepción, y se puso a hacer los preparativos. El posadero, que conocía bien a su familia, le dio dos sábanas limpias para extenderlas en la hierba y prometió llevarles la comida en un cesto cuando estuviera lista.

—Un trabajo excelente, señor Bridgerton —dijo lady Lucinda—. ¿No crees, Hermione?

—Sí, por supuesto.

—Espero que traiga empanada —dijo Neville mientras sostenía la puerta abierta para que pasaran las señoras—. La empanada siempre me apetece.

Gregory puso la mano de la señorita Watson en el hueco de su brazo antes de que ella pudiera escapar.

—He pedido una selección de platos —le dijo suavemente—. Espero que haya algo que satisfaga sus deseos.

Ella le miró y Gregory lo sintió de nuevo: sintió que se perdía en sus ojos y que el aire escapaba de su cuerpo. Y supo que ella también lo sentía. Tenía que sentirlo. ¿Cómo no iba a sentirlo, cuando a él le parecía que iban a fallarle las piernas?

—Estoy segura de que será delicioso —dijo ella.

—¿Le gustan a usted los dulces?

—Sí —reconoció ella.

—Entonces está de suerte —le dijo Gregory—. El señor Gladdish ha prometido incluir un poco de pastel de grosella del que hace su esposa, que es bastante famosa en este distrito.

—¿Pastel? —Neville se animó visiblemente. Se volvió hacia lady Lucinda—. ¿Ha dicho que vamos a comer pastel?

—Creo que sí —contestó ella.

Neville suspiró, complacido.

—¿Le gustan a usted los pasteles, lady Lucinda?

Un levísimo asomo de exasperación cubrió el semblante de lady Lucinda cuando dijo:

—¿Qué clase de pasteles, señor Berbrooke?

—Oh, cualquiera. Dulces, salados, de fruta, de carne...

—Bueno... —Ella se aclaró la garganta y miró a su alrededor como si las casas y los árboles pudieran darle algún consejo—. Yo... esto... Supongo que me gustan casi todos.

Y fue en ese momento cuando Gregory se convenció de que Neville se había enamorado.

Pobre lady Lucinda.

Recorrieron la calle principal hasta llegar a un prado y Gregory desdobló las sábanas y las tendió sobre la tierra. Lady Lucinda, que era lista, se sentó primero; luego le indicó a Neville que se sentara, dando unas palmaditas en el suelo, de modo que Gregory y la señorita Watson se vieran forzados a compartir la otra sábana.

Y Gregory se dispuso a conquistar el corazón de Hermione Watson.

4

*En el que nuestra heroína ofrece consejo, nuestro héroe
lo acepta y todos se atiborran de pastel.*

Estaba haciéndolo todo del revés.

Lucy miró por encima del hombro del señor Berbrooke, intentando fruncir el ceño. El señor Bridgerton se esforzaba con denuedo por ganarse el favor de Hermione, y Lucy tenía que reconocer que, en circunstancias normales, tratándose de otra mujer, se habría salido con la suya fácilmente. Lucy pensó en las muchas chicas que conocía de la escuela: cualquiera de ellas ya se habría enamorado perdidamente de él. Todas, de hecho.

Pero no Hermione.

Él ponía demasiado empeño. Era demasiado atento, estaba demasiado concentrado, demasiado... demasiado... En fin, demasiado enamorado, o al menos demasiado encaprichado.

El señor Bridgerton era encantador, y era guapo, y también, obviamente, inteligente, pero Hermione ya había visto todas aquellas cosas antes. Lucy no podía siquiera contar la cantidad de caballeros que habían intentado conquistar a su amiga de aquella misma manera. Algunos eran ingeniosos y otros formales. Le regalaban flores, poemas y golosinas. Uno incluso le había llevado un cachorro (que la madre de Hermione rechazó al instante, informando al pobre señor de que ni las alfombras Aubusson, ni la porcelana oriental, ni ella misma formaban parte del hábitat natural de los perros).

Pero en el fondo eran todos iguales. Vivían pendientes de cada una de sus palabras, la miraban como si fuera una diosa griega venida a la tierra, y tropezaban los unos con los otros en su afán por ofrecerle los cumplidos más ingeniosos y románticos que pudieran desgranarse nunca sobre sus lindas orejas. Y ninguno de ellos parecía comprender lo poco originales que eran.

Si el señor Bridgerton deseaba verdaderamente despertar el interés de Hermione, iba a tener que hacer algo distinto.

—¿Más pastel de grosellas, lady Lucinda? —preguntó el señor Berbrooke.

—Sí, por favor —murmuró Lucy, aunque solo fuera por mantenerle ocupado cortando la tarta mientras ella pensaba qué debía hacer. No quería que Hermione desperdiciara su vida con el señor Edmonds, y, la verdad, el señor Bridgerton era perfecto. Solo necesitaba un poco de ayuda.

—¡Oh, mire! —exclamó—. Hermione no tiene pastel.

—¿No tiene pastel? —dijo el señor Berbrooke, sofocando una exclamación.

Lucy le miró batiendo las pestañas, aunque no tenía mucha práctica, ni mucha habilidad, haciendo tales remilgos.

—¿Sería tan amable de servirle?

Mientras el señor Berbrooke asentía, Lucy se levantó.

—Creo que voy a estirar las piernas —anunció—. Hay unas flores preciosas al otro lado del prado. Señor Bridgerton, ¿sabe usted algo de la flora local?

Él levantó la mirada, sorprendido por la pregunta.

—Un poco. —Pero no se movió.

Hermione estaba ocupada asegurándole al señor Berbrooke que adoraba el pastel de grosellas, de modo que Lucy aprovechó la ocasión para señalar con la cabeza hacia las flores al tiempo que miraba al señor Bridgerton con una expresión que solía significar «Venga conmigo».

Él pareció perplejo un momento, pero se recuperó enseguida y se puso en pie.

—¿Me permite que le describa un poco el escenario, lady Lucinda?

—Sería maravilloso —dijo ella, quizás con excesivo entusiasmo. Hermione la miraba con evidente sospecha. Pero Lucy sabía que no se ofrecería a acompañarles. Si lo hacía, animaría al señor Bridgerton a creer que deseaba su compañía.

Así pues, Hermione se quedaría con el señor Berbrooke y el pastel. Lucy se encogió de hombros. Era lo justo.

—Eso de ahí es una margarita, creo —dijo el señor Bridgerton cuando ya habían cruzado el campo—. Y esa de color azul con el tallo largo es... La verdad, no sé cómo se llama.

—*Delphinium* —dijo Lucy enérgicamente—. Y debe usted saber que no le he hecho venir para hablar de flores.

—Eso me ha parecido.

Ella decidió ignorar su tono.

—Quería darle un consejo.

—¿De veras? —dijo él arrastrando las palabras. Solo que no era una pregunta.

—De veras.

—¿Y qué consejo es ese?

En realidad, no había modo de que aquello sonara bien, así que Lucy le miró a los ojos y dijo:

—Lo está haciendo todo mal.

—¿Cómo dice? —dijo él, envarado.

Lucy sofocó un gruñido. Había picado su orgullo, y seguramente se pondría insoportable.

—Si quiere conquistar a Hermione —dijo—, tiene que hacer algo distinto.

El señor Bridgerton la miraba con una expresión que casi rayaba en el desprecio.

—Soy muy capaz de cortejar yo solo a una dama.

—Estoy segura de que sí... si se trata de otras damas. Pero Hermione es distinta.

Él guardó silencio, y Lucy comprendió que había dado en el clavo. Él también pensaba que Hermione era distinta; si no, no estaría esforzándose tanto.

—Todo el mundo hace lo que usted —dijo Lucy mientras miraba hacia el pícnic para cerciorarse de que ni Hermione ni el señor Berbrooke se habían levantado para reunirse con ellos—. Todo el mundo.

—A uno le encanta que le comparen con el rebaño —murmuró el señor Bridgerton.

A Lucy se le ocurrieron un montón de cosas que responder a aquello, pero siguió concentrada en el asunto que le preocupaba y dijo:

—No puede comportarse como los demás. Tiene que diferenciarse.

—¿Y cómo propone usted que lo haga?

Ella tomó aliento. A él no iba a gustarle su respuesta.

—Tiene que dejar de parecer tan... entregado. No la trate como a una princesa. De hecho, seguramente debería dejarla en paz unos días.

La expresión del señor Bridgerton se volvió desconfiada.

—¿Y dejar que los demás acudan en tropel?

—Acudirán de todos modos —contestó ella con pragmatismo—. Eso no puede usted remediarlo.

—Estupendo.

Lucy siguió adelante.

—Si se retira, Hermione querrá saber por qué.

El señor Bridgerton no parecía muy convencido, así que ella continuó diciendo:

—No se preocupe, sabrá que está usted interesado. ¡Santo Dios, después de lo de hoy tendría que ser idiota para no darse cuenta!

Él la miró con el ceño fruncido. Lucy apenas podía creer que estuviera hablando con tanta franqueza con un hombre al que apenas conocía. Pero a momentos desesperados, medidas desesperadas. O discursos desesperados.

—Lo sabrá, se lo prometo. Hermione es muy inteligente. Aunque nadie parece notarlo. La mayoría de los hombres no ve más allá de su cara.

—A mí me gustaría conocer su mente —dijo él suavemente.

Algo en su tono golpeó de lleno el pecho de Lucy. Levantó la mirada, vio sus ojos y tuvo la rara sensación de que estaba en otra parte, y él también, y de que el mundo entero se desvanecía a su alrededor.

Él era distinto a los demás caballeros que había conocido. No estaba segura de por qué exactamente, pero había en él algo más. Algo distinto. Algo que agitaba un anhelo profundo dentro de su pecho.

Y por un momento pensó que iba a llorar.

Pero no lloró. Porque en realidad no podía. Y de todas formas no era de esa clase de mujeres. No quería serlo. Y además ella no lloraba sin saber por qué.

—¿Lady Lucinda?

Se había quedado callada demasiado tiempo. Era impropio de ella, y...

—Ella no querrá dejarle —balbució—. Dejar que conozca usted su mente, quiero decir. Pero puede usted... —Carraspeó, parpadeó, volvió a concentrarse y fijó luego los ojos firmemente en una mata de margaritas que brillaban al sol—. Puede usted convencerla de lo contrario —continuó—. Estoy segura de que puede. Si tiene paciencia. Y es usted constante.

Él no contestó enseguida. Soplaba una ligerísima brisa. Luego él preguntó en voz baja:

—¿Por qué me ayuda?

Lucy se volvió hacia él y sintió alivio al ver que esta vez la tierra seguía firmemente inmóvil bajo sus pies. Volvía a ser ella, enérgica, directa y pragmática a más no poder. Y él era solo un caballero más que ambicionaba la mano de Hermione.

Todo era normal.

—Es usted o el señor Edmonds —dijo.

—¿Se llama así? —murmuró él.

—Es el secretario de su padre —explicó ella—. No es mal hombre, y no creo que vaya solo tras su dinero, pero cualquier necio se daría cuenta de que usted es mejor partido.

El señor Bridgerton ladeó la cabeza.

—Me pregunto por qué da la impresión de que acaba usted de llamar necia a la señorita Watson.

Lucy se volvió hacia él con una mirada acerada.

—Jamás ponga en duda mi lealtad hacia Hermione. No podría... —Lanzó una rápida mirada a Hermione para asegurarse de que no estaba mirando y luego bajó la voz y añadió—: No podría quererla más si fuera mi hermana.

El señor Bridgerton asintió respetuosamente con la cabeza (lo cual le honraba) y dijo:

—La he ofendido. Discúlpeme.

Lucy tragó saliva, incómoda, mientras asentía a sus palabras. Él parecía sincero, y eso la tranquilizaba.

—Hermione lo es todo para mí —dijo. Pensó en las vacaciones escolares que había pasado con la familia Watson, y en sus solitarias visitas a casa.

Sus regresos nunca parecían coincidir con los de sus hermanos, y, con su tío por única compañía, Fennsworth Abbey era un lugar frío e imponente.

Robert Abernathy siempre había cumplido con su deber respecto a sus dos pupilos, pero él también era más bien frío e imponente. Volver a casa significaba dar largos paseos a solas, leer interminablemente en solitario, incluso comer sola, porque el tío Robert nunca había mostrado interés en cenar con ella. Cuando su tío le informó de que iba a asistir a la escuela de la señorita Moss, Lucy sintió el impulso de echarle los brazos al cuello y exclamar: «¡Gracias, gracias, gracias!».

Pero Lucy no había abrazado a su tío ni una sola vez en los siete años que hacía que era su tutor. Y además él estaba sentado detrás de su escritorio y ya había vuelto a fijar su atención en los papeles que tenía delante. Lucy podía marcharse.

Al llegar al colegio, se había lanzado con entusiasmo a su nueva vida de estudiante. Y había disfrutado de cada momento. Era tan maravilloso tener gente con quien hablar... Su hermano Richard se había marchado a Eton a los diez años, antes incluso de que muriera su padre, y ella se había pasado casi una década vagando por los corredores de Fennsworth Abbey sin más compañía que la de su entrometida institutriz.

En el colegio la gente la quería. Eso había sido lo mejor de todo. En casa no era más que un incordio, pero en la Escuela Moss para Señoritas Excepcionales, las otras alumnas buscaban su compañía. Le hacían preguntas y hasta esperaban a oír su respuesta. Lucy tal vez no fuera la abeja reina de la escuela, pero había sentido que aquel era su lugar, y que la querían.

A Hermione y a ella les habían asignado la misma habitación aquel primer año en el colegio de la señorita Moss, y se habían hecho amigas casi al instante. Al caer la noche de ese primer día, ya estaban charlando y riendo como si se conocieran de toda la vida.

Hermione la hacía sentirse... mejor, de alguna manera. No era solo por su amistad, sino por la certeza de que eran amigas. A Lucy le gustaba ser la mejor amiga de alguien. También le gustaba tener una amiga íntima, claro, pero lo que más le gustaba era saber que había una persona que la prefería a ella por encima de todas las demás. Aquello le daba confianza en sí misma.

Hacía que se sintiera cómoda.

Era como lo que el señor Bridgerton había dicho de su familia.

Lucy sabía que podía contar con Hermione. Y Hermione sabía que lo mismo podía decirse de ella. Y Lucy no estaba segura de que hubiera alguien más de quien pudiera decir lo mismo. Su hermano, suponía. Richard siempre acudiría en su ayuda si le necesitaba, pero se veían tan poco últimamente... Era una lástima. De pequeños habían estado muy unidos. Encerrados en Fennsworth Abbey, rara vez tenían alguien con quien jugar, de modo que no habían tenido más remedio que recurrir el uno al otro. Por suerte casi siempre se llevaban bien.

Lucy se obligó a regresar al presente y se volvió hacia el señor Bridgerton. Él estaba muy callado, mirándola con expresión de educada curiosidad, y Lucy tuvo la extraña sensación de que, si se lo contaba todo, todo lo de Hermione y Richard y Fennsworth Abbey y lo maravilloso que había sido irse a la escuela...

Él lo entendería. Parecía imposible que pudiera entenderlo, viniendo de una familia tan numerosa y unida. No podía comprender lo que era estar solo, tener algo que decir y nadie a quien decírselo. Pero por alguna razón... Eran sus ojos, en realidad, que de pronto parecían más verdes que antes, y tan fijos en su cara que...

Lucy tragó saliva. ¡Santo Dios!, ¿qué le estaba pasando, que ni siquiera podía acabar de formular sus pensamientos?

—Solo deseo que Hermione sea feliz —logró decir—. Confío en que lo tenga presente.

Él asintió con la cabeza y luego miró hacia el pícnic.

—¿Volvemos con los demás? —preguntó, y sonrió con desgana—. Creo que el señor Berbrooke ya le ha dado tres pedazos de pastel a la señorita Watson.

Lucy notó que una carcajada borboteaba dentro de ella.

—¡Ay, Señor!

—Deberíamos regresar, aunque solo sea por el bien de su salud —dijo él en un tono encantadoramente suave.

—¿Pensará usted en lo que le he dicho? —preguntó Lucy, dejando que él pusiera su mano sobre su brazo.

El señor Bridgerton asintió.

—Sí.

Lucy notó que le agarraba un poco más fuerte.

—Tengo razón, le prometo que la tengo. Nadie conoce a Hermione mejor que yo. Y nadie más ha visto a todos esos caballeros intentar conquistar su favor y fracasar.

Él se volvió y la miró a los ojos. Estuvieron un momento perfectamente inmóviles, y Lucy comprendió que estaba estudiándola, midiéndola de un modo que debería haber hecho que se sintiera incómoda.

Pero no era así. Y eso era lo más raro de todo. Él la miraba como si pudiera ver su alma, y ella no se sentía violenta en lo más mínimo. En realidad, era extrañamente... agradable.

—Me siento honrado por aceptar su consejo respecto a la señorita Watson —dijo él, volviéndose para que regresaran al lugar del pícnic—. Y le agradezco que se ofrezca a ayudarme a conquistarla.

—Gra-gracias —tartamudeó Lucy, porque ¿acaso no había sido esa su intención?

Y entonces se dio cuenta de que ya no se sentía tan bien.

Gregory siguió las directrices de lady Lucinda al pie de la letra. Esa noche no se acercó a la señorita Watson en el salón donde se reunieron los invitados antes de la cena. Cuando pasaron al comedor, no hizo intento de trastocar el orden de los comensales y cambiar de sitio para sentarse a su lado. Y cuando los caballeros volvieron de tomar su oporto y se reunieron con las damas en el salón de música para escuchar un recital de piano, se sentó al fondo, a pesar de que lady Lucinda y la señorita Watson estaban de pie, solas, y habría sido muy fácil (habría sido de esperar, incluso) que se detuviera a saludarlas al pasar a su lado.

Pero no: Gregory se había atenido al plan (a pesar de que posiblemente era absurdo) y se había sentado al fondo del salón. Vio que la señorita Watson encontraba un sitio tres filas por delante de la suya y que se acomodaba en su asiento, y por fin se permitió el lujo de contemplar su nuca.

Lo cual habría sido un pasatiempo perfectamente satisfactorio si hubiera podido dejar de pensar en su absoluta falta de interés. Por él.

Lo cierto era que podrían haberle salido dos cabezas y un rabo, y ella se habría limitado a dirigirle aquella media sonrisa cortés que parecía dedicar a todo el mundo. Como máximo.

No era esa la clase de reacción a la que le tenían acostumbrado las mujeres. No esperaba adulación universal, pero, cuando hacía un esfuerzo, solía obtener mejores resultados.

Aquello resultaba sumamente irritante, a decir verdad.

Y así siguió observando a las dos mujeres, deseando que se volvieran, que se menearan, que hicieran algo que indicara que eran conscientes de su presencia. Por fin, después de tres conciertos y una fuga, lady Lucinda se giró lentamente en su asiento.

A Gregory no le costó trabajo imaginar lo que estaba pensando.

Despacio, despacio, haz como si estuvieras mirando la puerta para ver si entra alguien. Mueve ligeramente los ojos hacia el señor Bridgerton...

Él la saludó levantando su copa.

Ella sofocó una exclamación (o al menos eso esperaba él), y se volvió rápidamente.

Gregory sonrió. Seguramente no debería alegrarse tanto del azoramiento de lady Lucinda, pero, la verdad, era lo único agradable que había pasado en toda la velada.

En cuanto a la señorita Watson..., si notaba el ardor de su mirada, no daba muestras de ello. A Gregory le habría gustado pensar que le estaba ignorando premeditadamente; eso indicaría al menos que pensaba en él. Pero mientras la observaba pasear ociosamente la mirada por el salón, inclinando la cabeza de vez en cuando para susurrar algo al oído de lady Lucinda, le quedó dolorosamente claro que ella no estaba ignorándole en absoluto. Para ignorarle, habría tenido que reparar en él.

Y evidentemente no era así.

Gregory notó que se le tensaba la mandíbula. Aunque no dudaba de las buenas intenciones del consejo de lady Lucinda, el consejo en sí mismo había resultado un fracaso. Y, quedando solo cinco días para que acabara la reunión, había perdido un tiempo precioso.

—Pareces aburrido.

Gregory se volvió. Su cuñada se había deslizado en el asiento contiguo al suyo y hablaba en voz baja para no interrumpir la actuación.

—Menudo golpe para mi reputación como anfitriona —añadió ella con sorna.

—En absoluto —murmuró él—. Estás espléndida, como siempre.

Kate se volvió al frente y se quedó callada unos instantes. Luego dijo:

—Es bastante bonita.

Gregory no se molestó en fingir que no sabía de qué estaba hablando. Kate era demasiado lista para eso. Pero eso no significaba que él tuviera que alentar la conversación.

—Sí —se limitó a decir, manteniendo los ojos fijos al frente.

—Sospecho —dijo Kate— que está enamorada de alguien. No ha hecho caso de las atenciones de ningún caballero, y todos lo han intentado, desde luego.

Gregory notó que se le tensaba la mandíbula.

—He oído —prosiguió Kate. Sin duda era consciente de que estaba incordiándole, pero eso no la detuvo— que lleva haciendo lo mismo toda la primavera. Esa chica no da muestras de querer casarse.

—Está enamorada del secretario de su padre —dijo Gregory. Porque ¿qué sentido tenía guardarlo en secreto? Kate se las arreglaba para descubrirlo todo. Y tal vez pudiera serle de ayuda.

—¿De veras? —dijo ella en voz demasiado alta, y se vio obligada a disculparse con sus invitados con un murmullo—. ¿De veras? —repitió en voz más baja—. ¿Cómo lo sabes?

Gregory abrió la boca para contestar, pero Kate respondió a su propia pregunta.

—Ah, claro —dijo—. Lady Lucinda. Ella lo sabe todo.

—Todo —contestó Gregory con ironía.

Kate se quedó pensando un momento; luego afirmó lo obvio:

—A sus padres no puede hacerles ninguna gracia.

—No sé si lo saben.

—¡Ay, madre! —Kate pareció tan impresionada por aquel cotilleo, que Gregory se volvió para mirarla. Efectivamente, tenía los ojos brillantes y abiertos de par en par.

—Intenta contenerte —dijo él.

—Pero si es lo más emocionante que me ha pasado en toda la primavera...

Gregory la miró fijamente.

—Tienes que buscarte una afición.

—¡Ay, Gregory! —dijo, dándole un pequeño codazo—. No dejes que el amor te convierta en un majadero. Eres demasiado divertido para eso. Sus padres no permitirán que se case con el secretario, y ella no es de las que se escapan. Solo tienes que esperar.

Él dejó escapar un suspiro exasperado.

Kate le dio unas palmaditas para reconfortarle.

—Lo sé, lo sé, eres un hombre de acción. Los de tu clase nunca tienen paciencia.

—¿Los de mi clase?

Ella meneó la mano como si aquello bastara por respuesta.

—De veras, Gregory —dijo—, todo esto es para bien.

—¿Que esté enamorada de otro?

—No te pongas tan dramático. Quería decir que así tendrás tiempo de asegurarte de qué es lo que sientes por ella.

Gregory pensó en cómo se le encogían las entrañas cada vez que la miraba. ¡Santo Dios!, sobre todo cuando le miraba la nuca, por extraño que pareciera. No creía necesitar tiempo. Siempre había imaginado que el amor sería así. Enorme, repentino, y completamente embriagador.

Y al mismo tiempo, de alguna manera, abrumador.

—Me ha sorprendido que no intentaras sentarte a su lado en la cena —murmuró Kate.

Gregory miró con enojo la parte de atrás de la cabeza de lady Lucinda.

—Puedo arreglarlo para mañana, si quieres —se ofreció Kate.

—Hazlo.

Kate asintió.

—Sí, yo... ¡Ay, ya está! La música se está acabando. Ahora presta atención y sé educado.

Gregory se levantó para aplaudir, lo mismo que ella.

—¿Alguna vez has asistido a un recital sin pasarte todo el tiempo charlando? —preguntó él sin dejar de mirar al frente.

—Les tengo una curiosa aversión —dijo ella. Pero luego sus labios se curvaron en una sonrisita maliciosa—. Y una especie de cariño nostálgico, también.

—¿De veras? —Gregory parecía de pronto interesado.

—No me gusta chismorrear, por supuesto —murmuró ella, manteniendo premeditadamente la mirada apartada de él—. Pero ¿alguna vez me has visto asistir a la ópera?

Gregory notó que sus cejas se levantaban. Estaba claro que había una cantante de ópera en el pasado de su hermano. ¿Dónde estaba su hermano, por cierto? Anthony parecía haber desarrollado un notable talento para eludir todos los actos sociales de la fiesta. Gregory solo le había visto dos veces, aparte de la entrevista que habían mantenido la noche de su llegada.

—¿Dónde está el flamante lord Bridgerton? —preguntó.

—Oh, por ahí, en alguna parte. No sé. Nos encontraremos al final del día, eso es lo único que importa. —Kate se volvió hacia él con una sonrisa notablemente serena. Tan serena que resultaba exasperante—. Tengo que mezclarme con los invitados —dijo, sonriéndole como si nada en el mundo le preocupara—. Diviértete. —Y se marchó.

Gregory se mantuvo apartado, conversando educadamente con un par de invitados mientras observaba a hurtadillas a la señorita Watson. Ella estaba charlando con dos jóvenes (petimetres insoportables ambos) mientras lady Lucinda se mantenía educadamente en segundo plano. Y aunque la señorita Watson no parecía estar coqueteando con ellos, les prestaba más atención de la que le había prestado a él en toda la velada.

Y allí estaba lady Lucinda, con su bonita sonrisa, enterándose de todo.

Gregory entornó los ojos. ¿Le había engañado? No parecía de esas. Claro que hacía apenas veinticuatro horas que se conocían. ¿Qué sabía de ella, en realidad? Podía tener motivos ocultos. Y podía ser una actriz excelente y guardar oscuros y misteriosos secretos bajo la superficie de su...

¡Oh, al diablo con todo! Se estaba volviendo loco. Apostaría hasta su último penique a que lady Lucinda no podía mentir ni aunque de ello dependiera su vida. Era alegre y abierta, y nada misteriosa, desde luego. Sus intenciones eran buenas, de eso estaba seguro.

Pero su consejo había sido excrementicio.

Gregory la sorprendió mirándole. Una leve expresión de disculpa parecía cruzar su cara, y a Gregory le pareció que se encogía de hombros.

¿Encogerse de hombros? ¿Qué demonios significaba aquello?

Dio un paso adelante.

Luego se detuvo.

Luego pensó en dar otro paso.

No.

Sí.

No.

¿Tal vez?

¡Maldición! No sabía qué hacer. ¡Qué sensación tan desagradable!

Volvió a mirar a lady Lucinda, convencido de que su expresión no era precisamente dulce y luminosa. Todo aquello era culpa suya.

Pero, naturalmente, ella ya no estaba mirándole.

Gregory no apartó la mirada.

Ella se volvió. Sus ojos se agrandaron, Gregory esperaba que llenos de alarma.

Bien. Ya empezaban a llegar a alguna parte. Si él no podía sentir el gozo de la mirada de la señorita Watson, podía al menos hacer sentir a lady Lucinda la desdicha de la suya.

Había veces en que la madurez y el tacto no servían de nada.

Se quedó a un lado del salón. Por fin empezaba a divertirse. Encontraba un disfrute perverso en imaginarse a lady Lucinda como una pequeña liebre indefensa, sin saber cuándo ni cómo llegaría su prematuro fin.

Y no porque Gregory pudiera asignarse el papel de cazador, desde luego. Tenía tan mala puntería que no podía darle a nada que se moviera, y era una suerte que no tuviera que cazar para alimentarse.

Pero podía imaginarse en el papel de zorro.

Sonrió, su primera sonrisa auténtica de esa noche.

Y entonces comprendió que el destino estaba de su lado, porque vio que lady Lucinda se excusaba y se escabullía por la puerta del salón de música, seguramente para atender sus necesidades. Como Gregory estaba solo en un rincón, nadie notó que salía de la habitación por otra puerta.

Y cuando lady Lucinda pasó ante la puerta de la biblioteca, pudo meterla dentro sin hacer ningún ruido.

5

En el que nuestro héroe y nuestra heroína tienen
una conversación de lo más interesante.

Lucy iba andando por el pasillo con la nariz arrugada mientras intentaba recordar dónde estaba el aseo más cercano cuando, de pronto, voló por el aire, o al menos dio un traspié y se dio de bruces con un cuerpo grande, cálido y decididamente humano.

—No grite —dijo una voz. Una voz que conocía.

—¿Señor Bridgerton? —¡Santo cielo, aquello era muy raro! Lucy no sabía si debía asustarse.

—Tenemos que hablar —dijo él, soltándole el brazo. Pero cerró la puerta y se guardó la llave en el bolsillo.

—¿Ahora? —preguntó Lucy. Cuando sus ojos se acostumbraron a la penumbra, se dio cuenta de que estaban en la biblioteca—. ¿Aquí? —Y entonces se le ocurrió una pregunta más pertinente—. ¿A solas?

Él frunció el ceño.

—No voy a aprovecharme de usted, si eso es lo que le preocupa.

Lucy notó que se le tensaba la mandíbula. No había pensado que él fuera a aprovecharse de ella, pero tampoco hacía falta que hiciera que su honorable comportamiento sonara como un insulto.

—Bien, ¿y de qué se trata? —preguntó—. Si me sorprenden aquí en su compañía, se armará un buen revuelo. Estoy prácticamente comprometida, ¿sabe?

—Lo sé —contestó él. Con *ese* tono. Como si ella se lo hubiera dicho una y mil veces, cuando en realidad estaba segura de no haberlo mencionado más de una vez. O quizá dos.

—Bueno, lo estoy —rezongó, sabiendo que se le ocurriría la réplica perfecta dos horas después.

—¿Qué está pasando? —preguntó él.

—¿A qué se refiere? —dijo ella, aunque sabía muy bien de qué estaba hablando.

—A la señorita Watson —gruñó él.

—¿A Hermione? —Como si hubiera otra señorita Watson. Pero así ganaba un poco de tiempo.

—Su consejo —dijo él, traspasándola con la mirada— ha sido un fracaso.

Tenía razón, desde luego, pero ella había confiado en que no lo notara.

—Sí —dijo, y le miró con recelo cuando cruzó los brazos. No era un gesto muy acogedor, pero Lucy tenía que reconocer que le sentaba bien. Había oído decir que tenía fama de alegre y jovial, cosas ambas que no veía por ninguna parte en ese momento, pero, en fin, como decía el proverbio no hay furia en el infierno como la de una mujer despechada. Imaginaba que no hacía falta ser mujer para sentirse un poco dolido ante la perspectiva de un amor no correspondido.

Y mientras miraba indecisa su bella cara, se le ocurrió que seguramente el señor Bridgerton no tenía mucha experiencia en amores no correspondidos. ¿Quién iba a decirle que no a aquel caballero?

Aparte de Hermione. Pero ella había dicho que no a todo el mundo. El señor Bridgerton no debía tomárselo como algo personal.

—¿Lady Lucinda? —dijo él, esperando una respuesta.

—Por supuesto —dijo, y deseó que él no pareciera tan grande en aquella habitación cerrada—. Claro. Claro.

Él levantó una ceja.

—Claro.

Lucy tragó saliva. Él hablaba en un tono vagamente indulgente y paternal, como si la considerara graciosa, pero insignificante. Lucy conocía bien aquel tono. Era el preferido de los hermanos mayores, el que usaban con sus hermanas pequeñas. Y con cualquier amiga a la que llevaran a casa a pasar las vacaciones escolares.

Odiaba aquel tono.

Pero de todos modos dijo:

—Estoy de acuerdo en que mi plan no ha resultado ser el mejor modo de proceder, pero no estoy segura de que otra cosa hubiera dado mejores resultados.

Aquello no parecía ser lo que él quería oír. Lucy se aclaró la garganta. Dos veces. Y luego otra.

—Lo siento muchísimo —añadió, porque, en efecto, se sentía fatal, y sabía por experiencia que una disculpa siempre funcionaba cuando una no sabía qué decir—. Pero de veras creía que...

—Me dijo usted —la interrumpió él— que si ignoraba a la señorita Watson...

—¡Yo no le dije que la ignorara!

—Claro que sí.

—No. No, nada de eso. Le dije que se alejara un poco. Que intentara que no se notara tanto el entontamiento.

Aquella palabra no existía, pero a ella no le importó.

—Muy bien —contestó él, y su tono pasó de la leve indulgencia de un hermano mayor a la condescendencia pura y dura—. Si no debía ignorarla, ¿qué cree usted exactamente que debería haber hecho?

—Bueno... —Se rascó la nuca, que de repente le picaba como si tuviera una urticaria horrorosa. O tal vez fueran solo los nervios. Casi prefería la urticaria. No le gustaba mucho el mareo que empezaba a notar en el estómago mientras intentaba dar con algo razonable que decirle.

—Es decir, aparte de lo que he hecho —añadió él.

—No estoy segura —farfulló ella—. No tengo mucha experiencia en estas cosas.

—Vaya, no me diga.

—Bueno, valía la pena intentarlo —replicó ella—. Bien sabe Dios que, tal y como iba, no estaba consiguiendo nada.

La boca del señor Bridgerton formó una línea, y ella se permitió una sonrisita satisfecha por haber puesto el dedo en la llaga. Normalmente no era una persona mezquina, pero la ocasión parecía propicia para felicitarse un poco a sí misma.

—Muy bien —dijo él, crispado, y aunque ella hubiera preferido que se disculpara y luego dijera (expresamente) que ella tenía razón y él se equivocaba, Lucy suponía que, en ciertos círculos, «muy bien» podía interpretarse como el reconocimiento de un error.

Y a juzgar por la cara del señor Bridgerton, no iba a conseguir nada más.

Ella asintió majestuosamente con la cabeza. Le pareció lo mejor. Si se comportaba como una reina, quizá la trataría como tal.

—¿Tiene alguna otra idea brillante?

O no.

—Bueno —dijo ella, haciendo como si a él le pareciera importante la respuesta—. No creo que la cuestión sea qué hacer, sino por qué lo que ha hecho no ha funcionado.

Él parpadeó.

—Nadie ha renunciado nunca a Hermione —dijo Lucy con un toque de impaciencia. Odiaba que la gente no entendiera lo que quería decir a la primera—. Su desinterés solo hace que redoblen sus esfuerzos. Es bochornoso, la verdad.

Él parecía vagamente ofendido.

—¿Cómo dice?

—Usted no —se apresuró a decir ella.

—Me quita usted un peso de encima.

Lucy debería haberse ofendido por su sarcasmo, pero el sentido del humor del señor Bridgerton se parecía tanto al suyo que no podía remediar que le gustara.

—Como le iba diciendo —continuó, porque no le gustaba irse por las ramas—, nadie parece admitir nunca la derrota y volverse hacia una dama más asequible. En cuanto se dan cuenta de que todo el mundo la desea, parecen volverse locos. Es como si no fuera más que un premio que hay que ganar.

—No para mí —dijo él con calma.

Ella le miró bruscamente, y se dio cuenta al instante de que el señor Bridgerton decía en serio que para él Hermione era mucho más que un premio. Le importaba. Le importaba realmente. Lucy no sabía por qué, ni cómo había sucedido aquello, porque él apenas conocía a su amiga. Y Hermione no se había mostrado muy comunicativa en sus conversaciones, aunque nunca lo era con los caballeros que la cortejaban. Pero al señor

Bridgerton le importaba la mujer que era en el fondo, y no solo su cara perfecta. O, al menos, eso creía él.

Lucy asintió lentamente mientras intentaba asimilar todo aquello.

—Pensé que, quizá, si alguien dejaba de revolotear a su alrededor, Hermione sentiría curiosidad. Y no es que Hermione crea tener derecho a todas esas atenciones —se apresuró a asegurarle—. Muy al contrario. Para serle sincera, casi siempre son un fastidio.

—Sus halagos no conocen límites. —Pero el señor Bridgerton sonrió (solo un poco) al decir esto.

—Nunca se me han dado muy bien los halagos —reconoció ella.

—Eso parece.

Ella sonrió con ironía. Él no había pretendido que sus palabras sonaran como un insulto, y ella no iba a tomárselas como tal.

—Entrará en razón.

—¿Usted cree?

—Sí. Tendrá que hacerlo. Hermione es una romántica, pero comprende cómo funciona el mundo. En el fondo sabe que no puede casarse con el señor Edmonds. No puede ser, es así de sencillo. Sus padres la desheredarán, o al menos amenazarán con hacerlo, y ella no es de las que se arriesgan a eso.

—Si amara de veras a alguien —dijo él suavemente—, correría cualquier riesgo.

Lucy se quedó helada. Había algo en su voz. Algo áspero y poderoso. Sintió un escalofrío, se le puso la carne de gallina y se sintió extrañamente incapaz de moverse.

Y tenía que preguntárselo. Tenía que hacerlo. Tenía que saberlo.

—¿Lo haría usted? —murmuró—. ¿Arriesgarlo todo?

Él no se movió, pero sus ojos ardían. Y no vaciló.

—Todo.

Ella entreabrió los labios. ¿Por la sorpresa? ¿Por el asombro? ¿Por otra cosa?

—¿Y usted? —preguntó él.

—Yo... no estoy segura. —Sacudió la cabeza y tuvo la extrañísima sensación de que ya no se conocía a sí misma. Porque aquella debería haber sido una pregunta fácil de responder. Lo habría sido, hacía apenas unos días. Habría dicho que no, por supuesto, y que era demasiado práctica para esas bobadas.

Sobre todo, habría dicho que, de todos modos, esa clase de amor no existía.

Pero algo había cambiado, y no sabía qué. Algo se había transformado dentro de ella, dejándola en precario equilibrio.

Insegura.

—No lo sé —dijo—. Supongo que depende.

—¿De qué? —Y su voz se hizo aún más suave. Increíblemente suave. Y, sin embargo, Lucy distinguía cada una de sus palabras.

—De... —No lo sabía. ¿Cómo era posible que no supiera de qué dependía? Se sentía perdida, y desarraigada y... y... y entonces afloraron las palabras. Escaparon suavemente de sus labios—. Del amor, supongo.

—Del amor.

—Sí. —¡Santo cielo!, ¿había tenido alguna vez una conversación como aquella? ¿De veras hablaba la gente de esas cosas? ¿Y había alguna respuesta?

¿O era ella la única persona en el mundo que no lo entendía?

Algo le cerró la garganta y de pronto se sintió muy sola en su ignorancia. Él sabía, y Hermione sabía, y los poetas aseguraban que ellos también. Ella parecía ser la única alma perdida, la única persona que no comprendía lo que era el amor, que ni siquiera estaba segura de que existiera, o, si existía, si lo habría para ella.

—De cómo sea —dijo por fin, porque no se le ocurrió otra cosa—. De cómo sea el amor. De lo que sienta.

Él la miró a los ojos.

—¿Cree usted que hay diferencias?

Ella no esperaba otra pregunta. Seguía aturdida por la anterior.

—En cómo se siente el amor —aclaró él—. ¿Cree que puede cambiar según quién lo sienta? Si amara usted a alguien de verdad, profundamente, ¿no cree que eso lo sería... todo?

Lucy no sabía qué decir.

Él se volvió y dio unos pasos hacia la ventana.

—La consumiría —dijo—. ¿Cómo iba a ser de otro modo?

Lucy se quedó mirando su espalda, hipnotizada por la forma en que su chaqueta bien cortada se extendía sobre sus hombros. Era muy extraño, pero no parecía capaz de apartar la mirada del sitio en el que su cabello tocaba el cuello de la chaqueta.

Casi dio un respingo cuando él se volvió.

—No tendría dudas —dijo él en voz baja, con la intensidad de un verdadero creyente—. Sencillamente lo sabría. Le parecería que es todo cuanto ha soñado, y más aún.

Dio un paso hacia ella. Y luego otro. Y entonces dijo:

—Así es, creo, como ha de sentirse el amor.

Y en ese momento Lucy comprendió que no estaba destinada a experimentar aquel sentimiento. Si existía (si el amor existía tal y como Gregory Bridgerton lo imaginaba), no era para ella. No lograba imaginar tal marea de emociones. Ni podría disfrutarla. Eso lo sabía. No quería sentirse perdida en un torbellino, a merced de algo que escapaba a su control.

No quería sufrir. No quería desesperarse. Y si eso significaba que también tenía que renunciar a la dicha y el éxtasis, que así fuera. Levantó los ojos hacia él, impresionada por la gravedad de aquella revelación.

—Es excesivo —se oyó decir—. Sería demasiado. Yo no... no...

Él negó con la cabeza lentamente.

—No tendría elección. Escaparía a su control. Sencillamente... ocurre.

Lucy entreabrió la boca, llena de sorpresa.

—Eso dijo ella.

—¿Quién?

Y cuando contestó, la voz de Lucy sonó extrañamente distante, como si sus palabras surgieran directamente de su memoria.

—Hermione —dijo—. Eso fue lo que dijo Hermione del señor Edmonds.

Los labios de Gregory se tensaron por las comisuras.

—¿Ah, sí?

Lucy asintió despacio.

—Casi con esas mismas palabras. Dijo que, sencillamente, ocurre. En un instante.

—¿Eso dijo? —Sus palabras sonaban como un eco, y, en efecto, eso era cuanto podía hacer: susurrar preguntas inanes, buscando confirmación, con la esperanza de haber oído mal, de que contestara algo completamente distinto.

Pero no fue así, desde luego. De hecho, fue peor de lo que esperaba. Ella dijo:

—Estaba en el jardín, eso fue lo que dijo, mirando las rosas, y entonces le vio. Y lo supo.

Gregory la miraba fijamente. Sentía un vacío en el pecho y una opresión en la garganta. No era aquello lo que quería oír. ¡Maldición!, aquello era precisamente lo que no quería oír.

Ella levantó la mirada, y sus ojos, grises en la penumbra de la noche, se encontraron con los suyos de manera extrañamente íntima. Era como si Gregory la conociera, supiera lo que iba a decir y qué expresión tendría su cara cuando lo dijera. Era extraño y aterrador y, sobre todo, inquietante, porque aquella no era la honorable señorita Hermione Watson.

Era lady Lucinda Abernathy, una mujer con la que no pensaba pasar el resto de su vida.

Una mujer muy amable, muy inteligente, y desde luego más que atractiva. Pero Lucy Abernathy no era para él. Y Gregory estuvo a punto de reírse, porque todo habría sido mucho más fácil si le hubiera dado un vuelco el corazón nada más verla a ella. Tal vez estuviera prácticamente prometida, pero no estaba enamorada. De eso Gregory estaba seguro.

En cambio, Hermione Watson...

—¿Qué dijo? —susurró, a pesar de que temía la respuesta.

Lady Lucinda ladeó la cabeza y pareció perpleja.

—Dijo que ni siquiera le vio la cara. Solo la nuca...

Solo la nuca.

—Y que luego él se volvió y ella creyó oír música, y que solo se le ocurrió pensar...

Estoy vencido.

—«Estoy perdida». Eso fue lo que me dijo. —Le miró, curiosa, con la cabeza todavía ladeada—. ¿Se imagina? ¿Perdida? Nada menos. Yo no lo entendía.

Pero él sí. Sí lo entendía.

Perfectamente.

Miró a lady Lucinda y vio que ella estaba observando su cara. Todavía parecía atónita. Y preocupada. Y un poco desconcertada cuando preguntó:

—¿No le parece raro?

—Sí. —Una sola palabra, pero dicha con toda su alma. Pero era raro. Cortaba como un cuchillo. Se suponía que ella no podía sentir aquello por otro.

No era así como debían suceder las cosas.

Y entonces, como si se hubiera roto un hechizo, lady Lucinda se volvió y dio unos pasos a la derecha. Miró las estanterías, aunque con aquella luz no podía distinguir los títulos de los libros, y pasó luego los dedos por sus lomos.

Gregory se quedó mirando su mano sin saber por qué. Solo la miraba moverse. De pronto se dio cuenta de que lady Lucinda era bastante elegante. No se notaba al principio, porque tenía un aspecto demasiado lozano y tradicional. Uno esperaba que la elegancia refulgiera como la seda, brillara y deslumbrara. La elegancia era una orquídea, no una simple margarita.

Pero, cuando se movía, lady Lucinda parecía distinta. Parecía... flotar.

Sería una buena bailarina. Gregory estaba seguro de ello.

Aunque no sabía por qué le importaba.

—Discúlpeme —dijo ella, volviéndose de repente.

—¿Por lo de la señorita Watson?

—Sí. No era mi intención herir sus sentimientos.

—No lo ha hecho —repuso él, quizás con demasiada energía.

—¡Ah! —Ella parpadeó, tal vez sorprendida—. Me alegro. No era mi intención.

Gregory comprendió que, en efecto, no era su intención. No era de esa clase.

Ella entreabrió los labios, pero no habló enseguida. Sus ojos parecieron fijarse más allá del hombro de Gregory, como si buscara tras él las palabras adecuadas.

—Es solo que... Bueno, cuando ha dicho eso del amor... —comenzó a decir—. Me ha sonado tan familiar... No alcanzaba a comprenderlo.

—Yo tampoco —dijo él en voz baja.

Ella se quedó callada, sin mirarlo. Tenía los labios fruncidos (solo un poco), y de vez en cuando parpadeaba, no con levedad, sino más bien premeditadamente.

Gregory comprendió que estaba pensando. Era de esas mujeres que pensaban las cosas, seguramente para exasperación constante del encargado de guiarla en la vida.

—¿Qué hará ahora? —preguntó.

—¿Respecto a la señorita Watson?

Ella asintió con un gesto.

—¿Qué sugiere usted que haga?

—No estoy segura —contestó—. Puedo hablarle de su parte, si quiere.

—No. —Había algo en aquello que le parecía demasiado infantil. Y empezaba a sentir que era un hombre de verdad, hecho y derecho, listo para dejar su impronta en el mundo.

—Entonces puede esperar —añadió ella encogiéndose un poco de hombros—. O puede seguir adelante e intentar conquistarla. Hermione no va a tener ocasión de ver al señor Edmonds al menos hasta dentro de un mes, y creo que... al final... se dará cuenta de que...

Pero no acabó. Y él quería saber.

—¿Se dará cuenta de qué? —la urgió.

Ella levantó la mirada como si saliera de un sueño.

—Pues de que es usted... De que es usted... mucho mejor que los demás. No sé por qué no se da cuenta. Para mí es bastante obvio.

Viniendo de otra persona, aquella habría sido una afirmación extraña. Demasiado franca, quizá. Tal vez incluso un ofrecimiento.

Pero no viniendo de ella. Lady Lucinda carecía de artificio, era la clase de chica en la que uno podía confiar. Como sus hermanas, suponía Gregory; dotada de un fino ingenio y un afilado sentido del humor. Lucy Abernathy jamás inspiraría un poema, pero sería una amiga excelente.

—Será así —dijo ella con voz suave, pero segura—. Se dará cuenta. Hermione y... usted... estarán juntos. Estoy segura de ello.

Gregory le miró los labios mientras hablaba. No sabía por qué, pero su forma le intrigaba de pronto: su modo de moverse, cómo formaban las vocales y las consonantes. Eran unos labios corrientes. Nada en ellos había llamado su atención hasta entonces. Pero ahora, en la biblioteca en penumbra, con solo el suave susurro de sus voces en el aire...

Se preguntó cómo sería besarla.

Dio un paso atrás. De pronto le acometió una abrumadora sensación de estar cometiendo un error.

—Deberíamos volver —dijo bruscamente.

Un destello de dolor cruzó los ojos de lady Lucinda. ¡Maldición! Gregory no pretendía que pareciera que estaba ansioso por librarse de ella. Nada de aquello era culpa suya. Simplemente, Gregory estaba cansado. Y se sentía frustrado. Y ella estaba allí. Y la noche era oscura. Y estaban a solas.

Y no había sido deseo. No podía ser deseo. Él había estado esperando toda su vida sentir por una mujer lo que había sentido por Hermione Watson. Después de eso, no podía sentir deseo por otra mujer. Ni por lady Lucinda, ni por ninguna otra.

No era nada. Ella no era nada.

No, eso era injusto. Claro que era algo. Algo grande, en realidad. Pero no para él.

6

En el que nuestro héroe hace progresos.

¡Cielo santo!, ¿qué había dicho?

Lucy no pudo pensar en otra cosa esa noche, en la cama. Estaba tan espantada que ni siquiera pudo dar vueltas. Tumbada de espaldas, se quedó mirando el techo, completamente inmóvil y avergonzada.

Y a la mañana siguiente, cuando se miró al espejo y soltó un suspiro al ver sus ojeras de color violeta descolorido, allí estaba otra vez...

¡Oh, señor Bridgerton, es usted muchísimo mejor que los demás!

Y cada vez que lo revivía, la voz que recordaba era más chillona, más estúpida, hasta que acababa convertida en una de esas horribles criaturas, en una de esas chicas que revoloteaban sin descanso y se desmayaban cada vez que el hermano mayor de alguna otra iba de visita al colegio.

—Lucy Abernathy —masculló en voz baja—, ¿serás cretina?

—¿Has dicho algo? —Hermione, que estaba junto a la cama, la miró. Lucy ya tenía la mano en el pomo de la puerta. Estaba a punto de irse a desayunar.

—Solo estaba haciendo sumas de cabeza —mintió.

Hermione siguió poniéndose los zapatos.

—¡Cielo santo!, ¿y eso por qué? —dijo, más bien para sí misma.

Lucy se encogió de hombros a pesar de que Hermione no la estaba mirando. Siempre decía que estaba haciendo sumas de cabeza cuando Hermione la sorprendía hablando sola. Ignoraba por qué Hermione la creía; Lucy detestaba las sumas casi tanto como detestaba las fracciones y las tablas de multiplicar. Pero, como era tan práctica, aquello parecía propio de ella, y Hermione nunca lo había puesto en duda.

De vez en cuando, Lucy mascullaba un número, solo para que pareciera más auténtico.

—¿Estás lista para bajar? —preguntó al tiempo que giraba el pomo de la puerta. Y no porque ella estuviera lista. Lo último que deseaba era ver a... En fin, a nadie. Al señor Bridgerton en particular, claro, pero la idea de enfrentarse al mundo en general le ponía los pelos de punta.

Pero tenía hambre y de todos modos tendría que dejarse ver, y no veía razón para pasar hambre, además de sufrir.

Mientras bajaban a desayunar, Hermione la miró con curiosidad.

—¿Te encuentras bien, Lucy? —preguntó—. Estás un poco rara.

Lucy sofocó las ganas de reírse. Era rara. Era una idiota, y probablemente no deberían soltarla en público.

¡Santo Dios!, ¿de veras le había dicho a Gregory Bridgerton que era mejor que los demás?

Tenía ganas de morirse. O, por lo menos, de esconderse debajo de una cama.

Pero no, ni siquiera podía fingir que estaba enferma y quedarse en la cama. Ni siquiera se le había ocurrido intentarlo. Era tan ridículamente normal, tan rutinaria, que ya estaba en pie y lista para irse a desayunar antes siquiera de poder formular un pensamiento coherente.

Aparte de sus cavilaciones sobre su aparente locura, claro. En eso no tenía problema para concentrarse.

—Pero estás muy guapa, de todas formas —dijo Hermione cuando llegaron a la escalera—. Me gusta que te hayas puesto la cinta verde con el vestido azul. A mí no se me habría ocurrido, pero es muy ingenioso. Y va muy bien con tus ojos.

Lucy miró su ropa. No recordaba haberse vestido. Era un milagro que no pareciera haberse escapado de un circo gitano.

Aunque...

Dejó escapar un pequeño suspiro. Escaparse con los gitanos le parecía bastante apetecible en ese momento; hasta le parecía práctico, dado que estaba segura de que no debería volver a asomar la cara en un acto social. Estaba claro que le faltaba una conexión importantísima entre el cerebro y la boca, y solo Dios sabía lo que podía salir de su boca en cualquier momento.

¡Cielo santo!, ya de paso podría haberle dicho a Gregory Bridgerton que para ella era un dios.

Que no lo era. En absoluto. Simplemente, le consideraba un buen partido para Hermione. Y así se lo había dicho, ¿verdad?

¿Qué le había dicho? ¿Qué le había dicho exactamente?

—¿Lucy?

Lo que había dicho... Lo que había dicho era...

Se paró en seco.

¡Santo Dios! El señor Bridgerton iba a pensar que le deseaba.

Hermione dio unos pasos más antes de darse cuenta de que Lucy ya no estaba a su lado.

—¿Lucy?

—¿Sabes? —dijo Lucy, y le salió la voz un poco chillona—. Creo que no tengo hambre, después de todo.

Hermione parecía incrédula.

—¿No quieres desayunar?

Aquello era un poco forzado. Lucy siempre desayunaba como un marinero.

—Yo... eh... creo que algo no me sentó bien anoche. Puede que fuera el salmón. —Se puso la mano en la tripa para recalcar sus palabras—. Creo que debería echarme.

Y no volver a levantarse.

—Es verdad que estás un poco verdosa —dijo Hermione.

Lucy decidió conscientemente dar las gracias por aquellas pequeñas concesiones del destino.

—¿Quieres que te traiga algo? —preguntó Hermione.

—Sí —dijo Lucy con fervor, confiando en que Hermione no hubiera oído cómo le sonaban las tripas.

—¡Ay!, pero no debería —dijo Hermione, y se llevó un dedo a los labios pensativamente—. Si tienes el estómago revuelto no deberías comer. No querrás vomitar.

—No es que tenga el estómago revuelto exactamente —improvisó Lucy.

—¿Ah, no?

—Es... eh... bastante difícil de explicar. Yo... —Se tambaleó y se apoyó en la pared. ¿Quién hubiera sospechado que era tan buena actriz?

Hermione corrió a su lado, frunciendo el ceño, preocupada.

—¡Ay, Dios! —dijo, y rodeó la espalda de Lucy con un brazo—. Estás pálida.

Lucy parpadeó. Tal vez se estuviera poniendo enferma. Mejor aún. Así estaría días en cama.

—Voy a llevarte a la cama —dijo Hermione en un tono que no admitía discusión—. Y luego llamaré a mi madre. Ella sabrá qué hacer.

Lucy asintió, aliviada. El remedio de lady Watson para cualquier dolencia era el chocolate con galletas. Poco ortodoxo, sin duda, pero dado que era lo que ella pedía cada vez que decía estar enferma, no podía negárselo a los demás.

Hermione la acompañó a la alcoba y hasta le quitó los zapatos antes de ayudarla a tenderse en la cama.

—Si no te conociera como te conozco —dijo mientras lanzaba los zapatos dentro del armario sin ningún cuidado—, pensaría que estás fingiendo.

—Yo no haría eso.

—¡Oh, claro que sí! —dijo Hermione—. Lo harías, no hay duda. Pero no podrías salirte con la tuya. Eres demasiado tradicional.

¿Tradicional? ¿Qué tenía eso que ver?

Hermione soltó un pequeño bufido.

—Ahora seguramente tendré que sentarme con ese pelmazo del señor Bridgerton en el desayuno.

—No es tan terrible —dijo Lucy, quizá con un poco más de brío del que cabía esperar de alguien a quien le había sentado mal el salmón.

—Supongo que no —reconoció Hermione—. Es mejor que la mayoría, diría yo.

Lucy hizo una mueca al oír el eco de sus propias palabras. *Mucho mejor que la mayoría. Mucho mejor que la mayoría.*

—Pero no es para mí —continuó Hermione sin advertir el desasosiego de Lucy—. Se dará cuenta muy pronto. Y se irá a cortejar a otra.

Lucy lo dudaba, pero no dijo nada. ¡Qué lío! Hermione estaba enamorada del señor Edmonds, el señor Bridgerton estaba enamorado de Hermione, y Lucy no estaba enamorada del señor Bridgerton.

Pero él creía que sí.

Lo cual era absurdo, por supuesto. Ella jamás permitiría que eso ocurriera, estando prácticamente comprometida con lord Haselby.

Haselby... Lucy estuvo a punto de soltar un gruñido. Todo aquello sería mucho más sencillo si pudiera recordar su cara.

—Puede que llame para que me traigan el desayuno —dijo Hermione, y se le iluminó la cara como si acabara de descubrir un nuevo continente—. ¿Crees que subirán una bandeja?

¡Ay, rayos! Adiós a sus planes. Ahora Hermione tendría una excusa para quedarse en la habitación todo el día. Y el siguiente también, si Lucy seguía fingiéndose enferma.

—No sé por qué no se me ha ocurrido antes —dijo Hermione mientras iba camino del tirador de la campanilla—. Me apetece mucho más quedarme aquí contigo.

—No llames —dijo Lucy mientras pensaba a toda velocidad.

—¿Por qué no?

En efecto, ¿por qué no? Lucy pensó rápidamente.

—Si pides que te suban una bandeja, puede que no te traigan lo que quieres.

—Pero si sé lo que quiero. Huevos pasados por agua y una tostada. Seguro que eso pueden subírmelo.

—Pero yo no quiero huevos pasados por agua y una tostada. —Lucy intentó poner la cara más lastimosa y patética que pudo—. Tú conoces tan bien mis gustos... Si vas al comedor, seguro que encuentras algo perfecto.

—Pero creía que no ibas a desayunar.

Lucy volvió a ponerse la mano en la tripa.

—Bueno, puede que me apetezca comer un poco.

—¡Ay!, está bien —dijo Hermione, que parecía más impaciente que otra cosa—. ¿Qué quieres?

—Eh... Puede que un poco de tocino.

—¿Después de que te haya sentado mal el pescado?

—No estoy segura de que fuera el pescado.

Hermione se quedó allí parada un momento, mirándola.

—¿Solo tocino, entonces? —preguntó por fin.

—Eh... Y todo lo que creas que me puede gustar —contestó Lucy, porque habría sido bastante fácil llamar para pedir tocino.

Hermione soltó un suspiro.

—Enseguida vuelvo. —Miró a Lucy con expresión levemente sospechosa—. No hagas esfuerzos.

—No —prometió Lucy. Sonrió cuando la puerta se cerró detrás de Hermione. Contó hasta diez y luego se levantó de un salto y corrió al armario a colocar los zapatos. Una vez hecho esto, cogió un libro, volvió a tumbarse y se puso a leer.

A fin de cuentas, estaba siendo una mañana encantadora.

Cuando entró en la sala del desayuno, Gregory se sentía mucho mejor. Lo ocurrido la noche anterior... no era nada. Prácticamente lo había olvidado.

No era como si hubiera deseado besar a lady Lucinda. Simplemente había jugado con la idea, lo cual era muy distinto.

Era un hombre, después de todo. Pensaba en cientos de mujeres, casi siempre sin ninguna intención de hablarles siquiera. Todo el mundo fantaseaba. Lo que importaba era si uno intentaba poner en práctica sus fantasías.

¿Qué le habían dicho sus hermanos una vez (sus hermanos felizmente casados, debía añadir)? Que el matrimonio no les volvía ciegos. Tal vez no estuvieran buscando otras mujeres, pero eso no significaba que no se fijaran en lo que tenían delante de los ojos. Ya fuera una tabernera con los pechos enormes o una señorita educada con..., en fin, con un buen par de labios, uno no podía evitar reparar en esas partes de su anatomía.

Y si uno las veía, naturalmente se ponía a pensar en ellas y...

Y nada. Todo quedaba en nada.

Lo cual significaba que podía desayunar con la cabeza despejada.

Los huevos eran buenos para el espíritu, pensó. Y el tocino, también.

El único ocupante de la sala del desayuno, aparte de él, era el señor Snowe, un cincuentón perpetuamente almidonado que, por suerte, parecía más interesado en leer el periódico que en conversar. Después de los gruñidos preceptivos a modo de saludo, Gregory se sentó al otro lado de la mesa y se puso a comer.

Las salchichas estaban buenísimas esa mañana. Y las tostadas también. Tenían el punto justo de mantequilla. A los huevos les faltaba un poco de sal, pero por lo demás estaban bastante sabrosos.

Probó el bacalao en salazón. No estaba mal. No estaba mal en absoluto.

Tomó otro bocado. Masticó. Disfrutó de la comida. Pensó cosas muy hondas acerca de la policía y la agricultura.

Luego pasó con decisión a la física newtoniana. Debería haber prestado más atención en Eton, porque no recordaba cuál era la diferencia entre fuerza y trabajo.

Veamos, el trabajo era lo de newton-metro y la fuerza...

En realidad, tampoco había fantaseado con ella. Francamente, la culpa de todo la tenía un efecto de la luz. Y su humor. Se había sentido un poco desanimado. Le había mirado la boca porque ella estaba hablando, ¡por el amor de Dios! ¿Dónde si no iba a mirar?

Empuñó el tenedor con renovado vigor. Volvió a atacar el bacalao. Y el té. No había nada como el té para olvidarse de todo.

Bebió un largo trago y miró por encima del borde de la taza al oír que alguien andaba por el pasillo.

Y entonces ella apareció en la puerta.

Gregory parpadeó, sorprendido, y luego miró por encima del hombro de la señorita Watson. Iba sin su apéndice.

Ahora que lo pensaba, no creía que hubiera visto nunca a la señorita Watson sin lady Lucinda.

—Buenos días —dijo en el tono preciso: lo bastante cordial para no parecer aburrido, pero no demasiado. No quería parecer desesperado.

La señorita Watson le miró cuando se levantó, y su cara no dejó traslucir emoción alguna. Ni felicidad, ni ira, ni nada, salvo un levísimo destello de reconocimiento. Era asombroso.

—Buenos días —murmuró.

¡Al diablo!, ¿por qué no?

—¿Le apetece acompañarme? —preguntó él.

Ella abrió los labios y se quedó parada, como si no supiera qué quería hacer. Y luego, como si quisiera demostrarle perversamente que entre ellos había, en efecto, un vínculo profundo, Gregory le leyó el pensamiento.

Sí. Sabía exactamente qué estaba pensando.

En fin, supongo que tengo que desayunar, de todos modos.

Aquello era un bálsamo para el alma, no había duda.

—No puedo quedarme mucho tiempo —dijo la señorita Watson—. Lucy no se encuentra bien, y he prometido llevarle una bandeja.

Costaba imaginarse enferma a la indomable lady Lucinda, aunque Gregory no sabía por qué. Él no la conocía. En realidad, solo habían conversado un par de veces. Como mucho.

—Confío en que no sea nada serio —murmuró.

—No creo —contestó ella mientras cogía un plato. Miró a Gregory con aquellos asombrosos ojos verdes y pestañeó—. ¿Comió usted pescado?

—Él miró su bacalao.

—¿Ahora?

—No, anoche.

—Supongo que sí. Suelo comer de todo.

Ella frunció los labios un momento. Luego murmuró:

—Yo también lo comí.

Gregory esperó a que se explicara, pero ella no parecía inclinada a hacerlo. Así que se quedó de pie mientras ella se servía delicadas raciones de huevos y jamón. Luego, tras pensárselo un momento...

¿De veras tengo hambre? Porque cuanta más comida me ponga en el plato, más tardaré en comérmela. Aquí. En el salón del desayuno. Con él.

...cogió una tostada.

Hum... Sí, tengo hambre.

Gregory esperó a que se sentara frente a él para tomar asiento. La señorita Watson le dedicó una sonrisita, una de esas sonrisas que eran poco más que un encogimiento de labios, y empezó a comerse los huevos.

—¿Ha dormido bien? —preguntó Gregory.

Ella se limpió delicadamente la boca con la servilleta.

—Muy bien, gracias.

—Yo no —declaró él. ¡Qué demonios!, si la conversación educada no lograba animarla a hablar, tal vez tuviera que optar por el factor sorpresa.

Ella levantó la mirada.

—¡Cuánto lo siento! —Y luego volvió a bajar los ojos. Y a comer.

—He tenido un sueño horrible —dijo él—. Una pesadilla, en realidad. Espantosa.

Ella cogió su cuchillo y cortó su beicon.

—¡Cuánto lo siento! —dijo, aparentemente sin darse cuenta de que había dicho esas mismas palabras un momento antes.

—No recuerdo muy bien qué era —dijo Gregory. Se lo estaba inventando, claro. No había dormido bien, aunque no por culpa de una pesadilla. Pero iba a conseguir que la señorita Watson le hablara, o a morir en el intento—. ¿Usted recuerda sus sueños? —preguntó.

Ella se paró con el tenedor a medio camino de la boca... y allí estaba de nuevo aquella deliciosa conexión de sus almas.

¡Por el amor de Dios!, ¿por qué me pregunta eso?

Bueno, quizá no por el amor de Dios. Eso requería un poco más de emoción de la que parecía poseer. Al menos, cuando estaba con él.

—Eh, no —dijo ella—. Normalmente, no.

—¿De veras? ¡Qué extraño! Calculo que yo recuerdo los míos la mitad de las veces.

Ella asintió con la cabeza.

Si digo que sí con la cabeza, no tengo que dar con algo que decir.

Él siguió adelante.

—Mi sueño de anoche fue muy vívido. Había una tormenta. Rayos y truenos. Muy dramático.

Ella giró el cuello muy despacio y miró por encima de su hombro.

—¿Señorita Watson?

Ella volvió a mirarlo.

—Me ha parecido oír a alguien.

Confiaba en haber oído a alguien.

La verdad era que aquel talento para leerle el pensamiento empezaba a ser un fastidio.

—Ya —dijo él—. Bien, ¿por dónde iba?

La señorita Watson comenzó a comer muy deprisa.

Gregory se inclinó hacia delante. Ella no iba a escapar tan fácilmente.

—Ah, sí, la lluvia —dijo—. Llovía a mares. Todo un diluvio. Y el suelo empezaba a fundirse bajo mis pies. Y me tragaba.

Hizo una pausa a propósito y mantuvo los ojos fijos en su cara hasta que se vio obligada a decir algo.

Tras unos instantes de embarazoso silencio, ella apartó por fin los ojos del plato y le miró. Un trocito de huevo temblaba en el borde de su tenedor.

—El suelo se fundía —dijo él. Y casi se echó a reír.

—¡Qué... desagradable!

—Sí —dijo él, muy animado—. Pensé que iba a tragarme entero. ¿Alguna vez se ha sentido así, señorita Watson?

Silencio. Y luego...

—No. No, no creo.

Él se puso a juguetear ociosamente con el lóbulo de su oreja y luego dijo como quien no quiere la cosa:

—No me gustó mucho.

Creyó que ella iba a escupir el té.

—Pero, claro —continuó—, ¿a quién le gustaría una cosa así?

Y por primera vez desde que la conocía, creyó ver desaparecer aquella máscara de desinterés de sus ojos cuando dijo con una pizca de emoción:

—No tengo ni idea.

Hasta meneó la cabeza. ¡Tres veces! Una frase completa, una pizca de emoción y un meneo de cabeza. Caramba, tal vez estuviera empezando a impresionarla.

—¿Qué ocurrió después, señor Bridgerton?

¡Santo Dios!, le había hecho una pregunta. Gregory podría haberse caído de la silla.

—Pues —dijo— que me desperté.

—¡Qué suerte!

—Eso pensé yo también. Dicen que, si te mueres en sueños, te mueres durmiendo.

Ella agrandó los ojos.

—¿De veras?

—Lo dicen mis hermanos —reconoció él—. Es usted muy libre de valorar la información conforme a su fuente.

—Yo tengo un hermano —dijo ella—. Le encanta atormentarme.

Gregory asintió gravemente con la cabeza.

—Para eso están los hermanos.

—¿Usted atormenta a sus hermanas?

—Solo a la más joven, casi siempre.

—Porque es más pequeña.

—No, porque se lo merece.

Ella se rio.

—Es usted terrible, señor Bridgerton.

Él sonrió lentamente.

—Usted no conoce a Hyacinth.

—Si le fastidia a usted tanto como para darle ganas de atormentarla, estoy segura de que me encantaría.

Él se recostó en la silla y disfrutó de aquella sensación de tranquilidad. Era agradable no tener que esforzarse tanto.

—¿Su hermano es mayor que usted, entonces?

Ella asintió.

—Él sí me atormenta porque soy más pequeña.

—¿Quiere decir que no se lo merece?

—Por supuesto que no.

Gregory no sabía si estaba bromeando.

—¿Dónde está su hermano ahora?

—En Trinity Hall. —Ella tomó el último bocado de huevos—. En Cambridge. El hermano de Lucy también estuvo allí. Se licenció hace un año.

Gregory no sabía muy bien por qué le contaba ella aquello. A él no le interesaba el hermano de Lucinda Abernathy.

La señorita Watson cortó otro pedacito de beicon y se llevó el tenedor a la boca. Gregory también comió, lanzándole miradas furtivas mientras masticaba. ¡Dios, qué encantadora era! No creía haber visto nunca una mujer con aquel pelo y aquella tez. Era el cutis, sobre todo. Imaginaba que casi todos los hombres pensaban que su belleza procedía de su cabello y sus ojos, y era cierto que esos eran los rasgos que más impresionaban en un principio. Pero su cutis era como un pétalo de rosa esmaltado de alabastro.

Dejó de masticar un momento. No sabía que pudiera ponerse tan poético.

La señorita Watson dejó su tenedor.

—Bueno —dijo con un levísimo suspiro—, supongo que debería prepararle un plato a Lucy.

Él se levantó de inmediato para ayudarla. ¡Santo cielo!, daba la impresión de que ella no quería marcharse. Gregory se felicitó por aquel desayuno tan productivo.

—Buscaré a alguien para que se lo lleve —dijo, e hizo una seña a un lacayo.

—Ah, eso sería estupendo. —Le sonrió, agradecida, y a él le dio literalmente un vuelco el corazón. Hasta entonces pensaba que era solo una figura retórica, pero ahora sabía que era cierto. El amor podía afectar a los órganos internos.

—Por favor, salude a lady Lucinda de mi parte —dijo, observándola con curiosidad mientras ella ponía cinco lonchas de carne en el plato.

—A Lucy le gusta el beicon —explicó ella.

—Ya lo veo.

Y entonces ella procedió a servir generosas cantidades de huevos, bacalao, patatas y tomates, y luego, en otro plato, magdalenas y tostadas.

—El desayuno ha sido siempre su comida preferida —dijo la señorita Watson.

—La mía también.

—Se lo diré.

—No creo que le interese.

Una criada había entrado en la habitación llevando una bandeja, y la señorita Watson puso los platos cargados encima de ella.

—Oh, sí que le interesará —dijo alegremente—. A Lucy le interesa todo. Hasta hace sumas de cabeza. Solo para entretenerse.

—Será una broma. —A Gregory no se le ocurría peor modo de mantenerse ocupado.

Ella se puso una mano sobre el corazón.

—Se lo juro. Creo que intenta mejorar su intelecto, porque nunca se le han dado muy bien las matemáticas. —Se acercó a la puerta y luego se volvió para mirarle—. Ha sido un desayuno encantador, señor Bridgerton. Gracias por la compañía y por la conversación.

Él inclinó la cabeza.

—El placer ha sido enteramente mío.

Pero no era así. Ella también había disfrutado del rato que habían pasado juntos. Gregory lo notó en su sonrisa. Y en sus ojos.

Y se sintió como un rey.

—¿Sabías que, si mueres en sueños, mueres durmiendo?

Lucy no se detuvo mientras cortaba el beicon.

—Tonterías —dijo—. ¿Quién te ha dicho eso?

Hermione se sentó en el borde de la cama.

—El señor Bridgerton.

Eso sí era más interesante que el beicon. Lucy levantó los ojos inmediatamente.

—Entonces, ¿le has visto en el desayuno?

Hermione asintió.

—Nos hemos sentado el uno enfrente del otro. Me ha ayudado a preparar la bandeja.

Lucy miró con desaliento su opíparo desayuno. Normalmente lograba esconder su apetito voraz remoloneando en la mesa del desayuno y repitiendo cuando se marchaba la primera oleada de invitados.

Pero, en fin, la cosa no tenía remedio. Gregory Bridgerton ya la consideraba una pava. ¿Qué más daba que la considerara una pava que pesaría ochenta kilos a final de año?

—Es bastante divertido, en realidad —dijo Hermione mientras se rizaba distraídamente el pelo.

—He oído decir que es muy simpático.

—Hum...

Lucy observó atentamente a su amiga. Hermione estaba mirando por la ventana y, aunque no tenía aquella ridícula mirada de estar memorizando un soneto de amor, parecía al menos estar recitando de memoria un pareado o dos.

—Es extremadamente guapo —dijo Lucy. No parecía haber ningún mal en confesarlo. A fin de cuentas, ella no pensaba poner sus miras en él, y era tan guapo que aquello podía interpretarse simplemente como la constatación de un hecho, más que como una opinión.

—¿Tú crees? —preguntó Hermione. Se volvió hacia Lucy y ladeó pensativamente la cabeza.

—Oh, sí —contestó Lucy—. Sobre todo, sus ojos. Tengo debilidad por los ojos castaños. Siempre la he tenido.

En realidad, nunca había reparado en ello, pero, ahora que lo pensaba, los ojos castaños estaban muy bien. Un poco de marrón, un poco de verde. Lo mejor de los dos mundos.

Hermione la miró con curiosidad.

—No lo sabía.

Lucy se encogió de hombros.

—No te lo cuento todo.

Otra mentira. Hermione conocía cada tedioso detalle de su vida desde hacía tres años. Salvo sus planes para casarla con el señor Bridgerton, claro.

El señor Bridgerton. Sí. Había que volver a hablar de él.

—Pero estarás de acuerdo —dijo con su voz más reflexiva— en que no es demasiado guapo. Y eso es bueno, en realidad.

—¿El señor Bridgerton?

—Sí. Su nariz tiene mucho carácter, ¿no crees? Y sus cejas son un poco desiguales. —Lucy frunció el ceño. No se había percatado de que conociera tan bien la cara de Gregory Bridgerton.

Hermione se limitó a asentir, así que Lucy continuó diciendo:

—No creo que me gustara estar casada con alguien que fuera demasiado guapo. Debe de intimidar mucho. Yo me sentiría como un pato cada vez que abriera la boca.

Hermione soltó una risilla.

—¿Como un pato?

Lucy asintió y decidió no graznar. Se preguntaba si a los hombres que cortejaban a Hermione les preocupaba eso mismo.

—Es bastante moreno —dijo Hermione.

—No tanto. —A Lucy su pelo le parecía castaño medio.

—Sí, pero el señor Edmonds es tan rubio...

El señor Edmonds tenía, en efecto, un pelo rubio precioso, así que Lucy decidió no decir nada. Y sabía que debía tener mucho cuidado. Si empujaba demasiado a Hermione hacia el señor Bridgerton, su amiga daría marcha atrás y volvería a enamorarse del señor Edmonds, lo cual era un perfecto desastre, desde luego.

No, tendría que ser sutil. Si Hermione iba a enamorarse del señor Bridgerton, tendría que darse cuenta por sí sola. O eso creería ella.

—Y su familia es muy inteligente —murmuró Hermione.

—¿La del señor Edmonds? —preguntó Lucy, haciéndose premeditadamente la tonta.

—No, la del señor Bridgerton, claro. He oído contar cosas muy interesantes sobre ellos.

—Ah, sí —dijo Lucy—. Yo también. Admiro mucho a lady Bridgerton. Es una anfitriona estupenda.

Hermione asintió con la cabeza.

—Creo que le gustas tú más que yo.

—No seas tonta.

—No me importa —dijo Hermione encogiéndose de hombros—. No es que yo no le guste. Pero te prefiere a ti. Las mujeres siempre te prefieren a ti.

Lucy abrió la boca para llevarle la contraria y se detuvo, comprendiendo que era cierto. ¡Qué extraño que no lo hubiera notado nunca!

—Bueno, no es con ella con quien vas a casarte —dijo.

Hermione la miró bruscamente.

—No he dicho que quiera casarme con el señor Bridgerton.

—No, claro que no —dijo Lucy, y se abofeteó para sus adentros. Se había dado cuenta de que aquello era un error nada más decirlo.

—Pero... —Hermione suspiró y se quedó con la mirada perdida.

Lucy se inclinó hacia delante. Así que aquello era lo que significaba estar pendiente de una palabra.

Y así siguió, pendiente... hasta que no pudo soportarlo más.

—¿Hermione? —preguntó por fin.

Su amiga se tumbó de espaldas en la cama.

—Ah, Lucy —se lamentó en tono digno de Covent Garden—, estoy tan confusa...

—¿Confusa? —Lucy sonrió. Aquello tenía que ser buena señal.

—Sí —contestó Hermione en aquella postura tan poco elegante, sobre la cama—. Cuando estaba sentada a la mesa con el señor Bridgerton..., bueno, al principio pensé que estaba loco... pero luego me di cuenta de que estaba divirtiéndome. La verdad es que fue muy gracioso y me hizo reír.

Lucy no dijo nada, esperó a que Hermione ordenara sus pensamientos.

Hermione soltó un ruidito a medio camino entre un suspiro y un gemido. Completamente angustiado.

—Y cuando me di cuenta, le miré y... —Se tumbó de lado, apoyándose en el codo, y posó la cabeza sobre la mano—. Me cosquilleó.

Lucy seguía intentando digerir el comentario sobre la locura del señor Bridgerton.

—¿Te cosquilleó? —repitió—. ¿Qué te cosquilleó?

—El estómago. El corazón. El... lo que sea. No sé qué.

—¿Como cuando viste al señor Edmonds por primera vez?

—No. No. No —dijo, poniendo un énfasis distinto en cada «no», y Lucy tuvo la clara sensación de que Hermione intentaba convencerse a sí misma—. No fue lo mismo en absoluto —dijo su amiga—. Pero fue... un poco igual. A mucha menor escala.

—Entiendo —dijo Lucy con admirable gravedad, teniendo en cuenta que no entendía nada. Claro que ella nunca entendía aquellas cosas. Y después de su extraña conversación con el señor Bridgerton la noche anterior, estaba convencida de que nunca las entendería.

—Pero ¿no crees que, si estoy tan desesperadamente enamorada del señor Edmonds, no debería sentir cosquilleos por otra persona?

Lucy se quedó pensando. Y luego dijo:

—No veo por qué el amor tiene que ser desesperado.

Hermione se incorporó apoyándose en los codos y la miró con curiosidad.

—No te he preguntado eso.

¿No? ¿Y no debería habérselo preguntado?

—Bueno —dijo Lucy, escogiendo cuidadosamente sus palabras—, puede que signifique...

—Sé lo que vas a decir —la interrumpió Hermione—. Vas a decir que probablemente significa que no estoy tan enamorada del señor Edmonds como creía. Y luego dirás que tengo que darle una oportunidad al señor Bridgerton. Y luego que debería darles una oportunidad a todos los demás.

—Bueno, a todos no —dijo Lucy. Pero lo demás se aproximaba bastante.

—¿Y crees que no lo he pensado? ¿Te das cuenta de lo terriblemente angustioso que es todo esto para mí? ¿Dudar así de mí misma? Y, ¡santo cielo, Lucy!, ¿y si esto no acaba aquí? ¿Y si vuelve a ocurrir? ¿Con otra persona?

Lucy sospechaba que no era necesario que respondiera, pero aun así dijo:

—No hay nada de malo en que tengas dudas, Hermione. Casarse es un paso tremendo. La decisión más importante que tendrás que tomar en la vida. Una vez hecho, no puedes cambiar de opinión.

Mordió un pedazo de beicon y se recordó lo afortunada que era por que lord Haselby fuera tan conveniente. Su situación podría haber sido mucho peor. Masticó, tragó y dijo:

—Solo tienes que darte un poco de tiempo, Hermione. Y deberías hacerlo. No hay motivo para precipitarse.

Se hizo un largo silencio antes de que Hermione respondiera:

—Supongo que tienes razón.

—Si de verdad estáis hechos el uno para el otro, el señor Edmonds te esperará. —¡Cielos!, no podía creer que hubiera dicho aquello.

Hermione se levantó de un salto, corrió junto a Lucy y la abrazó.

—¡Ay, Lucy!, eso es lo más bonito que me has dicho nunca. Sé que no apruebas al señor Edmonds.

—Bueno... —Lucy carraspeó, intentando dar con una respuesta aceptable. Algo que le hiciera sentirse menos culpable por no ser sincera—. No es que...

Llamaron a la puerta.

Menos mal.

—Adelante —dijeron las dos a coro.

Una doncella entró e hizo una rápida reverencia.

—Señora —dijo mirando a Lucy—, lord Fennsworth ha venido a verla.

Lucy la miró boquiabierta.

—¿Mi hermano?

—Está esperando en el salón rosa, señora. ¿Le digo que baja usted enseguida?

—Sí. Sí, claro.

—¿Algo más?

Lucy negó lentamente con la cabeza.

—No, gracias. Eso es todo.

La doncella se marchó y Lucy y Hermione se miraron, pasmadas.

—¿Por qué crees que habrá venido? —preguntó Hermione con los ojos llenos de curiosidad. Había visto algunas veces al hermano de Lucy, y siempre se habían llevado bien.

—No lo sé. —Lucy salió rápidamente de la cama, olvidando por completo su ficticio dolor de estómago—. Espero que no haya pasado nada.

Hermione asintió y la siguió hasta el ropero.

—¿Estaba enfermo tu tío?

—No, que yo sepa. —Lucy sacó sus zapatos y se sentó en el borde de la cama para ponérselos—. Más vale que baje a verlo enseguida. Si está aquí, tiene que ser algo importante.

Hermione se quedó mirándola un momento. Luego preguntó:

—¿Quieres que te acompañe? No voy a meterme en la conversación, claro. Pero puedo acompañarte abajo, si quieres.

Lucy asintió con la cabeza, y juntas partieron hacia el salón rosa.

7

*En el que nuestro invitado imprevisto
revela una noticia alarmante.*

Gregory estaba charlando con su cuñada en la salita del desayuno cuando
el mayordomo anunció la llegada de una visita imprevista y, naturalmente, decidió acompañarla al salón rosa para saludar a lord Fennsworth, el
hermano mayor de lady Lucinda. No tenía nada mejor que hacer y por alguna razón le parecía que debía ir a conocer al joven conde, dado que la
señorita Watson le había hablado de él apenas un cuarto de hora antes.
Gregory solo le conocía de oídas; se llevaban cuatro años, de modo que sus
caminos no se habían cruzado en la Universidad, y Fennsworth no se había decidido aún a ocupar el puesto que le correspondía en la alta sociedad
de Londres.

Gregory esperaba encontrarse con un tipo estudioso y pedante; había
oído decir que Fennsworth prefería quedarse en Cambridge hasta cuando no había clases. Y, en efecto, el caballero que esperaba junto a la ventana del salón rosa poseía cierta gravedad que le hacía parecer algo más
mayor de lo que era. Pero lord Fennsworth era también alto, atlético y,
aunque quizás un poco tímido, se conducía con un aplomo que parecía
proceder de algo mucho más esencial que un título nobiliario.

El hermano de lady Lucinda sabía quién era, y no solo lo que debían
llamarle por nacimiento. A Gregory le gustó inmediatamente.

Hasta que se hizo evidente que él también, como el resto de los hombres, estaba enamorado de Hermione Watson.

El único misterio era, en realidad, por qué a Gregory le sorprendía.

Gregory tuvo que alabarle: Fennsworth logró interesarse durante un minuto por cómo se encontraba su hermana antes de añadir:

—¿Y la señorita Watson? ¿También va a reunirse con nosotros?

No fueron tanto las palabras como el tono, y no tanto el tono como el brillo de sus ojos: esa chispa de ansiedad, de anticipación.

En fin, al pan, pan y al vino, vino. Era deseo desesperado, lisa y llanamente. Gregory lo sabía muy bien: estaba seguro de que aquel mismo destello había cruzado sus ojos más de una vez en los últimos días.

¡Santo Dios!

Gregory supuso que Fennsworth seguía pareciéndole un tipo simpático a pesar de su molesto enamoramiento. Pero lo cierto era que aquello empezaba a ser un fastidio.

—Estamos encantados de darle la bienvenida a Aubrey Hall, lord Fennsworth —dijo Kate después de informarle de que no sabía si la señorita Watson bajaría con su hermana al salón rosa—. Espero que su visita no se deba a algún percance en casa.

—En absoluto —contestó Fennsworth—. Pero mi tío me ha pedido que venga a recoger a Lucy y la lleve a casa. Quiere hablar con ella de un asunto de cierta importancia.

Gregory sintió que una esquinita de sus labios se movía hacia arriba.

—Ha de querer usted mucho a su hermana —dijo— para haber venido en persona hasta aquí. Sin duda podría haber mandado un carruaje.

El hermano de Lucy no pareció azorarse por el comentario, lo cual decía mucho en su favor, pero tampoco contestó enseguida.

—Oh, no —dijo con cierta precipitación después de una larga pausa—. Me ha alegrado venir. Lucy es buena compañera, y hace algún tiempo que no nos vemos.

—¿Deben marcharse enseguida? —preguntó Kate—. He disfrutado tanto de la compañía de su hermana... Y sería un honor contarle a usted también entre nuestros invitados.

Gregory se preguntó qué estaba tramando su cuñada. Kate iba a tener que buscar otra mujer para cuadrar los números, si Fennsworth se unía a la fiesta. Aunque Gregory suponía que, si lady Lucinda se marchaba, tendría que hacerlo igualmente.

El joven conde vaciló y Kate aprovechó para añadir con encanto:

—Por favor, diga que se queda. Aunque no pueda ser hasta que acabe la fiesta.

—Bueno —respondió Fennsworth, parpadeando mientras sopesaba la invitación. Saltaba a la vista que quería quedarse (y Gregory creía saber por qué). Pero, con título o sin él, era todavía joven, y Gregory imaginaba que debía responder ante su tío de todo lo que atañera a la familia.

Y estaba claro que el tío quería que lady Lucinda volviera inmediatamente.

—Supongo que no pasará nada si esperamos un día —dijo Fennsworth.

Estupendo. Estaba dispuesto a desafiar a su tío con tal de estar un poco más con la señorita Watson. Y, siendo el hermano de lady Lucinda, era el único hombre al que Hermione no se quitaría de encima con su aburrida cortesía de siempre. Gregory se preparó para un día más de tediosa competición.

—Por favor, diga que se quedarán hasta el viernes —dijo Kate—. Pensamos dar un baile de máscaras el jueves por la noche, y odiaría que se lo perdieran.

Gregory tomó nota de que debía regalarle a Kate algo sumamente corriente en su siguiente cumpleaños. Unas piedras, quizá.

—Es solo un día más —añadió su cuñada con una sonrisa ganadora.

Fue en ese momento cuando lady Lucinda y la señorita Watson entraron en la habitación, la primera con un vestido azul muy claro y la segunda con el mismo vestido verde que había lucido en el desayuno. Lord Fennsworth les echó una mirada (más a una que a la otra, y baste decir que la sangre no pesó más que el amor no correspondido) y murmuró:

—Que sea el viernes.

—Excelente —dijo Kate, juntando las manos—. Haré que le preparen una habitación enseguida.

—¿Richard? —dijo lady Lucinda—. ¿Qué haces aquí? —Se detuvo en la puerta y los miró uno a uno, al parecer desconcertada porque Kate y Gregory estuvieran allí.

—Lucy —dijo su hermano—, ¡cuánto tiempo!

—Cuatro meses —repuso ella casi sin pensarlo, como si una parte minúscula de su cerebro exigiera precisión absoluta incluso en asuntos de poca importancia.

—¡Cielos, sí que es mucho tiempo! —dijo Kate—. Les dejamos, lord Fennsworth. Estoy segura de que su hermana y usted querrán hablar a solas.

—No hay prisa —respondió Fennsworth, mirando fugazmente a la señorita Watson—. No quisiera ser descortés, y aún no he tenido ocasión de agradecerle su hospitalidad.

—No es ninguna descortesía —terció Gregory, y se imaginó saliendo rápidamente del salón con la señorita Watson del brazo.

Lord Fennsworth se volvió y parpadeó, como si hubiera olvidado que Gregory estaba allí. Lo cual no era raro, porque Gregory había estado extrañamente callado durante la conversación.

—Por favor, no se preocupen —dijo el conde—. Lucy y yo hablaremos más tarde.

—Richard —dijo Lucy, algo preocupada—, ¿estás seguro? No te esperaba y si ocurre algo...

Pero su hermano movió la cabeza de un lado a otro.

—Nada que no pueda esperar. El tío Robert quiere hablar contigo. Me ha pedido que te lleve a casa.

—¿Ahora?

—No especificó cuándo —contestó Fennsworth—, pero lady Bridgerton ha tenido la amabilidad de pedir que nos quedemos hasta el viernes, y he aceptado. Es decir... —Se aclaró la garganta—. Suponiendo que quieras quedarte.

—Claro —respondió Lucy, confusa y desconcertada—. Pero..., bueno..., el tío Robert...

—Deberíamos irnos —dijo la señorita Watson con firmeza—. Lucy, deberías hablar un momento con tu hermano.

Lucy miró a su hermano, pero él había aprovechado la intervención de la señorita Watson para mirarla y dijo:

—¿Cómo estás, Hermione? Hacía mucho tiempo.

—Cuatro meses —dijo Lucy.

La señorita Watson se rio y sonrió calurosamente al conde.

—Estoy bien, gracias. Y Lucy tiene razón, como siempre. Nos vimos por última vez en enero, cuando fuiste de visita al colegio.

Fennsworth bajó la barbilla, asintiendo.

—¿Cómo he podido olvidarlo? Fueron unos días tan agradables...

Gregory habría apostado el brazo derecho a que Fennsworth sabía minuto por minuto cuánto tiempo hacía que no veía a la señorita Watson. Pero estaba claro que la dama en cuestión ignoraba su enamoramiento, porque se limitó a sonreír y dijo:

—Sí, ¿verdad? Fuiste un encanto por llevarnos a patinar. Siempre es tan divertido estar contigo...

¡Santo cielo!, ¿cómo podía ser tan ilusa? Si hubiera sido consciente de lo que el conde sentía por ella, no le habría dado alas. Gregory estaba seguro de ello.

Pero aunque era evidente que la señorita Watson le tenía mucho cariño a lord Fennsworth, no había indicio alguno de que estuviera enamorada de él. Gregory se consoló pensando que se conocían desde hacía años y que era natural que ella fuera tan amable con Fennsworth, teniendo en cuenta lo unida que estaba a lady Lucinda.

En realidad, eran casi como hermanos.

Y hablando de lady Lucinda... Gregory se volvió hacia ella y no se sorprendió al verla con el ceño fruncido. Su hermano, que había viajado al menos un día entero para ir en su busca, parecía de pronto no tener prisa por hablar con ella.

Y los demás también se habían quedado en silencio. Gregory observaba la escena con interés. Todos parecían mirar a su alrededor, esperando ver quién hablaba a continuación. Incluso lady Lucinda, a la que nadie consideraría tímida, parecía no saber qué decir.

—Lord Fennsworth —dijo Kate, rompiendo por fin el silencio—, estará usted muerto de hambre. ¿Le apetece desayunar?

—Se lo agradecería enormemente, lady Bridgerton.

Kate se volvió hacia lady Lucinda.

—Tampoco la he visto a usted en el desayuno. ¿Quiere tomar algo ahora?

Gregory pensó en la enorme bandeja que la señorita Watson le había subido y se preguntó cuánto habría logrado engullir antes de bajar a reunirse con su hermano.

—Claro —murmuró lady Lucinda—. Me gustaría acompañar a Richard, en todo caso.

—Señorita Watson —dijo Gregory suavemente—, ¿le apetece dar una vuelta por el jardín? Creo que las peonías están en flor. Y esas cositas azules... Siempre olvido cómo se llaman.

—*Delphinium*. —Era lady Lucinda, claro. Gregory sabía que sería incapaz de resistirse. Entonces ella se volvió y lo miró, y entornó los ojos ligeramente—. Se lo dije el otro día.

—En efecto —murmuró él—. Nunca he tenido mucha memoria para los detalles.

—Oh, Lucy se acuerda de todo —dijo alegremente la señorita Watson—. Y me encantaría ver los jardines con usted. Es decir, si a Lucy y Richard no les importa.

Ambos le aseguraron que no les importaba, aunque a Gregory le pareció ver un destello de desilusión (incluso de irritación, se atrevería a decir) en los ojos de lord Fennsworth.

Gregory sonrió.

—¿Nos vemos en nuestro cuarto? —le dijo la señorita Watson a Lucy.

La otra chica asintió, y con un sentimiento de triunfo (no había nada como vencer a la competencia), Gregory puso la mano de la señorita Watson en el hueco de su codo y la condujo fuera del salón.

Iba a ser una mañana excelente, a fin de cuentas.

Lucy siguió a su hermano y a lady Bridgerton al saloncito del desayuno, lo cual no le molestó lo más mínimo, pues no había tenido ocasión de comerse todo lo que Hermione le había llevado. Pero, a pesar de todo, aquello significaba que tendría que soportar media hora de conversación intrascendente mientras su cerebro funcionaba a toda prisa, imaginando toda clase de desastres que justificaran su inesperado regreso a casa.

Richard no podía hablarle de nada importante con lady Bridgerton y la mitad de los invitados parloteando acerca de huevos pasados por agua y del reciente aguacero, así que Lucy esperó sin quejarse mientras su hermano acababa (siempre había comido con exasperante lentitud), y luego hizo cuanto pudo por no perder la paciencia cuando salieron al prado del lateral de la casa. Primero, Richard le preguntó por el colegio, luego por Hermione, después por la madre de Hermione, a continuación por su inminente debut en sociedad, luego otra vez por Hermione y, de paso, por su hermano, con el que al parecer se había tropezado en Cambridge, y después volvió a preguntarle por su debut y hasta qué punto pensaba compartirlo con Hermione...

Hasta que por fin Lucy se paró en seco, puso los brazos en jarras y exigió que le dijera por qué estaba allí.

—Ya te lo he dicho —contestó él sin mirarla a los ojos—. El tío Robert quiere hablar contigo.

—Pero ¿por qué? —No había una respuesta obvia para aquella pregunta. El tío Robert solo se había molestado en hablar con ella en contadas ocasiones durante los diez años anteriores. Si pensaba empezar ahora, tenía que haber algún motivo.

Richard carraspeó un par de veces antes de decir por fin:

—Bueno, Luce, creo que piensa casarte.

—¿Enseguida? —murmuró Lucy, y no supo por qué se sorprendía tanto. Sabía que aquello estaba al caer; hacía años que estaba prácticamente comprometida. Y más de una vez le había dicho a Hermione que en realidad era un poco absurdo que ella se presentara en sociedad. ¿Para qué molestarse en gastar dinero cuando al final se casaría con Haselby?

Pero ahora..., de pronto..., no quería hacerlo. Al menos, no enseguida. No quería pasar de colegiala a esposa, sin nada entremedias. No estaba pidiendo aventuras. Ni siquiera las deseaba. No eran lo suyo, en realidad.

No pedía gran cosa: solo unos pocos meses de libertad, de diversión.

De danzar sin descanso, de girar tan aprisa que la luz de las velas se convirtiera en largas serpientes de luz.

Tal vez fuera práctica. Tal vez fuera «la buena de Lucy», como la llamaban muchas en el colegio de la señorita Moss. Pero le gustaba bailar. Y quería hacerlo. Antes de hacerse mayor. Antes de convertirse en la esposa de Haselby.

—No sé cuándo —dijo Richard, mirándola con... ¿con mala conciencia? ¿Por qué tenía mala conciencia?

—Pronto, creo —añadió él—. El tío Robert parece un poco ansioso por solventar el asunto.

Lucy se limitó a mirarlo, preguntándose por qué no dejaba de pensar en bailar o de imaginarse con un vestido azul plateado, mágica y radiante, en brazos de...

—¡Oh! —Se tapó la boca con la mano, como si así pudiera silenciar sus pensamientos.

—¿Qué ocurre?

—Nada —dijo, sacudiendo la cabeza. Sus sueños no tenían cara. No podían tenerla. Así que repitió con más firmeza—: No es nada. Nada en absoluto.

Su hermano se agachó para examinar una flor silvestre que había logrado esquivar la atenta mirada de los jardineros de Aubrey Hall. Era pequeña, azul, y acababa de empezar a abrirse.

—Es bonita, ¿verdad? —murmuró Richard.

Lucy asintió con la cabeza. A Richard siempre le habían encantado las flores. Las silvestres en particular. En eso eran distintos, se dijo. Ella siempre había preferido el orden de un parterre bien arreglado, cada flor en su sitio, cada dibujo hecho con dedicación y esmero.

Pero ahora...

Miró aquella flor pequeña y delicada que brotaba, desafiante, donde no debía.

Y resolvió que también le gustaban las silvestres.

—Sé que se suponía que ibas a presentarte en sociedad esta temporada —dijo Richard en tono de disculpa—. Pero ¿de veras es tan terrible? Nunca has querido presentarte en sociedad, ¿no?

Lucy tragó saliva.

—No —dijo, porque sabía que era lo que su hermano quería oír, y no quería que se sintiera peor aún. Y, en realidad, pasar una temporada en Londres nunca le había interesado mucho. Al menos, hasta hacía poco.

Richard arrancó de raíz la florecilla azul, la miró inquisitivamente y se incorporó.

—Anímate, Luce —dijo, pellizcándola suavemente en la barbilla—. Haselby no es mal tipo. No estarás mal casada con él.

—Lo sé —dijo ella en voz baja.

—No te hará daño —añadió su hermano, y sonrió con aquella sonrisa levemente falsa. Con esa sonrisa que pretendía ser reconfortante y nunca lo conseguía.

—Nunca he creído que fuera a hacérmelo —dijo ella, y un deje de... de algo se coló en su voz—. ¿Por qué dices eso?

—Por nada —se apresuró a contestar Richard—. Pero sé que es algo que preocupa a muchas mujeres. No todos los hombres tratan a sus mujeres con el respeto con el que Haselby te tratará a ti.

Lucy asintió con la cabeza. Claro. Era cierto. Había oído historias. Todas las habían oído.

—No estará tan mal —dijo Richard—. Probablemente hasta te gustará. Es bastante simpático.

Simpático. Eso era bueno. Mejor que antipático.

—Y algún día será conde de Davenport —añadió su hermano, aunque, naturalmente, ella ya lo sabía—. Y tú serás condesa. Una condesa sobresaliente.

Eso era. Sus compañeras del colegio siempre le decían que era una suerte que su futuro ya estuviera decidido, y con tan altas miras. Era hija y hermana de condes. Y estaba destinada a ser la esposa de otro. No tenía nada de qué quejarse. Nada.

Pero se sentía tan vacía...

No se sentía mal, exactamente. Pero era una sensación desconcertante. Y extraña. Se sentía desarraigada. A la deriva.

Se sentía cambiada. Y eso era lo peor de todo.

—No te sorprende, ¿verdad, Luce? —preguntó Richard—. Sabías que esto iba a pasar. Todos lo sabíamos.

Ella asintió.

—No es nada —dijo, procurando hablar con su naturalidad de siempre—. Es solo que nunca me había parecido tan inmediato.

—Claro —dijo Richard—. Es la sorpresa, eso es todo. En cuanto te hagas a la idea, todo te parecerá mucho mejor. Normal, incluso. A fin de cuentas, siempre has sabido que ibas a casarte con Haselby. Y piensa en cuánto disfrutarás organizando la boda. El tío Robert dice que tiene que ser una boda por todo lo alto. En Londres, creo. Davenport insiste en ello.

Lucy notó que asentía con la cabeza. Le gustaba bastante organizar cosas. Era tan agradable controlar algo...

—Hermione puede ser tu dama de honor, además —añadió Richard.

—Claro —murmuró Lucy. Porque ¿a quién iba a elegir, si no?

—¿Hay algún color que no le siente bien? —preguntó Richard con el ceño fruncido—. Porque la novia eres tú. No quiero que te eclipse.

Lucy levantó los ojos al cielo. Para eso estaban los hermanos.

Él, sin embargo, no pareció darse cuenta de que la había ofendido, y Lucy supuso que no debía extrañarse. La belleza de Hermione era tan legendaria que nadie se ofendía cuando salía perdiendo en la comparación. Había que estar loco para pensar lo contrario.

—No puedo vestirla de negro —dijo Lucy. Era el único tono que, en su opinión, le daba Hermione un color un tanto verdoso.

—No, no, claro. ¿No? —Richard hizo una pausa como si sopesara seriamente la cuestión, y Lucy le miró con pasmo. Su hermano, al que había que informar de vez en cuando de lo que estaba de moda y lo que no, parecía interesado en el color del vestido de dama de honor de Hermione.

—Hermione puede ponerse el color que quiera —decidió Lucy. ¿Y por qué no? De toda la gente que asistiría a la boda, no había nadie que significara más para ella que su mejor amiga.

—Eso es muy amable de tu parte —dijo Richard. La miró, pensativo—. Eres una buena amiga, Lucy.

Lucy sabía que debería haberse sentido halagada, pero solo se preguntó por qué su hermano había tardado tanto tiempo en darse cuenta.

Richard le dedicó una sonrisa y luego miró la flor que todavía tenía en la mano. La levantó y le dio un par de vueltas, haciendo girar el tallo entre el índice y el pulgar. Parpadeó, frunció un poco la frente y luego le puso la flor en la pechera del vestido. Eran del mismo tono de azul: ligeramente violáceo, tal vez un poquito gris.

—Deberías llevar este color —dijo—. Ahora mismo estás preciosa.

Parecía un tanto sorprendido, y Lucy comprendió que no lo decía por decir.

—Gracias —dijo. Siempre había pensado que aquel tono daba un poco más de brillo a sus ojos. Richard era la primera persona, aparte de Hermione, que se lo decía—. Puede que lo lleve, sí.

—¿Volvemos? —preguntó él—. Estoy seguro de que querrás contárselo a Hermione.

Ella se quedó callada. Luego movió la cabeza de un lado a otro.

—No, gracias. Creo que voy a quedarme un rato fuera. —Señaló un sitio cerca del sendero que llevaba al lago—. Hay un banco cerca de aquí. Y me gusta que me dé el sol en la cara.

—¿Estás segura? —Richard miró el cielo achicando los ojos—. Siempre estás diciendo que no quieres que te salgan pecas.

—Ya tengo pecas, Richard. Y no tardaré mucho. —No tenía previsto salir al bajar a saludarle, de modo que no había llevado su sombrero. Pero aún era temprano. Unos minutos de sol no arruinarían su cutis.

Y, además, le apetecía. ¿Acaso no era agradable hacer algo simplemente porque le apetecía, y no porque era lo que se esperaba de ella?

Richard asintió.

—¿Te veré en la comida?

—Creo que es a la una y media.

Él sonrió.

—¿Quién iba a saberlo mejor que tú?

—No hay nada como un hermano —rezongó ella.

—Ni nada como una hermana. —Se inclinó y la besó en la frente, pillándola completamente desprevenida.

—¡Oh, Richard! —murmuró ella, atónita por sus ganas repentinas de llorar. Ella nunca lloraba. De hecho, se la conocía por lo poco llorona que era.

—Adelante —dijo él con tanto afecto que una lágrima rodó por la mejilla de Lucy. Ella se la limpió, avergonzada porque su hermano la hubiera visto y por haberla derramado.

Richard le apretó la mano y señaló con la cabeza el prado del sur.

—Ve a mirar los árboles y a hacer lo que tengas que hacer. Te sentirás mejor cuando hayas pasado un rato a solas.

—No me siento mal —se apresuró a decir ella—. No hace falta que me sienta mejor.

—Claro que no. Solo estás sorprendida.

—Exacto.

Exacto. Exacto. En realidad, estaba encantada. Llevaba años esperando aquel momento. ¿No sería agradable prepararlo todo? A ella le gustaba el orden. Le gustaba sentirse segura y acomodada.

Era solo la sorpresa. Nada más. Como cuando una veía a una amiga en un lugar donde no esperaba encontrarla y casi no la reconocía. Ella no esperaba aquella noticia. Allí, en casa de los Bridgerton. Y ese era el único motivo por el que se sentía tan rara.

Seguro.

8

*En el que nuestra heroína descubre una verdad sobre
su hermano (pero no se la cree), nuestro héroe descubre
un secreto sobre la señorita Watson (pero no se preocupa)
y ambos descubren una verdad sobre sí mismos
(pero no se percatan de ello).*

Una hora después, Gregory seguía felicitándose por la magistral combinación de estrategia y buen tino que había conducido a su salida al jardín con la señorita Watson. Habían pasado un rato encantador, y lord Fennsworth había... bueno, tal vez lord Fennsworth también hubiera pasado un rato encantador, pero, si así había sido, había tenido por compañía a su hermana y no a la deliciosa Hermione Watson.

La victoria era dulce, en efecto.

Tal y como había prometido, George la había llevado a dar un paseo por los jardines de Aubrey Hall, y hasta la había impresionado (a ella tanto como a él) al recordar nada menos que seis nombres de plantas distintas. El del *Delphinium*, incluso, aunque a decir verdad eso era mérito de lady Lucinda.

Los otros eran, para hacerle justicia: la rosa, la margarita, la peonía, el jacinto y la hierba. En resumidas cuentas, creía haberse portado bastante bien. Los detalles nunca habían sido su fuerte. Y, en realidad, era todo un juego, nada más.

Además, la señorita Watson parecía estar empezando a disfrutar de su compañía. Quizá no suspirara, ni batiera las pestañas, pero aquel velo de amable desinterés había desaparecido, y hasta la había hecho reír dos veces.

Ella no le había hecho reír a él, pero Gregory no estaba seguro de que lo hubiera intentado, y, además, él había sonreído, desde luego. Más de una vez.

Lo cual estaba muy bien. De veras. Era bastante agradable volver a sentirse dueño de sí mismo. Ya no sentía aquella opresión en el pecho, cosa que sin duda era buena para su salud pulmonar. Estaba descubriendo que le gustaba bastante respirar, empresa esta que parecía costarle algún trabajo cuando miraba la nuca de la señorita Watson.

Gregory frunció el ceño y se detuvo mientras paseaba a solas camino del estanque. Era una reacción muy extraña. Y sin duda había visto su nuca esa mañana. ¿Acaso no se había adelantado ella corriendo para oler una flor?

Hum... Tal vez no. No se acordaba bien.

—Buenos días, señor Bridgerton.

Gregory se volvió, sorprendido, y vio a lady Lucinda sentada en un banco de piedra cercano. Siempre había pensado que aquel era un sitio raro para un banco, delante de una arboleda. Pero tal vez ese fuera el quid de la cuestión: dar la espalda a la casa... y a sus habitantes. Su hermana Francesca decía a menudo que, después de pasar un día o dos con toda la familia Bridgerton, los árboles eran buena compañía.

Lady Lucinda le saludó con una leve sonrisa, y a Gregory le pareció que estaba cambiada. Sus ojos parecían cansados, y no estaba tan erguida como solía.

Parece vulnerable, se dijo de improviso. Su hermano debía de haberle llevado malas noticias.

—Tiene usted mala cara —dijo mientras se acercaba a ella cortésmente—. ¿Me permite acompañarla?

Ella asintió con la cabeza, esbozando una sonrisa. Pero no era una sonrisa. En absoluto.

Gregory se sentó a su lado.

—¿Ha tenido ocasión de hablar con su hermano?

Ella volvió a asentir.

—Me ha dado una noticia relacionada con la familia. No era... nada importante.

Gregory ladeó la cabeza mientras la miraba. Estaba mintiendo, saltaba a la vista. Pero él no insistió. Si ella hubiera querido contárselo, lo habría hecho. Y, además, no era asunto suyo, en todo caso.

Pero tenía curiosidad.

Ella miró a lo lejos, seguramente a algún árbol.

—Se está bastante bien aquí.

Era una afirmación curiosamente insulsa, viniendo de ella.

—Sí —dijo él—. El lago está cerca de aquí, detrás de esos árboles. Suelo venir por aquí cuando quiero pensar.

Ella se volvió de repente.

—¿De veras?

—¿Por qué se sorprende tanto?

—Yo... no sé. —Se encogió de hombros—. Supongo que no parece usted de esos.

—¿De los que piensan? ¡Vaya por Dios!

—No, claro que no —contestó ella, mirándole con enojo—. De los que necesitan alejarse para pensar, quería decir.

—Disculpe que sea tan presuntuoso, pero usted tampoco lo parece.

Ella se quedó pensando un momento.

—Es cierto.

Él se echó a reír.

—Menuda conversación debe de haber tenido con su hermano.

Ella parpadeó, sorprendida. Pero no se explicó. Lo cual tampoco parecía propio de ella.

—¿En qué ha venido a pensar aquí? —preguntó ella.

Gregory abrió la boca para contestar, pero antes de que pudiera decir una palabra ella añadió:

—En Hermione, supongo.

Parecía absurdo negarlo.

—Su hermano está enamorado de ella.

Aquello pareció sacarla de su neblina.

—¿Richard? No sea tonto.

Gregory la miró con incredulidad.

—No puedo creer que no se haya dado cuenta.

—Y yo no puedo creer que usted sí. ¡Por el amor de Dios!, Hermione le considera un hermano.

—Puede que eso sea cierto, pero él no siente lo mismo por ella.

—Señor Brid...

Pero él la detuvo levantando una mano.

—Vamos, vamos, lady Lucinda, yo diría que he visto más necios enamorados que usted...

Una carcajada estalló literalmente en la boca de lady Lucinda.

—Señor Bridgerton —dijo cuando fue capaz—, estos tres últimos años no me he separado de Hermione Watson. De Hermione Watson —añadió, por si él no había comprendido lo que quería decir—. Créame si le digo que no hay nadie que haya visto más necios enamorados que yo.

Por un momento, Gregory no supo qué responder. Ella tenía razón.

—Richard no está enamorado de Hermione —dijo ella sacudiendo la cabeza. Y soltando un bufido. Un bufido femenino, pero un bufido. Le había «bufado».

—Lamento disentir —dijo él, porque tenía siete hermanos y no sabía salir elegantemente de una discusión.

—No puede estar enamorado de ella —repuso lady Lucinda. Parecía muy segura de sí misma—. Hay otra persona.

—¿Ah, sí? —Gregory ni siquiera se molestó en hacerse ilusiones.

—Sí. Siempre está hablando de una chica a la que conoció por uno de sus amigos —dijo—. Creo que era la hermana de alguien. No recuerdo su nombre. Mary, quizá.

Mary. Hum... Sabía que Fennsworth no tenía imaginación.

—Por tanto —continuó lady Lucinda—, no está enamorado de Hermione.

Por lo menos ya parecía la misma de siempre. El mundo parecía un poco más firme con Lucy Abernathy ladrando por ahí como un perrillo. Gregory casi se había mareado al verla contemplando melancólicamente los árboles.

—Crea usted lo que quiera —dijo con un suspiro altivo—. Pero sepa una cosa: su hermano tendrá el corazón roto dentro de poco.

—¿No me diga? —bufó ella—. ¿Por qué está tan convencido de que tendrá éxito?

—Porque estoy convencido de que él no lo tendrá.

—Ni siquiera le conoce.

—¿Y ahora le defiende usted? Hace un momento ha dicho que Hermione no le interesaba.

—Y no le interesa. —Ella se mordió el labio—. Pero es mi hermano. Y, si le interesara, yo tendría que apoyarle, ¿no cree?

Gregory levantó una ceja.

—¡Dios mío, qué rápido cambian sus lealtades!

Ella pareció casi compungida.

—Él es conde. Y usted... no.

—Va a ser usted una mamá excelente.

Ella se envaró.

—¿Cómo dice?

—Subastar a su amiga al mejor postor. Tendrá usted mucha experiencia para cuando tenga una hija.

Ella se levantó de un salto. Sus ojos brillaban, llenos de rabia e indignación.

—Es terrible que diga usted eso. La felicidad de Hermione es lo que más me importa. Y si puede ser feliz al lado de un conde... que da la casualidad de que es mi hermano...

Oh, estupendo. Ahora iba a intentar emparejar a Hermione con Fennsworth. Bien hecho, Gregory. Bien hecho, sí.

—Puede serlo a mi lado —dijo, poniéndose en pie. Y era cierto. La había hecho reír dos veces esa mañana, aunque ella no le hubiera hecho reír a él.

—Claro que sí —dijo lady Lucinda—. Y seguramente lo será si no lo estropea usted todo. De todos modos, Richard es demasiado joven para casarse. Solo tiene veintidós años.

Gregory la miró con curiosidad. De pronto parecía que volvía a considerarle el mejor candidato. ¿Qué estaba tramando, de todos modos?

—Y —añadió ella mientras, con un gesto impaciente, se colocaba detrás de la oreja un mechón de pelo con el que el aire fustigaba su cara— mi hermano no está enamorado de ella. Estoy segura.

Ninguno de los dos parecía tener nada que añadir a aquello, de modo que, como ya estaban de pie, Gregory señaló hacia la casa.

—¿Volvemos?

Ella asintió con la cabeza, y echaron a andar pausadamente.

—El problema del señor Edmonds sigue sin resolverse —comentó Gregory.

Ella le lanzó una mirada divertida.

—¿A qué ha venido eso? —preguntó él.

Y ella soltó una risilla. Bueno, quizás no una risilla, pero emitió aquel ruidito por la nariz que hacía la gente cuando estaba a punto de reírse.

—No era nada —dijo sin dejar de sonreír—. La verdad es que estoy impresionada porque no finja usted no recordar su nombre.

—¿Es que debería haberle llamado señor Edwards, y luego señor Ellington, y luego señor Edifice, y...?

Lucy le lanzó una mirada traviesa.

—Habría perdido usted todo mi respeto, se lo aseguro.

—¡Qué horror! ¡Oh, qué horror! —dijo él, poniéndose una mano sobre el corazón.

Ella le miró por encima del hombro con una sonrisa maliciosa.

—Se ha salvado por un pelo.

Él parecía despreocupado.

—Tengo muy mala puntería, pero sé esquivar una bala.

Aquello picó la curiosidad de lady Lucinda.

—No conozco a ningún hombre que admita tener mala puntería.

Él se encogió de hombros.

—Hay ciertas cosas que sencillamente no tienen remedio. Siempre seré el Bridgerton al que su hermana gana disparando a corta distancia.

—¿Esa de la que me habló?

—Todas —reconoció él.

—¡Ah! —Frunció el ceño. Debería haber alguna frase hecha para una situación como aquella. ¿Qué se le decía a un caballero que confesaba un defecto? No recordaba haber oído a ninguno hacerlo, pero sin duda alguno tenía que haber habido a lo largo de la historia. Y alguien tendría que haberle respondido.

Parpadeó, confiando en que se le ocurriera algo significativo que decir. Pero no se le ocurrió nada.

Y entonces...

—Hermione no sabe bailar. —Se le escapó sin venir a cuento.

¡Santo Dios!, ¿aquello era significativo?

Él se paró y se volvió hacia ella con expresión curiosa. O tal vez se hubiera sobresaltado. Seguramente ambas cosas. Y dijo lo único que ella imaginaba que podía decirse dadas las circunstancias:

—¿Cómo ha dicho?

Lucy lo repitió, puesto que no podía retirarlo.

—No sabe bailar. Por eso nunca baila. Porque no sabe.

Y entonces esperó a que un agujero se abriera en la tierra para poder saltar a él. No ayudaba que él la mirara como si estuviera un poco chiflada.

Ella logró esbozar una sonrisita con la que llenar el largo silencio hasta que él dijo por fin:

—Debe de haber alguna razón para que me diga usted eso.

Lucy dejó escapar un suspiro nervioso. Él no parecía enfadado, sino más curioso que otra cosa. Y ella no había pretendido insultar a Hermione. Pero al decir él que no sabía disparar, le había parecido lógico decirle que Hermione no sabía bailar. En realidad, tenía sentido. Se suponía que los hombres sabían disparar y que las mujeres sabían bailar. Y también se suponía que las amigas debían mantener la boca cerrada.

Estaba claro que los tres necesitaban un poco de instrucción.

—Se me ha ocurrido que así se sentiría mejor —dijo Lucy por fin—. Por no saber disparar.

—Bueno, sé disparar —dijo él—. Eso es fácil. Pero no sé dar en el blanco.

Lucy sonrió. No pudo evitarlo.

—Yo podría enseñarle.

Él giró bruscamente la cabeza.

—¡Dios mío!, no me diga que usted también sabe disparar.

Ella se animó.

—Bastante bien, en realidad.

Él sacudió la cabeza.

—Solo me faltaba esto.

—Es una habilidad admirable —protestó ella.

—Seguro que sí, pero ya hay cuatro mujeres en mi vida que me ganan. Lo último que necesito es... ¡Dios mío, por favor, no me diga que la señorita Watson también tiene buena puntería!

Lucy parpadeó.

—No estoy segura, ¿sabe?

—Entonces todavía hay esperanzas.

—¿No es curioso? —murmuró ella.

Él le lanzó una mirada inexpresiva.

—¿Que tenga esperanzas?

—No, que... —No podía decirlo. ¡Santo cielo!, hasta a ella le parecía ridículo.

—Ah, entonces debe de parecerle raro no saber si la señorita Watson sabe disparar.

Y eso era. Lo había adivinado.

—Sí —reconoció ella—. Claro que, ¿por qué iba a saberlo? El tiro al blanco no era una de las asignaturas del colegio de la señorita Moss.

—Para alivio universal del género masculino, se lo aseguro. —Le lanzó una sonrisa de soslayo—. ¿A usted quién le enseñó?

—Mi padre —respondió ella, y fue extraño, porque sus labios se entreabrieron antes de que contestara. Por un momento pensó que le había sorprendido la pregunta, pero no era eso.

Le había sorprendido su propia respuesta.

—¡Dios mío! —dijo él—, ¿no llevaría aún pañales?

—Casi —respondió ella, asombrada todavía por su extraña reacción. Seguramente se debía a que rara vez pensaba en su padre. Hacía tanto tiempo que había muerto que había muy pocas preguntas de cuya respuesta formara parte el difunto conde de Fennsworth.

—Pensaba que era importante aprender —continuó—. Hasta para las chicas. Nuestra casa está cerca de la costa de Dover, y había muchos contrabandistas. La mayoría eran amistosos. Todo el mundo los conocía. Hasta el juez.

—A ese juez debía de gustarle el coñac francés —murmuró el señor Bridgerton.

Lucy sonrió al recordar.

—A mi padre también le gustaba. Pero no conocíamos a todos los contrabandistas. Estoy segura de que algunos eran bastante peligrosos. Y... —Se inclinó hacia él. No podía uno decir algo así sin inclinarse. ¿Qué gracia tenía, si no?

—¿Y...? —la animó él.

Ella bajó la voz.

—Creo que había espías.

—¿En Dover? ¿Hace diez años? Claro que había espías. Aunque dudo que fuera aconsejable armar a la población infantil.

Lucy se echó a reír.

—Yo no era tan pequeña. Creo que empezamos cuando tenía siete años. Richard siguió practicando después de que muriera mi padre.

—Supongo que él también es un tirador admirable.

Ella asintió de mala gana.

—Lo lamento.

Echaron a andar de nuevo hacia la casa.

—Entonces no le retaré en duelo —dijo Gregory con cierta despreocupación.

—Preferiría que no lo hiciera.

Gregory se volvió hacia ella con una expresión que solo podía describirse como maliciosa.

—Vaya, lady Lucinda, creo que acaba usted de declararme su afecto.

Ella abrió la boca como un pez pasmado.

—Yo no he... ¿Qué ha podido llevarle a esa conclusión? —¿Y por qué de pronto notaba las mejillas tan calientes?

—No sería un encuentro justo —dijo él como si sus defectos le preocuparan muy poco—. Aunque, a decir verdad, no creo que haya un solo hombre en Inglaterra con el que pudiera batirme en duelo.

Ella estaba todavía un poco aturdida después de la sorpresa que se había llevado un momento antes, pero logró decir:

—Estoy segura de que exagera.

—No —contestó él tranquilamente—. No hay duda de que su hermano me pegaría un tiro en el hombro. —Se detuvo un momento a reflexionar—. Suponiendo que no tuviera intención de pegármelo en el corazón.

—Oh, no sea tonto.

Él se encogió de hombros.

—Sea como sea, debe preocuparle a usted mi bienestar más de lo que imagina.

—Me preocupa el bienestar de todo el mundo —masculló ella.

—Sí —murmuró él—, así es.

Lucy dio un respingo.

—¿Por qué ha sonado eso como un insulto?

—¿Ha sonado así? Le aseguro que no era mi intención.

Ella se quedó mirándole con suspicacia tanto tiempo que finalmente Gregory levantó las manos en señal de rendición.

—Era un cumplido, se lo juro —dijo.

—Un cumplido hecho de muy mala gana.

—¡En absoluto! —La miró, incapaz de refrenar una sonrisa.

—Se está riendo de mí.

—No —insistió él, y luego, naturalmente, se echó a reír—. Perdone. Ahora sí.

—Al menos podría intentar ser amable y decir que se está riendo conmigo.

—Podría. —Sonrió, y sus ojos se volvieron visiblemente perversos—. Pero sería mentira.

Ella estuvo a punto de darle un puñetazo en el hombro.

—Es usted terrible.

—Soy la maldición de mis hermanos, se lo aseguro.

—¿De veras? —Lucy nunca había sido la maldición de nadie, y en ese momento le parecía bastante atractivo serlo—. ¿Cómo es eso?

—Oh, ya sabe, lo de siempre. Tengo que sentar la cabeza, tener un propósito en la vida, aplicarme.

—¿Casarse?

—Eso también.

—¿Por eso está tan enamorado de Hermione?

Él se quedó en suspenso. Solo un momento. Pero estaba ahí. Lucy lo notó.

—No —dijo—. Eso es completamente distinto.

—Por supuesto —se apresuró a decir ella, sintiéndose tonta por haber preguntado. Él se lo había contado todo la noche anterior: aquello de que el amor simplemente sucedía, sin que uno pudiera hacer nada al respecto. No quería a Hermione para complacer a su hermano; quería a Hermione porque no podía no quererla.

Y aquello la hizo sentirse un poquito más sola.

—Ya estamos aquí —dijo él, señalando la puerta del salón. Ella no se había dado cuenta de que habían llegado.

—Sí, claro. —Miró la puerta, luego le miró a él y se preguntó por qué de pronto le parecía tan violento que tuvieran que despedirse—. Gracias por la compañía.

—El placer ha sido todo mío.

Lucy dio un paso hacia la puerta. Luego volvió la cara hacia él y exclamó:

—¡Oh!

Él levantó las cejas.

—¿Ocurre algo?

—No. Pero debo disculparme... Le he hecho dar la vuelta. Ha dicho que le gustaba ir por allí... hacia el lago... cuando necesita pensar. Y no ha podido.

Gregory la miró con curiosidad, ladeando ligeramente la cabeza. Y sus ojos... Oh, Lucy deseó poder describir lo que veía en ellos. Porque no lo entendía, no comprendía por qué sentía el impulso de ladear la cabeza igual que él, por qué sentía que el tiempo se estiraba... y se estiraba... y que aquello podía durar toda una vida.

—¿No quería usted estar solo? —preguntó suavemente, tan suavemente que sonó casi como un susurro.

Él sacudió la cabeza lentamente.

—Sí —dijo, y pareció que la respuesta se le ocurría en ese mismo instante, como si aquella idea fuera nueva y no la que esperaba.

—Sí —repitió—, pero ahora no quiero.

Ella le miró, y él la miró a ella. Y de pronto Lucy pensó: *No sabe por qué.*

No sabía por qué de pronto no quería estar solo.

Y ella no sabía por qué aquello significaba tanto.

9

En el que nuestra historia da un giro.

El baile de máscaras era la noche siguiente. Iba a ser un gran baile, aunque no demasiado grande, desde luego: Anthony, el hermano de Gregory, no habría permitido que se perturbara hasta ese punto su cómoda vida en el campo. Pero, aun así, iba a ser la culminación de la fiesta campestre. Todos los invitados estarían allí, además de cerca de un centenar de asistentes más; algunos de Londres; otros, recién llegados de sus casas de campo. Todos los dormitorios estaban ventilados y listos para sus ocupantes, y aun así gran parte de los invitados a la fiesta tendría que quedarse en casa de algún vecino, o, si tenían mala suerte, en las posadas cercanas.

En un principio Kate había tenido intención de dar una fiesta de disfraces (estaba deseando vestirse de Medusa, lo cual no sorprendía a nadie), pero había abandonado la idea después de que Anthony le informara de que, si quería dar la fiesta, él tendría que elegir su propio disfraz.

La mirada que le lanzó bastó, al parecer, para que ella reculara de inmediato.

Más tarde le dijo a Gregory que su marido aún no la había perdonado por disfrazarle de Cupido en el baile de disfraces de Billington, el año anterior.

—¿Un disfraz demasiado angelical? —murmuró Gregory.

—Pero divertido —había contestado ella—. Ahora sé cómo debía de ser de pequeño. Un sol, a decir verdad.

—Aún no estoy seguro de saber exactamente cuánto te quiere mi hermano —dijo Gregory con una mueca.

—Bastante. —Ella sonrió y asintió con la cabeza—. Bastante, sí.

Y así se llegó a un compromiso. Nada de disfraces, solo máscaras. A Anthony aquello no le importaba, porque podría abandonar por completo sus deberes como anfitrión si así lo decidía (¿quién notaría su ausencia, de todos modos?), y Kate se puso a diseñar una máscara de Medusa con serpientes que salían por todos lados. (Y lo consiguió.)

Por insistencia de su cuñada, Gregory llegó al salón de baile a las ocho y media en punto, a la hora a la que empezaba la fiesta. Ello suponía que los únicos invitados presentes eran él, su hermano y Kate. Pero había suficientes criados yendo de un lado a otro como para que el salón no pareciera tan vacío, y Anthony se declaró encantado con la reunión.

—Las fiestas me gustan mucho más cuando no hay nadie —dijo alegremente.

—¿Cuándo te has vuelto tan contrario a las reuniones sociales? —preguntó Gregory mientras cogía una copa de champán de una bandeja.

—No es eso en absoluto —contestó Anthony encogiéndose de hombros—. Simplemente ya no tengo paciencia para la estupidez, sea de la clase que sea.

—No está envejeciendo bien —constató su esposa.

Si Anthony se ofendió por su comentario, no lo demostró.

—Me niego a tratar con idiotas, eso es todo —le dijo a Gregory. Su cara se iluminó—. Así he reducido mis compromisos sociales a la mitad.

—¿De qué sirve tener un título si uno no puede rechazar sus propias invitaciones? —murmuró Gregory con sorna.

—En efecto —contestó Anthony—. En efecto.

Gregory se volvió hacia Kate.

—¿Y tú no te quejas?

—Oh, claro que sí —contestó ella, estirando el cuello para examinar el salón de baile en busca de desastres de última hora—. Yo siempre me quejo.

—Es cierto —dijo Anthony—. Pero sabe cuándo no puede salirse con la suya.

Kate se volvió hacia Gregory, a pesar de que saltaba a la vista que hablaba para su marido.

—Lo que sé es qué batallas elegir.

—No le hagas caso —dijo Anthony—. Solo es su modo de admitir la derrota.

—Él sigue insistiendo —dijo Kate sin dirigirse a nadie en particular—, aunque sabe que al final yo siempre gano.

Anthony se encogió de hombros y lanzó a su hermano una sonrisa extrañamente tímida.

—Tiene razón, claro. —Apuró su bebida—. Pero es absurdo rendirse sin luchar.

Gregory solo pudo sonreír. No había en el mundo dos bobos más enamorados. Aquello era enternecedor, aunque le produjera una leve punzada de celos.

—¿Qué tal va tu idilio? —le preguntó Kate.

Anthony aguzó las orejas.

—¿Su idilio? —repitió, y su cara asumió su expresión habitual, esa que parecía decir: «Obedéceme, soy el vizconde»—. ¿Quién es ella?

Gregory miró a Kate con reproche. No había hablado de sus sentimientos con su hermano. No sabía por qué; seguramente era en parte porque no había visto mucho a Anthony esos días. Pero había algo más. Aquella no parecía ser la clase de cosa que uno deseaba compartir con un hermano. Sobre todo, con un hermano que era más bien un padre.

Eso por no hablar de que... si no tenía éxito...

En fin, no le apetecía que su familia lo supiera.

Pero tendría éxito. ¿Por qué dudaba de sí mismo? Anteriormente, incluso cuando la señorita Watson le había tratado como si fuera un fastidio, había estado seguro de cuál sería el resultado. No tenía sentido que ahora que su amistad iba consolidándose, dudara de pronto de sí mismo.

Como cabía esperar, Kate ignoró su irritación.

—Me encanta que no sepas algo —le dijo a su marido—. Sobre todo, cuando yo sí lo sé.

Anthony se volvió hacia su hermano.

—¿Estás seguro de que quieres casarte con una como esta?

—No exactamente como esta —respondió Gregory—, pero parecida.

Kate arrugó un poco el semblante porque la hubieran llamado «esta», pero se recobró rápidamente y, volviéndose hacia su marido, dijo:

—Ha declarado su amor por... —Dejó que una de sus manos se agitara en el aire como si espantara una idea ridícula—. Oh, da igual, creo que no voy a decírtelo.

Su forma de decirlo era un poco sospechosa. Seguramente tenía pensado desde el principio no decírselo. Gregory no sabía qué le parecía más satisfactorio: que Kate hubiera guardado su secreto o que Anthony estuviera desconcertado.

—A ver si lo adivinas —le dijo Kate a Anthony con una sonrisa traviesa—. Así tendrás algo con lo que entretenerte esta noche.

Anthony se volvió hacia Gregory y le miró fijamente.

—¿Quién es?

Gregory se encogió de hombros. Siempre se ponía del lado de Kate cuando se trataba de fastidiar a su hermano.

—Lejos de mí el robarte un entretenimiento.

—Cachorro arrogante —masculló Anthony, y Gregory comprendió que la noche empezaba bien.

Los invitados empezaron a llegar poco a poco, y al cabo de una hora el zumbido de las conversaciones y las risas reverberaba en el salón de baile. Todo el mundo parecía más osado con una máscara en la cara, y pronto las conversaciones subieron de tono y los chistes se volvieron más picantes.

Y las risas... Era difícil describirlas, pero en cualquier caso sonaban distintas. Había en el aire algo más que alegría. La excitación de los invitados tenía un matiz diferente, como si de algún modo supieran que aquella era una noche para la audacia.

Para liberarse.

Porque por la mañana nadie lo sabría.

En general, a Gregory le gustaban las noches como aquella. Pero a las nueve y media empezaba a estar irritado. No podía estar seguro, pero estaba casi convencido de que la señorita Watson no había hecho acto de aparición. Incluso con una máscara le sería casi imposible ocultar su identidad. Su cabello era demasiado deslumbrante, demasiado etéreo a la luz de las velas para pasar por el de cualquier otra.

Lady Lucinda, en cambio... A ella no le costaría trabajo confundirse con los demás. Su cabello era de un hermoso tono rubio parecido al de la miel, desde luego, pero no era inesperado, ni único. Seguramente la mitad de las mujeres de la alta sociedad tenían el pelo de ese color.

Gregory recorrió el salón con la mirada. Bueno, la mitad no. Quizá ni siquiera la cuarta parte. Pero no era como el de su amiga, que era como de luz de luna hilada.

Gregory frunció el ceño. La señorita Watson debería haber llegado ya. Estaba alojada en la casa, de modo que no tenía que vérselas con caminos embarrados o caballos vagos; ni siquiera con la larga fila de carruajes que esperaba ante la puerta para dejar a los invitados. Y aunque dudaba de que hubiera querido llegar tan pronto como él, sin duda no habría llegado con una hora de retraso.

Lady Lucinda no lo habría permitido. Estaba claro que era muy puntual.

En el buen sentido.

No insufrible y fastidiosa.

Gregory se sonrió. Ella no era así.

Lady Lucinda se parecía más a Kate, o se parecería a ella cuando fuera un poco más mayor. Era inteligente, directa y un poquitín traviesa.

Bastante divertida, a decir verdad. Era muy comprensiva, lady Lucinda.

Pero a ella tampoco la veía entre los invitados. O al menos eso creía. No podía estar seguro. Veía a varias damas con el pelo de un tono parecido al suyo, pero ninguna de ellas le parecía lady Lucinda. Una se movía mal: era demasiado torpona; quizás incluso cojeaba un poco. Y otra no tenía la altura adecuada; no por mucho, seguramente solo por un par de centímetros. Pero Gregory lo notaba.

No era ella.

Seguramente lady Lucinda estaría con la señorita Watson. Lo cual le parecía en cierto modo tranquilizador. La señorita Watson no podía meterse en líos teniendo cerca a lady Lucinda.

Le sonaron las tripas y decidió abandonar su búsqueda de momento e ir en busca de sustento. Kate había preparado, como siempre, un sabroso surtido de platos para que sus invitados pudieran picar algo durante la velada. Gregory se fue derecho a la bandeja de los emparedados: se parecían a los que su cuñada había servido la tarde de su llegada, y le habían gustado mucho. Con diez tendría bastante.

Hum. Vio pepino: qué desperdicio de pan. Vio queso: no, no era eso lo que estaba buscando. Quizá...

—¿Señor Bridgerton?

Lady Lucinda. Habría reconocido aquella voz en cualquier parte.

Se volvió. Allí estaba ella. Gregory se felicitó. No se había equivocado respecto a aquellas otras dos rubias enmascaradas. No, definitivamente, no se había tropezado con ella aún esa noche.

Ella abrió mucho los ojos, y Gregory se percató de que su antifaz, forrado de fieltro azul pizarra, era del mismo color que sus ojos. Gregory se preguntó si la señorita Watson habría encontrado otro parecido, pero en verde.

—Es usted, ¿verdad?

—¿Cómo lo ha sabido? —preguntó él.

Ella parpadeó.

—No lo sé. Solo lo he sabido. —Luego sus labios se entreabrieron, lo justo para dejar al descubierto un minúsculo destello de sus dientes blancos, y dijo—: Soy Lucy. Lady Lucinda.

—Lo sé —murmuró él sin dejar de mirarle la boca. ¿Qué tenían los antifaces? Era como si, al cubrir la parte de arriba, la de abajo pareciera más atrayente.

Casi hipnótica.

¿Por qué no se había fijado en que sus labios se curvaban levemente hacia arriba en las comisuras? O en las pecas de su nariz. Había siete. Exactamente siete, todas ovaladas, salvo la última, que tenía más bien la forma de Irlanda.

—¿Tenía usted hambre? —preguntó ella.

Gregory pestañeó y obligó a sus ojos a volver a fijarse en los de ella.

Lady Lucinda señaló los emparedados.

—Los de jamón están muy ricos. Y también los de pepino. Yo no suelo ser partidaria de los emparedados de pepino, parece que nunca sacian, aunque me gusta el crujido, pero estos tienen un poquitín de queso suave, y no solo mantequilla. Es una sorpresa bastante agradable.

Se detuvo y le miró ladeando la cabeza mientras esperaba su respuesta.

Y él sonrió. No pudo remediarlo. Había algo tan extraordinariamente entretenido en ella cuando parloteaba sobre comida...

Alargó la mano y se puso un emparedado de pepino en el plato.

—Con una recomendación así —dijo—, ¿cómo iba a resistirme?

—Bueno, los de jamón también están muy buenos, si el de pepino no le gusta.

Aquello también era muy propio de ella. Quería que todo el mundo estuviera contento. *Pruebe este. Y, si no le gusta, pruebe este otro, o este, o este. Y, si no le sirve, tenga el mío.*

Ella jamás había dicho aquello, claro, pero Gregory estaba seguro de que podía decirlo.

Ella miró la fuente.

—Ojalá no estuvieran todos mezclados.

Él la miró inquisitivamente.

—¿Cómo dice?

—Bueno —dijo ella, con aquel «bueno» que presagiaba una explicación larga y sentida—. ¿No cree usted que sería mucho más lógico separar los distintos tipos de emparedados? ¿Poner cada clase en una fuente más pequeña? De ese modo, si uno encuentra uno que le gusta, sabría exactamente dónde encontrar otro. O... —Al decir esto se animó aún más, como si estuviera abordando un problema de suma importancia para la sociedad— si hay otro. Piénselo. —Señaló la bandeja—. Puede que no quede ni un solo emparedado de jamón en ese montón. Y no puede uno ponerse a revolver en busca de uno. Sería de lo más incorrecto.

Gregory la miró pensativamente. Luego dijo:

—Le gusta el orden, ¿verdad?

—¡Oh, sí! —contestó ella con vehemencia—. Mucho.

Gregory pensó en su propia desorganización. Arrojaba los zapatos dentro del armario, dejaba invitaciones tiradas por ahí... El año anterior había dado un permiso de una semana a su ayuda de cámara para que fuera a visitar a su padre enfermo, y cuando el pobre hombre volvió, estuvo a punto de morirse del susto al ver el caos de su escritorio.

Gregory miró la cara seria de lady Lucinda y se rio. Seguramente a ella también la volvería loca en una semana.

—¿Le gusta el emparedado? —preguntó ella después de que él diera un mordisco—. ¿El de pepino?

—Tiene un sabor muy curioso —murmuró él.

—Me pregunto si la comida debe tener un sabor curioso.

Él se acabó el emparedado.

—No estoy seguro.

Guardaron un cómodo silencio mientras contemplaban el salón. Los músicos estaban tocando un vals agitado, y las faldas de las señoras se inflaban como campanas de seda al girar y girar. Era imposible contemplar aquella escena y no sentir que la noche misma estaba viva... cargada de energía... al acecho.

Algo iba a pasar esa noche. Gregory estaba seguro de ello. La vida de alguien cambiaría.

Si tenía suerte, sería la suya.

Empezó a notar un cosquilleo en las manos. Y también en los pies. Le costaba un ímprobo esfuerzo estarse quieto. Quería moverse, quería hacer algo. Quería poner su vida en movimiento, estirar los brazos y atrapar sus sueños.

Quería moverse. No podía seguir quieto. Tenía que...

—¿Le apetece bailar?

No había tenido intención de pedírselo. Pero se había dado la vuelta y Lucy estaba allí, a su lado, y las palabras se le escaparon.

A ella se le iluminaron los ojos. Incluso con el antifaz, Gregory vio que estaba encantada.

—Sí —dijo, y casi suspiró al añadir—: Me encanta bailar.

Él la cogió de la mano y la condujo al centro del salón. El vals estaba en su apogeo y pronto encontraron su lugar en la danza. La música pareció levantarlos en volandas, convertirlos en uno. Gregory solo tuvo que acercar la mano a la cintura de lady Lucinda para que ella empezara a moverse, tal y como él imaginaba. Giraron y giraron, y el aire pasaba tan velozmente por sus caras que tenían que reírse.

Era perfecto. Y embriagador. Era como si la música se les hubiera colado bajo la piel y guiara cada uno de sus movimientos.

Y luego se acabó.

Tan pronto. Demasiado rápido. La música terminó, y por un momento se quedaron parados, todavía el uno en brazos del otro, envueltos aún en el recuerdo de la melodía.

—Ah, ha sido encantador —dijo lady Lucinda, y sus ojos brillaron.

Gregory la soltó e hizo una reverencia.

—Baila usted de maravilla, lady Lucinda. Como me imaginaba.

—Gracias, yo... —Le miró de pronto a los ojos—. ¿Se lo imaginaba?

—Yo... —¿Por qué había dicho eso? No pensaba decirlo—. Es usted muy ágil —dijo por fin mientras la llevaba hacia las márgenes del salón de baile. Mucho más ágil que la señorita Watson, en realidad, aunque ello era lógico, teniendo en cuenta lo que Lucy le había dicho sobre las dotes de bailarina de su amiga—. Se nota por cómo camina —añadió él, puesto que ella parecía estar esperando una explicación más detallada.

Y tendría que conformarse con eso, porque Gregory no pensaba abundar en la cuestión.

—¡Ah! —Y sus labios se movieron. Solo un poco. Pero lo suficiente. Y entonces Gregory comprendió sorprendido que parecía feliz. Y se dio cuenta de que la mayoría de la gente no lo parecía. Parecían divertidos, o entretenidos, o satisfechos.

Pero lady Lucinda parecía feliz.

Aquello le gustaba bastante.

—Me pregunto dónde estará Hermione —dijo ella mientras miraba de acá para allá.

—¿No han venido juntas? —preguntó Gregory, sorprendido.

—Sí. Pero luego vimos a Richard. Y él le pidió bailar. No porque esté enamorado de ella —añadió con gran énfasis—. Solo quería ser amable. Es lo que se hace con las amigas de las hermanas.

—Yo tengo cuatro hermanas —le recordó él—. Lo sé. —Pero entonces se acordó—. Creía que la señorita Watson no bailaba.

—Y no baila. Pero Richard no lo sabe. Nadie lo sabe. Excepto yo. Y usted. —Le miró con cierta ansiedad—. Por favor, no se lo diga a nadie. Se lo ruego. Hermione se avergonzaría muchísimo.

—Mis labios están sellados —prometió él.

—Imagino que habrán ido a buscar algo de beber —dijo Lucy, inclinándose ligeramente a un lado para intentar vislumbrar la mesa de la limonada—. Hermione dijo algo de que estaba acalorada. Es su excusa favorita. Casi siempre funciona cuando alguien le pide bailar.

—No los veo —dijo Gregory, siguiendo su mirada.

—No, claro. —Se volvió a mirarlo y meneó un poco la cabeza—. No sé por qué miraba. Fue hace un rato.

—¿Más tiempo del necesario para beber un refresco?

Ella se rio.

—No. Hermione puede hacer que un vaso de limonada le dure toda la noche, si hace falta. Pero creo que Richard habría perdido la paciencia.

Gregory opinaba que su hermano se habría cortado de buena gana el brazo derecho solo por tener la ocasión de mirar a la señorita Watson mientras fingía beber limonada, pero era absurdo intentar convencer a Lucy de eso.

—Imagino que habrán decidido ir a dar un paseo —dijo ella despreocupadamente.

Pero Gregory se inquietó al instante.

—¿Fuera?

Ella se encogió de hombros.

—Supongo. Aquí, en el salón de baile, no están, desde luego. Hermione no puede esconderse en medio de una multitud. Por su pelo, ya sabe.

—Pero ¿cree usted sensato que salgan solos? —insistió él.

Lady Lucinda le miró como si no comprendiera su ansiedad.

—No están solos —contestó—. Fuera hay por lo menos veinte personas. Antes miré por las puertas.

Gregory se obligó a permanecer perfectamente inmóvil mientras pensaba qué hacer. Estaba claro que tenía que encontrar a la señorita Watson enseguida, antes de que pasara algo irrevocable.

Irrevocable.

¡Cielo santo!

Una vida podía cambiar en un momento. Si la señorita Watson de veras estaba fuera con el hermano de Lucy... Si alguien los sorprendía...

Un extraño calor comenzó a agitarse dentro de él, una especie de enfado, de envidia sumamente desagradable. La señorita Watson podía estar en peligro... o no. Tal vez aceptara de buen grado las atenciones de Fennsworth...

No. No, no lo haría. Gregory tuvo que hacer un esfuerzo por digerir aquella idea. La señorita Watson se creía enamorada de aquel ridículo señor Edmonds, fuera quien fuese. No aceptaría las atenciones de Gregory ni de lord Fennsworth.

Pero ¿habría aprovechado el hermano de Lucy una oportunidad que él había dejado pasar? Aquello le envenenaba, se había alojado en su pecho como una bola de cañón al rojo vivo... aquella emoción, aquel sentimiento, aquella maldita..., horrible..., fastidiosa...

—¿Señor Bridgerton?

Era nauseabundo. Decididamente nauseabundo.

—Señor Bridgerton, ¿ocurre algo?

Él movió su cabeza lo justo para mirar a lady Lucinda, pero aun así tardó varios segundos en enfocar sus rasgos. Ella tenía una mirada preocupada y los labios apretados.

—Tiene usted mala cara —dijo.

—Estoy bien —gruñó él.

—Pero...

—Estoy bien —le espetó él tajantemente.

Ella reculó.

—Claro que sí.

¿Cómo lo había conseguido Fennsworth? ¿Cómo había logrado quedarse a solas con la señorita Watson? Era todavía un polluelo, por el amor de Dios, acababa de salir de la Universidad y nunca había ido a Londres. Y Gregory era... Bueno, tenía mucha más experiencia que él.

Debería haber estado más atento.

No debería haber permitido aquello.

—Puede que vaya a buscar a Hermione —dijo Lucy, apartándose—. Veo que prefiere usted estar solo.

—No —balbució él con más vehemencia de la necesaria—. La acompaño. Buscaremos juntos.

—¿Le parece sensato?

—¿Por qué no iba a serlo?

—Yo... no sé. —Se detuvo, le miró con los ojos abiertos de par en par, sin pestañear, y por fin dijo—: No creo que lo sea. Usted mismo acaba de cuestionar que sea sensato que Richard y Hermione hayan salido juntos.

—Pero no puede registrar la casa usted sola.

—Claro que no —respondió ella como si Gregory fuera un necio solo por sugerirlo—. Pensaba ir a buscar a lady Bridgerton.

¿A Kate? ¡Santo Dios!

—No haga eso —dijo él rápidamente. Y quizá también un poco desdeñosamente, aunque no había sido esa su intención.

Pero quedó claro que ella se sintió ofendida porque preguntó con voz crispada:

—¿Por qué no?

Gregory se inclinó hacia ella y dijo en voz baja y apremiante:

—Si Kate los encuentra y no están como deben estar, dentro de dos semanas estarán casados. Acuérdese de lo que le digo.

—No sea absurdo. Claro que estarán como deben estar —siseó ella, y aquello sorprendió a Gregory, porque no se le había ocurrido que ella se mantuviera en sus trece con tanto vigor.

—Hermione jamás haría nada impropio —continuó ella, furiosa—. Ni tampoco Richard. Es mi hermano. Mi hermano.

—Pero la quiere —se limitó a decir Gregory.

—No. No la quiere. —¡Dios santo!, parecía a punto de estallar—. Y aunque la quisiera —prosiguió—, que no la quiere, jamás la deshonraría. Jamás. No lo haría. Él no...

—¿Él no qué?

Ella tragó saliva.

—Él no me haría eso.

Gregory no podía creer que fuera tan ingenua.

—No está pensando en usted, lady Lucinda. De hecho, creo que puedo afirmar sin temor a equivocarme que no ha pensado en usted ni una sola vez.

—Es terrible que diga usted eso.

Gregory se encogió de hombros.

—Es un hombre enamorado. Por tanto, es un insensato.

—Ah, ¿es así como funciona? —replicó ella—. ¿Y usted también se ha vuelto un insensato?

—No —contestó él secamente, y se dio cuenta de que en realidad era cierto. Ya se había acostumbrado a aquel extraño fervor. Había recuperado su equilibrio. Y, como caballero de mucha más experiencia, sabía dominarse mucho mejor que Fennsworth, aun tratándose de la señorita Watson.

Lady Lucinda le lanzó una mirada de desdeñosa impaciencia.

—Richard no está enamorado de ella. No sé cuántas veces voy a decírselo.

—Se equivoca —dijo él tajantemente. Llevaba dos días observando a Fennsworth. Le había visto vigilar a la señorita Watson. Reírse de sus bromas. Ir a buscarle un refresco.

Recoger una florecilla silvestre y ponérsela detrás de la oreja.

Si aquello no era amor, entonces Richard Abernathy era el hermano mayor más atento, cariñoso y desprendido de la historia de la humanidad.

Y como hermano mayor que era él mismo (y al que a menudo habían obligado a bailar con las amigas de sus hermanas), Gregory podía afirmar categóricamente que no había ni un solo hermano mayor con tan alto grado de entrega y devoción.

Uno quería a su hermana, claro, pero no sacrificaba cada minuto de su tiempo haciendo caso a su mejor amiga si no esperaba algún tipo de retribución.

A no ser que entrara en la ecuación un amor patético y no correspondido.

—No me equivoco —dijo lady Lucinda, con aspecto de querer cruzar los brazos—. Y voy a ir a buscar a lady Bridgerton.

Gregory la agarró de la muñeca.

—Eso sería un error de enormes proporciones.

Ella dio un tirón, pero él no la soltó.

—No me trate con condescendencia —siseó.

—No lo hago. La estoy instruyendo.

Ella se quedó boquiabierta. Literalmente.

Gregory habría disfrutado de la visión si no hubiera estado tan furioso.

—Es usted insufrible —dijo ella cuando se recuperó.

Él se encogió de hombros.

—De vez en cuando.

—Y además delira.

—Bien dicho, lady Lucinda. —Teniendo tantos hermanos, Gregory no podía menos que admirar cualquier réplica bien colocada—. Pero podría admirar mucho mejor sus habilidades verbales si no estuviera intentando impedirle que haga una estupidez colosal.

Ella le miró con los ojos entornados y luego dijo:

—Ya no quiero hablar con usted.

—¿Nunca más?

—Me voy a buscar a lady Bridgerton —anunció ella.

—¿Va a buscarme? ¿Qué ocurre?

Aquella era la última voz que Gregory quería oír.

Se volvió. Kate estaba delante de ellos, mirando la estampa con una ceja levantada.

Nadie dijo nada.

Kate miró significativamente la mano de Gregory, que seguía sobre la muñeca de lady Lucinda. Él la soltó y retrocedió rápidamente.

—¿Hay algo que deba saber? —preguntó Kate, y su voz contenía aquella mezcla perfectamente horrenda de interés cultivado y de autoridad moral. Gregory se acordó de que su cuñada podía ser imponente, cuando quería.

Lady Lucinda respondió de inmediato (¡cómo no!).

—El señor Bridgerton parece creer que Hermione podría estar en peligro.

La actitud de Kate cambió al instante.

—¿En peligro? ¿Aquí?

—No —masculló Gregory, aunque lo que en realidad quería decir era: «Voy a matarte». A lady Lucinda, para ser precisos.

—Hace un rato que no la veo —continuó la irritante majadera—. Llegamos juntas, pero de eso hace casi una hora.

Kate miró a su alrededor y finalmente su mirada se posó en las puertas que llevaban afuera.

—¿No podría estar en el jardín? Ha salido mucha gente.

Lady Lucinda sacudió la cabeza.

—No la he visto. He mirado.

Gregory no dijo nada. Era como si estuviera viendo destruirse el mundo ante sus mismos ojos. ¿Y qué podía decir para impedirlo?

—¿No está fuera? —preguntó Kate.

—Yo no creía que pasara nada malo —dijo lady Lucinda puntillosamente—. Pero el señor Bridgerton se ha preocupado al instante.

—¿Ah, sí? —Kate giró la cabeza hacia él bruscamente—. ¿Sí? ¿Por qué?

—¿Podemos hablar de esto en otro momento? —gruñó Gregory.

Kate no le hizo caso y miró fijamente a Lucy.

—¿Por qué estaba preocupado?

Lucy tragó saliva. Y luego susurró:

—Creo que Hermione podría estar con mi hermano.

Kate palideció.

—Eso no es bueno.

—Richard jamás haría nada indecoroso —insistió Lucy—. Se lo prometo.

—Está enamorado de ella —dijo Kate.

Gregory no dijo nada. La victoria nunca le había sabido menos dulce.

Lucy los miró. Su expresión casi bordeaba el pánico.

—No —susurró—. No, se equivoca.

—No me equivoco —dijo Kate, muy seria—. Y tenemos que encontrarlos. Enseguida.

Se dio la vuelta y echó a andar de inmediato hacia la puerta. Gregory la siguió. Con sus largas piernas, podía ponerse a su paso fácilmente. Lady Lucinda pareció quedar paralizada un momento y luego, poniéndose en acción de un respingo, corrió tras ellos.

—Él jamás haría nada contra la voluntad de Hermione —dijo con ansiedad—. Se lo prometo.

Kate se detuvo. Se volvió. Miró a Lucy con expresión franca y quizá también un poco triste, como si se diera cuenta de que, en ese momento, la más joven de las dos iba a perder un poco de su inocencia y ella, Kate, lamentara tener que darle el golpe.

—Puede que no tenga que hacerlo —dijo en voz baja.

Quizá no tuviera que forzarla. Kate no lo dijo, pero aquellas palabras quedaron de todos modos suspendidas en el aire.

—Puede que no tenga que... ¿Qué quiere...?

Gregory advirtió el instante preciso en el que ella comprendía por fin. Sus ojos, siempre tan cambiantes, nunca le habían parecido tan grises.

Tan angustiados.

—Tenemos que encontrarlos —susurró Lucy.

Kate asintió con la cabeza, y los tres salieron calladamente de la habitación.

10

En el que triunfa el amor...
pero no para nuestros héroes.

Lucy siguió al pasillo a Gregory y lady Bridgerton, intentando sofocar la angustia que empezaba a apoderarse de ella. Notaba algo raro en el estómago y no respiraba bien.

Y no podía pensar con claridad. Tenía que concentrarse en el asunto que se traían entre manos. Sabía que tenía que prestar toda su atención a la búsqueda, pero tenía la impresión de que una parte de su mente se le escapaba una y otra vez; estaba aturdida, acongojada, y parecía incapaz de sustraerse a una horrible sensación de fatalidad.

Pero no lo entendía. ¿Acaso no quería que Hermione se casara con su hermano? ¿No acababa de decirle al señor Bridgerton que aquel enlace, aunque improbable, sería magnífico? Hermione sería su hermana de nombre, no solo de sentimiento, y Lucy no podía imaginar nada mejor. Pero aun así estaba...

Inquieta.

Y también un poquito enfadada.

Y tenía mala conciencia. Por supuesto. Porque ¿qué derecho tenía ella a enfadarse?

—Deberíamos buscar por separado —dijo el señor Bridgerton cuando, tras doblar varias esquinas, se alejaron del ruido del baile de máscaras. Se quitó el antifaz, las dos damas le imitaron, y los tres dejaron sus máscaras en una mesita, en un rincón del pasillo.

Lady Bridgerton sacudió la cabeza.

—No podemos. Tú, desde luego, no puedes encontrarlos solos —le dijo—. No quiero ni pensar en lo que pasaría si la señorita Watson se encontrara a solas con dos caballeros solteros.

Eso por no hablar de su reacción, pensó Lucy. El señor Bridgerton le parecía un hombre cabal; no estaba segura de que pudiera encontrarse con la pareja a solas sin pensar que tenía que soltarles una perorata acerca del honor y la defensa de la virtud, lo cual siempre conducía al desastre. Siempre. Aunque, teniendo en cuenta la hondura de sus sentimientos por Hermione, quizá pensara menos en el honor y la virtud y sufriera un ataque de celos.

Y lo que era aún peor: aunque el señor Bridgerton no pudiera disparar una bala a derechas, Lucy no tenía ninguna duda de que podía poner un ojo morado en un santiamén.

—Y ella tampoco puede ir sola —continuó lady Bridgerton, señalando a Lucy—. Está oscuro. Y no hay nadie. Los caballeros llevan antifaces, ¡por el amor de Dios! Y eso relaja las conciencias.

—Tampoco sabría dónde buscar —añadió Lucy. La casa era enorme. Llevaba allí casi una semana, pero dudaba de que hubiera visto la mitad.

—Deberíamos quedarnos juntos —dijo lady Bridgerton con firmeza.

El señor Bridgerton parecía a punto de llevarle la contraria, pero refrenó su enojo y dijo, malhumorado:

—Está bien. Pero no perdamos más tiempo. —Se alejó con pasos tan largos que ninguna de las dos mujeres pudo seguirle con facilidad.

Empezó a abrir puertas y a dejarlas entornadas. Estaba tan ansioso por llegar a la siguiente habitación que no pensaba en dejar las cosas como estaban. Lucy corría tras él, inspeccionando las habitaciones del otro lado del pasillo. Lady Bridgerton iba un poco delante, haciendo lo mismo.

—¡Ay! —Lucy dio un salto hacia atrás y cerró de golpe una puerta.

—¿Los ha encontrado? —preguntó el señor Bridgerton. Lady Bridgerton y él se acercaron corriendo.

—No —dijo Lucy, muy colorada. Tragó saliva—. Eran otros.

Lady Bridgerton gruñó:

—¡Santo Dios! Por favor, no me diga que era una señorita soltera.

Lucy abrió la boca, pero pasaron unos segundos antes de que dijera:

—No lo sé. Por los antifaces, ya saben.

—¿Llevaban antifaces? —preguntó lady Bridgerton—. Entonces están casados. Y no entre sí.

Lucy ardía en deseos de preguntarle cómo había llegado a esa conclusión, pero no se atrevió, y, además, el señor Bridgerton la distrajo poniéndose delante de ella y abriendo de golpe la puerta. Un grito de mujer atravesó el aire, seguido por la voz airada de un hombre cuyas palabras Lucy no se habría atrevido a repetir.

—Disculpen —masculló el señor Bridgerton—. Sigan, sigan. —Cerró la puerta—. Morley —anunció—. Y la esposa de Winstead.

—¡Ah! —dijo lady Bridgerton, entreabriendo los labios por la sorpresa—. No tenía ni idea.

—¿Deberíamos hacer algo? —preguntó Lucy. ¡Santo cielo!, había personas cometiendo adulterio a diez pasos de allí.

—Es problema de Winstead —dijo el señor Bridgerton agriamente—. Nosotros tenemos otras cosas de las que ocuparnos.

Lucy se quedó clavada en el sitio cuando él volvió a ponerse en marcha pasillo abajo. Lady Bridgerton miró la puerta. Parecía tener ganas de abrirla y asomarse, pero al final suspiró y siguió a su cuñado.

Lucy se limitó a mirar la puerta, intentando descubrir qué reconcomía su mente. Se había llevado un sobresalto al ver a la pareja encima de la mesa (encima de la mesa, por el amor de Dios), pero había algo más que le inquietaba. Había algo extraño en aquella escena. Algo fuera de lugar. Fuera de contexto.

O quizá fuera algo que avivaba un recuerdo.

¿Qué era?

—¿Viene? —preguntó lady Bridgerton.

—Sí —contestó Lucy. Y entonces se aprovechó de su inocencia y su juventud y añadió—: Es por la impresión, ¿sabe? Necesito un momento.

Lady Bridgerton la miró con compasión y asintió con la cabeza, pero siguió inspeccionando las habitaciones del lado izquierdo del pasillo.

¿Qué había visto? Estaban el hombre y la mujer, claro, y la susodicha mesa. Dos sillas rosas. Un sofá a rayas. Y un velador con un jarrón de flores...

Flores.

Eso era.

Ya sabía dónde estaban.

Si se equivocaba y los demás tenían razón, y su hermano de veras estaba enamorado de Hermione, solo había un lugar al que la habría llevado para intentar convencerla de que le correspondiera.

El invernadero. Estaba al otro lado de la casa, lejos del salón de baile. Y estaba lleno de naranjos y flores. De hermosas plantas tropicales por las que lord Bridgerton debía de haber pagado una fortuna. Elegantes orquídeas. Rosas raras. Hasta humildes florecillas silvestres trasplantadas con mimo y dedicación.

No había sitio más romántico a la luz de la luna, ni otro lugar en el que su hermano se sintiera más a gusto. A Richard le encantaban las flores. Siempre le habían encantado, y tenía una memoria prodigiosa para sus nombres, científicos y comunes. Siempre estaba cogiendo flores y hablando de ellas: esta solo se abría a la luz de la luna; aquella otra estaba emparentada con tal o cual planta traída de Asia... A Lucy aquello siempre le había parecido un poco tedioso, pero sabía que también podía ser romántico, si el que hablaba no era el hermano de una.

Miró pasillo arriba. Los Bridgerton se habían parado a hablar entre ellos, y Lucy notó por su actitud que hablaban con vehemencia.

¿No sería mejor que fuera ella quien los encontrara? ¿Sin ninguno de los Bridgerton?

Si los encontraba ella, podría avisarles y evitar el desastre. Si Hermione quería casarse con su hermano... En fin, tenía que hacerlo porque quisiera, no porque la hubieran pillado desprevenida.

Lucy sabía cómo llegar al invernadero. Podía estar allí en cuestión de minutos.

Dio cautelosamente un paso atrás, hacia el salón de baile. Ni Gregory ni lady Bridgerton parecieron notarlo.

Entonces se decidió.

Dio seis pasos en silencio, retrocediendo con cuidado hasta la esquina. Luego miró una última vez por el pasillo y desapareció.

Y echó a correr.

Se recogió las faldas y corrió como el viento, o al menos todo lo rápido que pudo con su pesado vestido de terciopelo. No sabía de cuánto tiempo disponía antes de que los Bridgerton notaran su ausencia y, aunque no sabían adónde había ido, no le cabía ninguna duda de que la encontrarían. Lo único que tenía que hacer era encontrar a Hermione y Richard antes que ellos. Si conseguía dar con ellos y avisarlos, podría sacar a Hermione de allí y decir que se había encontrado a Richard solo.

No tendría mucho tiempo, pero podía hacerlo. Sabía que podía.

Llegó al vestíbulo principal y aflojó el paso todo lo que se atrevió al cruzarlo. Había criados por allí, y seguramente también algunos invitados que llegaban tarde, y no podía permitirse levantar sospechas echando a correr.

Se escabulló y entró en el pasillo oeste, dobló una esquina y empezó de nuevo a correr. Empezaban a arderle los pulmones y notaba la piel sudorosa debajo del vestido. Pero no aflojó el paso. Ya no estaba muy lejos. Podía conseguirlo.

Sabía que podía.

Tenía que hacerlo.

Y entonces, por asombroso que pareciera, estaba allí, frente a las gruesas puertas que daban paso al invernadero. Apoyó pesadamente la mano sobre uno de los pomos de la puerta, dispuesta a hacerlo girar, pero de pronto se encontró inclinada hacia delante, luchando por recobrar el aliento.

Le escocían los ojos. Intentó incorporarse, pero al hacerlo le pareció que chocaba con un muro de pánico. Era físico, palpable, y se abatió sobre ella tan rápidamente que tuvo que apoyarse en la pared para no caerse.

¡Santo Dios!, no quería abrir aquella puerta. No quería verlos. No quería saber qué estaban haciendo, cómo ni por qué. No quería nada de aquello. Quería que todo volviera a ser como antes, como hacía tres días.

¿No podía dar marcha atrás? Solo eran tres días. Tres días, y Hermione seguiría enamorada del señor Edmonds, lo cual no era problema en realidad, dado que no conduciría a nada, y Lucy seguiría aún...

Seguiría siendo ella misma, feliz y confiada, y seguiría estando prácticamente comprometida.

¿Por qué tenía que cambiar todo? Su vida había sido perfectamente aceptable tal y como era. Todo el mundo tenía su lugar, y todo estaba en perfecto orden, y ella no tenía que pensarlo todo tanto. No se preocupaba de lo que significaba el amor, ni de lo que se sentía al estar enamorado, y su hermano no desfallecía en secreto por su mejor amiga, y su boda era un neblinoso plan para el futuro, y ella era feliz. Había sido feliz.

Y quería recuperar todo aquello.

Agarró con más fuerza el pomo de la puerta, intentó girarlo, pero su mano no se movió. El pánico seguía allí, congelando sus músculos, oprimiendo su pecho. No podía concentrarse. No podía pensar.

Y empezaron a temblarle las piernas.

¡Oh, Dios, iba a caerse! Allí, en el pasillo, a unos centímetros de su meta, iba a caerse al suelo. Y entonces...

—¡Lucy!

Era el señor Bridgerton, y corría hacia ella, y Lucy pensó que había fracasado.

Había fracasado.

Había llegado al invernadero. Había llegado a tiempo, pero luego se había quedado parada en la puerta. Como una idiota, se había quedado allí, con los dedos sobre el dichoso pomo y...

—¡Dios mío, Lucy!, ¿en qué estaba pensando?

La agarró por los hombros, y Lucy se apoyó en él. Quería que la sostuviera y olvidarse de todo.

—Lo siento —murmuró—. Lo siento.

No sabía qué sentía, pero lo dijo de todos modos.

—Este no es lugar para que una mujer esté sola —dijo él, y su voz sonó distinta. Ronca—. Los hombres han estado bebiendo. Usan los antifaces como licencia para...

Guardó silencio. Y luego...

—La gente pierde la cabeza.

Ella asintió y por fin levantó la mirada, apartando los ojos del suelo para mirar su cara. Y entonces le vio. Le vio. Su cara, que se había vuelto tan familiar para ella. Parecía conocer cada uno de sus rasgos, desde la leve ondulación de su pelo a la minúscula cicatriz que tenía junto a la oreja izquierda.

Tragó saliva. Respiró. No como debía, pero respiró. Más despacio, con más normalidad.

—Lo siento —repitió, porque no sabía qué decir.

—¡Dios mío! —juró él, escudriñando su cara con ansia—, ¿qué le ha pasado? ¿Está bien? ¿La han...?

Aflojó ligeramente las manos al mirar a su alrededor.

—¿Quién le ha hecho esto? —preguntó—. ¿Quién le ha...?

—No —dijo Lucy, sacudiendo la cabeza—. No ha sido nadie. He sido yo. Quería... quería encontrarlos. Pensé que si... Bueno, no quería que... Y luego... Y luego llegué aquí y...

Gregory miró rápidamente las puertas del invernadero.

—¿Están ahí?

—No lo sé —reconoció Lucy—. Creo que sí. No he podido... —La ansiedad empezaba a remitir por fin; casi había desaparecido, en realidad, y de pronto todo aquello le parecía ridículo. Se sentía tan estúpida... Se había quedado allí, en la puerta, y no había hecho nada. Nada.

—No he podido abrir la puerta —susurró por fin. Porque tenía que decírselo. No podía explicarlo (ni siquiera lo entendía), pero tenía que contarle lo que había sucedido.

Porque él la había encontrado.

Y eso lo había cambiado todo.

—¡Gregory! —Lady Bridgerton irrumpió en la escena chocando prácticamente con ellos. El esfuerzo de seguirlos la había dejado casi sin respiración—. ¡Lady Lucinda! ¿Por qué...? ¿Está bien?

Parecía tan preocupada que Lucy se preguntó qué aspecto tenía. Se notaba pálida. Se sentía pequeña, en realidad, pero ¿qué cara tenía para que lady Bridgerton la mirara con tan evidente preocupación?

—Estoy bien —dijo, aliviada por que lady Bridgerton no la hubiera visto como Gregory—. Solo un poco mareada. Creo que he corrido demasiado. Ha sido una estupidez. Lo siento.

—Cuando nos dimos la vuelta y no estaba... —Lady Bridgerton parecía intentar ponerse severa, pero la preocupación fruncía su frente y sus ojos tenían una expresión cariñosa.

Lucy sintió ganas de llorar. Nadie la había mirado nunca así. Hermione la quería, y ello era un gran consuelo para Lucy, pero aquello era distinto. Lady Bridgerton no podía ser mucho mayor que ella (diez años; quince, quizá), pero su forma de mirarla...

Era casi como si tuviera una madre.

Fue solo un momento. Unos pocos segundos, en realidad, pero pudo fingir que así era. Y tal vez desearlo, solo un poco.

Lady Bridgerton se acercó a ella y le pasó el brazo por los hombros, apartándola de Gregory, que dejó caer los brazos.

—¿Seguro que está bien? —preguntó.

Lucy asintió.

—Sí. Ahora sí.

Lady Bridgerton miró a Gregory. Él inclinó la cabeza. Una vez.

Lucy no sabía qué significaba aquello.

—Creo que pueden estar en el invernadero —dijo ella, y no supo si el tono de su voz era de resignación o de arrepentimiento.

—Muy bien —dijo lady Bridgerton, echando los hombros hacia atrás mientras se acercaba a la puerta—. No queda otro remedio, ¿no?

Lucy negó con la cabeza. Gregory no hizo nada.

Lady Bridgerton respiró hondo y abrió la puerta. Lucy y Gregory se acercaron de inmediato para asomarse, pero el invernadero estaba a oscuras; la única luz que había era la de la luna, que entraba por los ventanales.

—¡Maldita sea!

Lucy dio un respingo, sorprendida. Nunca había oído maldecir a una mujer.

Se quedaron un momento los tres quietos, y luego lady Bridgerton se adelantó y dijo alzando la voz:

—¡Lord Fennsworth! ¡Lord Fennsworth! Por favor, conteste. ¿Está usted ahí?

Lucy iba a llamar a Hermione, pero Gregory le tapó la boca con la mano.

—No —le susurró al oído—. Si hay alguien más aquí, no queremos que sepan que estamos buscando a los dos.

Lucy asintió con la cabeza, sintiéndose penosamente ingenua. Creía saber algo del mundo, pero cada día que pasaba parecía entenderlo menos. El señor Bridgerton se apartó y empezó a adentrarse en la habitación. Luego se detuvo con los brazos en jarras y escudriñó el invernadero.

—¡Lord Fennsworth! —gritó de nuevo lady Bridgerton.

Esta vez oyeron un roce. Pero muy suave. Y lento. Como si alguien intentara ocultar su presencia.

Lucy se volvió hacia aquel ruido, pero no apareció nadie. Ella se mordió el labio. Tal vez fuera solo un animal. Había varios gatos en Aubrey Hall. Dormían en una caseta, junto a la puerta de la cocina, pero tal vez uno de ellos se había perdido y se había quedado encerrado en el invernadero.

Tenía que ser un gato. Si fuera Richard, habría salido al oír que lo llamaban.

Lucy miró a lady Bridgerton, esperando a ver qué hacía. La vizcondesa miraba intensamente a su cuñado, decía algo sin emitir sonido y señalaba con las manos hacia el lugar de donde parecía proceder el ruido.

Gregory inclinó la cabeza, mirándola, y luego avanzó con sigilo. Cruzó la estancia a velocidad impresionante, dando grandes zancadas, hasta que...

Lucy sofocó un grito. Antes de que le diera tiempo a pestañear, Gregory se había abalanzado hacia delante, profiriendo un ruido extraño y primitivo. Luego saltó por el aire, cayó con un golpe seco y gruñó:

—¡Ya te tengo!

—¡Oh, no! —Lucy se tapó la boca con la mano. El señor Bridgerton estaba sujetando a alguien en el suelo, y sus manos parecían estar muy cerca del cuello de su presa.

Lady Bridgerton corrió hacia ellos, y Lucy, al verla, se acordó por fin de sus pies y también echó a correr. Si era Richard (¡oh, por favor, que no fuera Richard!), tenía que llegar hasta él antes de que el señor Bridgerton le matara.

—¡Suélteme!

—¡Richard! —chilló Lucy. Era su voz. No había duda.

El hombre tirado en el suelo del invernadero se retorció, y entonces ella pudo verle la cara.

—¿Lucy? —Parecía pasmado.

—¡Oh, Richard! —Había todo un mundo de desilusión en aquellas dos palabras.

—¿Dónde está ella? —preguntó Gregory con aspereza.

—¿Quién?

Lucy se sintió mareada. La ignorancia de Richard era fingida. Ella le conocía demasiado bien. Estaba mintiendo.

—La señorita Watson —gruñó Gregory.

—No sé de qué está...

Un horrible gorgoteo salió de la garganta de Richard.

—¡Gregory! —Lady Bridgerton le agarró del brazo—. ¡Basta!

Él aflojó las manos. Un poco.

—Puede que no esté aquí —dijo Lucy. Sabía que no era cierto, pero por alguna razón aquel le parecía el mejor modo de salvar la situación—. A Richard le encantan las flores. Siempre le han encantado. Y no le gustan las fiestas.

—Es cierto —jadeó su hermano.

—Gregory —dijo lady Bridgerton—, deja que se levante.

Lucy se volvió para mirarla mientras hablaba, y entonces lo vio. Detrás de lady Bridgerton.

Rosa. Solo un destello. Más bien una franja, en realidad, apenas visible entre las plantas.

Hermione iba vestida de rosa. De ese mismo tono.

Los ojos de Lucy se agrandaron. Quizá fuera solamente una flor. Había montones de flores rosas. Lucy se volvió hacia Richard. Deprisa.

Demasiado deprisa. El señor Bridgerton la vio volver la cabeza.

—¿Qué ha visto? —preguntó.

—Nada.

Pero él no la creyó. Soltó a Richard y comenzó a avanzar hacia el lugar que Lucy estaba mirando, pero Richard se puso de lado y le agarró del tobillo. Gregory cayó con un grito y enseguida se tomó la revancha agarrando a Richard de la camisa y tirando de él con tal fuerza que arrastró su cabeza por el suelo.

—¡No! —gritó Lucy, abalanzándose hacia ellos. ¡Santo Dios!, iban a matarse entre ellos. Primero el señor Bridgerton estaba arriba; luego estaba Richard, y después otra vez el señor Bridgerton. Luego, Lucy ya no sabía quién iba ganando. Y entre tanto no paraban de zurrarse el uno al otro.

Lucy quería separarlos, pero no veía cómo sin arriesgarse a salir malparada. Ellos no repararían en algo tan insignificante como un ser humano.

Tal vez Lady Bridgerton pudiera detenerlos. Aquella era su casa, y los invitados eran responsabilidad suya. Ella podría enfrentarse a la situación con más autoridad de la que Lucy podría reunir.

Lucy se dio la vuelta.

—Lady Brid...

Las palabras se disiparon en su garganta. Lady Bridgerton no estaba donde la había visto un momento antes.

¡Oh, no!

Lucy se giró frenéticamente.

—¿Lady Bridgerton? ¿Lady Bridgerton?

Y entonces apareció, avanzando hacia ella entre las plantas. Llevaba a Hermione cogida con fuerza de la muñeca. Hermione tenía el pelo revuelto, y su vestido estaba arrugado y sucio, y (¡santo cielo!) parecía a punto de llorar.

—Hermione... —susurró Lucy—. ¿Qué ha pasado? ¿Qué ha hecho Richard?

Hermione no dijo nada durante un momento. Se quedó allí, como un cachorro amedrentado, con el brazo estirado flojamente delante de sí, casi como si hubiera olvidado que lady Bridgerton seguía sujetándola por la muñeca.

—Hermione, ¿qué ha pasado?

Lady Bridgerton la soltó, y fue casi como si Hermione fuera agua liberada de un dique.

—¡Oh, Lucy! —sollozó, y se le quebró la voz al precipitarse hacia ella—. Lo siento muchísimo.

Paralizada por la impresión, Lucy la abrazó... o casi. Hermione se aferraba a ella como una niña, pero Lucy no sabía qué hacer. Sus brazos parecían ajenos, como si no le pertenecieran. Miró por encima del hombro de Hermione, al suelo. Los hombres habían dejado de pelearse por fin, pero ella ya no estaba segura de que le importara.

—¿Hermione? —Retrocedió lo suficiente para verle la cara—. ¿Qué ha ocurrido?

—¡Oh, Lucy! —dijo Hermione—. Otra vez el cosquilleo.

Una hora después, Hermione y Richard estaban prometidos en matrimonio. Lady Lucinda había vuelto a la fiesta, aunque no podía concentrarse en nada de lo que se decía. Pero Kate había insistido.

Gregory estaba borracho. O, al menos, hacía lo posible por estarlo.

Suponía que la noche le había deparado unos cuantos favores, aunque fueran pequeños. No se había topado con lord Fennsworth y la señorita Watson en flagrante delito. Fuera lo que fuera lo que habían hecho (y Gregory invertía gran cantidad de energía en no imaginárselo), habían parado cuando Kate gritó el nombre de Fennsworth.

Incluso ahora todo aquello le parecía una farsa. Hermione se había disculpado, Lucy se había disculpado, Kate se había disculpado, lo cual le había parecido muy raro en ella hasta que acabó la frase diciendo:

—... pero, a partir de este momento, están prometidos en matrimonio.

Fennsworth parecía encantado, el muy cretino, y hasta había tenido la desfachatez de lanzarle a Gregory una sonrisita satisfecha.

Gregory le había dado un rodillazo entre las piernas.

No muy fuerte.

Podría haber sido un accidente. De veras. Todavía estaban en el suelo, trabados en posición de empate. Era completamente plausible que se le hubiera escapado la rodilla.

Hacia arriba.

Fuera como fuese, Fennsworth había soltado un gruñido y se había derrumbado. Gregory se puso de lado nada más aflojar el conde las manos, y se levantó ágilmente.

—Lo lamento —les había dicho a las damas—. No sé qué le ha pasado.

Y eso, aparentemente, había sido todo. La señorita Watson se había disculpado con él, después de disculparse primero con Lucy, luego con Kate y finalmente con Fennsworth, aunque Dios sabría por qué, puesto que estaba claro que había ganado él.

—No es necesario que se disculpe —había dicho Gregory, crispado.

—No, pero... —Parecía angustiada, pero a Gregory no le importaba demasiado—. Me lo pasé muy bien en el desayuno —le dijo ella—. Solo quería que lo supiera.

¿Por qué? ¿Por qué le había dicho eso? ¿Creía acaso que así se sentiría mejor?

Gregory no había dicho una palabra. Inclinó la cabeza y se alejó. Los demás podían arreglar los detalles por su cuenta. Él no estaba emparentado con la flamante pareja de novios, ni tenía responsabilidades para con ellos o la casa. No le importaba cuándo o cómo se informaría a sus familias.

Aquello no era asunto suyo. Nada de todo aquello lo era.

Así que se fue. Tenía que encontrar una botella de coñac.

Y ahora allí estaba. En el despacho de su hermano, bebiéndose el licor de su hermano y preguntándose qué demonios significaba todo aquello. Había perdido a la señorita Watson, eso estaba claro. A menos, naturalmente, que estuviera dispuesto a raptarla.

Y no estaba dispuesto. Desde luego que no. Seguramente ella se pasaría todo el camino chillando como una idiota. Eso por no mencionar el asuntillo de que probablemente se había entregado a Fennsworth. Ah, y de que Gregory destruiría su buena reputación. No había más que hablar. Uno no raptaba a una señorita de buena familia (sobre todo si estaba prometida con un conde) y esperaba salir con su buen nombre intacto.

Se preguntaba qué le habría dicho Fennsworth para quedarse con ella a solas.

Se preguntaba qué había querido decir Hermione al hablar del «cosquilleo».

Se preguntaba si le invitarían a la boda.

Hum... Seguramente. Lucy insistiría, ¿verdad? Era muy puntillosa con el decoro. Los buenos modales, ante todo.

¿Y ahora qué? Después de tantos años sintiéndose ligeramente perdido, esperando a que las piezas de su vida acabaran de encajar, había creído verlo todo claro por fin. Había encontrado a la señorita Watson y estaba listo para dar un paso adelante y conquistarla.

El mundo le había parecido radiante, benéfico, lleno de promesas.

Sí, desde luego, el mundo le había parecido radiante, benéfico y lleno de promesas otras veces. No había sido infeliz en absoluto. De hecho, no le había importado esperar, en realidad. Ni siquiera estaba seguro de que quisiera encontrar novia tan pronto. El hecho de saber que su verdadero amor existía no significaba que quisiera hacerla suya inmediatamente.

Hasta entonces había llevado una vida muy agradable. Qué demonios, casi todos los hombres habrían dado los colmillos por estar en su lugar.

Menos Fennsworth, claro.

Seguramente aquel maldito cretino estaba tramando ya cada detalle de su noche de bodas en ese preciso instante.

¡Maldito ca...!

Gregory apuró la copa y se sirvió otra.

Así pues, ¿qué significaba aquello? ¿Qué pasaba cuando uno conocía a una mujer que le hacía olvidarse de respirar y ella iba y se casaba con otro? ¿Qué se suponía que debía hacer ahora? ¿Sentarse y esperar a que la nuca de otra mujer le hiciera entrar en éxtasis?

Bebió otro trago. Estaba harto de nucas. Estaban muy sobrevaloradas.

Se recostó en la silla, apoyando los pies sobre el escritorio de su hermano. A Anthony le sacaría de quicio, claro, pero ¿acaso estaba allí? No. ¿Acaso acababa de descubrir él a la mujer con la que confiaba en casarse en brazos de otro hombre? No. Y, lo que venía más a cuento, ¿acaso su cara había servido de saco de boxeo a un joven conde sorprendentemente atlético?

Desde luego que no.

Gregory se tocó con cuidado el pómulo izquierdo. Y el ojo derecho.

No iba a estar muy guapo al día siguiente, eso seguro.

Pero tampoco lo estaría Fennsworth, pensó alegremente.

¿Alegremente? ¿Estaba alegre? ¿Quién lo hubiera dicho?

Soltó un suspiro e intentó descubrir hasta qué punto estaba sobrio. Tenía que ser el coñac. La noche no estaba para alegrías.

Aunque...

Gregory se levantó. Solo por probar. Como indagación científica. ¿Podía sostenerse en pie?

Podía.

¿Podía caminar?

¡Sí!

Ah, pero ¿podía caminar derecho?

Casi.

Hum... No estaba ni mucho menos tan borracho como pensaba.

Ya que estaba, podía salir. No tenía sentido malgastar aquel buen humor tan inesperado.

Se acercó a la puerta y puso la mano en el pomo. Se detuvo y ladeó la cabeza, pensativo.

Tenía que ser el coñac. En serio, no había otra explicación.

11

En el que nuestro héroe hace algo
que jamás hubiera esperado.

Lucy reparó en la ironía de lo sucedido esa noche mientras regresaba a su habitación.

Sola.

Después del susto de la desaparición de Hermione; después de que le echaran un buen rapapolvo por escaparse sola en medio de una noche que estaba resultando un tanto alborotada; después de que una pareja se viera forzada a prometerse en matrimonio... ¡por el amor de Dios!, nadie había notado que Lucy se marchaba sola del baile de máscaras.

Aún no podía creer que lady Bridgerton se hubiera empeñado en que volviera a la fiesta. Prácticamente la había llevado a rastras y la había dejado al cuidado de una tía solterona antes de irse en busca de la madre de Hermione, quien, era de suponer, no tenía ni idea del sobresalto que la esperaba.

Así pues, Lucy se había quedado al borde del salón de baile como una tonta, mirando al resto de los invitados y preguntándose cómo era posible que vivieran ajenos a lo sucedido esa noche. Le parecía inconcebible que tres vidas se hubieran vuelto del revés por completo y que el resto del mundo siguiera como siempre.

No, pensó con bastante tristeza. En realidad, eran cuatro. También había que contar al señor Bridgerton. Sus planes para el futuro eran muy distintos al empezar la velada.

Para los demás, en cambio, todo parecía perfectamente normal. Bailaban, reían y se comían los emparedados que seguían aún perturbadoramente mezclados en una sola fuente.

Era una escena de lo más extraño. ¿No debería haber algo distinto? ¿No debería acercarse alguien a Lucy y decir con mirada inquisitiva: «Parece usted alterada. ¡Ah, ya sé! Será que su hermano ha seducido a su mejor amiga»?

Nadie lo hizo, desde luego, y cuando se miró en un espejo Lucy vio con sobresalto que parecía la de siempre. Un poco cansada, quizá, tal vez un tanto pálida, pero, aparte de eso, la misma Lucy de siempre.

El pelo rubio, no tan rubio. Los ojos azules... no tan azules. La boca de forma rara que nunca se estaba quieta como ella quería, y la misma nariz inclasificable con las mismas siete pecas, incluida la de cerca del ojo, en la que solo se fijaba ella.

Aquella peca parecía Irlanda. Lucy no sabía por qué aquello le interesaba, pero así era.

Suspiró. Nunca había estado en Irlanda, y seguramente nunca iría. Era ridículo que de pronto aquello le molestara, porque ni siquiera tenía ganas de ir a Irlanda.

Pero, si quería ir, tendría que pedírselo a lord Haselby, ¿no? No era muy distinto a tener que pedirle permiso al tío Robert para hacer, en fin, cualquier cosa, pero aun así...

Movió la cabeza de un lado a otro. Ya estaba bien. Había sido una noche extraña, y ella estaba de un ánimo extraño, atrapada con toda su extrañeza en un baile de máscaras.

Estaba claro que lo que tenía que hacer era irse a la cama.

Y así, tras pasar media hora intentando fingir que se divertía, por fin quedó claro que la tía soltera a la que le habían confiado su cuidado no entendía el alcance de su cometido. No fue difícil deducirlo. Cuando Lucy intentó hablar con ella, la tía soltera achicó los ojos, miró por las ranuras del antifaz y dijo con voz chillona:

—¡Levanta esa barbilla, niña! ¿Te conozco?

Lucy pensó que era aquella una oportunidad que no podía perder, de modo que contestó:

—Lo siento. La he confundido con otra persona. —Y salió del salón de baile.

Sola.

La verdad era que casi tenía gracia.

Casi.

No era tonta, desde luego, y esa noche había recorrido suficientemente la casa como para saber que, aunque los invitados se habían diseminado al oeste y el sur del salón, no se habían aventurado en el ala norte, donde se hallaban las habitaciones privadas de la familia. Estrictamente hablando, Lucy tampoco debía ir en aquella dirección, pero después de lo que le había pasado en las últimas dos horas, creía merecer un poco de lasitud.

Pero cuando llegó al largo pasillo que llevaba al norte, vio una puerta cerrada. Parpadeó, sorprendida; nunca había reparado en que hubiera una puerta allí. Supuso que los Bridgerton solían dejarla abierta. Entonces se le cayó el alma a los pies. Seguramente estaría cerrada con llave. ¿Qué sentido tenía cerrar una puerta, si no era para evitar que entrara la gente?

Pero el pomo giró con facilidad. Lucy cerró con cuidado la puerta tras ella y prácticamente se derritió de alivio. No soportaba la idea de volver a la fiesta. Solo quería meterse en la cama, acurrucarse bajo las mantas, cerrar los ojos y dormir, dormir y dormir.

Aquello le sonaba a gloria. Y, con un poco de suerte, Hermione no habría vuelto aún. O, mejor aún, su madre insistiría en que pasara la noche en su cuarto.

Sí, en ese momento estar sola le parecía extremadamente atractivo.

El pasillo estaba a oscuras y en silencio cuando echó a andar. Pasado cerca de un minuto, sus ojos se acostumbraron a la penumbra. No había ni lámparas ni velas para alumbrar el camino, pero algunas puertas estaban abiertas, y pálidos rayos de luna formaban rectángulos sobre la alfombra. Lucy avanzaba despacio y con una rara determinación. Cada uno de sus pasos parecía cuidadosamente medido y enfilado, como si estuviera en equilibrio sobre una cuerda que cruzaba justo por el centro del pasillo.

Uno, dos...

Nada fuera de lo corriente. Con frecuencia contaba sus pasos. Y siempre los contaba cuando subía escalones. Se había llevado una sorpresa cuando, al llegar a la escuela, había descubierto que no todo el mundo lo hacía.

...tres, cuatro...

La alfombra del pasillo parecía monocromática a la luz de la luna, pero Lucy sabía que los rombos grandes eran rojos y los pequeños dorados. Se preguntó si sería posible pisar solo los dorados.

...cinco, seis...

O quizá los rojos. Con los rojos sería más fácil. No estaba la noche para retos.

...siete, ocho...

—¡Ay!

Chocó con algo. O, ¡santo cielo!, con alguien. Iba andando con la mirada baja, siguiendo los rombos rojos, y no había visto... Pero ¿acaso no debería haberla visto la otra persona?

Unas manos fuertes la agarraron por los brazos para sujetarla. Y entonces...

—¿Lady Lucinda?

Se quedó helada.

—¿Señor Bridgerton?

La voz de él sonaba baja y suave en la penumbra.

—Vaya, esto sí que es una coincidencia.

Lucy se desasió cuidadosamente (él la había agarrado por los brazos para impedir que se cayera) y dio un paso atrás. El señor Bridgerton parecía enorme en la estrechez del pasillo.

—¿Qué hace usted aquí? —preguntó.

Él le lanzó una sonrisa sospechosamente fácil.

—¿Y usted?

—Me voy a la cama. Este pasillo me pareció la mejor ruta —explicó ella, y luego añadió con expresión irónica—: dado que voy *inacompañada*.

Él ladeó la cabeza. Frunció la frente. Parpadeó. Y por fin dijo:

—¿Existe esa palabra?

Por alguna razón, aquello hizo sonreír a Lucy. No con los labios, exactamente, sino por dentro, donde más importaba.

—No creo —contestó—. Pero la verdad es que no me importa.

Él sonrió levemente y luego señaló con la cabeza la habitación de la que acababa de salir.

—Estaba en el despacho de mi hermano. Meditando.

—¿Meditando?

—Esta noche hay muchas cosas sobre las que meditar, ¿no le parece?

—Sí. —Paseó la mirada por el pasillo. Por si acaso había alguien más, aunque estaba segura de que no era así—. No debería estar aquí a solas con usted.

Él asintió, muy serio.

—No quisiera interponerme en su compromiso.

Lucy ni siquiera había pensado en eso.

—Quería decir que, después de lo que ha pasado con Hermione y... —De pronto le pareció cruel decirlo en voz alta—. Bueno, seguro que se hace usted cargo.

—En efecto.

Ella tragó saliva y luego intentó fingir que no le miraba la cara para ver si estaba disgustado.

Él se limitó a parpadear, se encogió de hombros y su expresión pareció...

¿Indiferente?

Lucy se mordisqueó el labio. No, eso no podía ser. Tenía que haberse equivocado. El señor Bridgerton estaba enamorado. Él mismo se lo había dicho.

Pero aquello no era asunto suyo. Tenía que hacer cierto esfuerzo por *autorrecordárselo* (por añadir otra palabra a su colección, que iba rápidamente en aumento), pero así era: no era asunto suyo. En absoluto.

Bueno, salvo en lo tocante a su hermano y su mejor amiga. Nadie podía decir que aquello no le atañera. Si hubiera sido solo Hermione, o solo Richard, tal vez podría haberse discutido que tuviera derecho a no meter las narices, pero tratándose de ambos... En fin, estaba claro que aquello sí la incumbía.

El señor Bridgerton, en cambio..., no era asunto suyo.

Le miró. Se había aflojado el cuello de la camisa, y Lucy vio una estrecha franja de piel que sabía que no debía mirar.

No. ¡No! No era asunto suyo. En absoluto.

—Sí, ya —dijo, y arruinó su tono decidido con una tos involuntaria. Un espasmo. Una tos espasmódica, vagamente acentuada por las palabras—: Debería irme.

Pero le salió más bien como si... Bueno, le salió como si fuera algo que no pudiera escribirse con las veintiséis letras del alfabeto. Tal vez el alfabeto cirílico sirviera. O quizás el hebreo.

—¿Se encuentra bien? —inquirió él.

—Perfectamente bien —balbució ella, y entonces se dio cuenta de que estaba mirando otra vez ese lugar que ni siquiera era su cuello. Era más bien su pecho; o sea, un lugar completamente indecoroso.

Apartó los ojos y volvió a toser, esta vez a propósito. Porque tenía que hacer algo. Si no, volverían a írsele los ojos donde no debían.

Él la observaba muy serio, casi con gravedad, mientras ella se recobraba.

—¿Mejor?

Lucy asintió con la cabeza.

—Me alegro.

¿Se alegraba? ¿Se alegraba? ¿Qué quería decir con eso?

Él se encogió de hombros.

—Odio que me ocurra eso.

Solo significa que es un ser humano, Lucy, pazguata. Un ser humano que sabe lo que es tener carraspera.

Se estaba volviendo loca. Estaba segura de ello.

—Debería irme —farfulló.

—Sí, debería.

—No, de veras.

Pero se quedó allí parada.

Él la miraba de la manera más extraña. Tenía los ojos entornados, no con esa expresión de enfado que suele asociarse con los ojos entrecerrados, sino más bien como si estuviera pensando muy seriamente en algo.

Meditando. Eso era. Estaba meditando, como había dicho.

Pero estaba meditando sobre ella.

—¿Señor Bridgerton? —preguntó, indecisa. Y no porque supiera qué iba a preguntarle cuando él respondiera.

—¿Bebe usted, lady Lucinda?

¿Beber?

—¿Cómo dice?

Él le lanzó una media sonrisa avergonzada.

—Coñac. Sé dónde guarda mi hermano el coñac del bueno.

—¡Ah! —¡Santo Dios!—. No, claro que no.

—¡Qué lástima! —murmuró él.

—No podría, de veras —añadió ella porque, en fin, sentía que debía darle una explicación.

Aunque, naturalmente, no bebiera alcohol.

Y aunque, naturalmente, él lo supiera.

Él se encogió de hombros.

—No sé por qué he preguntado.

—Debería irme —repitió ella.

Pero él no se movió.

Ni ella tampoco.

Se preguntaba a qué sabría el coñac.

Y si alguna vez lo descubriría.

—¿Se ha divertido en la fiesta? —preguntó él.

—¿En la fiesta?

—¿No la han obligado a volver?

Ella asintió, levantando los ojos al cielo.

—Me lo sugirieron con mucho empeño.

—Ah, entonces es que la llevaron a rastras.

Para sorpresa propia, Lucy se echó a reír.

—Más bien. Y no llevaba antifaz, así que destacaba un poco.

—¿Como un champiñón?

—¿Como un...?

Él miró su vestido y señaló el color.

—Un champiñón azul.

Lucy se miró y luego le miró a él.

—Señor Bridgerton, ¿está usted beodo?

Él se inclinó hacia delante con una sonrisa pícara y ligeramente bobalicona. Levantó la mano y con el índice y el pulgar marcó una distancia de unos dos centímetros y medio.

—Solo un poquito.

Ella le miró dubitativamente.

—¿De veras?

Él se miró los dedos con la frente fruncida; luego abrió los dedos un par de centímetros más.

—Bueno, esto quizás.

Lucy no sabía mucho ni de hombres ni de licores, pero sabía lo suficiente de ambos para preguntar:

—¿No sucede siempre así?

—No. —Él levantó las cejas y la miró con suficiencia—. Por lo general sé exactamente lo borracho que estoy.

Lucy no supo qué responder a eso.

—Pero, ¿sabe usted?, esta noche no estoy seguro. —Parecía sorprendido.

—¡Ah! —Esa noche, Lucy estaba de lo más elocuente.

Él sonrió.

Ella notó algo raro en el estómago.

Intentó devolverle la sonrisa. Debía irse, de veras.

Pero, naturalmente, no se movió.

Él ladeó la cabeza y soltó una exhalación pensativa, y Lucy pensó que estaba haciendo justamente lo que le había dicho: meditar.

—Estoy pensando —dijo él lentamente—, que, teniendo en cuenta lo sucedido esta noche...

Ella se inclinó hacia él, expectante. ¿Por qué la gente siempre se interrumpía cuando estaba a punto de decir algo importante?

—¿Señor Bridgerton? —dijo, animándole a seguir, porque él se había quedado mirando un cuadro de la pared.

Él frunció los labios pensativamente.

—¿No cree usted que debería estar un poco más apenado?

Ella entreabrió los labios, sorprendida.

—¿No está apenado? ¿Cómo es posible?

Él se encogió de hombros.

—No tanto como debiera, teniendo en cuenta que casi se me paró el corazón la primera vez que vi a la señorita Watson.

Lucy esbozó una sonrisa tensa.

Él volvió a enderezar la cabeza, la miró y parpadeó. Tenía los ojos perfectamente límpidos, como si acabara de llegar a una conclusión obvia.

—Razón por la cual sospecho del coñac.

—Entiendo. —No lo entendía, claro, pero ¿qué otra cosa podía decir? —. Parecía... eh... parecía usted afligido, desde luego.

—Estaba enfadado —explicó él.

—¿Ya no lo está?

Él se lo pensó.

—Sí, sigo enfadado.

Lucy sintió entonces la necesidad de disculparse, aunque sabía que era ridículo, porque nada de aquello era culpa suya. Pero tenía tan arraigado el impulso de disculparse por todo... No podía remediarlo. Quería que todo el mundo fuera feliz. Siempre había sido así. De ese modo, todo era más sencillo. Más ordenado.

—Lamento no haberle creído respecto a mi hermano —dijo—. No lo sabía. De veras, no lo sabía.

Él la miró con expresión amable. Lucy no supo cómo había ocurrido, porque un instante antes parecía impasible y locuaz. Ahora, en cambio, estaba... distinto.

—Lo sé —repuso él—. Y no hace falta que se disculpe.

—Me sorprendí tanto como usted cuando los encontramos.

—Yo no me sorprendí mucho —dijo él. Con delicadeza, como si intentara no herir sus sentimientos; que no se sintiera tan necia por no haber visto lo obvio.

Ella asintió.

—No, supongo que no. Usted era consciente de lo que ocurría y yo no. —Y se sentía verdaderamente como una idiota. ¿Cómo podía haber estado tan ciega? Eran Hermione y su hermano, ¡por el amor de Dios! Si alguien tenía que detectar un romance en ciernes, debería haber sido ella.

Hubo un silencio (un silencio violento), y luego él dijo:

—Me repondré.

—Oh, claro que sí —dijo Lucy en tono tranquilizador. Y se sintió más tranquila, porque era tan delicioso y tan normal ser la que intentaba arreglar las cosas... Eso era lo que ella hacía. Ir de acá para allá. Asegurarse de que todo el mundo estaba feliz y contento.

Así era ella.

Pero entonces él preguntó (¡ay!, ¿por qué lo preguntaría?):

—¿Y usted?

Ella no dijo nada.

—Si se repondrá —aclaró él—. ¿Se repondrá usted... —Hizo una pausa; luego se encogió de hombros— también?

—Por supuesto —contestó Lucy con demasiada prisa.

Pensó que aquello zanjaría la cuestión, pero él dijo:

—¿Está segura? Porque parecía usted un poco...

Ella tragó saliva y esperó, incómoda, su opinión.

—... conmocionada —concluyó él.

—Bueno, estaba sorprendida —dijo Lucy, y se alegró de tener una respuesta—. Y también un poco desconcertada, claro. —Pero notó una ligera vacilación en su voz, y se preguntó a cuál de los dos intentaba convencer.

Él no dijo nada.

Ella tragó saliva. Aquello era incómodo. Ella estaba incómoda, y sin embargo seguía hablando, seguía dándole explicaciones.

—No estoy del todo segura de qué ocurrió —dijo.

Él siguió sin decir nada.

—Me sentía un poco... Justo aquí... —Se llevó la mano al pecho, al sitio en el que se había sentido tan paralizada. Le miró, casi suplicándole con los ojos que dijera algo, que cambiara de tema y zanjara la conversación.

Pero él no lo hizo. Y el silencio hizo que siguiera explicándose.

Si él hubiera hecho una pregunta, si hubiera dicho una sola palabra de consuelo, ella no se lo habría dicho. Pero el silencio pesaba demasiado. Había que llenarlo.

—No podía moverme —dijo, probando las palabras al tiempo que las decía. Era como si, al hablar, confirmara por fin lo que había ocurrido—. Llegué a la puerta y no pude abrirla.

Levantó la vista hacia él, buscando respuestas. Pero, naturalmente, él no tenía ninguna.

—Yo... no sé por qué estaba tan abrumada. —Su voz sonaba jadeante, nerviosa incluso—. Quiero decir que... era Hermione. Y mi hermano. Lamento... lamento que usted sufra, pero todo esto es bastante bueno, en realidad. Es bonito. O, al menos, debería serlo. Hermione será mi hermana. Siempre he querido tener una hermana.

—A veces son divertidas. —Lo dijo con una media sonrisa, y logró que Lucy se sintiera mejor. Era notable hasta qué punto lo logró. Y aquello bastó para que ella siguiera hablando a borbotones, esta vez sin vacilar, sin un solo tartamudeo.

—No podía creer que se hubieran ido juntos. Deberían haber dicho algo. Deberían haberme dicho que se gustaban. Yo no tendría que haberlo descubierto así. No está bien. —Le cogió del brazo y le miró con expresión seria y apremiante—. No está bien, señor Bridgerton. No está bien.

Él movió la cabeza de un lado a otro, pero solo ligeramente. Su barbilla y sus labios apenas se movieron cuando dijo:

—No.

—Todo está cambiando —susurró ella, y ya no hablaba de Hermione. Pero no importaba, salvo porque no quería seguir pensando en ello. En eso, no. No en el futuro—. Todo está cambiando —repitió en voz baja—. Y yo no puedo evitarlo.

La cara de él parecía estar más cerca cuando repitió:

—No.

—Es demasiado. —No podía dejar de mirarle, no podía apartar los ojos de los suyos, y, a pesar de que estaban casi pegados, seguía susurrando—: Es demasiado...

Entonces sus labios... tocaron los de ella.

En un beso.

La había besado.

A ella. A Lucy. Por primera vez, se trataba de ella. Ella estaba en el centro de su mundo. Aquella era su vida. Y aquello le estaba pasando a ella.

Era asombroso, porque todo parecía tan inmenso, tan transformador... Y sin embargo era solo un beso: suave, apenas un roce, tan leve que casi le hacía cosquillas. Sintió una efusión, un estremecimiento, una ligereza y un hormigueo en el pecho. Su cuerpo parecía cobrar vida, y al mismo tiempo quedar paralizado, como si temiera que un movimiento en falso lo disipara todo.

Y ella no quería que aquello se disipara. Que Dios se apiadara de ella: quería que aquello sucediera. Quería aquel momento, y quería aquel recuerdo, y quería...

Solo quería.

Lo quería todo. Todo lo que pudiera conseguir.

Todo lo que fuera capaz de sentir.

Él la rodeó con los brazos, y ella se apoyó en él y suspiró contra su boca cuando sus cuerpos se tocaron. Eso era, pensó confusamente. Esa era la música. Una sinfonía.

Un cosquilleo. Y mucho más.

La boca de él se volvió más apremiante, y Lucy se abrió para él, disfrutando del calor de su beso. Aquel beso le hablaba, apelaba a su alma. Él la apretaba cada vez con más fuerza, y ella le rodeó con los brazos y posó las manos en el lugar en el que su pelo y el cuello de su camisa se tocaban.

No había tenido intención de tocarle, ni siquiera lo había pensado. Sus manos parecían saber dónde iban, cómo encontrarle, cómo hacer que se acercara. Arqueó la espalda, y el calor que ardía entre ambos se hizo más intenso.

Y el beso siguió... y siguió.

Ella lo sentía en el vientre, lo sentía en los dedos de los pies. Aquel beso parecía llegar a todas partes, recorrer toda su piel, calar hasta su alma.

—Lucy... —susurró él, separando por fin sus labios para trazar una ardiente senda de besos por su mandíbula, hasta su oído—. ¡Dios mío, Lucy!

Ella no quería hablar, no quería hacer nada que rompiera el hechizo. No sabía cómo llamarle, no podía decir «Gregory», pero «señor Bridgerton» ya no le sonaba bien.

Ahora, él era mucho más que eso. Mucho más para ella.

No se había equivocado. Todo estaba cambiando. No se sentía la misma. Se sentía...

Despierta.

Él ladeó la cabeza para mordisquear el lóbulo de su oreja, y ella gimió: de sus labios escaparon sonidos suaves e incoherentes, como una canción. Quería hundirse en él. Quería tumbarse en la alfombra y llevarle consigo. Quería sentir su peso, su calor, y quería tocarle: quería hacer algo. Quería actuar. Quería atreverse.

Deslizó las manos hasta su pelo y hundió los dedos entre sus mechones sedosos. Él dejó escapar un gruñidito, y el sonido de su voz bastó para acelerar el corazón de Lucy. Él le hacía caricias en el cuello, con los labios, con la lengua, con los dientes... Lucy no sabía con qué, pero algo la estaba poniendo al rojo vivo.

Él deslizó los labios por la columna de su garganta, derramando fuego sobre su piel. Y sus manos... sus manos se habían movido. La agarraban, la apretaban contra él, y todo parecía urgente.

No se trataba ya de lo que ella quería. Se trataba de lo que necesitaba.

¿Era aquello lo que le había pasado a Hermione? ¿Se había ido a dar un paseo inocente con Richard y luego... había ocurrido aquello?

Lucy lo comprendía ahora. Comprendía lo que significaba desear algo que uno sabía que estaba mal, y dejar que ocurriera a pesar de que podía provocar un escándalo y...

Y entonces lo dijo. Probó.

—Gregory... —susurró, ensayando el nombre con los labios. Parecía una carantoña, una muestra de intimidad; casi le daba la impresión de que podía cambiar el mundo y todo cuanto la rodeaba con una sola palabra.

Si decía su nombre, entonces él podría ser suyo, y ella podría olvidarse de todo, podría olvidar a...

Haselby.

¡Dios santo, estaba prometida! Ya no era un simple sobreentendido. Se habían firmado los papeles. Y ella estaba...

—No —dijo, presionando con las manos sobre su pecho—. No, no puedo.

Él dejó que le apartara. Lucy volvió la cabeza, temiendo mirarle. Sabía que... si veía su cara...

Era débil. No podría resistirse.

—Lucy... —dijo él, y ella comprendió que oírle hablar era tan difícil de soportar como ver su cara.

—No puedo hacer esto. —Sacudió la cabeza, sin mirarle—. Está mal.

—Lucy... —Y esta vez ella sintió sus dedos en la barbilla, urgiéndola suavemente a mirarle a la cara—. Por favor, permíteme que te acompañe arriba —dijo él.

—¡No! —dijo ella en voz demasiado alta, y se detuvo, tragando saliva, incómoda—. No puedo arriesgarme —añadió, y por fin dejó que sus ojos se encontraran.

Fue un error. El modo en que él la miraba... Sus ojos tenían una expresión severa, pero había algo más. Un asomo de ternura, un toque de afecto. Y de curiosidad. Como si... Como si no estuviera muy seguro de lo que estaba viendo. Como si la estuviera mirando por primera vez.

¡Cielo santo!, eso era lo que ella no podía soportar. Ni siquiera sabía muy bien por qué. Tal vez fuera porque él la estaba mirando a ella. Tal vez fuera porque su expresión era tan... suya. O tal vez fuera por ambas cosas.

Tal vez no importara.

Pero a ella la aterrorizaba de todos modos.

—No voy a dejarme disuadir —dijo él—. Tu seguridad es responsabilidad mía.

Lucy se preguntó qué había sido del hombre levemente ebrio y bastante jovial con el que había estado conversando un minuto antes. En su lugar había alguien enteramente distinto. Alguien bastante autoritario.

—Lucy... —dijo, y no fue exactamente una pregunta, sino más bien un recordatorio. Iba a salirse con la suya, y ella tendría que transigir.

—Mi habitación no está lejos —dijo, intentándolo por última vez de todas formas—. De veras, no necesito que me acompañes. Está subiendo esas escaleras.

Y recorriendo el pasillo y doblando la esquina, pero eso no hacía falta que él lo supiera.

—Entonces te acompaño hasta las escaleras.

Lucy sabía que no servía de nada discutir. Él no cejaría. Su voz sonaba tranquila, pero tenía un filo que ella no creía haber oído antes.

—Y me quedaré allí hasta que llegues a tu habitación.

—No es necesario.

Él no hizo caso.

—Da tres golpes en la puerta cuando llegues.

—No voy a...

—Si no oigo los golpes, subiré a asegurarme personalmente de que estás bien.

Cruzó los brazos, y mientras le miraba Lucy se preguntó si sería el mismo de haber sido el primogénito de la familia. Había en él una autoridad inesperada. Lucy pensó que habría sido un buen vizconde, aunque no estaba segura de que a ella le hubiera gustado tanto. Lord Bridgerton la aterrorizaba, francamente, aunque tal vez tuviera un lado más blando, dado que saltaba a la vista que adoraba a su mujer y sus hijos.

Aun así...

—Lucy...

Ella tragó saliva y rechinó los dientes. Odiaba tener que admitir que había mentido.

—Muy bien —dijo de mala gana—. Si quieres oírme llamar, más vale que subas la escalera.

Él asintió y la siguió hasta lo alto de los diecisiete escalones.

—Hasta mañana —dijo.

Lucy no dijo nada. Tenía la sensación de que sería poco sensato.

—Hasta mañana —repitió él.

Ella asintió con la cabeza porque parecía de rigor hacerlo, y porque no veía cómo iba a poder evitarle, de todas formas.

Y, además, quería verle. No debía querer, y sabía que no debía verle, pero no podía remediarlo.

—Sospecho que vamos a marcharnos —dijo—. Yo tengo que regresar con mi tío, y Richard... En fin, tendrá asuntos de los que ocuparse.

Pero sus explicaciones no cambiaron la expresión de Gregory. Su cara seguía pareciendo resuelta, y sus ojos seguían tan fijos en ella que Lucy se estremeció.

—Nos veremos por la mañana —se limitó a decir él.

Ella volvió a asentir y luego se fue lo más rápido que pudo sin echar a correr. Dobló la esquina y por fin vio su cuarto a tres puertas de distancia.

Pero se detuvo. Justo allí, en la esquina, fuera de su vista.

Y llamó tres veces.

Solo porque podía.

12

En el que nada se resuelve.

Cuando, al día siguiente, Gregory se sentó a desayunar, Kate ya estaba allí, desanimada y muy seria.

—Lo siento muchísimo —fue lo primero que le dijo cuando tomó asiento a su lado.

¿Qué pasaba con las disculpas?, se preguntó él. Esos últimos días parecía haberlas por doquier.

—Sé que esperabas...

—No es nada —la interrumpió él, lanzando una mirada al plato de comida que ella había dejado al otro lado de la mesa. Dos sitios más allá.

—Pero...

—Kate... —dijo él, y no reconoció su propia voz. Parecía más viejo, si ello era posible. Más duro.

Ella se quedó callada, con los labios todavía entreabiertos, como si las palabras se le hubieran helado en la lengua.

—No es nada —repitió Gregory, y volvió a concentrarse en sus huevos. No quería hablar de ello, no quería oír explicaciones. Lo hecho, hecho estaba, y no podía hacerse nada al respecto.

No estaba seguro de qué hacía Kate mientras él prestaba atención a su comida; seguramente estaría recorriendo la habitación con la mirada para ver si alguno de los invitados podía oír su conversación. De vez en cuando la oía removerse en el asiento, cambiando de postura sin darse cuenta como si se dispusiera a decir algo.

Él siguió con su beicon.

Y entonces (sabía que su cuñada no podría mantener la boca cerrada mucho tiempo):

—Pero ¿estás...?

Gregory se volvió. La miró con dureza. Y dijo una sola palabra.

—No.

Ella se quedó pasmada un momento. Luego sus ojos se agrandaron y su boca se curvó hacia arriba por una esquina. Solo un poco.

—¿Cuántos años tenías cuando nos conocimos? —preguntó.

¿Qué demonios se proponía?

—No lo sé —dijo con impaciencia mientras intentaba acordarse de la boda de su hermano. Había una barbaridad de flores. Tenía la sensación de haberse pasado semanas enteras estornudando—. Trece, quizá. ¿Doce?

Ella le miraba con curiosidad.

—Imagino que es duro ser mucho más joven que tus hermanos.

Él dejó su tenedor.

—Anthony, Benedict y Colin van muy seguidos, todos en fila. Como patos, he pensado siempre, aunque no soy tan tonta como para decirlo. Y luego... Hum... ¿Cuántos años te llevas con Colin?

—Diez.

—¿Nada más? —Kate parecía sorprendida, y Gregory no supo si aquello era particularmente halagüeño.

—Colin y Anthony se llevan seis años —continuó ella, poniéndose un dedo en la barbilla como si con ello quisiera indicar una profunda meditación—. Un poco más, en realidad. Pero supongo que la diferencia se nota menos, estando Benedict en medio.

Gregory aguardó.

—Bueno, no importa —dijo ella con energía—. Todo el mundo encuentra su lugar en la vida, a fin de cuentas. En fin...

Gregory la miró con perplejidad. ¿Cómo podía cambiar de tema así, por las buenas? Él no tenía ni idea de qué estaba hablando.

—... supongo que debería informarte sobre el resto de los acontecimientos de anoche. Después de que tú te fueras. —Kate suspiró (gruñó, en realidad), sacudiendo la cabeza—. Lady Watson se enfadó un poco porque no hubiéramos vigilado como es debido a su hija, aunque, a decir verdad, ¿de quién es la culpa? Y luego se enfadó porque la temporada de la señorita Watson en Londres hubiera acabado antes de que tuviera ocasión de gastarse el dinero en un nuevo vestuario. Porque, a fin de cuentas, ahora ya no hará su debut.

Hizo una pausa, esperando a que Gregory dijera algo. Él levantó las cejas, encogiéndose de hombros mínimamente, lo justo para indicarle que no tenía nada que añadir a la conversación.

Kate le dio un segundo más y luego continuó.

—Lady Watson se calmó enseguida cuando se le hizo notar que Fennsworth es conde, aunque sea joven.

Hizo otra pausa, frunciendo los labios.

—Es bastante joven, ¿verdad?

—No mucho más que yo —repuso Gregory, aunque la noche anterior Fennsworth le había parecido un chiquillo.

Kate pareció pensárselo.

—No —dijo despacio—, hay una diferencia. Él no es... Bueno, no sé. En todo caso...

¿Por qué siempre cambiaba de tema justo cuando empezaba a decir precisamente lo que Gregory quería oír?

—... el compromiso está hecho —prosiguió ella, cogiendo carrerilla—. Y creo que todas las partes implicadas están contentas.

Gregory supuso que él no contaba como parte implicada. Claro que se sentía más irritado que otra cosa. No le gustaba que le ganaran. En nada.

Bueno, menos disparando. A eso se había resignado hacía tiempo.

¿Cómo era posible que nunca, ni siquiera una vez, se le hubiera ocurrido que quizá no lograra conquistar a la señorita Watson? Había aceptado que no sería fácil, pero para él era un hecho consumado. Predestinado.

Y, de hecho, había hecho algunos progresos con ella. Se había reído con él, ¡maldita sea! Se había reído. Sin duda eso significaba algo.

—Van a marcharse hoy —dijo Kate—. Todos. Por separado, claro. Lady Watson y su hija tienen que preparar la boda, y lord Fennsworth va a llevar a su hermana a casa. Para eso vino, al fin y al cabo.

Lucy... Gregory tenía que ver a Lucy.

Había intentado no pensar en ella.

Con resultados dudosos.

Ella estaba allí todo el tiempo, revoloteando al fondo de su mente incluso mientras cavilaba sobre la pérdida de la señorita Watson.

Lucy... Ahora le parecía imposible pensar en ella como en lady Lucinda. Aunque no la hubiera besado, seguiría siendo Lucy. Lucy era ella. El nombre le sentaba como un guante.

Pero la había besado. Y había sido maravilloso.

Pero, más que cualquier otra cosa, había sido inesperado.

Todo en ello le había sorprendido, hasta el hecho mismo de besarla. Era Lucy. Se suponía que él no debía besarla.

Pero ella le había agarrado el brazo. Y sus ojos... ¿Qué tenían sus ojos? Le había mirado buscando algo.

Buscando algo en él.

Él no tenía pensado besarla. Simplemente había ocurrido. Se había sentido arrastrado, atraído inexorablemente hacia ella, y el espacio que los separaba se había ido haciendo cada vez más pequeño...

Y luego allí estaba ella. En sus brazos.

Había tenido ganas de tumbarse en el suelo, de extraviarse en ella y no dejarla marchar.

Había deseado besarla hasta que la pasión los desgarrara a ambos.

Había querido...

En fin, había querido hacer muchas cosas, a decir verdad. Pero también estaba un poco borracho.

No mucho. Pero sí lo justo para dudar de la autenticidad de su reacción.

Y estaba enfadado. Y confuso.

No con Lucy, claro, pero estaba casi seguro de que aquello había nublado su entendimiento.

Aun así, debía verla. Lucy era una señorita de buena familia. Y no podía besar uno a una señorita de buena familia sin dar explicaciones. Además, tenía que disculparse, aunque no le apeteciera.

Pero era lo que tenía que hacer.

Miró a Kate.

—¿Cuándo se marchan?

—¿Lady Watson y su hija? Esta tarde, creo.

No, estuvo a punto de soltar él, *me refería a lady Lucinda*. Pero se refrenó y dijo en tono despreocupado:

—¿Y Fennsworth?

—Pronto, creo. Lady Lucinda ya ha bajado a desayunar. —Kate se quedó pensando un momento—. Creo que Fennsworth dijo que quería estar en casa a la hora de la cena. Pueden hacer el viaje en un día. No viven muy lejos de aquí.

—Cerca de Dover —murmuró Gregory distraídamente.

Kate arrugó la frente.

—Creo que sí.

Gregory miró ceñudo su comida. Tenía pensado esperar allí a Lucy; ella no podría saltarse el desayuno. Pero si ya había comido, el momento de su partida tenía que estar cerca.

Y él necesitaba encontrarla.

Se levantó. Un poco bruscamente: golpeó con el muslo el borde de la mesa, y Kate le miró sobresaltada.

—¿No vas a acabarte el desayuno? —preguntó.

Él negó con la cabeza.

—No tengo hambre.

Ella le miró con visible incredulidad. A fin de cuentas, hacía más de diez años que formaba parte de la familia.

—¿Cómo es posible?

Gregory ignoró la pregunta.

—Que pases muy buena mañana.

—¿Gregory?

Él se volvió. No quería hacerlo, pero la voz de su cuñada tenía un ligero filo, lo justo para que se diera cuenta de que tenía que prestarle atención.

Los ojos de Kate se habían llenado de compasión... y de miedo.

—No irás a buscar a la señorita Watson, ¿verdad?

—No —contestó él, y aquello casi le hizo gracia, porque era lo último que se le hubiera pasado por la cabeza.

Lucy miraba fijamente sus baúles. Se sentía cansada. Y triste. Y confusa.

Y Dios sabía qué más.

Escurrida. Así era como se sentía. Había visto cómo las criadas retorcían y retorcían las toallas de baño hasta escurrir la última gota de agua.

A aquello había llegado.

Era una toalla de baño.

—¿Lucy?

Era Hermione, que había entrado sigilosamente en la habitación. La noche anterior, Lucy ya estaba dormida cuando su amiga regresó, y Hermione estaba dormida cuando Lucy se había marchado a desayunar.

Al volver Lucy, Hermione ya no estaba. Y Lucy se había alegrado de ello en muchos sentidos.

—Estaba con mi madre —explicó Hermione—. Nos vamos esta tarde.

Lucy asintió con la cabeza. Lady Bridgerton le había informado durante el desayuno de los planes de todo el mundo. Cuando había vuelto a su cuarto, todas las pertenencias de Hermione estaban guardadas y listas para que las cargaran en el carruaje.

Había llegado el momento, pues.

—Quería hablar contigo —dijo Hermione mientras se sentaba al borde de la cama, manteniéndose respetuosamente alejada de Lucy—. Quería darte una explicación.

Lucy seguía con la mirada fija en sus baúles.

—No hay nada que explicar. Me hace muy feliz que vayas a casarte con Richard. —Logró esbozar una sonrisa cansina—. Ahora serás mi hermana.

—No pareces feliz.

—Estoy cansada.

Hermione se quedó callada un momento; luego, cuando se hizo evidente que Lucy había acabado de hablar, dijo:

—Quería asegurarme de que sabías que no te estaba ocultando nada. Yo jamás haría eso. Espero que lo sepas.

Lucy asintió, porque lo sabía, aunque la noche anterior se hubiera sentido abandonada, y quizás también un poco traicionada.

Hermione tragó saliva; después tensó la mandíbula y tomó aliento. Y Lucy comprendió en ese momento que llevaba horas ensayando aquellas palabras, dándole vueltas en su cabeza, buscando la combinación exacta para decir lo que sentía.

Era exactamente lo que habría hecho Lucy, y sin embargo aquello le dio ganas de llorar.

Hermione, sin embargo, seguía cambiando de idea, eligiendo nuevas palabras y frases a medida que hablaba, pese a todos sus ensayos.

—Quería de verdad... No. No —dijo, hablando más para sí misma que para Lucy—. Lo que quiero decir es que creía de verdad que amaba al señor Edmonds. Pero me doy cuenta de que no era así. Porque primero fue el señor Bridgerton y luego... Richard.

Lucy levantó la vista bruscamente.

—¿Qué quieres decir con que primero fue el señor Bridgerton?

—Yo... no estoy segura, en realidad —respondió Hermione, azorada por la pregunta—. Cuando desayuné con él fue como si me despertara de un sueño muy largo y extraño. ¿Recuerdas que te hablé de ello? No oí música ni esas cosas, ni siquiera sentí... Bueno, no sé cómo explicarlo, pero aunque no estaba en absoluto abrumada (como me pasó con el señor Edmonds), me... me dio que pensar. Pensé en él. Pensé que quizá pudiera sentir algo. Si lo intentaba. Y no entendía cómo podía estar enamorada del señor Edmonds y al mismo tiempo pensar en el señor Bridgerton.

Lucy asintió. Gregory Bridgerton también la hacía fantasear a ella. Pero ella no se preguntaba si podía sentir algo. Eso lo sabía. Lo que quería saber era cómo no sentir nada.

Pero Hermione no notaba su congoja. O quizá Lucy la disimulaba muy bien. En todo caso, Hermione prosiguió con su explicación.

—Y luego... —dijo—, con Richard... no estoy segura de cómo ocurrió, pero estábamos dando un paseo y hablando, y todo era tan agradable... Más que agradable —se apresuró a añadir—. «Agradable» suena soso, y no fue así. Tenía la impresión de que estaba... bien. Como si hubiera llegado a casa.

Hermione sonrió, casi desvalida, como si no acabara de creerse su buena suerte. Y Lucy se alegraba por ella. Se alegraba de veras. Pero se preguntaba cómo era posible sentirse tan feliz y tan triste al mismo tiempo. Porque ella nunca iba a sentirse así. Y, aunque antes no hubiera creído en ello, ahora creía. Y eso lo hacía mucho peor.

—Lo siento si anoche no parecí alegrarme por ti —dijo en voz baja—. Me alegro. Muchísimo. Fue la impresión, nada más. Las cosas cambian tanto de repente...

—Pero son buenos cambios, Lucy —dijo Hermione con un brillo en los ojos—. Son buenos cambios.

Lucy deseó estar tan segura como ella. Quería hacer suyo el optimismo de Hermione, pero se sentía abrumada. Eso, sin embargo, no podía decírselo a su amiga estando Hermione radiante de felicidad.

Así que sonrió y dijo:

—Tendrás una buena vida con Richard. —Y lo decía sinceramente.

Hermione le tomó la mano y se la apretó con todo el cariño y la emoción que llevaba dentro.

—¡Ay, Lucy, lo sé! Hace mucho tiempo que le conozco, y es tu hermano, así que siempre ha hecho que me sienta segura. Cómoda, en realidad. No tengo que preocuparme por lo que piensa de mí. Seguramente tú ya se lo has contado todo, lo bueno y lo malo, y aun así cree que estoy bastante bien.

—Ignora que no sabes bailar —reconoció Lucy.

—¿Ah, sí? —Hermione se encogió de hombros—. Pues se lo diré. Quizás él pueda enseñarme. ¿Tiene talento para el baile?

Lucy movió la cabeza de un lado a otro.

—¿Ves? —dijo Hermione con una sonrisa melancólica, ilusionada y feliz al mismo tiempo—. Somos perfectos el uno para el otro. Todo se ha vuelto tan claro de repente... Es tan fácil hablar con él, y anoche... Me reí, y él también, y era todo tan... encantador. La verdad es que no puedo explicarlo.

Pero no tenía que explicar nada. Lucy temía saber exactamente lo que quería decir su amiga.

—Y luego estábamos en el invernadero, y era todo tan bonito, con la luz de la luna que entraba por los cristales... Estaba todo borroso y en penumbra, y... y entonces le miré. —Los ojos de Hermione se empañaron y se desenfocaron, y Lucy comprendió que se había perdido en el recuerdo.

Estaba perdida y era feliz.

—Le miré —repitió Hermione— y él me estaba mirando. Yo no pude apartar los ojos. No pude. Y entonces nos besamos. Fue... Ni siquiera lo pensé. Simplemente sucedió. Fue la cosa más natural y maravillosa del mundo.

Lucy asintió con tristeza.

—Ahora me doy cuenta de que antes no entendía nada. Con el señor Edmonds... Me creía locamente enamorada de él, pero no sabía lo que era el amor. Era tan guapo, y hacía que me sintiera tímida y nerviosa, pero nunca deseé besarle. Nunca le miré y me incliné hacia él, nunca quise porque... porque...

¿Porque qué? Lucy tenía ganas de gritar. Pero, aunque le apeteciera, le faltaban energías.

—Porque ese no era mi sitio —concluyó Hermione, y pareció sorprendida, como si no se hubiera dado cuenta hasta ese momento.

Lucy empezó a sentirse rara de pronto. Notaba los músculos tensos y tenía unas ganas locas de cerrar los puños. ¿A qué se refería Hermione? ¿Por qué le estaba diciendo aquello? Todo el mundo se había empeñado en decirle que el amor era una cosa mágica, algo salvaje e incontrolable que llegaba como una tormenta.

¿Y ahora era otra cosa? ¿Era comodidad? ¿Era algo apacible? ¿Algo que sonaba «bien»?

—¿Y qué de oír música? —se oyó preguntar—. ¿De verle la nuca y saberlo?

Hermione se encogió de hombros blandamente.

—No sé. Pero yo no me fiaría de eso, si fuera tú.

Lucy cerró los ojos, angustiada. No necesitaba las advertencias de Hermione. Ella jamás se habría fiado de una emoción así. No era de las que memorizaban sonetos de amor, ni nunca lo sería. Pero de lo otro (de las risas, de la comodidad y del sentirse «bien»), de eso se fiaría en un abrir y cerrar de ojos.

Y, ¡santo Dios!, eso era lo que había sentido con el señor Bridgerton.

Todo eso y también música.

Sintió que palidecía. Había oído música cuando le había besado. Había sido una verdadera sinfonía, con crescendos abrasadores y retumbar de tambores, y hasta con ese pulso leve y palpitante que una nunca notaba hasta que crecía y se apoderaba del ritmo del corazón.

Se había sentido flotar. Se había estremecido. Había sentido todo lo que Hermione le había dicho que sentía con el señor Edmonds... y todo lo que decía sentir con Richard, también.

Todo ello con una sola persona.

Estaba enamorada de él. Estaba enamorada de Gregory Bridgerton. Aquella convicción no podía ser más clara... ni más cruel.

—¿Lucy? —preguntó Hermione, vacilante. Y luego dijo—: ¿Luce?

—¿Cuándo es la boda? —preguntó Lucy bruscamente. Porque lo único que podía hacer era cambiar de tema. Se volvió, miró directamente a Hermione y le sostuvo la mirada por primera vez desde que habían empezado a hablar—. ¿Habéis hecho planes? ¿Será en Fenchley?

Detalles. Los detalles eran su salvación. Siempre lo habían sido.

Hermione pareció confusa, luego preocupada, y por fin dijo:

—Yo... No, creo que va a ser en Fennsworth Abbey. Es un poco más grande. Y... ¿seguro que estás bien?

—Muy bien —contestó Lucy con energía, y parecía ella, así que tal vez eso significara que también empezaría a sentirse como siempre—. Pero no me has dicho cuándo.

—¡Ah! Pronto. Me han dicho que anoche había gente cerca del invernadero. No sé qué habrán oído, o repetido, pero ya han empezado los rumores, así que habrá que organizar la boda a toda prisa. —Hermione le lanzó una sonrisa dulce—. No me importa. Y creo que a Richard tampoco.

Lucy se preguntó cuál de ellas llegaría primero al altar. Esperaba que fuera Hermione.

Llamaron a la puerta. Era una doncella a la que seguían dos lacayos. Iban a llevarse sus baúles.

—Richard quiere irse temprano —explicó Lucy, aunque no había visto a su hermano desde lo sucedido la víspera. Seguramente Hermione sabía más sobre sus planes que ella.

—Piénsalo, Lucy —dijo Hermione mientras la acompañaba a la puerta—. Seremos las dos condesas. Yo de Fennsworth y tú de Davenport. ¡Qué gran papel vamos a hacer!

Lucy sabía que su amiga intentaba animarla, así que hizo acopio de energías para que su sonrisa alcanzara también sus ojos y dijo:

—Será muy divertido, ¿verdad?

Hermione tomó su mano y la apretó.

—Sí, Lucy. Ya verás. Estamos al inicio de un nuevo día, y será un día radiante.

Lucy abrazó a su amiga. Era el único modo que se le ocurrió de ocultar la cara.

Porque en aquel momento le era imposible fingir una sonrisa.

Gregory la encontró justo a tiempo. Estaba en la glorieta de la puerta principal, sorprendentemente sola, salvo por un puñado de sirvientes que andaban de acá para allá. Gregory vio su perfil, la barbilla algo levantada, mientras contemplaba cómo cargaban los baúles en el carruaje. Parecía... tranquila. Cuidadosamente contenida.

—¡Lady Lucinda! —la llamó.

Se quedó muy quieta antes de volverse. Y, cuando lo hizo, parecía tener una mirada afligida.

—Me alegro de encontrarla —dijo él, aunque ya no sabía si se alegraba. Ella no parecía feliz de verle. Gregory no se esperaba aquello.

—Señor Bridgerton —dijo. Tenía los labios tensos por las comisuras, como si creyera que estaba sonriendo.

Había un centenar de cosas que Gregory podría haberle dicho, así que, naturalmente, eligió la menos importante y la más obvia.

—Se marcha.

—Sí —contestó ella después de una brevísima pausa—. Richard quiere irse temprano.

Gregory miró a su alrededor.

—¿Está aquí?

—Todavía no. Imagino que estará despidiéndose de Hermione.

—¡Ah! Sí. —Se aclaró la garganta—. Por supuesto.

La miró, y ella le miró a él, y se quedaron callados.

Se sentían violentos.

—Quería decirle que lo siento —dijo él.

Ella... ella no sonrió. Gregory no sabía muy bien cómo tomarse su expresión, pero no era una sonrisa.

—Por supuesto —dijo ella.

¿Por supuesto? ¿Por supuesto?

—Acepto sus disculpas. —Miró un poco por encima del hombro de Gregory—. Olvídelo, por favor.

Era lo que tenía que decir, a buen seguro, pero aun así Gregory se ofendió. La había besado, y había sido estupendo, y, si quería recordarlo, lo haría, no faltaba más.

—¿La veré en Londres? —preguntó.

Ella levantó la mirada y por fin le miró a los ojos. Estaba buscando algo. Buscaba algo en él, y a Gregory le pareció que no lo encontraba.

Parecía demasiado seria, demasiado cansada.

Demasiado cambiada.

—Espero que sí —contestó—. Pero no será lo mismo. Verá, estoy prometida.

—Prácticamente prometida —le recordó él con una sonrisa.

—No. —Sacudió la cabeza lentamente, con resignación—. Ahora lo estoy de verdad. Por eso vino Richard para llevarme a casa. Mi tío ha cerrado el acuerdo. Creo que pronto se leerán las amonestaciones. Es cosa hecha.

Gregory entreabrió los labios, sorprendido.

—Entiendo —dijo, y su mente comenzó a correr a toda prisa. Corrió y corrió, y no llegó a ninguna parte—. Le deseo lo mejor —dijo, porque ¿qué otra cosa podía decir?

Ella asintió y luego ladeó la cabeza hacia el amplio prado verde que había delante de la casa.

—Creo que voy a dar un paseo por el jardín. Me espera un viaje muy largo.

—Claro —dijo él, y le hizo una educada reverencia. Ella no deseaba tener compañía. No podría habérselo dejado más claro aunque lo hubiera dicho en voz alta.

—Ha sido un placer conocerle —dijo. Le miró a los ojos, y por primera vez desde que habían empezado a hablar, Gregory la vio, vio todo lo que había dentro de ella, vio su cansancio y su dolor.

Y vio que se estaba despidiendo de él.

—Lo siento muchísimo... —Ella se detuvo, miró a un lado. A una pared de piedra—. Lamento que las cosas no hayan salido como esperaba.

Yo no, pensó él, y se dio cuenta de que era cierto. Tuvo de pronto una visión de su vida matrimonial con Hermione Watson, y le pareció...

Aburrida.

¡Santo Dios!, ¿cómo era posible que acabara de darse cuenta? La señorita Watson y él no estaban hechos el uno para el otro, y, a decir verdad, había escapado por los pelos.

Seguramente no volvería a fiarse de su juicio en cuestiones del corazón, pero eso le parecía preferible a un matrimonio aburrido. Suponía que debía agradecérselo a lady Lucinda, aunque no estaba seguro de por qué. Ella no había impedido que se casara con la señorita Watson; de hecho, había alentado su unión a cada paso.

Pero de algún modo era responsable de que él hubiera entrado en razón. Si esa mañana podía estar seguro de algo, era de eso.

Lucy volvió a señalar el prado.

—Voy a ir a dar ese paseo —dijo.

Él se despidió inclinando la cabeza y la miró alejarse. Ella se había recogido pulcramente el pelo en un moño, y sus mechones rubios reflejaban la luz del sol como miel con mantequilla.

Gregory aguardó un rato, no porque creyera que ella iba a darse la vuelta, ni porque lo esperara siquiera.

Esperó solo por si acaso.

Porque ella podía hacerlo. Podía darse la vuelta, y podía tener algo que decirle, y entonces él contestaría, y ella...

Pero no lo hizo. Siguió caminando. No se volvió, no miró hacia atrás, y él se pasó los últimos minutos mirando su nuca. Y lo único que podía pensar era...

Algo no va bien.

Pero por su vida que no sabía qué era.

13

En el que nuestra heroína vislumbra su porvenir.

Un mes después

La comida era exquisita, el arreglo de la mesa magnífico, la decoración más que opulenta.

Lucy, sin embargo, se sentía fatal.

Lord Haselby y su padre, el conde de Davenport, habían ido a cenar a Fennsworth House, en Londres. Había sido idea de Lucy, lo cual le parecía de pronto una dolorosa ironía. Faltaba apenas una semana para su boda, y no había visto a su futuro marido hasta esa noche. Al menos, desde que la boda había pasado de ser probable a ser inminente.

Su tío y ella habían llegado a Londres dos semanas antes, y después de que pasaran once días sin que su prometido hiciera acto de presencia, Lucy se había acercado a su tío y le había preguntado si podían organizar algún tipo de encuentro. Él se había mostrado bastante molesto, aunque Lucy estaba casi segura de que ello no se debía a que su petición le pareciera absurda. No, era su mera presencia la que bastaba para poner en su cara aquella expresión. Lucy estaba de pie delante de él, y su tío se había visto obligado a levantar la vista.

Al tío Robert no le gustaba que le interrumpieran.

Pero por lo visto le pareció sensato que una pareja de prometidos pudiera cambiar una palabra o dos antes de encontrarse en la iglesia, y le dijo secamente que se encargaría de los preparativos.

Animada por su pequeña victoria, Lucy le preguntó también si podía asistir a uno de los muchos actos sociales que estaban teniendo lugar prácticamente al otro lado de su puerta. La temporada social de Londres había comenzado, y cada noche Lucy se quedaba junto a la ventana viendo pasar elegantes carruajes. Una vez se había celebrado una fiesta justo al otro lado de Saint James Square, frente a Fennsworth House. La fila de carruajes daba la vuelta a toda la plaza, y Lucy había apagado las velas de su habitación para que su silueta no se viera por la ventana mientras contemplaba la escena. Unos cuantos invitados a la fiesta se habían impacientado por la espera, y como hacía tan buen tiempo, se habían apeado a su lado de la plaza y habían hecho a pie el resto del camino.

Lucy se había dicho que solo quería ver los vestidos, pero en el fondo sabía que no era cierto.

Estaba buscando al señor Bridgerton.

No sabía qué haría si de veras le veía. Apartarse de la ventana, suponía. Él tenía que saber que aquella era su casa, y seguramente la curiosidad le impulsaría a echar un vistazo a la fachada, aunque no hubiera muchas posibilidades de que supiera que ella estaba en Londres.

Pero él no asistió a aquella fiesta o, si asistió, su carruaje le depositó justo delante de la puerta.

O quizá no estuviera en Londres siquiera. Lucy no tenía modo de saberlo. Estaba atrapada en la casa con su tío y su tía Harriet, una anciana ligeramente sorda a la que habían llevado en atención al decoro. Lucy salía de casa para ir a la modista o dar un paseo por el parque, pero, aparte de eso, estaba completamente sola, con un tío que no hablaba y una tía que no oía.

De modo que no estaba al corriente de los chismorreos. Ni sobre Gregory Bridgerton, ni sobre nadie.

Ni siquiera cuando alguna rara vez veía a algún conocido podía preguntar por él. La gente pensaría que estaba interesada en él, y era cierto, claro, pero eso nadie, absolutamente nadie, podía saberlo.

Iba a casarse con otro. Dentro de una semana. Y, aunque no fuera así, Gregory Bridgerton no había dado muestras de querer ocupar el puesto de Haselby.

La había besado, eso era cierto, y parecía preocupado por su bienestar, pero si creía que un beso exigía una proposición de matrimonio, no había dado indicios de ello. En el momento de besarla, él no sabía que su compromiso con Haselby ya se había concretado, ni lo sabía tampoco al día siguiente, cuando, azorados, se habían visto en la glorieta. Creía, no podía ser de otro modo, que estaba besando a una chica sin ningún compromiso. Sencillamente, uno no hacía esas cosas a menos que estuviera dispuesto a llegar hasta el altar.

Pero Gregory no estaba dispuesto a ello. Cuando ella por fin se lo había dicho, él no se había mostrado abatido. Ni siquiera medianamente disgustado. No le había suplicado que lo reconsiderara, o que intentara encontrar un modo de librarse de su compromiso. Lo único que Lucy había visto en su semblante (y había mirado, ¡ay, cómo había mirado!) había sido... nada.

Su cara, sus ojos le habían parecido casi inexpresivos. Había en ellos, quizá, un toque de sorpresa, pero no pena, ni alivio. Nada que indicara que su compromiso significaba algo para él, en un sentido o en otro.

Lucy no le consideraba un sinvergüenza, y estaba casi segura de que se habría casado con ella, si hubiera sido necesario. Pero nadie les había visto, y, por tanto, en lo que al resto del mundo se refería, aquello nunca había pasado.

No había consecuencias. Para ninguno de los dos.

Pero ¿acaso no habría sido agradable que él pareciera solo un poquitín apenado? La había besado, y había temblado la tierra... Sin duda él también lo había sentido. ¿No debería haber querido más? ¿No debería haber deseado, si no casarse con ella, sí al menos tener la posibilidad de hacerlo?

Sin embargo, solo había dicho «le deseo lo mejor», y aquello había sonado tajante. Mientras estaba allí, viendo cómo cargaban los baúles en el carruaje, Lucy había sentido que se le rompía el corazón. Lo había sentido justo allí, en el pecho. Y le había dolido. Y, mientras se alejaba, aquella sensación se había vuelto mucho peor, la había oprimido y estrujado hasta que pensó que iba a quedarse sin respiración. Había empezado a caminar más aprisa, todo lo aprisa que podía manteniendo un paso normal, y luego, por fin, al doblar una esquina, se había dejado caer en un banco y había escondido la cara entre las manos, indefensa.

Y había rezado por que nadie la viera.

Había sentido el impulso de mirar atrás. Había querido mirarle furtivamente una última vez y memorizar su presencia: aquel porte singular, de pie, con las manos a la espalda y las piernas levemente separadas. Lucy sabía que había cientos de hombres que adoptaban aquella misma postura, pero en él era distinta. Gregory podría haber estado vuelto de espaldas, a muchos metros de distancia, y aun así ella le habría reconocido.

Su andar también era distinto, un poco suelto y despreocupado, como si una pequeña parte de su corazón tuviera aún siete años. Se notaba en los hombros, en las caderas quizá; era una de esas cosas en las que casi nadie se fijaba, pero Lucy siempre había prestado atención a los detalles.

Pero no había mirado hacia atrás. Ello solo habría empeorado las cosas. Seguramente él no estaba mirándola, pero si lo estaba... y la veía darse la vuelta...

Habría sido devastador. Lucy no sabía por qué, pero estaba segura de ello. No quería que él le viera la cara. Había logrado mantener la compostura mientras hablaban, pero, al darse la vuelta, se había sentido cambiar. Sus labios se habían entreabierto, y había respirado hondo, y había sido como si se vaciara por dentro.

Era horrible. Y no quería que él lo viera.

Además, a él no le interesaba. Le había faltado tiempo para disculparse por el beso. Lucy sabía que era lo que se esperaba de él; la sociedad lo imponía (o, si no, un rápido viaje al altar). Pero de todas formas le había dolido. Quería pensar que él había sentido al menos una fracción mínima de lo que ella había sentido. De todas formas no habría salido nada de aquello, pero al menos ella se habría sentido mejor.

O quizá peor.

Y, al fin y al cabo, no tenía importancia. No importaba lo que supiera o no supiera su corazón, porque no podía hacer nada al respecto. ¿Qué sentido tenían las emociones si uno no podía servirse de ellas para un fin tangible? Tenía que ser práctica. Así era ella. Era su única constante en un mundo que giraba demasiado aprisa para su gusto.

Pero aun así, allí, en Londres, quería verle. Era absurdo y estúpido, y poco aconsejable, desde luego, pero de todas formas quería verle. Ni siquiera tenía que hablar con él. De hecho, no debía hacerlo. Pero un vistazo...

Un vistazo no haría daño a nadie.

Pero cuando le había preguntado al tío Robert si podía asistir a alguna fiesta, él le había contestado que no, aduciendo que no tenía sentido invertir tiempo y dinero en la temporada estando ya en posesión del resultado deseado: una proposición matrimonial.

Además, le informó, lord Davenport quería que Lucy se presentara en sociedad como lady Haselby, no como lady Lucinda Abernathy. Lucy no sabía por qué le importaba aquello, sobre todo teniendo en cuenta que muchos miembros de la alta sociedad la conocían ya como lady Lucinda Abernathy, tanto por la escuela como por el «pulido» al que Hermione y ella se habían sometido esa primavera. Pero el tío Robert le había indicado (a su modo inimitable; es decir, sin palabras) que la conversación se había acabado, y había vuelto a fijar su atención en los papeles que tenía sobre la mesa.

Lucy se había quedado allí parada un momento. Si decía su nombre, él levantaría la mirada. O quizá no. Pero, si lo hacía, su tío empezaría a perder la paciencia, y ella se sentiría como un estorbo y de todas formas no obtendría respuesta alguna a sus preguntas.

Así que se limitó a asentir con la cabeza y salió de la habitación. Aunque solo el cielo sabía por qué se había molestado en hacer un gesto de asentimiento. El tío Robert nunca levantaba la mirada después de despacharla.

Y ahora allí estaba, en la cena que ella misma había pedido, deseando fervientemente no haber abierto la boca. Haselby estaba bien, era muy agradable, incluso. Pero su padre...

Lucy rezaba por que no fueran a vivir en la residencia del conde de Davenport. Por favor, por favor, que Haselby tuviera casa propia.

En Gales. O quizás en Francia.

Después de quejarse del tiempo, de la Cámara de los Comunes y de la ópera (que le parecían, respectivamente, lluvioso, lleno de idiotas maleducados y «¡ni siquiera en inglés, por Dios!»), lord Davenport había fijado en ella su ojo crítico.

Lucy había tenido que recurrir a toda su fortaleza de ánimo para no amedrentarse cuando se abatió sobre ella. El conde parecía un pescado con sobrepeso, de ojos bulbosos y labios finos y carnosos. Lo cierto era que a Lucy no le habría sorprendido que se hubiera arrancado la camisa dejando al descubierto agallas y escamas.

Y luego... ¡ay, se estremecía con solo acordarse! El conde se acercó a ella tanto que le echó sobre la cara su aliento caliente y rancio.

Ella se quedó rígida, con la perfecta compostura que le habían inculcado desde su nacimiento.

Él le dijo que le enseñara los dientes.

Había sido humillante.

Lord Davenport la había inspeccionado como si fuera una yegua; ¡incluso había llegado al extremo de ponerle las manos en las caderas para calibrar su potencial reproductivo! Lucy había sofocado una exclamación de sorpresa y mirado frenética a su tío en busca de ayuda, pero su tío permanecía impasible, mirando resueltamente a un lugar que no era su cara.

Y ahora que se habían sentado a comer..., ¡santo cielo!, lord Davenport estaba interrogándola. Le había hecho todo tipo de preguntas sobre su salud, incluyendo algunos temas de los que Lucy estaba segura no debía hablarse en presencia de hombres, y luego, cuando creía que lo peor había pasado...

—¿Se sabe las tablas?

Lucy parpadeó.

—¿Disculpe?

—Las tablas —contestó él con impaciencia—. La del seis, la del siete...

Lucy se quedó sin habla un momento. ¿Quería que se pusiera a hacer cuentas?

—¿Y bien? —insistió él.

—Por supuesto —balbució ella. Miró de nuevo a su tío, pero él seguía teniendo una expresión de decidido desinterés.

—Demuéstremelo. —La boca de Davenport formó una línea firme entre sus carrillos—. Con la del siete bastará.

—Yo... eh... —Completamente desesperada, incluso trató de atraer la atención de la tía Harriet, pero esta permanecía ajena a la escena y, de hecho, no había dicho ni una sola palabra desde que había empezado la velada.

—Padre —terció Haselby—, sin duda podrás...

—La educación lo es todo —dijo lord Davenport, cortante—. El futuro de la familia descansa en su vientre. Tenemos derecho a saber qué nos llevamos.

Lucy abrió la boca, pasmada. Entonces se dio cuenta de que se había llevado una mano a la tripa. Rápidamente la dejó caer. Sus ojos volaron entre padre e hijo, sin saber si debía decir algo.

—Lo que menos te hace falta es una mujer que piense demasiado —estaba diciendo lord Davenport—, pero al menos debe saber hacer algo tan básico como multiplicar. ¡Santo Dios, hijo, piensa en las consecuencias!

Lucy miró a Haselby. Él le devolvió la mirada. Con aire de disculpa.

Ella tragó saliva y cerró los ojos para darse ánimos. Cuando los abrió, lord Davenport estaba mirándola fijamente, con los labios entreabiertos, y Lucy comprendió que iba a volver a decir algo, cosa que no podría soportar, de modo que...

—Siete, catorce, veintiuno —balbució, atajándole lo mejor que pudo—, veintiocho, treinta y cinco, cuarenta y dos...

Se preguntó qué haría él si se equivocaba. ¿Cancelaría la boda?

—... cuarenta y nueve, cincuenta y seis...

Era tentador. Tan tentador...

—... sesenta y tres, setenta, setenta y siete...

Miró a su tío. Estaba comiendo. Ni siquiera la miraba.

—... ochenta y dos, ochenta y nueve...

—Ya es suficiente —anunció lord Davenport justo cuando ella decía «ochenta y dos».

La euforia que sentía en el pecho se evaporó rápidamente. Se había rebelado (posiblemente por primera vez en su vida) y nadie lo había notado. Había esperado demasiado.

Se preguntó qué más debería haber hecho ya.

—Bien hecho —dijo Haselby con una sonrisa alentadora.

Lucy logró esbozar una sonrisilla a cambio. Él no estaba mal, de veras. De hecho, si no fuera por Gregory, le habría parecido una elección bastante buena. Tenía quizá poco pelo, y también él era, a decir verdad, poquita cosa, pero eso no era motivo de queja. Sobre todo porque su carácter (sin duda el aspecto más importante de un hombre) era muy agradable. Habían logrado mantener una breve conversación antes de la cena, mientras lord Davenport y su tío hablaban de política, y él se había mostrado encantador. Incluso había hecho, en un aparte, una broma sobre su padre cargada de ironía y acompañada por una mirada al cielo que había hecho reír a Lucy.

Lo cierto era que no podía quejarse.

Y no se quejaba. No se quejaría. Solo deseaba otra cosa.

—Espero que se portara como es debido en el colegio de la señorita Moss —inquirió lord Davenport, y entornó los ojos lo justo para que su pregunta no sonara amistosa.

—Sí, por supuesto —contestó ella, parpadeando por la sorpresa. Creía que había dejado de ser el tema de conversación.

—Excelente institución —comentó Davenport mientras masticaba un trozo de cordero asado—. Saben lo que una chica debe y no debe saber. La hija de Winslow fue allí. Y la de Fordham, también.

—Sí —murmuró Lucy, puesto que parecía esperarse de ella una respuesta—. Son las dos muy simpáticas —mintió. Sybilla Winslow era una déspota desagradable y mezquina que se divertía pellizcando a las alumnas más pequeñas en los brazos.

Pero, por primera vez esa noche, lord Davenport pareció complacido con ella.

—¿Las conoce bien, entonces? —preguntó.

—Eh, un poco —contestó ella evasivamente—. Lady Joanna era un poco más mayor, pero el colegio no es muy grande. Es imposible no conocer a las otras alumnas.

—Bien. —Lord Davenport asintió, satisfecho, y el movimiento hizo temblar sus carrillos.

Lucy intentó no mirar.

—Son personas como esas a las que debe conocer —continuó—. Contactos que debe cultivar.

Lucy asintió obedientemente con un gesto mientras hacía de cabeza una lista de todos los lugares en los que habría preferido estar en ese momento. París, Venecia, Grecia..., aunque ¿no estaban en guerra? Daba igual. Aun así, preferiría estar en Grecia.

—... una responsabilidad para con el apellido... Ciertas pautas de comportamiento...

¿Hacía mucho calor en Oriente? Siempre le habían encantado los jarrones chinos.

—... no toleraré ninguna desviación de...

¿Cómo se llamaba ese barrio horrendo de la ciudad? ¿Saint Gilles? Sí, también preferiría estar allí.

—... obligaciones. ¡Obligaciones!

Esto último fue acompañado de un puñetazo en la mesa que hizo que la cubertería de plata temblara y que Lucy diera un respingo en su silla. Hasta la tía Harriet levantó la vista de su plato.

Lucy prestó atención y, como todos la estaban mirando, dijo:

—¿Sí?

Lord Davenport se inclinó hacia ella casi amenazadoramente.

—Algún día será lady Davenport. Tendrá obligaciones. Muchas obligaciones.

Lucy consiguió tensar los labios lo justo para que su mueca contara como una respuesta. ¡Santo Dios!, ¿cuándo acabaría la cena?

Lord Davenport se inclinó de nuevo y, aunque la mesa era ancha y estaba cargada de comida, Lucy retrocedió instintivamente.

—No puede tomarse sus responsabilidades a la ligera —prosiguió él, levantando temiblemente la voz—. ¿Me entiende usted, señorita?

Lucy se preguntó qué ocurriría si se llevaba las manos a la cabeza y gritaba: «¡Dios mío, pon fin a esta tortura!».

Sí, pensó casi analíticamente, eso sin duda le daría que pensar. Quizá la creyera chiflada y...

—Desde luego, lord Davenport —se oyó decir.

Era una cobarde. Una miserable cobarde.

Y entonces, como si fuera una especie de juguete de cuerda cuya manivela alguien hubiera girado, lord Davenport se recostó en su silla, perfectamente compuesto.

—Me alegra oír eso —dijo, limpiándose la comisura de la boca con su servilleta—. Me tranquiliza ver que en el colegio de la señorita Moss todavía enseñan deferencia y respeto. No lamento mi decisión de enviarla allí.

El tenedor de Lucy se detuvo a medio camino de su boca.

—Ignoraba que fuera cosa suya.

—Tenía que hacer algo —gruñó él, mirándola como si fuera corta de entendederas—. No tenía usted madre que se asegurara de que la educaran adecuadamente para su papel en la vida. Hay cosas que necesitará saber para ser condesa. Habilidades que debe poseer.

—Por supuesto —dijo ella con deferencia. Había llegado a la conclusión de que mostrarse dócil y obediente era el modo más rápido de poner fin a aquel suplicio—. Eh... y gracias.

—¿Por qué? —preguntó Haselby.

Lucy se volvió hacia su prometido. Él parecía sinceramente interesado.

—Pues por haberme mandado al colegio de la señorita Moss —explicó ella, dirigiendo cuidadosamente su respuesta a Haselby. Tal vez si no miraba a lord Davenport, él se olvidaría de que estaba allí.

—¿Le gustó, entonces? —preguntó Haselby.

—Sí, mucho —contestó ella, algo sorprendida por lo agradable que era que le hicieran una pregunta educada—. Fue muy bonito. Fui extremadamente feliz allí.

Haselby abrió la boca para contestar, pero, para horror de Lucy, la voz que salió fue la de su padre.

—¡No se trata de lo que a uno le hace feliz! —bramó atronadoramente lord Davenport.

Lucy no podía apartar los ojos de la boca todavía abierta de Haselby. *La verdad*, pensó en un raro momento de calma absoluta, *es que casi ha dado miedo.*

Haselby cerró la boca y se volvió hacia su padre con una sonrisa tensa.

—¿De qué se trata, entonces? —inquirió, y Lucy no pudo menos que admirar la absoluta falta de desagrado que había en su voz.

—De lo que uno aprende —respondió su padre, dejando que uno de sus puños golpeara de nuevo la mesa de la manera más indecorosa—. Y de con quién hace uno amistad.

—Bueno, aprendí al dedillo las tablas de multiplicar —dijo Lucy suavemente, aunque nadie la escuchaba.

—Va a ser condesa —rugió Davenport—. ¡Condesa!

Haselby miró a su padre con ecuanimidad.

—Solo será condesa cuando tú mueras —murmuró.

Lucy se quedó boquiabierta.

—Así que, en realidad —continuó Haselby, y se metió tranquilamente un trozo minúsculo de pescado en la boca—, no debería importarte mucho, ¿no crees?

Lucy se volvió hacia Davenport con los ojos como platos.

El conde se puso rojo. Era un color horrible, oscuro, profundo y colérico, que empeoraba la vena que palpitaba en su sien izquierda. Miraba fijamente a Haselby con los ojos entornados por la rabia. No había malicia allí, ni deseo de hacer daño o mal alguno, pero aunque pareciera absurdo, Lucy habría jurado que en ese momento Davenport odiaba a su hijo.

Y Haselby se limitó a decir:

—Estamos teniendo muy buen tiempo. —Y sonrió.

¡Sonrió!

Lucy le miró, boquiabierta. Estaba diluviando desde hacía días. Pero, lo que venía más al caso, ¿acaso Haselby no se daba cuenta de que, si hacía un solo comentario jocoso más, a su padre le daría una apoplejía? Lord Davenport parecía a punto de escupir, y Lucy estaba casi segura de que oía cómo rechinaba los dientes desde el otro lado de la mesa.

Y entonces, mientras la habitación prácticamente palpitaba de furia, el tío Robert metió baza.

—Me complace que hayamos decidido celebrar la boda aquí, en Londres —dijo con voz firme y suave, llena de determinación, como si dijera: «Se acabó la conversación»—. Como saben —prosiguió mientras todos los demás recobraban la compostura—, mi sobrino se casó en Fennsworth Abbey hace solo dos semanas, y aunque la casa nos trae el recuerdo de la historia de nuestros ancestros (creo que los últimos siete condes se casaron allí), lo cierto es que pudo asistir muy poca gente.

Lucy sospechaba que aquello se debía tanto a lo precipitado de la boda como al lugar donde se había celebrado, pero aquel no parecía el momento de intervenir para hablar del asunto. Y a ella le había encantado la boda precisamente por ser tan pequeña. Richard y Hermione habían sido muy felices, y todos los invitados eran amigos y allegados. Había sido verdaderamente una ocasión deliciosa.

Hasta que Hermione y Richard se fueron a Brighton para emprender su viaje de luna de miel. Lucy nunca se había sentido tan triste y sola como cuando, de pie en la glorieta, les dijo adiós agitando la mano.

Volverían pronto, se recordó. Antes de su boda. Hermione iba a ser su única dama de honor, y Richard tenía que acompañarla hasta el altar.

Y, entre tanto, tenía a la tía Harriet para hacerle compañía. Y a lord Davenport. Y a Haselby, que o bien era brillante, o bien estaba completamente loco.

Un borboteo de risa (irónica, absurda y sumamente inapropiada) se le agolpó en la garganta y escapó por su nariz con un ruido poco elegante.

—¿Eh? —gruñó lord Davenport.

—No es nada —se apresuró a decir ella, tosiendo lo mejor que pudo—. Un trozo de comida. Una espina, probablemente.

Casi tenía gracia. Hasta habría sido cómico si lo hubiera leído en un libro. Tendría que ser una sátira, se dijo, porque desde luego no era una novela romántica.

Y no soportaba pensar que pudiera acabar en tragedia.

Recorrió la mesa con la mirada observando a los tres hombres que en ese momento componían su vida. Iba a tener que sacar el mayor partido que pudiera a la situación. No tenía otro remedio. Era absurdo seguir sintiéndose abatida, por muy difícil que fuera ver el lado bueno de las cosas. Y, a decir verdad, podría haber sido peor.

Así pues, hizo lo que mejor se le daba e intentó contemplar la situación desde un punto de vista práctico, haciendo de cabeza una lista de todo lo que podría haber sido peor.

Pero seguía pensando en Gregory Bridgerton... y en todas las cosas que podrían haber salido mejor.

14

En el que nuestros héroes se reencuentran,
y los pájaros de Londres se ponen locos de contento.

Cuando Gregory la vio allí, en Hyde Park, el primer día de su vuelta a Londres, lo primero que pensó fue: *¡Claro, cómo no!*

Parecía natural que se encontrara con Lucy Abernathy literalmente cuando apenas llevaba una hora paseando por Londres. No sabía por qué; no había ninguna razón lógica para que sus caminos se cruzaran. Pero había pensado mucho en ella desde que se despidieron en Kent. Y aunque la creía aún en Fennsworth Abbey, no le extrañó, curiosamente, que la suya fuera la primera cara conocida que viera al regresar tras pasar un mes en el campo.

Había llegado a la ciudad la noche anterior, sumamente cansado después de un largo viaje por carreteras inundadas, y se había ido derecho a la cama. Al despertar (bastante más temprano que de costumbre), el mundo seguía aún empapado por la lluvia, pero el sol había salido y brillaba, radiante.

Gregory se había vestido inmediatamente para salir. Le encantaba cómo olía el aire a limpio después de un buen aguacero, incluso en Londres. No, especialmente en Londres. Era el único momento en el que la ciudad tenía aquel olor; un olor denso y fresco, casi a hojas.

Gregory tenía una pequeña suite en un edificio limpio y no muy grande del barrio de Marylebone, y aunque el mobiliario era escaso y sencillo, le gustaba bastante aquel lugar. Allí se sentía como en casa.

Su hermano y su madre le habían invitado muchas veces a vivir con ellos. Sus amigos le consideraban un loco por negarse; las casas de ambos eran considerablemente más lujosas y, lo que era más importante, disponían de más sirvientes que su humilde morada. Pero él prefería su independencia. No le importaba que le dijeran lo que tenía que hacer: ellos sabían que no iba a escucharles, y él también lo sabía, pero todos se lo tomaban con buen humor casi siempre.

Era el escrutinio al que le sometían lo que no podía soportar. Aunque su madre fingiera no mostrar interés, él sabía que estaba siempre observándolo y tomando nota de su vida social.

Y haciendo comentarios sobre ella. Violet Bridgerton podía, cuando se le antojaba, hablar sobre señoritas, tarjetas de baile y el cruce entre ambas cosas (en lo que atañía a su hijo soltero) con una velocidad y una soltura que hacía que a uno le diera vueltas la cabeza.

Y lo hacía con frecuencia.

Estaba aquella señorita y aquella otra, y ¿podría hacer el favor de bailar con las dos (dos veces) en la próxima fiesta, y, sobre todo, no olvidar bajo ningún concepto a aquella otra señorita? La que estaba junto a la pared, ¿es que no la veía?, allí solita. Su tía, Gregory tenía que recordarlo, era una amiga íntima.

La madre de Gregory tenía un montón de amigas íntimas.

Violet Bridgerton había logrado casar felizmente a siete de sus ocho hijos, y ahora Gregory tenía que soportar él solo el envite de su fervor casamentero. Gregory la adoraba, por supuesto, y adoraba que se preocupara tanto por su bienestar y su felicidad, pero a veces su madre le daba ganas de tirarse del pelo.

Y Anthony era aún peor. Él ni siquiera tenía que decir nada. Su sola presencia solía bastar para que Gregory sintiera que, de algún modo, no estaba a la altura del nombre de la familia. Era difícil abrirse paso en el mundo teniendo al poderoso lord Bridgerton mirándole a uno constantemente por encima de hombro. Que Gregory supiera, su hermano mayor no había cometido ni un solo error en toda su vida.

Lo cual hacía tanto más notorios los suyos.

Pero la suerte había querido que este fuera un problema fácil de resolver. Sencillamente, Gregory se había mudado. Invertía buena parte de su renta en mantener su casa, pese a ser esta tan pequeña, pero merecía la pena, hasta el último penique.

Hasta algo tan sencillo como aquello (salir de casa sin que nadie le preguntara adónde iba ni por qué, o, en el caso de su madre, con quién), era una delicia. Era estimulante. Parecía raro que un simple paseo pudiera hacer que uno se sintiera dueño de sus actos, pero así era.

Y entonces allí estaba ella. Lucy Abernathy. En Hyde Park, cuando era de esperar que estuviera aún en Kent.

Estaba sentada en un banco, echando trozos de pan a un montón de pájaros astrosos, y Gregory se acordó del día que tropezó con ella en el jardín de Aubrey Hall. También entonces ella estaba sentada en un banco, y parecía desanimada. Al echar la vista atrás, Gregory se dio cuenta de que seguramente su hermano acababa de decirle que su compromiso matrimonial se había concretado.

Se preguntó por qué no le había dicho nada ella.

Deseó que se lo hubiera dicho.

De haber sabido que estaba prometida, jamás la habría besado. Iba contra sus principios. Un caballero no abordaba furtivamente a la novia de otro. Sencillamente, eso no se hacía. Si hubiera sabido la verdad, se habría alejado de ella esa noche, y habría...

Se quedó helado. No sabía qué habría hecho. ¿Cómo era posible que hubiera reescrito tantas veces la escena en su imaginación, y que acabara de darse cuenta de que en ningún momento la rechazaba?

Si lo hubiera sabido, ¿se habría despedido de ella inmediatamente? Había tenido que agarrarle los brazos para sostenerla, pero podría haberla conducido hacia la puerta al soltarla. No habría sido difícil: solo tendría que haber movido un poco los pies. Podría haber zanjado el asunto en ese instante, antes de que empezara siquiera.

Pero en lugar de hacerlo había sonreído, y le había preguntado qué hacía allí, y luego (¡santo Dios!, ¿en qué estaría pensando?) le había preguntado si bebía coñac.

Después de eso..., bueno, no estaba seguro de cómo había ocurrido, pero se acordaba de todo. Hasta el último detalle. Su modo de mirarle, su mano sobre el brazo de él. Ella le había agarrado con fuerza, y por un momento Gregory casi había tenido la impresión de que le necesitaba. Él podía ser su roca, su centro.

Él nunca había sido el centro de nadie.

Pero no era eso. No la había besado por eso. La había besado porque...
Porque...

¡Demonios!, no sabía por qué la había besado. Había sido solo un momento (aquel momento extraño e inescrutable), y todo parecía tan apacible, un silencio mágico y fabuloso, hipnótico, que parecía haber calado en él robándole el aliento.

La casa estaba llena de gente, rebosaba de invitados incluso, pero en el pasillo solo estaban ellos. Lucy le había mirado inquisitivamente y luego... de algún modo... se había acercado. Él no recordaba haberse movido, ni haber bajado la cabeza, pero la cara de ella estaba apenas a unos centímetros de la suya. Y un momento después...

La estaba besando.

A partir de ese momento, él se había perdido, sencillamente. Era como si hubiera perdido el habla, la racionalidad y el pensamiento. Su mente se había convertido en una cosa extraña e inarticulada. El mundo era solo color y sonido, calor y sensación. Era como si su cuerpo hubiera sometido a su mente.

Y ahora se preguntaba (cuando se permitía hacerse aquella pregunta) si podría haberse detenido. Si ella no hubiera dicho no, si no hubiera apoyado las manos sobre su pecho y le hubiera dicho que parara...

¿Lo habría hecho él por propia voluntad?

¿Podría haberlo hecho?

Gregory cuadró los hombros. Tensó la mandíbula. Naturalmente que sí. Se trataba de Lucy, ¡por el amor de Dios! Era maravillosa en muchos sentidos, pero no era una de esas mujeres por las que los hombres perdían la cabeza. Aquello había sido una obnubilación temporal. Una locura momentánea producida por una noche rara y desconcertante.

Incluso en ese momento, sentada en un banco en Hyde Park, con una pequeña bandada de palomas a sus pies, ella seguía siendo la misma Lucy de siempre. Aún no había visto a Gregory, y era casi una delicia poder observarla únicamente. Estaba sola, salvo por su doncella, que, dos bancos más allá, se dedicaba a juguetear con sus pulgares.

Y su boca se movía.

Gregory sonrió. Lucy estaba hablándoles a los pájaros. Estaba diciéndoles algo. Seguramente estaría dándoles indicaciones, o quizá fijando una fecha para futuros repartos de pan.

O diciéndoles que masticaran con los picos cerrados.

Gregory se rio. No pudo remediarlo.

Ella se volvió. Se volvió y le vio. Sus ojos se agrandaron y sus labios se abrieron, y Gregory lo sintió como un mazazo...

Se alegraba de verla.

Lo cual le pareció extraño, dada la forma en que se habían separado.

—Lady Lucinda —dijo, acercándose—. ¡Qué sorpresa! Ignoraba que estuviera en Londres.

Por un momento pareció que ella no sabía cómo actuar; luego sonrió (quizá con más indecisión de la que Gregory esperaba) y le tendió un trozo de pan.

—¿Para las palomas? —murmuró él—. ¿O para mí?

Su sonrisa cambió, volviéndose más familiar.

—Lo que prefiera. Aunque debo advertirle que está un poco rancio.

Los labios de Gregory se tensaron.

—¿Lo ha probado, entonces?

Y entonces fue como si nada hubiera pasado. El beso, la violenta conversación a la mañana siguiente..., todo se esfumó. Habían recuperado su extraña amistad, y todo estaba en orden.

Ella frunció la boca, como si pensara que debía regañarle, y él se reía, porque era muy divertido hacerla rabiar.

—Es mi segundo desayuno —contestó ella, muy seria.

Gregory se sentó al otro lado del banco y empezó a cortar en trocitos su pan. Cuando tuvo un buen puñado, los arrojó todos a la vez; después se recostó en el banco para contemplar el alboroto de plumas y picos.

Notó que Lucy lanzaba metódicamente sus trozos de pan, uno tras otro, exactamente cada tres segundos.

Los fue contando. ¿Cómo no iba a hacerlo?

—La bandada me ha abandonado —dijo ella con el ceño fruncido.

Gregory sonrió cuando la última paloma se acercó saltando a su festín. Entonces arrojó otro puñado.

—Yo siempre doy las mejores fiestas.

Ella se volvió y bajó la barbilla mientras le lanzaba una mirada irónica por encima del hombro.

—Es usted insufrible.

Él la miró con aire travieso.

—Es una de mis mejores cualidades.

—¿Según quién?

—Bueno, a mi madre parezco gustarle bastante —contestó él con modestia.

Ella soltó una carcajada.

A Gregory, aquello le pareció una victoria.

—A mi hermana, no tanto.

Lucy levantó una ceja.

—¿Esa a la que le gusta usted atormentar?

—No la atormento porque me guste —dijo él en tono más bien didáctico—. Lo hago porque es necesario.

—¿Para quién?

—Para toda Inglaterra —respondió él—, créame.

Ella le miró con incredulidad.

—No será para tanto.

—Supongo que no —dijo él—. A mi madre parece gustarle bastante, por más que a mí me extrañe.

Ella volvió a reírse, y su risa sonó... bien. Una palabra anodina, a buen seguro, pero que de algún modo describía la esencia del asunto. La risa de Lucy surgía de dentro. Era cálida, fértil y sincera.

Luego ella se volvió y su mirada se tornó seria.

—Le gusta a usted bromear, pero apostaría todo lo que tengo a que sería capaz de dar su vida por ella.

Él fingió pensárselo.

—¿Cuánto tiene?

—¡Qué vergüenza, señor Bridgerton! Está usted eludiendo la pregunta.

—Claro que sí —dijo él con calma—. Es mi hermana pequeña. Para atormentarla y para protegerla.

—¿No se ha casado ya?

Él se encogió de hombros y miró hacia el otro lado del parque.

—Sí, supongo que ahora Saint Clair puede cuidar de ella. Y que Dios le ayude. —Se volvió y le lanzó una sonrisa de refilón—. Discúlpeme.

Pero ella no era tan mojigata como para ofenderse. De hecho, sorprendió por completo a Gregory al decir con considerable vehemencia:

—No hay por qué disculparse. A veces, solo el nombre del Señor consigue expresar la desesperación que uno siente.

—¿Por qué será que tengo la sensación de que habla usted por alguna experiencia reciente?

—De anoche mismo —le confirmó ella.

—¿De veras? —Gregory se inclinó, sumamente interesado—. ¿Qué ocurrió?

Pero ella se limitó a negar con la cabeza.

—No fue nada.

—Tuvo que serlo, si blasfemó usted.

Lucy suspiró.

—Ya le he dicho que es usted insufrible, ¿verdad?

—Una vez hoy, y estoy casi seguro de que varias veces antes.

Ella le lanzó una mirada irónica, y el azul de sus ojos se intensificó al clavarse en él.

—¿Las ha contado?

Gregory se quedó callado. Era una pregunta extraña, no porque la hubiera hecho: ¡por el amor de Dios!, él habría preguntado lo mismo, si le hubieran dado pie. Era extraña porque Gregory tenía la vaga sensación de que, si pensaba en ello lo suficiente, llegaría a dar con la respuesta.

Le gustaba hablar con Lucy Abernathy. Y cuando ella le decía algo...

Él se acordaba.

Era curioso, aquello.

—Me pregunto —dijo, puesto que aquel parecía un buen momento para cambiar de tema— si la palabra «sufrible» existe?

Ella se quedó pensando.

—Creo que debe de existir, ¿usted no?

—Nadie la ha pronunciado nunca en mi presencia.

—¿Y eso le sorprende?

Él sonrió lentamente. Con admiración.

—Es usted muy ocurrente, lady Lucinda.

Ella enarcó las cejas, y en aquel momento le pareció una auténtica diablesa.

—Es uno de mis secretos mejor guardados.

Él empezó a reírse.

—No soy solamente una entrometida, ¿sabe?

Él se rio aún más fuerte. La risa resonó en su vientre hasta que le sacudió por completo.

Lucy le miraba con una sonrisa indulgente, y por alguna razón aquello le pareció tranquilizador. Tenía un aspecto cálido..., apacible, incluso.

Y Gregory se sentía feliz de estar con ella. Allí, en aquel banco. Era bastante agradable estar en su compañía. Así que se volvió. Y sonrió.

—¿Tiene otro trozo de pan?

Ella le dio tres.

—He traído toda la hogaza.

Gregory empezó a trocear el pan.

—¿Intenta cebar a los pájaros?

—Tengo debilidad por la empanada de paloma —contestó mientras volvía a repartir metódicamente y lentamente su pan.

Gregory estaba seguro de que eran imaginaciones suyas, pero habría jurado que los pájaros le miraban con anhelo.

—¿Viene aquí a menudo? —preguntó.

Ella no contestó enseguida; ladeó la cabeza casi como si tuviera que pensarse la respuesta.

Lo cual era extraño, siendo la pregunta tan sencilla.

—Me gusta dar de comer a los pájaros —dijo—. Es relajante.

Él arrojó otro puñado de trozos de pan y esbozó una sonrisa.

—¿Usted cree?

Lucy entornó los ojos y lanzó el siguiente pedazo de pan con un giro preciso, casi marcial, de la muñeca. El trozo siguiente siguió la misma dirección. Y el siguiente también. Luego se volvió hacia él con los labios fruncidos.

—Lo es, si uno no intenta provocar un motín.

—¿Se refiere a mí? —preguntó él, todo inocencia—. Es usted quien les fuerza a pelear a muerte por un mísero pedacito de pan rancio.

—Es una hogaza buenísima, bien cocida y extremadamente sabrosa, para que lo sepa.

—En cuestión de comida —dijo él con exagerada cortesía—, siempre le iré a la zaga.

Lucy le miró con sorna.

—A la mayoría de las mujeres, eso no les parecería un cumplido.

—Ah, pero usted no es la mayoría de las mujeres. Y —añadió— la he visto desayunar.

Ella entreabrió los labios, pero antes de que pudiera exclamar, indignada, Gregory añadió:

—Y eso era un cumplido, por cierto.

Lucy sacudió la cabeza. Gregory Bridgerton era realmente insufrible. Y ella daba gracias por ello. Al principio, al verlo allí de pie, mirándola mientras daba de comer a los pájaros, había notado un vuelco en el estómago y se había sentido mareada. No había sabido qué decir, ni cómo actuar, ni nada.

Pero luego él se había acercado tranquilamente, y era tan... tan él. La había hecho sentirse a gusto de inmediato, lo cual, dadas las circunstancias, era realmente asombroso.

A fin de cuentas, estaba enamorada de él.

Entonces él había sonreído con aquella sonrisa suya, perezosa y familiar, y había hecho una broma sobre las palomas, y, casi sin darse cuenta, Lucy le había devuelto la sonrisa. Y se había sentido ella misma, lo cual era tranquilizador.

Hacía semanas que no se sentía así.

Por eso, pensando en sacar el mayor provecho posible a la situación, había decidido no detenerse a pensar en aquel afecto inapropiado que sentía por él y dar gracias por poder estar a su lado sin convertirse en una necia torpe y tartamudeante.

Al parecer, el destino le deparaba aún pequeños favores.

—¿Ha estado en Londres todo este tiempo? —le preguntó, decidida a mantener una conversación agradable y perfectamente normal.

Él se echó hacia atrás, sorprendido. Saltaba a la vista que no esperaba aquella pregunta.

—No. Volví anoche.

—Entiendo. —Lucy se detuvo a asimilar aquello. Era raro, pero ni siquiera se le había ocurrido que tal vez no estuviera en la ciudad. Eso, sin embargo, explicaba que... Bueno, no estaba segura de qué explicaba. ¿Que no le hubiera visto? A fin de cuentas, no había ido a ninguna parte, como no fuera al parque y a la modista.

—¿Dónde estaba, entonces? ¿En Aubrey Hall?

—No, me marché poco después que usted y fui a visitar a mi hermano. Vive con su esposa y sus hijos en Wiltshire, dichosamente alejado de la civilización.

—Wiltshire no está tan lejos.

Gregory se encogió de hombros.

—La mitad del tiempo ni siquiera reciben el *Times*. Dicen que no les interesa.

—¡Qué raro! —Lucy no conocía a nadie que no recibiera el periódico, ni siquiera en los condados más remotos.

Él asintió con la cabeza.

—Pero esta vez me ha parecido bastante estimulante. No tengo ni idea de qué está haciendo nadie, y no me importa lo más mínimo.

—¿Tan cotilla es normalmente?

Él la miró de reojo.

—Los hombres no cotilleamos. Hablamos.

—Entiendo —repuso ella—. Eso explica muchas cosas.

Él se echó a reír.

—¿Y usted? ¿Lleva mucho en la ciudad? Yo creía que también estaba usted en el campo.

—Dos semanas —contestó ella—. Llegamos justo después de la boda.

—¿Llegamos? Entonces, ¿su hermano y la señorita Watson están aquí?

Ella odiaba captar un matiz de ansiedad en su voz, pero suponía que no podía remediarlo.

—Ahora es lady Fennsworth, y no, se han ido de viaje de luna de miel. Estoy aquí con mi tío.

—¿Para pasar la temporada?

—Para mi boda.

Aquello interrumpió el flujo suave de la conversación.

Lucy metió la mano dentro de su bolsa y sacó otra rebanada de pan.

—Va a ser dentro de una semana.

Él la miraba estupefacto.

—¿Tan pronto?

—El tío Robert dice que no tiene sentido alargarlo.

—Entiendo.

Y tal vez lo entendiera. Tal vez hubiera en todo aquello una etiqueta que a ella, siendo como era una chica de campo que siempre había vivido muy protegida, no le habían enseñado. Tal vez no tuviera sentido posponer lo inevitable. Tal vez formaba todo parte de esa filosofía, consistente en hacer de la necesidad virtud, que estaba intentando adoptar.

—Bien —dijo él. Parpadeó varias veces, y ella se dio cuenta de que no sabía qué decir. Era una reacción sumamente extraña en él, y a Lucy le resultó gratificante. Era un poco como el hecho de que Hermione no supiera bailar. Si Gregory Bridgerton podía quedarse sin habla, entonces había esperanza para el resto de la humanidad.

Por fin él dijo:

—La felicito.

—Gracias. —Se preguntó si él habría recibido una invitación. El tío Robert y lord Davenport estaban empeñados en celebrar la ceremonia delante de todo el mundo. Iba a ser, decían, su gran debut, y querían que todo el mundo supiera que era la esposa de Haselby.

—Va a ser en Saint George —dijo sin venir al caso.

—¿Aquí, en Londres? —Parecía sorprendido—. Yo creía que se casaría usted en Fennsworth Abbey.

Era sumamente extraño, pensó Lucy, que aquello (hablar con él de su boda inminente) fuera tan poco doloroso. En realidad, se sentía abotargada.

—Es lo que quería mi tío —explicó, y buscó en su bolsa otra rebanada de pan.

—¿Su tío sigue siendo el cabeza de familia? —preguntó Gregory, mirándola con tibia curiosidad—. Su hermano es conde. ¿No ha alcanzado la mayoría de edad?

Lucy tiró al suelo toda la rebanada y vio con interés morboso cómo enloquecían las palomas.

—Sí —contestó—. El año pasado. Pero no le importó que mi tío siguiera ocupándose de los asuntos familiares mientras él se doctoraba en Cambrigde. Supongo que pronto asumirá su papel ahora que... —Le lanzó una sonrisa compungida— ahora que se ha casado.

—No se preocupe por mis sentimientos —le dijo él—. Estoy bastante recuperado.

—¿De veras?

Gregory encogió ligeramente un hombro.

—A decir verdad, me considero afortunado.

Lucy sacó otra rebanada de pan, pero sus dedos se detuvieron antes de arrancar un pedazo.

—¿Sí? —preguntó, volviéndose hacia él con interés—. ¿Cómo es posible?

Él parpadeó, sorprendido.

—Es usted muy directa, ¿verdad?

Ella se sonrojó. Lo sintió, sintió el rubor, rosado, cálido y atroz, en las mejillas.

—Lo siento —dijo—. He sido una maleducada. Pero es que estaba usted tan...

—No diga más —la atajó él, y Lucy se sintió aún peor, porque había estado a punto de describir, seguramente con todo detalle, lo enamorado de Hermione que había estado él. Cosa que, de haber estado en el lugar de él, no le habría gustado que le recordaran.

—Lo siento —repitió.

Gregory se volvió. La miró con curiosidad contemplativa.

—Dice usted eso con bastante frecuencia.

—¿Lo siento?

—Sí.

—Yo... no sé. —Apretó los dientes y se sintió tensa. Incómoda. ¿Por qué le decía él tal cosa?—. Son cosas que hago —dijo con firmeza— porque... En fin, porque sí. —Esa debía de ser razón suficiente, pensó.

Él asintió con la cabeza. Y eso hizo que ella se sintiera aún peor.

—Es mi forma de ser —añadió ella, a la defensiva, a pesar de que (¡santo cielo!) él le había dado la razón—. Me gusta allanar las cosas y arreglarlas.

Y, al decir esto, arrojó el último trozo de pan al suelo.

Él levantó las cejas y los dos se volvieron al unísono para contemplar el alboroto creciente.

—Bien hecho —murmuró él.

—Procuro sacar el mayor provecho a las cosas —dijo—. Siempre.

—Una virtud encomiable —dijo él suavemente.

Y, sin saber por qué, Lucy se enfadó. Se enfadó de verdad, como una fiera. No quería que la encomiaran por saber resignarse. Era como ganar el premio a los zapatos más bonitos en una carrera. Irrelevante y fuera de lugar.

—¿Y qué me dice de usted? —preguntó con voz cada vez más estridente—. ¿Intenta sacar el mayor partido a las cosas? ¿Por eso se considera recuperado? ¿No fue usted quien se puso poético pensando en el amor? Dijo que lo era todo, que no te daba elección. Dijo que...

Se interrumpió, horrorizada por su tono. Él la miraba como si se hubiera vuelto loca, y quizás así era.

—Dijo muchas cosas —masculló Lucy, con la esperanza de poner fin a la conversación.

Debía marcharse. Llevaba al menos un cuarto de hora sentada en el banco al llegar él. El tiempo estaba húmedo y ventoso y su doncella no iba bien abrigada. Y, si se paraba a pensar en ello, seguramente tenía cien cosas que hacer en casa.

O, al menos, un libro que podía leer.

—Lamento haberla molestado —dijo Gregory quedamente.

Ella no se atrevió a mirarle.

—Pero no le mentí —prosiguió él—. Lo cierto es que ya no pienso en la señorita..., discúlpeme, en lady Fennsworth..., con mucha frecuencia, salvo, quizá, para decirme que no estábamos en absoluto hechos el uno para el otro.

Lucy se volvió hacia él y se dio cuenta de que quería creerle. Quería de verdad.

Porque, si él podía olvidar a Hermione, tal vez ella pudiera olvidarle a él.

—No sé cómo explicarlo —dijo Gregory, y sacudió la cabeza como si estuviera tan perplejo como ella—. Pero si alguna vez se enamora perdida e inexplicablemente...

Lucy se quedó paralizada. Él no iba a decirlo. Seguro, no podía decirlo.

Gregory se encogió de hombros.

—En fin, yo que usted no me fiaría.

¡Santo Dios! Las palabras de Hermione. Sus palabras exactas.

Lucy intentó recordar qué le había contestado a Hermione. Porque tenía que decir algo. Si no, él notaría el silencio y se volvería, y la vería aturdida y nerviosa. Y entonces empezaría a hacer preguntas, y ella no sabría qué responder y...

—No es probable que a mí me pase eso —dijo, y las palabras casi se le escaparon de la boca.

Gregory se volvió, pero ella siguió mirando escrupulosamente hacia delante. Y deseó con desesperación no haber arrojado todo el pan a los pájaros. Sería mucho más fácil evitar mirarle si podía fingirse distraída con otra cosa.

—¿No cree usted que pueda enamorarse? —preguntó él.

—Bueno, quizá —dijo Lucy, intentando parecer alegre y sofisticada—. Pero no así.

—¿Así?

Lucy tomó aliento. Odiaba que él la estuviera obligando a explicarse.

—Con esa especie de desesperación de la que Hermione y usted reniegan ahora —dijo—. No soy de ese tipo, ¿no le parece?

Se mordió el labio; después, por fin, se permitió volverse hacia él. Porque ¿qué importaba que él se diera cuenta de que estaba mintiendo? ¿Qué importaba que notara que ya estaba enamorada... de él? Ella sentiría una horrible vergüenza, pero ¿acaso no sería mejor saber que él lo sabía? Al menos así no tendría que hacerse preguntas.

La ignorancia no era ninguna bendición. Al menos, para alguien como ella.

—Además, da igual —continuó, porque no podía soportar el silencio—. Voy a casarme con lord Haselby dentro de una semana, y jamás incumpliría mis votos matrimoniales. Yo...

—¿Con Haselby? —Gregory se volvió por completo para mirarla, girando todo el cuerpo—. ¿Va a casarse con Haselby?

Ella parpadeó furiosamente.

—Sí —contestó. ¿A qué venía aquello? —. Pensaba que lo sabía.

—No. No... —Parecía atónito. Estupefacto.

¡Santo cielo!

Él sacudió la cabeza.

—No sé por qué no lo sabía.

—No era ningún secreto.

—No —dijo él con cierto esfuerzo—. No, no, claro que no. No pretendía insinuar tal cosa.

—¿Tiene usted en poca estima a lord Haselby? —preguntó ella, escogiendo sus palabras con extremo cuidado.

—No —contestó Gregory, sacudiendo la cabeza... pero solo un poco, como si no fuera consciente de lo que hacía—. No. Hace años que le conozco. Fuimos juntos al colegio. Y a la Universidad.

—¿Son de la misma edad, entonces? —preguntó Lucy, y pensó que algo iba mal si no sabía qué edad tenía su prometido. Claro que tampoco estaba segura de qué edad tenía Gregory.

Él asintió con la cabeza.

—Es muy... afable. La tratará bien. —Se aclaró la garganta—. Muy gentilmente.

—¿Gentilmente? —repitió ella. Le parecía una forma chocante de expresarlo.

Gregory la miró a los ojos, y en ese momento Lucy se dio cuenta de que no la había mirado desde que le había dicho el nombre de su prometido. Pero él no dijo nada. Se limitó a mirarla fijamente, con una expresión tan intensa que sus ojos parecieron cambiar de color. Eran marrones y algo verdes, y luego pasaron a ser verdes con un toque de marrón, y después casi pareció que se emborronaban.

—¿Qué ocurre? —susurró ella.

—No tiene importancia —dijo él, pero parecía cambiado—. Yo... —Y entonces se apartó, rompió el hechizo—. Mi hermana —dijo, aclarándose la garganta—. Mi hermana da una fiesta mañana por la noche. ¿Le gustaría asistir?

—Oh, sí, sería un placer —dijo Lucy, aunque sabía que no debía. Pero hacía tanto tiempo que no veía a nadie... Y, además, cuando estuviera casada ya no podría volver a pasar un rato con él. No debía atormentarse en ese momento deseando lo que no podía tener, pero no podía remediarlo.

Recoge capullos de rosa mientras aún puedas.

Ahora. Porque, si no, ¿cuándo...?

—Ah, pero no puedo —dijo, y la desilusión convirtió su voz casi en un gemido.

—¿Por qué no?

—Por mi tío —contestó ella con un suspiro—. Y por lord Davenport, el padre de Haselby.

—Sé quién es.

—Por supuesto. Lo sien... —Se interrumpió. No pensaba decirlo—. No quieren que debute aún.

—Le ruego me disculpe, pero ¿por qué?

Lucy se encogió de hombros.

—No tiene sentido que me presente en sociedad como lady Lucinda Abernathy cuando dentro de una semana seré lady Haselby.

—Eso es ridículo.

—Es lo que ellos dicen. —Frunció el ceño—. Y además no creo que quieran correr con los gastos.

—Asistirá usted a la fiesta de mañana —dijo Gregory con firmeza—. Yo me encargaré de ello.

—¿Usted? —preguntó Lucy, incrédula.

—Yo no —contestó Gregory como si se hubiera vuelto loco—. Mi madre. Créame, en lo que atañe a cuestiones de relaciones sociales y etiqueta, puede conseguir cualquier cosa. ¿Tiene usted carabina?

Lucy asintió con la cabeza.

—Mi tía Harriet. Está un poco frágil, pero estoy segura de que podría asistir a una fiesta si mi tío diera su permiso.

—Lo dará —dijo Gregory con aplomo—. La hermana en cuestión es la mayor, Daphne. —Luego aclaró—: Su excelencia la duquesa de Hastings. Su tío no le diría que no a una duquesa, ¿verdad?

—No creo —contestó ella lentamente. No se le ocurría nadie que le dijera que no a una duquesa.

—Entonces, todo arreglado —dijo Gregory—. Esta tarde tendrá noticias de Daphne. —Se levantó y le ofreció la mano para ayudarla a levantarse.

Ella tragó saliva. Sería dulce y al mismo tiempo amargo tocarle, pero le dio la mano. Experimentó una sensación de calidez, de comodidad. De seguridad.

—Gracias —murmuró, apartando la mano para coger con ambas el asa de su cesta. Hizo una seña con la cabeza a su doncella, que inmediatamente empezó a acercarse.

—Hasta mañana —dijo Gregory, despidiéndose con una reverencia casi ceremoniosa.

—Hasta mañana —repitió Lucy, y se preguntó si sería verdad. Su tío, que ella supiera, nunca cambiaba de opinión. Pero quizá...

Posiblemente.

Con un poco de suerte.

15

En el que nuestro héroe descubre que no es,
ni probablemente será nunca, tan listo como su madre.

Una hora después, Gregory esperaba en el salón del número 5 de Bruton Street, la casa que ocupaba su madre en Londres desde que había insistido en abandonar Bridgerton House tras la boda de Anthony. Aquella había sido también su casa, hasta que había encontrado sus habitaciones, un par de años atrás. Desde que su hermana pequeña se había casado, su madre vivía allí sola. Gregory tenía por costumbre visitarla al menos dos veces por semana cuando estaba en Londres, pero nunca dejaba de extrañarle lo silenciosa que parecía ahora la casa.

—¡Cariño! —exclamó su madre, entrando en el salón con una amplia sonrisa—. Creía que no te vería hasta esta noche. ¿Qué tal el viaje? Cuéntamelo todo sobre Benedict, Sophie y los niños. Es un delito lo poco que veo a mis nietos.

Gregory sonrió con indulgencia. Su madre visitaba Wiltshire varias veces al año; hacía apenas un mes que había estado allí. Él le contó obedientemente las novedades sobre los cuatro niños de Benedict, poniendo especial énfasis al hablarle de la pequeña Violet, su tocaya. Luego, una vez agotada la provisión de preguntas de su madre, dijo:

—La verdad, madre, es que he venido a pedirte un favor.

Violet siempre tenía un porte soberbio, pero aun así pareció erguirse un poco.

—¿Ah, sí? ¿Qué necesitas?

Le habló de Lucy, resumiendo la historia todo lo posible para impedir que su madre llegara a conclusiones inapropiadas acerca de su interés por ella.

Su madre tendía a considerar a cualquier mujer soltera una novia potencial. Incluso a las que iban a casarse dentro de una semana.

—Claro que te ayudaré —dijo—. Será muy fácil.

—Su tío está empeñado en mantenerla secuestrada —le recordó Gregory.

Ella desdeñó su advertencia con un ademán.

—Es pan comido, mi querido hijo. Déjamelo a mí. Lo solucionaré en un periquete.

Gregory decidió no insistir. Si su madre decía saber cómo asegurarse de que Lucy asistiera al baile, él la creía. Seguir interrogándola solo serviría para inducirla a creer que tenía motivos ulteriores.

Lo cual no era cierto.

Sencillamente, le gustaba Lucy. La consideraba una amiga. Y quería que se divirtiera un poco.

Era admirable, en realidad.

—Le diré a tu hermana que mande una invitación con una nota personal —dijo Violet—. Y tal vez vaya a ver directamente a su tío. Mentiré y le diré que la conocí en el parque.

—¿Mentir? —Gregory tensó los labios—. ¿Tú?

La sonrisa de su madre era decididamente diabólica.

—Dará igual que no me crea. Es una de las ventajas de la vejez. Nadie se atreve a contradecir a una vieja arpía como yo.

Gregory levantó las cejas, negándose a morder el anzuelo. Violet Bridgerton podía ser la madre de ocho hijos adultos, pero con su cutis lechoso y liso y su amplia sonrisa nadie la habría considerado vieja. De hecho, Gregory se preguntaba a menudo por qué no volvía a casarse. No faltaban los viudos de buen ver deseosos de llevarla a cenar o bailar con ella. Gregory sospechaba que cualquiera de ellos habría aprovechado sin dudarlo la oportunidad de casarse con su madre, si ella hubiera mostrado algún interés.

Pero no mostraba ninguno, y Gregory tenía que reconocer que, egoístamente, se alegraba de ello. A pesar de su entrometimiento, había algo muy reconfortante en su devoción obsesiva por sus hijos y nietos.

Su padre llevaba muerto más de veintidós años. Gregory ni siquiera se acordaba de él. Pero su madre le había hablado de él a menudo, y, cada vez que lo hacía, su voz cambiaba. Sus ojos se enternecían, y las comisuras de sus labios se movían... solo un poco, lo justo para que Gregory viera el reflejo de los recuerdos en su rostro.

Era en esos momentos cuando comprendía por qué se empeñaba tanto en que sus hijos eligieran a sus cónyuges por amor.

Él siempre había pensado en complacerla. Lo cual resultaba irónico, en realidad, teniendo en cuenta el enredo de la señorita Watson.

Justo en ese momento llegó una criada con una bandeja de té, que puso sobre una mesa baja, entre ellos.

—La cocinera ha hecho tus pastas preferidas —le dijo su madre al tiempo que le ofrecía una taza preparada exactamente como a él le gustaba: sin azúcar y con un chorrito de leche.

—¿Esperabas mi visita? —preguntó.

—Esta tarde, no —dijo Violet, y bebió un sorbo de su té—. Pero sabía que no tardarías mucho en venir. Al final, necesitas sustento.

Gregory le lanzó una sonrisa de soslayo. Era cierto. Como muchos hombres de su edad y posición, no tenía sitio en sus habitaciones para una cocina. Comía en las fiestas, y en su club, y, naturalmente, en casa de su madre y hermanos.

—Gracias —murmuró, aceptando el plato en el que ella había puesto seis pastas.

Violet se quedó mirando la bandeja un momento con la cabeza ligeramente ladeada; luego puso dos pastas en su plato.

—Me conmueve —dijo, mirándole— que me hayas pedido ayuda con lady Lucinda.

—¿Sí? —preguntó él con curiosidad—. ¿A quién, si no, iba a recurrir en un asunto así?

Ella mordió delicadamente una pasta.

—No, soy la alternativa obvia, desde luego, pero debes darte cuenta de que rara vez recurres a tu familia cuando necesitas algo.

Gregory se quedó inmóvil; luego se volvió lentamente hacia ella. Los ojos de su madre (tan azules y turbadoramente perspicaces) estaban fijos en su cara. ¿Qué había querido decir con eso? Nadie quería más a su familia que él.

—Eso no puede ser cierto —dijo por fin.

Pero su madre se limitó a sonreír.

—¿Tú crees que no lo es?

Él apretó la mandíbula.

—Sí, lo creo.

—Oh, no te ofendas —dijo ella, y alargó la mano sobre la mesa para darle una palmadita en el brazo—. No me refiero a que no nos quieras. Pero prefieres hacer las cosas tú solo.

—¿Como cuáles?

—Oh, buscarte esposa...

Gregory la atajó en el acto.

—¿Intentas decirme que Anthony, Benedict y Colin aceptaron de buen grado que intervinieras cuando estaban buscando esposa?

—No, claro que no. Ningún hombre lo hace. Pero... —Agitó una mano en el aire, como si pudiera borrar la frase—. Perdóname. Era un mal ejemplo.

Dejó escapar un pequeño suspiro mientras miraba por la ventana, y Gregory se dio cuenta de que quería cambiar de tema. Para su sorpresa, sin embargo, él no quería.

—¿Qué hay de malo en querer hacer las cosas uno mismo? —preguntó.

Ella se volvió con calma, como si no acabara de introducir en la conversación un tema potencialmente molesto.

—Pues nada. Estoy muy orgullosa de que mis hijos sean tan independientes, y de haberlos educado yo. A fin de cuentas, tres de vosotros tenéis que abriros paso en el mundo. —Hizo una pausa, pensativa, y añadió—: Con un poco de ayuda de Anthony, por supuesto. Me llevaría una gran decepción si no velara por sus hermanos.

—Anthony es sumamente generoso —dijo Gregory con tranquilidad.

—Sí, ¿verdad? —dijo Violet con una sonrisa—. Con su dinero y su tiempo. Se parece mucho a su padre, a su modo. —Le miró con ojos melancólicos—. Lamento mucho que no le conocieras.

—Anthony ha sido un buen padre para mí —dijo Gregory, porque sabía que ello alegraría a su madre, pero también porque era cierto.

Su madre frunció los labios y los tensó, y por un momento Gregory pensó que iba a llorar. Sacó inmediatamente su pañuelo y se lo ofreció.

—No, no, no es necesario —dijo ella mientras lo cogía y se enjugaba los ojos—. Estoy bien. Solo un poco... —Tragó saliva y sonrió. Pero sus ojos seguían brillando—. Algún día, cuando tengas hijos, entenderás lo maravilloso que es oír eso.

Dejó el pañuelo y tomó su taza de té. Bebió, pensativa, y dejó escapar un suspiro satisfecho.

Gregory se sonrió. La adoración de su madre por el té superaba con creces la habitual devoción de los británicos. Decía que la ayudaba a pensar, cosa que Gregory habría considerado buena de no ser porque con demasiada frecuencia el objeto de sus cavilaciones era él, y porque, por lo general, a la tercera taza que se tomaba, ella había trazado ya un plan minucioso para casarle con la hija de alguna amiga a la que recientemente había hecho una visita.

Pero esta vez, al parecer, su madre no estaba pensando en casarle. Dejó su taza y, justo cuando Gregory pensaba que iba a cambiar de tema, dijo:

—Pero no es tu padre.

Él se quedó callado un momento, con la taza a medio camino de la boca.

—¿Cómo dices?

—Anthony. No es tu padre.

—¿Sí? —dijo él lentamente, porque ¿qué podía querer decir su madre?

—Es tu hermano —prosiguió ella—. Igual que Benedict y Colin, y cuando eras pequeño... ¡ah, cómo deseabas participar en sus cosas!

Gregory se quedó muy quieto.

—Pero, naturalmente, a ellos no les apetecía que les acompañaras, ¿y quién podía reprochárselo?

—Sí, ¿quién ?—murmuró él, tenso.

—Oh, no te ofendas, Gregory —dijo su madre, volviéndose hacia él con una expresión un poco contrita y un poco impaciente—. Eran hermanos maravillosos, y la verdad es que casi siempre tenían mucha paciencia.

—¿Casi siempre?

—Algunas veces —se corrigió ella—. Pero tú eras mucho más pequeño que ellos. Sencillamente, no había muchas cosas que pudierais hacer juntos. Y luego, cuando te hiciste mayor, bueno...

Se interrumpió y suspiró. Gregory se inclinó hacia delante.

—¿Y bien? —insistió.

—Oh, no es nada.

—Madre.

—Muy bien —dijo, y Gregory comprendió en el acto que su madre sabía exactamente qué estaba diciendo y que sus suspiros y sus vacilaciones eran puros efectos melodramáticos.

—Me parece que crees que tienes que demostrarles algo —dijo Violet.

Él la miró con sorpresa.

—¿Y no es cierto?

Su madre entreabrió los labios, pero durante unos segundos no dijo nada.

—No —dijo por fin—. ¿Por qué crees que sí?

¡Qué pregunta tan tonta! Porque... porque...

—No es de esas cosas que uno puede expresar fácilmente con palabras —masculló.

—¿De veras? —Ella bebió un sorbo de té—. Debo decir que no era esa la respuesta que esperaba.

Gregory sintió que su mandíbula se cerraba con fuerza.

—¿Y qué esperabas exactamente?

—¿Exactamente? —Le miró con suficiente humor en los ojos como para enojarle por completo—. No estoy segura de poder ser precisa, pero supongo que esperaba que lo negaras.

—El hecho de que no desee que sea así no lo convierte en mentira —repuso él, encogiéndose con estudiada tranquilidad.

—Tus hermanos te respetan —dijo Violet.

—Yo no he dicho que no lo hagan.

—Saben que eres dueño de tus actos.

Eso, pensó Gregory, no era exactamente cierto.

—Pedir ayuda no es un síntoma de debilidad —continuó Violet.

—Nunca he creído que lo sea —contestó él—. ¿No acabo de pedírtela a ti?

—Para un asunto que solo puede resolver una mujer —dijo ella con cierto desdén—. No tenías más remedio que recurrir a mí.

Era cierto, de modo que Gregory no hizo comentario alguno.

—Estás acostumbrado a que hagan las cosas por ti —dijo.

—Madre...

—Hyacinth es igual —se apresuró a decir ella—. Creo que debe de ser porque sois los pequeños. Y, créeme, no quería dar a entender que seáis vagos, malcriados o mezquinos en ningún sentido.

—¿Qué querías decir, entonces? —preguntó él.

Su madre le miró con una sonrisa levemente maliciosa.

—¿Exactamente?

Gregory sintió que su tensión se disipaba en parte.

—Exactamente —contestó, inclinando la cabeza en deferencia a su agudeza.

—Solo quería decir que nunca has tenido que esforzarte mucho por nada. En eso tienes bastante suerte. Parece que siempre te pasan cosas buenas.

—Y, siendo tú mi madre, ¿por qué te molesta eso?

—Oh, Gregory —dijo ella con un suspiro—. No me molesta en absoluto. Solo te deseo cosas buenas. Ya lo sabes.

Él no estaba muy seguro de cuál era la respuesta adecuada a aquello, de modo que guardó silencio y se limitó a levantar las cejas inquisitivamente.

—Lo he liado todo, ¿verdad? —dijo Violet frunciendo el ceño—. Lo que intento decir es que nunca has tenido que invertir mucho esfuerzo en conseguir tus metas. No sé si ello se debe a tus habilidades, o a tus metas.

Gregory no dijo nada. Sus ojos encontraron un dibujo particularmente enrevesado en la tela estampada que cubría las paredes, y se quedó absorto, incapaz de concentrarse en otra cosa mientras su mente se agitaba en un torbellino.

Llena de anhelo.

Y luego, antes de darse cuenta siquiera de lo que estaba pensando, preguntó:

—¿Qué tiene eso que ver con mis hermanos?

Ella parpadeó, perpleja, y luego, por fin, murmuró:

—Ah, ¿te refieres a tu necesidad de demostrarles algo?

Él asintió con la cabeza.

Ella frunció los labios. Se quedó pensando. Y después dijo:

—No estoy segura.

Gregory abrió la boca. No era esa la respuesta que esperaba.

—No lo sé todo —dijo ella, y él sospechó que era la primera vez que aquella frase cruzaba sus labios.

—Supongo —añadió su madre lenta y pensativamente— que... Bueno, me parece que es una combinación extraña. O quizá no tan extraña, teniendo tantos hermanos y hermanas mayores.

Gregory aguardó mientras ella ordenaba sus pensamientos. La habitación estaba en silencio, el aire inmóvil, y sin embargo él tenía la sensación de que algo le oprimía desde todos los lados.

Ignoraba qué iba a decir su madre, pero de algún modo...

Sabía que...

... que era importante.

Quizá mucho más que cualquier otra cosa que hubiera oído nunca.

—No quieres pedir ayuda —dijo su madre—, porque es muy importante para ti que tus hermanos te consideren un hombre hecho y derecho. Y, sin embargo, al mismo tiempo... En fin, todo te resulta fácil. Por eso a veces pienso que no lo intentas.

Él entreabrió los labios.

—No es que te niegues a intentarlo —se apresuró a añadir ella—. Es solo que casi nunca te hace falta. Y cuando algo requiere demasiado esfuerzo... Si es algo que no puedes resolver tú solo, llegas a la conclusión de que no merece la pena molestarse.

Gregory sintió que sus ojos volvían a fijarse en aquel lugar de la pared, en el que la cenefa se retorcía tan curiosamente.

—Sé lo que significa esforzarse por algo —dijo con voz queda. Se volvió hacia ella y la miró de lleno a la cara—. Desearlo ardientemente y saber que tal vez no sea tuyo.

—¿Sí? Me alegro. —Ella cogió su taza de té y luego pareció cambiar de idea y le miró—. ¿Lo conseguiste?

—No.

Los ojos de su madre se entristecieron un poco.

—Lo siento.

—Yo no —contestó él, crispado—. Ya no.

—¡Ah! Bueno. —Se removió en el asiento—. Entonces no lo siento. Imagino que te ha hecho madurar.

Al principio, Gregory sintió el impulso de ofenderse, pero, para sorpresa suya, se descubrió diciendo:

—Creo que tienes razón.

Y, para mayor sorpresa aún, lo decía en serio.

Su madre sonrió sabiamente.

—Me alegra mucho que lo veas desde ese punto de vista. La mayoría de los hombres no puede. —Miró el reloj y dejó escapar un gorjeo de sorpresa—. ¡Ay, Señor, qué tarde es! Le prometí a Portia Featherington ir a verla esta tarde.

Gregory se levantó al tiempo que su madre.

—No te preocupes por lady Lucinda —dijo ella mientras se dirigía apresuradamente a la puerta—. Yo me encargo de todo. Y, por favor, acábate el té. Me preocupas, allí solo, sin una mujer que cuide de ti. Otro año así y te quedarás en los huesos.

Gregory la acompañó a la puerta.

—Como insinuación de que debo casarme, no ha sido muy sutil.

—¿No? —Ella le lanzó una mirada traviesa—. Es maravilloso que ya ni siquiera intente ser sutil. He descubierto que, de todos modos, la mayoría de los hombres no repara en nada que no se le diga claramente, letra por letra.

—Ni siquiera tus hijos.

—Mis hijos menos aún.

Él sonrió con sorna.

—Me lo tenía merecido, ¿no?

—Prácticamente me has escrito una invitación.

Gregory intentó acompañarla al vestíbulo principal, pero ella se negó.

—No, no, no es necesario. Ve a acabarte el té. Cuando te anunciaron pedí en la cocina que te subieran unos emparedados. Estarán al llegar, y se echarán a perder si no te los comes.

A Gregory le sonaron las tripas en ese preciso instante, de modo que hizo una reverencia y dijo:

—Eres una madre estupenda, ¿lo sabías?

—¿Porque te doy de comer?

—Bueno, sí, pero quizá también por un par de cosas más.

Violet se puso de puntillas y le besó en la mejilla.

—Ya no eres mi cariñín, ¿verdad?

Gregory sonrió. Su madre le había llamado así desde que él tenía uso de razón.

—Lo seré mientras tú quieras, madre. Mientras tú quieras.

16

En el que nuestro héroe se enamora.
Otra vez.

En lo tocante a maquinaciones sociales, Violet Bridgerton era tan eficaz como decía ser y, en efecto, cuando Gregory llegó a Hastings House la noche siguiente, su hermana Daphne, la duquesa, le informó de que lady Lucinda Abernathy asistiría al baile.

Gregory se descubrió entusiasmado por el resultado. Lucy parecía tan desilusionada cuando le dijo que no podría ir... Y, además, ¿no se merecía disfrutar de una última noche de diversión antes de casarse con Haselby?

Con Haselby.

Gregory aún no podía creerlo. ¿Cómo era posible que no se hubiera enterado de que ella iba a casarse con Haselby? No podía hacer nada por impedirlo, ni le correspondía a él hacerlo, pero, ¡santo Dios!, ¡era Haselby!

¿No debería decírselo alguien a Lucy?

Haselby era un tipo excelente, poseedor (Gregory tenía que reconocerlo) de un ingenio más que aceptable. No pegaría a Lucy, ni se pondría desagradable con ella, pero no... no podía...

No podía ser su marido.

La sola idea le agriaba el ánimo. Lucy no iba a tener un matrimonio normal, porque a Haselby no le gustaban las mujeres. No como se suponía que le gustaban a un hombre.

Haselby se portaría bien con ella, y seguramente le asignaría una renta sumamente generosa, que era mucho más de lo que muchas mujeres casadas podían decir, al margen de las inclinaciones de sus maridos.

Pero parecía injusto que Lucy, precisamente, se viera abocada a aquella vida. Ella merecía mucho más. Una casa llena de niños. Y de perros. Y quizás un gato o dos. Parecía de esas mujeres a las que les gustaba tener un zoológico.

Y flores. En casa de Lucy, habría flores por todas partes, estaba seguro de ello. Peonías rosas, rosas amarillas, y esas azules que a ella le gustaban tanto.

Delphinium. Eso era.

Gregory se detuvo. Recordó. *Delphinium*.

Lucy tal vez dijera que su hermano era el botánico de la familia, pero Gregory no se la imaginaba viviendo en una casa sin colorido.

Habría risas y ruido y un desorden fantástico, a pesar de sus esfuerzos por tenerlo todo limpio y ordenado. Gregory se la imaginaba con toda facilidad yendo de acá para allá, organizándolo todo, intentando que todo el mundo respetara un horario conveniente.

Casi se echó a reír en voz alta con solo pensarlo. Daría igual que hubiera una legión de sirvientes quitando el polvo, enderezando las cosas, sacando brillo y barriendo. Habiendo niños, las cosas nunca estaban en su sitio.

Lucy era una buena administradora. Era lo que la hacía feliz, y debía tener un hogar que administrar.

Con hijos. A montones.

Ocho, quizá.

Gregory paseó la mirada por el salón de baile, que empezaba a llenarse lentamente. No vio a Lucy, y aún no había tanta gente como para que le pasara desapercibida. Vio, en cambio, a su madre.

Se dirigía hacia él.

—Gregory —dijo Violet, alargando las dos manos al llegar a su lado—, esta noche estás especialmente guapo.

Él tomó sus manos y se las llevó a los labios.

—Dicho con toda la honestidad y la imparcialidad de una madre —murmuró.

—Bobadas —repuso ella con una sonrisa—. Es un hecho que todos mis hijos son extremadamente inteligentes y guapos. Si solo lo pensara yo, ¿no crees que ya me habrían sacado de mi error?

—Como si alguien se atreviera.

—Bueno, sí, supongo —contestó ella, con un semblante tan impasible que resultaba impresionante—. Pero insisto tercamente en que tengo razón.

—Como quieras, madre —dijo él con perfecta solemnidad—. Como quieras.

—¿Ha llegado lady Lucinda?

Gregory negó con la cabeza.

—Todavía no.

—¿No es raro que no la conozca? —preguntó ella—. Lo lógico sería que, si llevaba ya dos semanas en Londres... Ah, en fin, no importa. Estoy segura de que me parecerá encantadora, si te has esforzado tanto para que asista esta noche.

Gregory le lanzó una mirada. Conocía aquel tono. Era una mezcla perfecta de indiferencia y precisión que su madre solía utilizar mientras recababa información. Violet lo dominaba a la perfección.

Y, efectivamente, se atusó discretamente el pelo y, sin mirarle, añadió:

—Dijiste que os presentaron cuando estuviste en casa de Anthony, ¿no?

Él no vio razón para fingir que no sabía qué se proponía su madre.

—Está prometida, madre —dijo con mucho énfasis. Y luego, de propina, añadió—: Se casa dentro de una semana.

—Sí, sí, lo sé. Con el hijo de lord Davenport. Tengo entendido que la boda se acordó hace mucho tiempo.

Gregory asintió con la cabeza. Imaginaba que su madre no sabía la verdad sobre Haselby. No era un hecho de dominio público. Había rumores, claro. Siempre había rumores. Pero nadie se atrevía a repetirlos delante de una dama.

—Recibí una invitación para la boda —dijo Violet.

—¿Sí?

—Según parece, va a ser una celebración por todo lo alto.

Gregory rechinó un poco los dientes.

—Va a ser condesa.

—Sí, supongo. No es de esas cosas que pueden hacerse discretamente.

—No.

Violet suspiró.

—Adoro las bodas.

—¿Sí?

—Sí. —Suspiró otra vez con más dramatismo aún, aunque Gregory no lo creyera posible—. Es todo tan romántico... —añadió—. La novia, el novio...

—Suelen ser imprescindibles en la ceremonia, según tengo entendido.

Su madre le miró con enojo.

—¿Cómo puedo haber criado a un hijo tan poco romántico?

Gregory resolvió que para eso no había respuesta.

—Mal que te pese —dijo Violet—, yo pienso asistir. Casi nunca rechazo una invitación a una boda.

Y entonces se oyó «la voz».

—¿Quién se casa?

Gregory se volvió. Era Hyacinth, su hermana pequeña. Vestida de azul y metiendo la nariz en los asuntos de todo el mundo, como de costumbre.

—Lord Haselby y lady Lucinda Abernathy —respondió Violet.

—Ah, sí. —Hyacinth frunció el ceño—. Recibí una invitación. En Saint George, ¿no?

Violet asintió.

—Después habrá un banquete en Fennsworth House.

Hyacinth paseó la mirada por el salón. Lo hacía con frecuencia, incluso cuando no buscaba a nadie en particular.

—¿No es raro que aún no la conozca? Es hermana del conde de Fennsworth, ¿no? —Se encogió de hombros—. Es raro que a él tampoco le conozca.

—Creo que lady Lucinda no se ha presentado en sociedad —dijo Gregory—. Oficialmente, al menos.

—Entonces esta noche será su debut —dijo su madre—. ¡Qué emocionante para todos nosotros!

Hyacinth se volvió hacia su hermano con ojos afilados como cuchillas.

—¿Y cómo es que tú sí conoces a lady Lucinda, Gregory?

Él abrió la boca, pero ella ya estaba diciendo:

—Y no digas que no la conoces, porque Daphne ya me lo ha contado todo.

—Entonces, ¿por qué preguntas?

Hyacinth puso mala cara.

—No me ha dicho cómo os conocisteis.

—Entonces tendrás que reconsiderar tu noción de la palabra «todo». —Gregory se volvió hacia su madre—. El léxico y la comprensión nunca han sido su fuerte.

Violet levantó los ojos al cielo.

—Todos los días me maravillo de que hayáis llegado a adultos.

—¿Temías que nos matáramos el uno al otro? —preguntó Gregory.

—No, temía mataros con mis propias manos.

—Bien —dijo Hyacinth como si el minuto anterior de la conversación no hubiera tenido lugar—, Daphne me ha dicho que estabas deseando que lady Lucinda recibiera una invitación, y tengo entendido que mamá escribió una nota diciendo lo mucho que disfruta de su compañía, cosa que es una mentira descarada, como todos sabemos, puesto que ninguno de nosotros la conoce...

—¿Alguna vez dejas de hablar? —la interrumpió Gregory.

—Por ti, no —replicó Hyacinth—. ¿Cómo es que la conoces? Y, lo que es más importante, ¿hasta qué punto la conoces? ¿Y por qué estabas tan empeñado en invitar a una mujer que se casa dentro de una semana?

Y entonces, por extraño que pareciera, Hyacinth dejó de hablar.

—Eso mismo me preguntaba yo —murmuró Violet.

Gregory las miró a ambas y decidió que lo que le había dicho a Lucy de que las familias numerosas eran una fuente de comodidad era una patraña. Eran un incordio y un fastidio, y un montón de cosas más que no se le ocurrían en ese momento.

Lo cual tal vez fuera una suerte, porque probablemente ninguna de ellas era amable.

Pese a todo, se volvió hacia ellas con extrema paciencia y dijo:

—Me presentaron a lady Lucinda en Kent. En la fiesta que dieron Anthony y Kate en su casa el mes pasado. Y le he pedido a Daphne que la invitara esta noche porque es una joven encantadora, y da la casualidad de que coincidí con ella ayer en el parque. Su tío no le ha permitido disfrutar de una sola temporada, y pensé que sería una buena obra ofrecerle la oportunidad de escaparse por una noche.

Levantó las cejas, desafiándolas tácitamente a responder.

Respondieron, por supuesto. No con palabras: las palabras no habrían sido tan eficaces como las miradas incrédulas que le lanzaban.

—¡Oh, por el amor de Dios! —dijo, casi estallando—. Está prometida. Va a casarse.

Aquello surtió poco efecto.

Gregory arrugó el ceño.

—¿Da la impresión de que intento impedir la boda?

Hyacinth parpadeó. Varias veces, como hacía siempre cuando estaba pensando con mucho empeño en algo que no era asunto suyo. Pero, para sorpresa de Gregory, dejó escapar un «hum» de asentimiento y dijo:

—Supongo que no. —Volvió a recorrer el salón con la mirada—. Pero me gustaría conocerla.

—Estoy seguro de que vas a conocerla —contestó Gregory, y se felicitó, como hacía al menos una vez al mes, por no estrangular a su hermana.

—Kate me escribió en una carta que era encantadora —dijo Violet.

Gregory notó un vuelco en el estómago y se volvió hacia ella.

—¿Kate te escribió? —¡Santo Dios!, ¿qué le había contado? Bastante malo era ya que Anthony se hubiera enterado del chasco que se había llevado con la señorita Watson (lo había deducido, claro), pero, si se enteraba su madre, su vida sería un infierno.

Violet le mimaría hasta matarle. Estaba seguro de ello.

—Kate me escribe dos veces al mes —contestó su madre encogiendo delicadamente un hombro—. Me lo cuenta todo.

—¿Lo sabe Anthony? —masculló Gregory.

—No tengo ni idea —respondió Violet, y le miró altivamente—. No es asunto suyo.

¡Santo cielo!

Gregory logró a duras penas no decirlo en voz alta.

—Tengo entendido —continuó su madre— que a su hermano le sorprendieron en una situación comprometida con la hija de lord Watson.

—¿En serio? —Hyacinth había estado escudriñando a la multitud, pero aquello hizo que volviera a mirarlos.

Violet asintió pensativamente.

—Me preguntaba por qué se habían casado con tanta precipitación.

—Pues es por eso —dijo Gregory, casi gruñendo.

—Hum... —dijo Hyacinth.

Aquella era la clase de sonido que uno nunca deseaba oír en boca de Hyacinth.

Violet se volvió hacia su hija y dijo:

—Fue un escándalo.

—La verdad —dijo Gregory, cada vez más irritado— es que se llevó todo con mucha discreción.

—Siempre hay habladurías —dijo Hyacinth.

—Pues no eches tú más leña al fuego —la advirtió Violet.

—No diré una palabra —prometió Hyacinth, agitando la mano como si en toda su vida hubiera hablado cuando no le tocaba.

Gregory soltó un bufido.

—¡Oh, por favor!

—No lo haré —protestó ella—. Se me da de maravilla guardar un secreto, siempre y cuando sepa que es un secreto.

—Ah, entonces lo que quieres decir es que no posees sentido de la discreción.

Hyacinth entrecerró los ojos.

Gregory levantó las cejas.

—¿Cuántos años tenéis? —terció Violet—. ¡Santo cielo!, no habéis cambiado nada desde que ibais con andador. Casi temo que empecéis a tiraros del pelo en cualquier momento.

Gregory apretó la mandíbula y miró resueltamente al frente. No había nada como un rapapolvo materno para que uno se sintiera insignificante.

—¡Vamos, mamá, no te lo tomes así! —dijo Hyacinth, tomándose la reprimenda con una sonrisa—. Gregory sabe que solo me meto con él porque es mi preferido. —Le lanzó una sonrisa cálida y luminosa.

Gregory suspiró, porque era cierto, y porque él sentía lo mismo, y porque era, pese a todo, agotador ser su hermano. Pero los dos eran mucho más jóvenes que el resto de sus hermanos, y, por tanto, siempre habían estado juntos.

—A él le pasa lo mismo, por cierto —le dijo Hyacinth a Violet—. Pero, como es un hombre, nunca lo reconocerá.

Violet asintió.

—Es cierto.

Hyacinth se volvió hacia Gregory.

—Y solo para aclarar las cosas, yo nunca te he tirado del pelo.

Sin duda aquella era la señal de que debía irse. O perdería la cabeza. En realidad, dependía de él.

—Hyacinth —dijo—, te adoro. Tú lo sabes. Madre, a ti también te adoro. Y, ahora, me voy.

—¡Espera! —gritó Violet.

Él se dio la vuelta. Debería haber imaginado que no sería tan fácil.

—¿Irás conmigo?

—¿Adónde?

—Pues a la boda, claro.

Dios, ¿qué era aquel sabor horrible que notaba en la boca?

—¿A la boda de quién? ¿De lady Lucinda?

Su madre le miró con ojos extremadamente cándidos y azules.

—No me gustaría ir sola.

Él volvió la cabeza hacia su hermana.

—Llévate a Hyacinth.

—Ella querrá ir con Gareth —contestó Violet.

Gareth Saint Clair era, desde hacía casi cuatro años, el marido de Hyacinth. Gregory le tenía enorme simpatía y entre ellos se había establecido una buena amistad, razón por la cual Gregory sabía que Gareth preferiría que le arrancaran los párpados (y que le dejaran los ojos así indefinidamente) antes que tener que soportar un acto social tan largo que durara todo el día.

A Hyacinth, en cambio (ella misma lo reconocía), siempre le interesaban los cotilleos, lo cual significaba que sin duda no querría perderse una boda tan sonada. Alguien bebería demasiado, y alguien bailaría demasiado pegado a su pareja, y Hyacinth odiaría ser la última en enterarse.

—¿Gregory? —insistió su madre.

—No voy a ir.

—Pero...

—No me han invitado.

—Habrá sido un despiste. Un despiste que se corregirá, estoy segura, después de tus esfuerzos de esta noche.

—Madre, pese a que deseo que a lady Lucinda le vaya muy bien, no tengo ganas de asistir ni a su boda ni a la de nadie. Son una cursilada.

Silencio.

Lo cual nunca era buena señal.

Gregory miró a Hyacinth. Su hermana le miraba con ojos enormes como los de un búho.

—A ti te gustan las bodas —dijo.

Él soltó un gruñido. Le pareció la mejor respuesta.

—Te gustan —insistió ella—. En mi boda, dijiste...

—Hyacinth, tú eres mi hermana. Eso es distinto.

—Sí, pero también fuiste a la de Felicity Albansdale y recuerdo claramente que...

Gregory le dio la espalda antes de que su hermana se pusiera a hablar de su entusiasmo.

—Madre —dijo—, gracias por la invitación, pero no deseo asistir a la boda de lady Lucinda.

Violet abrió la boca como si fuera a preguntar algo, pero luego la cerró.

—Muy bien —dijo.

Gregory desconfió enseguida. No era propio de su madre rendirse tan fácilmente. Pero, si indagaba en sus motivos, perdería cualquier oportunidad de escapar rápidamente.

Fue una decisión fácil.

—*Adieu* a las dos —dijo.

—¿Adónde vas? —preguntó Hyacinth—. ¿Y por qué hablas en francés?

Él se volvió hacia su madre.

—Es toda tuya.

—Sí —suspiró Violet—. Lo sé.

Hyacinth se giró de inmediato hacia ella.

—¿Qué has querido decir con eso?

—¡Por el amor de Dios, Hyacinth...!

Gregory aprovechó que estaban hablando entre sí para escabullirse.

El salón empezaba a llenarse, y de pronto se le ocurrió que seguramente Lucy habría llegado mientras él hablaba con su madre y su hermana. Si así era, no habría tenido tiempo de adentrarse mucho en el salón. Gregory se dirigió hacia la cola de recepción. Avanzó con lentitud; llevaba más de un mes fuera de Londres, y todo el mundo parecía tener algo que decirle, todo ello sin interés alguno.

—Mucha suerte —le dijo en un murmullo a lord Trevelstam, que intentaba interesarle en un caballo que Gregory no podía permitirse—. Estoy seguro de que no tendrá dificultades para...

De pronto se quedó sin habla.

No podía hablar.

No podía pensar.

¡Santo Dios!, otra vez no.

—¿Bridgerton?

Al otro lado del salón, junto a la puerta. Tres caballeros, una dama anciana, dos señoras y...

Ella.

Era ella. Y Gregory se sintió arrastrado como si entre ellos hubiera una cuerda. Tenía que llegar a su lado.

—Bridgerton, ¿le ocu...?

—Discúlpeme —logró decir Gregory, pasando junto a Trevelstam.

Era ella. Pero...

Era una ella distinta. No era Hermione Watson. Era... Gregory no estaba seguro de quién era. Solo podía verla de espaldas. Pero allí estaba: aquel mismo sentimiento maravilloso y terrible. Un sentimiento que le aturdía. Que le transportaba al éxtasis. Notaba un vacío en los pulmones. Se sentía hueco.

Y la deseaba.

Era como siempre había imaginado: esa sensación mágica, casi incandescente de saber que su vida estaba completa; que ella era *ella*.

Pero había sentido aquello antes. Y Hermione Watson no era *ella*.

¡Santo cielo!, ¿podía uno enamorarse locamente, como un necio, dos veces?

¿Acaso no acababa de decirle a Lucy que recelara, que tuviera cuidado, que, si alguna vez se sentía embargada por aquel mismo sentimiento, desconfiara de él?

Y sin embargo...

Y sin embargo allí estaba ella.

Y allí estaba él.

Y todo estaba volviendo a ocurrir.

Era exactamente como con Hermione. No, era peor. Sentía un hormigueo en todo el cuerpo; los dedos de sus pies no se estaban quietos dentro de las botas. Quería subirse por las paredes, cruzar corriendo el salón y... solo... solo...

Solo verla.

Quería que se volviera. Quería verle la cara. Quería saber quién era.

Quería conocerla.

No.

No, se dijo, intentando obligar a sus pies a ir en otra dirección. Aquello era una locura. Tenía que marcharse. Debía irse inmediatamente.

Pero no podía. A pesar de que su razón le gritaba que diera media vuelta y se alejara, estaba clavado en el sitio, esperando a que ella se volviera.

Rezando por que se volviera.

Y entonces se volvió.

Y era...

Lucy.

Gregory se tambaleó como si hubiera recibido un golpe.

¿Lucy?

No. No podía ser. Él conocía a Lucy.

Ella no le causaba ese efecto.

La había visto montones de veces, incluso la había besado, y ni una sola vez se había sentido así, como si el mundo fuera a engullirle por entero si no llegaba a su lado y la cogía de la mano.

Tenía que haber una explicación. Se había sentido así antes. Con Hermione.

Pero esta vez... no era igual. Con Hermione había experimentado una sensación nueva y embriagadora. Estaba la emoción del descubrimiento, de la conquista. Pero aquella era Lucy.

Era Lucy y...

Todo volvió de repente, como una ola. La inclinación de su cabeza al explicarle por qué habría que ordenar los emparedados. Su mirada deliciosamente traviesa al intentar explicarle por qué estaba cortejando mal a Hermione Watson.

La sensación de bienestar que se había apoderado de él por estar sencillamente sentado en un banco, con ella, en Hyde Park, dando pan a las palomas.

Y el beso. ¡Santo Dios!, el beso.

Gregory todavía soñaba con aquel beso.

Y quería que Lucy también soñara con él.

Dio un paso. Solo uno: ligeramente hacia delante y a un lado, para poder verla mejor de perfil. De pronto todo le parecía tan familiar: la inclinación de su cabeza, la forma en que se movían sus labios cuando hablaba. ¿Cómo era posible que no la hubiera reconocido al instante, hasta de espaldas? Los recuerdos estaban ahí, encerrados en los recovecos de su mente, pero él no había querido reconocer su presencia, o, mejor dicho, no se había permitido hacerlo.

Y entonces ella le vio. Lucy le vio. Gregory lo notó primero en sus ojos, que se agrandaron y brillaron, y luego en la curva de sus labios.

Sonrió. Para él.

Gregory se sintió colmado. Colmado y a punto de estallar. Era solo una sonrisa, pero fue todo lo que necesitó.

Empezó a andar. Apenas sentía los pies, casi no controlaba conscientemente su cuerpo. Solo se movía, convencido en el fondo del corazón de que tenía que llegar hasta ella.

—Lucy... —dijo al llegar a su lado, olvidando que estaban rodeados de desconocidos y, lo que era peor aún, de amigos, y que no debía llamarla por su nombre de pila.

Pero no podía llamarla de otro modo.

—Señor Bridgerton —dijo ella, pero sus ojos decían «Gregory».

Y entonces Gregory lo entendió.

La quería.

Era una sensación extrañísima y maravillosa. Embriagadora. Era como si el mundo se hubiera abierto de pronto para él. Como si se hubiera despejado. Lo entendía. Entendía todo lo que necesitaba saber, y estaba todo allí, en los ojos de Lucy.

—Lady Lucinda —dijo al tiempo que se inclinaba sobre su mano—. ¿Me concede este baile?

17

En el que la hermana de nuestro héroe
hace que las cosas progresen un poco.

Aquello era el cielo.

Pero sin ángeles, ni san Pedros, ni arpas. El cielo era un baile en brazos del verdadero amor de una. Y cuando una iba a casarse con otro dentro de una semana, tenía que agarrar el cielo con las dos manos y todas sus fuerzas.

Metafóricamente hablando.

Lucy sonrió mientras giraba y giraba. Menuda idea. ¿Qué diría la gente si se atrevía a agarrar a Gregory con las dos manos?

Y no le soltaba.

La mayoría diría que estaba loca. Unos pocos, que estaba enamorada. Los más agudos dirían que ambas cosas.

—¿En qué piensa? —preguntó Gregory. La miraba de forma distinta.

Lucy se alejó y volvió. Se sentía audaz, casi mágica.

—¿Le importa?

Él rodeó a la dama que tenía a su izquierda y volvió a su sitio.

—Sí —respondió, sonriéndole malévolamente.

Pero ella se limitó a devolverle la sonrisa y a sacudir la cabeza. En ese momento solo quería fingir que era otra. Una mujer un poco menos convencional. Y mucho más impulsiva.

No quería ser la Lucy de siempre. Esa noche, no. Estaba harta de hacer planes, harta de mediar, harta de no hacer nunca nada sin repasar primero minuciosamente todas las posibilidades y las consecuencias.

Si hago esto, pasará aquello otro, pero si hago lo de más allá, entonces pasará esto, esto y lo otro, lo cual dará un resultado completamente distinto, y podría suponer que...

Aquello bastaba para marearla a una. Bastaba para que se sintiera paralizada, incapaz de tomar las riendas de su vida.

Pero esa noche, no. Esa noche, de algún modo, gracias a un milagro asombroso llamado duquesa de Hastings (o quizá hubiera sido por lady Bridgerton, Lucy no estaba segura), se había puesto un vestido de la más exquisita seda verde y estaba asistiendo al baile más deslumbrante que jamás hubiera imaginado.

Y estaba bailando con el hombre al que estaba segura que amaría hasta el fin de sus días.

—Parece distinta —dijo él.

—Me siento distinta. —Tocó su mano cuando pasaron el uno junto al otro. Gregory agarró sus dedos, a pesar de que solo debía rozarlos. Ella levantó la vista y vio que la estaba mirando fijamente. Su mirada era cálida e intensa, y la miraba del mismo modo que...

¡Santo Dios!, la estaba mirando como había mirado a Hermione.

Lucy empezó a estremecerse. Sentía un hormigueo en las puntas de los pies, en sitios en los que no se atrevía a pensar.

Volvieron a pasar el uno junto al otro, pero esta vez Gregory se inclinó, quizás un poco más de lo que debía, y le dijo:

—Yo también me siento distinto.

Lucy giró bruscamente la cabeza, pero él ya se había vuelto y estaba de espaldas. ¿En qué sentido estaba distinto? ¿Y por qué? ¿Qué había querido decir?

Lucy dio una vuelta alrededor del caballero que tenía a su izquierda y luego pasó junto a Gregory.

—¿Se alegra de haber venido esta noche? —le susurró él.

Ella asintió con la cabeza porque se había alejado demasiado para responder sin alzar demasiado la voz.

Pero entonces volvieron a encontrarse el uno junto al otro, y él murmuró:

—Yo también.

Volvieron a sus sitios del principio y se quedaron quietos mientras otra pareja empezaba a desfilar. Lucy levantó la mirada. Hacia él. Hacia sus ojos.

No se habían apartado de su cara.

Y a pesar de la luz parpadeante de la noche (de los cientos de velas y antorchas que iluminaban el resplandeciente salón de baile), Lucy vio el brillo de su mirada. Gregory la miraba con ardor, con ansia y con orgullo.

Ella se estremeció.

Y empezó a dudar de su capacidad para sostenerse en pie.

Entonces acabó la música y Lucy se dio cuenta de que llevaba ciertas cosas grabadas a fuego, porque estaba haciendo una reverencia, diciendo que sí con la cabeza y sonriendo a la mujer que tenía a su lado como si su vida no hubiera cambiado por completo en el transcurso de aquel baile.

Gregory la cogió de la mano y la condujo a un lado del salón por el que pululaban las carabinas vigilando a sus pupilas por encima del borde de sus vasos de limonada. Pero antes de que llegaran a su destino, se inclinó y le susurró al oído:

—Necesito hablar contigo.

Los ojos de Lucy volaron hacia él.

—A solas —añadió él.

Lucy sintió que él aminoraba el paso, presumiblemente para que tuvieran más tiempo para hablar antes de que ella volviera con la tía Harriet.

—¿De qué se trata? —preguntó—. ¿Ocurre algo malo?

Él sacudió la cabeza.

—Ya no.

Y Lucy se permitió sentir esperanza. Solo un poco, porque no quería pensar en lo que ocurriría si se equivocaba, pero quizás... quizás él la amaba. Quizá quería casarse con ella. Faltaba menos de una semana para su boda, pero ella aún no había pronunciado los votos nupciales.

Tal vez hubiera una oportunidad. Tal vez hubiera un camino.

Escudriñó la cara de Gregory en busca de pistas, de respuestas. Pero cuando insistió en que le dijera algo más, él se limitó a negar con la cabeza y susurró:

—En la biblioteca. Es la segunda puerta después del tocador de señoras. Nos veremos allí dentro de media hora.

—¿Estás loco?

Él sonrió.

—Solo un poco.

—Gregory, yo...

Él la miró a los ojos, y aquello bastó para hacerla callar. El modo en que la miraba...

La dejaba sin aliento.

—No puedo —murmuró ella, porque, independientemente de lo que sintieran el uno por el otro, seguía comprometida con otro. Y aunque no lo estuviera, semejante conducta solo podía conducir al escándalo—. No puedo quedarme a solas contigo. Ya lo sabes.

—Tienes que hacerlo.

Ella intentó sacudir la cabeza, pero no pudo moverse.

—Lucy —dijo Gregory—, tienes que ir.

Ella asintió. Seguramente era el mayor error de su vida, pero no podía decirle que no.

—Señora Abernathy —dijo Gregory en voz muy alta al saludar a la tía Harriet—, vuelvo a dejar a lady Lucinda en sus manos.

La tía Harriet asintió con la cabeza, aunque Lucy sospechaba que no tenía ni idea de qué le había dicho Gregory. Luego se volvió hacia ella y gritó:

—¡Voy a sentarme!

Gregory se rio y dijo:

—Tengo que bailar con otras.

—Por supuesto —contestó Lucy, a pesar de que sospechaba que desconocía las dificultades que suponía concertar un encuentro clandestino—. Estoy viendo a alguien que conozco —mintió y, luego, para profundo alivio suyo, vio, en efecto, a alguien que conocía: una conocida de la escuela. No era una buena amiga, pero la conocía lo suficiente como para ir a saludarla.

Pero antes de que Lucy pudiera siquiera flexionar un pie, oyó una voz femenina llamando a Gregory.

Lucy no veía quién era, pero veía a Gregory. Él había cerrado los ojos y parecía aquejado de algún dolor.

—¡Gregory!

La voz se había acercado y, al volverse hacia la izquierda, Lucy vio a una joven que solo podía ser una de las hermanas de Gregory. La pequeña, probablemente, a no ser que se conservara estupendamente.

—Esta debe de ser lady Lucinda —dijo la mujer. Lucy se fijó en que su cabello era exactamente del mismo tono que el de Gregory: un castaño cálido y profundo. Pero sus ojos eran azules, agudos y penetrantes.

—Lady Lucinda —dijo Gregory con visible esfuerzo—, permítame presentarle a mi hermana, lady Saint Clair.

—Hyacinth —dijo ella con firmeza—. Debemos prescindir de formalidades. Estoy segura de que vamos a ser grandes amigas. Pero ahora debes contármelo todo sobre ti. Y luego quiero saber todo lo que pasó en la fiesta que dieron Anthony y Kate el mes pasado. Me habría gustado ir, pero teníamos otro compromiso. He oído que fue increíblemente entretenida.

Asombrada por el torbellino humano que tenía ante sus ojos, Lucy miró a Gregory en busca de consejo, pero él se encogió de hombros y dijo:

—Esta es a la que me gusta atormentar.

Hyacinth se volvió hacia él.

—¿Cómo dices?

Gregory hizo una reverencia.

—Tengo que irme.

Y entonces Hyacinth Bridgerton Saint Clair hizo una cosa de lo más extraña. Entornó los ojos, miró a su hermano, la miró a ella, y volvió a mirar a su hermano. Y luego a ella. Y luego otra vez a él. Después dijo:

—Vais a necesitar mi ayuda.

—Hy... —comenzó a decir Gregory.

—La vais a necesitar —le atajó ella—. Tenéis planes. No intentes negarlo.

Lucy no podía creer que Hyacinth se hubiera dado cuenta de todo por ver una reverencia y oír un «tengo que irme». Abrió la boca para contestar a una pregunta, pero solo pudo decir «¿Cómo...?» antes de que Gregory la atajara con una mirada de advertencia.

—Sé que os traéis algo entre manos —le dijo Hyacinth a Gregory—. Si no, no te habrías tomado tantas molestias para asegurarte de que lady Lucinda viniera esta noche.

—Solo quería ser amable —dijo Lucy.

—No seas boba —dijo Hyacinth, dándole una palmadita en el brazo para tranquilizarla—. Él jamás haría eso.

—Eso no es cierto —protestó Lucy. Gregory podía ser un poco travieso, pero en el fondo era bueno y leal, y ella no iba a tolerar que nadie, ni siquiera su hermana, dijera lo contrario.

Hyacinth la miró con una sonrisa encantada.

—Me gustas —dijo despacio, como si acabara de decidirlo—. Te equivocas, por supuesto, pero de todos modos me gustas. —Se volvió hacia su hermano—. Me gusta.

—Sí, ya lo has dicho.

—Y necesitáis mi ayuda.

Lucy les vio intercambiar una mirada que no entendió.

—Vais a necesitar mi ayuda —dijo ella suavemente—. Esta noche y también después.

Gregory la miró con mucha intención. Luego dijo en voz tan baja que Lucy tuvo que inclinarse para oírle:

—Necesito hablar con lady Lucinda. A solas.

Hyacinth sonrió. Solo una pizca.

—Eso puedo arreglarlo.

Lucy tuvo la sensación de que aquella mujer podía hacer cualquier cosa.

—¿Cuándo? —preguntó Hyacinth.

—Cuando sea más fácil —contestó Gregory.

Hyacinth paseó la mirada por el salón, aunque Lucy no alcanzaba a imaginar qué clase de información podía estar buscando allí que fuera pertinente para la decisión que estaban tomando.

—Dentro de una hora —anunció con la precisión de un general—. Gregory, tú vete y haz lo que hagas en estos casos. Baila. Bebe limonada. Déjate ver con la señorita Whitford, cuyos padres llevan meses persiguiéndote. Y tú —continuó, volviéndose hacia Lucy con una mirada autoritaria—, quédate conmigo. Voy a presentarte a todas las personas a las que tienes que conocer.

—¿A quién tengo que conocer? —preguntó Lucy.

—Todavía no estoy segura. Pero en realidad no importa.

Lucy solo pudo mirarla con pasmo.

—Exactamente dentro de cincuenta y cinco minutos —dijo Hyacinth—, a lady Lucinda se le rasgará el vestido.

—¿Sí?

—Yo se lo rasgaré —contestó Hyacinth—. Se me dan bien esas cosas.

—¿Vas a romperle el vestido? —preguntó Gregory, incrédulo—. ¿Aquí, en el salón de baile?

—Tú no te preocupes por los detalles —contestó Hyacinth, agitando una mano desdeñosamente—. Vete y haz lo que te toca, y encuéntrate con ella en el tocador de Daphne dentro de una hora.

—¿En la alcoba de la duquesa? —exclamó Lucy. No podía ser.

—Nosotros la llamamos Daphne —dijo Hyacinth—. Y ahora, vamos, en marcha.

Lucy se quedó mirándola y parpadeó. ¿No se suponía que debía quedarse con ella?

—Me refería a él —dijo Hyacinth.

Y entonces Gregory hizo una cosa sorprendente. Cogió la mano de Lucy. Allí, en medio del salón de baile, donde todos podían verlo, cogió su mano y se la besó.

—Te dejo en buenas manos —le dijo al retroceder inclinando cortésmente la cabeza. Lanzó a su hermana una mirada de advertencia antes de añadir—: Por más que cueste creerlo.

Luego se marchó, seguramente a adular a alguna pobre mujer desprevenida que ignoraba que no era más que un peón inocente en el plan maestro de su hermana.

Lucy miró a Hyacinth, algo agotada por el encuentro. Hyacinth sonreía de oreja a oreja.

—Bien hecho —dijo, aunque a Lucy le pareció que se felicitaba a sí misma—. Bueno —continuó—, ¿y por qué quiere mi hermano hablar contigo? Y no me digas que no tienes ni idea, porque no me lo creo.

Lucy sopesó la sensatez de diversas respuestas y por fin se decidió por un:

—No tengo ni idea. —No era cierto, exactamente, pero no estaba dispuesta a revelar sus ilusiones y sus sueños más íntimos a una mujer a la que acababa de conocer, fuera de quien fuese hermana.

Aquello le hizo sentir que había ganado el punto.

—¿De veras? —Hyacinth parecía poco convencida.

—De veras.

Saltaba a la vista que Hyacinth no la creía.

—Bueno, al menos eres lista. Eso te lo concedo.

Lucy decidió no arredrarse.

—¿Sabes? —dijo—, yo creía que era la persona más ordenada y mandona que conocía, pero creo que tú eres peor.

Hyacinth se echó a reír.

—Oh, yo no soy ordenada. Pero sí mandona. Y vamos a llevarnos de maravilla. —Pasó el brazo por el de Lucy—. Como hermanas.

Una hora después, Lucy había descubierto tres cosas sobre lady Hyacinth Saint Clair.

Primero, que conocía a todo el mundo. Y lo sabía todo de todos.

Segundo, que era una fuente inagotable de información acerca de su hermano. Lucy no le había hecho ni una sola pregunta y, sin embargo, cuando salieron del salón de baile, sabía cuál era el color preferido de Gregory (el azul), su comida favorita (el queso de cualquier clase) y que de pequeño ceceaba.

Lucy había descubierto también que no había que cometer el error de subestimar a la hermana pequeña de Gregory. No solo le había roto Hyacinth el vestido, sino que lo había hecho con tal donaire y astucia que cuatro personas habían visto el percance y sabían, por tanto, que era necesario repararlo. Y solo había dañado el bajo, para preservar convenientemente el pudor de Lucy.

Era impresionante.

—Lo había hecho otras veces —le confesó Hyacinth mientras la acompañaba fuera del salón de baile.

Lucy no se sorprendió.

—Es un talento muy útil —añadió Hyacinth, muy seria—. Ven, por aquí.

Lucy subió tras ella por una escalera.

—Las mujeres tenemos muy pocas excusas para marcharnos de un acto social —prosiguió Hyacinth, desplegando un notable talento para pegarse como pegamento al tema de su elección—. Nos conviene dominar todas las armas de nuestro arsenal.

Lucy estaba empezando a creer que había llevado una vida demasiado protegida.

—Ah, aquí estamos. —Hyacinth abrió una puerta. Se asomó dentro—. Todavía no ha llegado. Bien. Así tengo más tiempo.

—¿Para qué?

—Para arreglarte el vestido. Confieso que olvidé ese detalle al idear mi plan. Pero sé dónde guarda Daphne las agujas.

Lucy la vio acercarse a un tocador y abrir un cajón.

—Justo donde pensaba que estaban —dijo Hyacinth con una sonrisa triunfal—. Me encanta acertar. Así la vida es mucho más fácil, ¿no crees?

Lucy asintió, pero seguía dándole vueltas a una pregunta. Y entonces dijo:

—¿Por qué me ayudas?

Hyacinth la miró como si fuera boba.

—No puedes volver con el vestido roto después de decirle a todo el mundo que íbamos a arreglarlo.

—No, no me refería a eso.

—¡Ah! —Hyacinth levantó una aguja y la miró pensativamente—. Esta servirá. ¿Qué color de hilo crees que debemos usar?

—Blanco, y no has contestado a mi pregunta.

Hyacinth cortó un trozo de hilo de una bobina y lo metió por el ojo de la aguja.

—Me caes bien —dijo—. Y quiero a mi hermano.

—Pero sabes que voy a casarme —dijo Lucy sosegadamente.

—Lo sé. —Hyacinth se arrodilló a sus pies y empezó a coser con puntadas rápidas y torpes.

—Dentro de una semana. Menos de una semana.

—Lo sé. Me han invitado.

—¡Ah! —Lucy supuso que debería haberlo sabido—. Eh... ¿y piensas ir?

Hyacinth levantó la mirada.

—¿Y tú?

Lucy abrió los labios. Hasta ese momento, la idea de no casarse con Haselby le había parecido vaga y descabellada; pensaba «¡Ah, ojalá no tuviera que casarme con él!», pero era solo una sensación. Ahora, sin embargo, mientras Hyacinth la observaba atentamente, aquella sensación comenzó a hacerse más firme. Seguía siendo imposible, claro, o al menos...

Bueno, quizá...

Quizá no fuera del todo imposible. Tal vez solo fuera prácticamente imposible.

—Los papeles están firmados —dijo Lucy.

Hyacinth volvió a coser.

—¿Sí?

—A él le eligió mi tío —dijo Lucy, y se preguntó a quién estaba intentando convencer—. Hace años que está acordado.

—Hum...

¿Hum...? ¿Qué demonios significaba aquello?

—Y él no ha... Tu hermano no ha... —Lucy se esforzó por encontrar palabras, a pesar de que le avergonzaba estar desahogándose con una persona casi desconocida; con la hermana de Gregory, ¡por el amor de Dios! Pero Hyacinth no decía nada; estaba allí sentada, con los ojos fijos en la aguja que salía y entraba del bajo de su vestido. Y si Hyacinth no decía nada, ella tenía que decir algo. Porque... porque...

Bueno, porque sí.

—No me ha prometido nada —dijo con voz casi temblorosa—. No me ha dicho cuáles eran sus intenciones.

Al oír aquello, Hyacinth levantó la mirada. Miró a su alrededor, como si dijera «Míranos, remendando un vestido en la alcoba de la duquesa de Hastings». Y murmuró:

—¿No?

Lucy cerró los ojos, angustiada. Ella no era como Hyacinth Saint Clair. Solo hacía falta pasar un cuarto de hora con ella para darse cuenta de que Hyacinth se atrevería a cualquier cosa, correría cualquier riesgo por asegurarse su felicidad. Desafiaría las convenciones, se enfrentaría a las críticas más acerbas y saldría absolutamente indemne, en cuerpo y alma.

Lucy no era tan fuerte. No se dejaba dominar por las pasiones. Su musa había sido siempre el sentido común. El pragmatismo.

¿No era ella quien le había dicho a Hermione que tenía que casarse con un hombre que contara con la aprobación de sus padres?

¿No le había dicho a Gregory que no deseaba un amor violento y arrebatador? ¿Que no era de ese tipo?

No era de esa clase de personas. No lo era. Cuando su institutriz le hacía dibujos para que los rellenara, ella siempre los coloreaba sin salirse de la raya.

—Creo que no puedo hacerlo —musitó.

Hyacinth le sostuvo la mirada un momento antes de ponerse de nuevo a coser.

—Te he juzgado mal —dijo suavemente.

Aquello fue como una bofetada para Lucy.

—¿Qué... qué...?

¿Qué has dicho?

Pero sus labios no formaron las palabras. No quería oír la respuesta. Y Hyacinth volvía a parecer tan enérgica como antes.

—No te muevas tanto —le dijo con expresión exasperada.

—Lo siento —balbució Lucy. Y pensó: *He vuelto a decirlo. Soy tan predecible, tan absolutamente convencional y tan poco imaginativa...*

—Sigues moviéndote.

—¡Ah! —¡Santo cielo!, ¿acaso esa noche no podía hacer nada bien?—. Perdona.

Hyacinth la pinchó con la aguja.

—Sigues moviéndote.

—¡Qué va! —dijo Lucy, casi chillando.

Hyacinth se sonrió.

—Eso está mejor.

Lucy bajó la mirada y arrugó el ceño.

—¿Estoy sangrando?

—Si lo estás —dijo Hyacinth, incorporándose—, es culpa tuya, de nadie más.

—¿Cómo dices?

Pero Hyacinth ya estaba de pie, con una sonrisa satisfecha en la cara.

—Ya está —anunció, y señaló su obra—. No está como nuevo, claro, pero esta noche pasará cualquier inspección.

Lucy se arrodilló para inspeccionar su dobladillo. Hyacinth se había excedido al cantar sus alabanzas. Las puntadas eran un desastre.

—Nunca se me ha dado bien la aguja —dijo Hyacinth, encogiéndose de hombros despreocupadamente.

Lucy refrenó el impulso de arrancar los puntos y remendar el vestido ella misma, y se levantó.

—Podrías habérmelo dicho —masculló.

Los labios de Hyacinth se curvaron en una sonrisa lenta y astuta.

—Vaya, vaya —dijo—, de pronto te has vuelto puntillosa.

Y entonces Lucy se sorprendió a sí misma diciendo:

—Y tú te has puesto hiriente.

—Posiblemente —repuso Hyacinth como si no le importara mucho una cosa o la otra. Miró hacia la puerta con expresión inquisitiva—. Ya debería estar aquí.

El corazón de Lucy latió extrañamente dentro de su pecho.

—¿Todavía piensas ayudarme? —musitó.

Hyacinth se volvió hacia ella.

—Confío —contestó, mirándola a los ojos con calculadora frialdad— en que te hayas juzgado mal a ti misma.

Gregory llegó diez minutos tarde a la cita. No pudo evitarlo; nada más ponerse a bailar con una señorita, quedó claro que tendría que hacerles el mismo favor a seis más. Y aunque le costaba prestar atención a las conversaciones que, supuestamente, debía dirigir, tampoco se preocupó por el retraso. Así se aseguraría de que Lucy y Hyacinth se habían ido mucho antes de que él se escabullera. Pensaba encontrar un modo de hacer de Lucy su esposa, pero no hacía falta provocar un escándalo.

Llegó a la alcoba de su hermana. Había pasado horas sin fin en Hastings House y conocía bien la casa. Cuando llegó a su destino, entró sin llamar y las bisagras bien engrasadas cedieron sin emitir ningún sonido.

—Gregory...

Primero oyó la voz de Hyacinth. Su hermana estaba junto a Lucy, que parecía...

Acongojada.

¿Qué le había hecho Hyacinth?

—¿Lucy? —dijo, acercándose a ella rápidamente—. ¿Ocurre algo?

Lucy movió la cabeza de un lado a otro.

—No tiene importancia.

Gregory se volvió hacia su hermana con una mirada de reproche.

Hyacinth se encogió de hombros.

—Estaré en la habitación de al lado.

—¿Escuchando con la oreja pegada a la puerta?

—Esperaré en el escritorio de Daphne —dijo ella—. Está en medio de la habitación, y, antes de que pongas reparos, no puedo irme más lejos. Si viene alguien, tendré que entrar corriendo para que todo parezca respetable.

Tenía razón, por más que a Gregory le molestara admitirlo; así pues, asintió secamente con la cabeza, la vio salir de la habitación y esperó a oír el chasquido de la cerradura antes de hablar.

—¿Te ha dicho algo desagradable? —le preguntó a Lucy—. A veces puede tener muy poco tacto, por desgracia. Pero por lo general tiene el corazón en su sitio.

Lucy sacudió la cabeza.

—No —dijo en voz baja—. Creo que tal vez haya dicho justamente lo correcto.

—Lucy... —La miraba interrogativamente.

Los ojos de ella, que parecían nublados, se enfocaron.

—¿De qué querías hablarme? —preguntó.

—Lucy... —dijo él mientras se preguntaba cuál era el mejor modo de abordar la cuestión. No había dejado de ensayar discursos mientras estaba abajo, bailando, pero ahora que estaba allí no sabía qué decir.

O sí lo sabía. Pero ignoraba en qué orden, y en qué tono. ¿Debía decirle que la quería? ¿Desnudar su corazón ante una mujer que pensaba casarse con otro? ¿O debía optar por un camino más seguro y explicarle por qué no podía casarse con Haselby?

Un mes atrás, la elección le habría parecido obvia. Él era un romántico, amante de los grandes gestos. Le habría declarado su amor, convencido de que ella lo recibiría alborozada. La habría tomado de la mano. Se habría hincado de rodillas.

La habría besado.

Pero ahora...

Ya no estaba tan seguro. Confiaba en Lucy, pero no confiaba en el destino.

—No puedes casarte con Haselby —dijo.

Los ojos de ella se agrandaron.

—¿Qué quieres decir?

—No puedes casarte con él —contestó Gregory, eludiendo la pregunta—. Sería un desastre. Sería... Debes creerme. No debes casarte con él.

Ella sacudió la cabeza.

—¿Por qué me dices eso?

Porque te quiero para mí.

—Porque... porque... —Se esforzó por encontrar las palabras justas—. Porque somos amigos. Y porque deseo tu felicidad. No será un buen marido para ti, Lucy.

—¿Por qué no? —Su voz sonaba baja, hueca y tan impropia de ella que rompía el corazón.

—Haselby... —¡Santo cielo!, ¿cómo podía decirlo? ¿Entendería ella siquiera lo que quería decir?—. No le... Algunas personas...

La miró. El labio inferior de Lucy temblaba.

—Prefiere a los hombres —dijo lo más deprisa que pudo—. No le gustan las mujeres. Algunos hombres son así.

Y entonces esperó. Pasó un rato sin que ella reaccionara. Se quedó allí parada, como una estatua trágica. De vez en cuando parpadeaba, pero, aparte de eso, nada. Y, luego, por fin...

—¿Por qué?

¿Por qué? Gregory no la entendió.

—¿Por qué es...?

—No —dijo ella enérgicamente—. ¿Por qué me lo has dicho? ¿Por qué me lo has contado?

—Te lo he contado...

—No, no lo has hecho por ser amable. ¿Por qué me lo has dicho? ¿Solo por crueldad? ¿Para que me sienta como te sentiste tú porque Hermione se casó con mi hermano y no contigo?

—¡No! —estalló él, y de pronto la sujetó, agarrándola por los antebrazos—. No, Lucy —repitió—. Yo jamás haría eso. Quiero que seas feliz. Quiero...

A ella. La quería a ella, y no sabía cómo decirlo mientras Lucy le miraba como si le hubiera roto el corazón.

—Podría haber sido feliz con él —murmuró ella.

—No, no podrías. Tú no lo entiendes, él...

—Sí, podría —sollozó ella—. Tal vez no le habría querido, pero podría haber sido feliz. Era lo que esperaba. Estaba preparada para eso, ¿entiendes? Y tú... tú... —Se desasió, volviéndose hasta que él no pudo verle ya la cara—. Lo has echado todo a perder.

—¿Cómo?

Lucy levantó los ojos hacia él, y su mirada era tan intensa y profunda que Gregory no pudo respirar. Y ella dijo:

—Porque has hecho que te desee a ti.

El corazón de Gregory comenzó a palpitar con violencia.

—Lucy —dijo, porque no podía decir nada más—. Lucy...

—No sé qué hacer —confesó ella.

—Bésame. —Tomó su cara entre las manos—. Bésame.

Esta vez, cuando la besó, fue distinto. Ella era la misma mujer en sus brazos, pero él no era el mismo hombre. Su necesidad de ella era más profunda, más elemental.

La amaba.

La besó con toda su alma, con todo su aliento, con todos los latidos de su corazón. Sus labios buscaron la mejilla de Lucy, su frente, sus oídos, y, entre tanto, susurraba su nombre como una oración...

—Lucy, Lucy, Lucy...

La deseaba. La necesitaba.

Era como el aire.

La comida.

El agua.

Su boca se deslizó hasta el cuello de Lucy y luego hasta el borde de encaje de su corpiño. La piel de Lucy ardía bajo su boca, y cuando él desnudó uno de sus hombros ella sofocó un gemido.

Pero no le detuvo.

—Gregory —murmuró, hundiendo los dedos entre su pelo mientras él deslizaba los labios por su clavícula—. Gregory, ¡oh, Dios mío...! Gregory...

Él movió la mano con fervor sobre la curva de su hombro. La piel de Lucy resplandecía, pálida, lechosa y tersa, a la luz de las velas, y una intensa sensación de que Lucy era suya, una intensa sensación de orgullo, se apoderó de él.

Ningún otro hombre la había visto así, y Gregory rezaba por que ninguno la viera.

—No puedes casarte con él, Lucy —susurró con urgencia, y sus palabras ardieron sobre la piel de ella.

—Gregory, no —gimió Lucy.

—No puedes. —Y entonces, porque sabía que no podía permitir que aquello fuera más lejos, se irguió, depositó un último beso sobre sus labios y luego la apartó, obligándola a mirarle a los ojos—. No puedes casarte con él —repitió.

—Gregory, ¿qué puedo...?

Él la agarró de los brazos. Con fuerza. Y lo dijo.

—Te quiero.

Ella entreabrió los labios. No podía hablar.

—Te quiero —repitió él.

Lucy lo había sospechado, tenía esperanzas, pero no se había permitido creer que fuera posible. Por eso, cuando por fin recuperó el habla, dijo:

—¿Sí?

Él sonrió, y luego se echó a reír y apoyó la frente contra la suya.

—Con todo mi corazón —dijo—. Acabo de darme cuenta. Soy un tonto. Un ciego. Un...

—No —le interrumpió ella, sacudiendo la cabeza—. No te fustigues. Nadie se fija en mí cuando estoy con Hermione.

Él la agarró aún con más fuerza.

—Hermione no te llega ni a las suelas de los zapatos.

Una sensación de calidez comenzó a difundirse por los huesos de Lucy. No era deseo, ni pasión, sino una felicidad pura y sin adulterar.

—¿Lo dices de veras? —susurró.

—Tanto que estoy dispuesto a remover cielo y tierra para que no te cases con Haselby.

Ella palideció.

—¿Lucy?

No. Ella podía hacerlo. Lo haría. Casi tenía gracia, en realidad. Se había pasado tres años diciéndole a Hermione que tenía que ser práctica, cumplir las normas. Se mofaba cuando Hermione le hablaba del amor y la pasión, y de que oía música. Y ahora...

Respiró hondo para darse fuerzas. Y ahora, iba a romper su compromiso.

Un compromiso arreglado hacía años.

Con el hijo de un conde.

Cinco días antes de la boda.

¡Cielo santo, qué escándalo!

Dio un paso atrás y levantó la barbilla para poder ver la cara de Gregory. Él la miraba con tanto amor como ella sentía.

—Te quiero —musitó Lucy, porque aún no lo había dicho—. Yo también te quiero.

Por una vez iba a dejar de pensar en los demás. No iba a aceptar lo que se le daba y a intentar sacarle el mayor partido posible. Iba a abrazar la felicidad, a forjar su propio destino.

No iba a hacer lo que se esperaba de ella.

Iba a hacer lo que quería.

Ya iba siendo hora.

Apretó las manos de Gregory. Y sonrió. No con una sonrisa indecisa, sino amplia y confiada, llena de esperanzas y sueños... y de la certeza de que lograría cuanto deseaba.

Sería difícil. Sería temible.

Pero merecía la pena.

—Hablaré con mi tío —dijo con voz firme y segura—. Mañana.

Gregory la apretó contra sí para darle un último beso, rápido y apasionado.

—¿Quieres que te acompañe? —preguntó—. ¿Que vaya a verle para explicarle mis intenciones?

La nueva Lucy, la osada y valiente, preguntó:

—¿Y cuáles son tus intenciones?

Los ojos de Gregory se agrandaron, llenos de sorpresa. Luego, la tomó de las manos.

Lucy comprendió lo que iba a hacer antes de verlo. Las manos de Gregory parecieron resbalar por las suyas al agacharse...

Hasta que clavó una rodilla en el suelo y la miró como si no pudiera haber una mujer más bella en toda la creación.

Ella se llevó una mano a la boca y se dio cuenta de que estaba temblando.

—Lady Lucinda Abernathy —dijo Gregory con voz ferviente y segura—, ¿me concedería usted el inmenso honor de ser mi esposa?

Lucy intentó hablar. Intentó asentir con la cabeza.

—Cásate conmigo, Lucy —dijo él—. Cásate conmigo.

Y esta vez ella habló.

—Sí —dijo, y luego—: ¡Sí! ¡Oh, sí!

—Yo te haré feliz —dijo Gregory, levantándose para abrazarla—. Te lo prometo.

—No hacen falta promesas. —Sacudió la cabeza mientras intentaba contener las lágrimas—. Es imposible que no me hagas feliz.

Gregory abrió la boca, presumiblemente para decir algo más, pero le interrumpió una llamada a la puerta, suave pero rápida.

Hyacinth.

—Vamos —dijo Gregory—. Deja que Hyacinth te acompañe al salón. Yo iré después.

Lucy asintió y se tiró del vestido hasta que todo volvió a su sitio.

—Mi pelo —susurró, y sus ojos volaron a los de Gregory.

—Lo tienes precioso —le aseguró él—. Estás perfecta.

Ella corrió a la puerta.

—¿Estás seguro?

—Te quiero —dijo él sin emitir ningún sonido. Y sus ojos decían lo mismo.

Lucy abrió la puerta y Hyacinth entró corriendo.

—¡Santo cielo, qué lentos sois! —dijo—. Tenemos que volver. Enseguida.

Se acercó a la puerta del pasillo, pero se detuvo y miró primero a Lucy y luego a su hermano. Posó la mirada en Lucy y levantó una ceja inquisitivamente.

Lucy se irguió.

—No me has juzgado mal —dijo con calma.

Los ojos de Hyacinth se agrandaron, y luego sus labios se curvaron.

—Bien.

Y así era, pensó Lucy. Estaba muy bien, en efecto.

18

En el que nuestra heroína descubre algo espantoso.

Podía hacerlo.

Podía.

Solo tenía que llamar.

Y sin embargo allí estaba, frente a la puerta del despacho de su tío, con el puño cerrado, como si estuviera lista para llamar a la puerta.

Pero no lo estaba.

¿Cuánto tiempo llevaba allí? ¿Cinco minutos? ¿Diez? En todo caso, suficientes para convertirla en una pavisosa ridícula. En una cobarde.

¿Cómo había ocurrido todo aquello? ¿Por qué había ocurrido? En la escuela la consideraban pragmática y capaz. Era la que siempre sabía cómo hacer las cosas. No era tímida. Ni miedosa.

Pero en lo tocante al tío Robert...

Suspiró. Con su tío siempre había sido así. Era tan severo, tan taciturno...

Tan distinto a su padre, siempre tan risueño.

Lucy se había sentido como una mariposa al irse al colegio, pero, cada vez que volvía, era como si volvieran a meterla en su pequeña crisálida. Se volvía gris y callada.

Y solitaria.

Pero esta vez no. Respiró hondo, cuadró los hombros. Esta vez, diría lo que tenía que decir. Se haría escuchar.

Levantó la mano. Llamó.

Esperó.

—Adelante.

—Tío Robert —dijo al entrar en el despacho. Estaba muy oscuro, a pesar de que el sol del atardecer entraba de refilón por la ventana.

—Lucinda —dijo él, levantando un momento la vista antes de volver a fijarla en sus papeles—, ¿qué ocurre?

—Tengo que hablar con usted.

Él hizo una anotación, miró con el ceño fruncido su trabajo y luego hizo un tachón.

—Habla.

Lucy se aclaró la garganta. Aquello sería mucho más fácil si él la mirara. Odiaba hablarle a su coronilla, lo odiaba.

—Tío Robert —repitió.

Él contestó con un gruñido, pero siguió escribiendo.

—Tío Robert.

Vio que sus movimientos se hacían más lentos; luego, por fin, él levantó los ojos.

—¿Qué ocurre, Lucinda? —preguntó, visiblemente irritado.

—Tenemos que hablar de lord Haselby. —Ya estaba. Ya lo había dicho.

—¿Hay algún problema? —preguntó él lentamente.

—No —se oyó decir, a pesar de que no era cierto. Pero era lo que siempre decía cuando le preguntaban si había algún problema. Era una de esas cosas que simplemente le salían, como «discúlpeme» o «lo siento».

Era lo que le habían enseñado a decir.

¿Hay algún problema?

No, claro que no. No, no piense en mis deseos. No, por favor, no se preocupe por mí.

—¿Lucinda? —La voz de su tío era afilada, casi chirriante.

—No —dijo de nuevo, más alto esta vez, como si alzar la voz le diera fuerzas—. Quiero decir que sí, hay un problema. Y necesito hablar con usted.

Su tío la miró con aburrimiento.

—Tío Robert —comenzó a decir, y se sintió como si estuviera pasando de puntillas por un campo de erizos—, ¿sabía usted...? —Se mordió el labio y miró a todas partes, menos a su cara—. Es decir, ¿estaba usted al corriente...?

—Dilo de una vez —le espetó él.

—Lord Haselby —dijo ella rápidamente, ansiosa por acabar—. No le gustan las mujeres.

Por un momento, el tío Robert no hizo nada, salvo mirarla fijamente. Y luego...

Se rio.

Se rio.

—¿Tío Robert? —Su corazón empezó a latir muy deprisa—. ¿Lo sabía usted?

—Claro que lo sabía —contestó él secamente—. ¿Por qué crees que su padre está ansioso por casarte con él? Porque sabe que tú no hablarás.

¿Por qué no iba a hablar ella?

—Deberías darme las gracias —dijo con aspereza su tío, interrumpiendo sus pensamientos—. La mitad de los hombres de la alta sociedad son unos brutos. Voy a entregarte al único que no te molestará.

—Pero...

—¿Tienes idea de cuántas mujeres querrían hallarse en tu lugar?

—Esa no es la cuestión, tío Robert.

Sus ojos se volvieron de hielo.

—¿Cómo dices?

Lucy se quedó muy quieta. De pronto se había dado cuenta de que había llegado la hora de la verdad. Aquel era su momento. Nunca antes le había llevado la contraria, y seguramente no volvería a hacerlo.

Tragó saliva. Y luego lo dijo.

—No quiero casarme con lord Haselby.

Silencio. Pero los ojos de su tío...

Sus ojos tenían una mirada tempestuosa.

Lucy le miró con fría distancia. Sentía que una fortaleza nueva y extraña iba creciendo dentro de ella. No daría marcha atrás. Ahora no, no estando en juego el resto de su vida.

Los labios de su tío se fruncieron y se tensaron, a pesar de que su cara parecía petrificada. Por fin, justo cuando Lucy estaba segura de que el silencio la vencería, él preguntó con voz crispada:

—¿Puedo preguntar por qué?

—Yo... quiero tener hijos —contestó, agarrándose a la primera excusa que se le ocurrió.

—Oh, los tendrás —dijo él.

Luego sonrió, y a Lucy se le heló la sangre.

—¿Tío Robert? —susurró.

—Puede que no le gusten las mujeres, pero podrá hacer el trabajo lo bastante a menudo como para hacerte un hijo. Y si él no puede... —Se encogió de hombros.

—¿Qué? —Lucy sintió que el pánico se agitaba en su pecho—. ¿Qué quieres decir?

—Davenport se encargará de ello.

—¿Su padre? —exclamó Lucy.

—En cualquier caso, es un heredero directo, y eso es lo único que importa.

Lucy se llevó la mano a la boca.

—Oh, no puedo. No puedo. —Pensó en lord Davenport, con su horrible aliento y sus carrillos temblequeantes. Y sus ojos crueles. Aquel hombre no sería amable. Lucy ignoraba por qué lo sabía, pero no sería amable.

Su tío se echó adelante en su asiento y entornó los ojos amenazadoramente.

—Todos tenemos nuestra posición en la vida, Lucinda, y la tuya es ser la esposa de un noble. Tu deber consiste en darle un heredero. Y lo harás, de la manera que Davenport considere oportuna.

Lucy tragó saliva. Siempre había hecho lo que le decían. Siempre había aceptado que el mundo funcionaba de determinada manera. Los sueños podían adaptarse; el orden social, no.

Tomar lo que a una le ofrecían, y sacarle el mayor partido posible.

Era lo que siempre había dicho. Lo que siempre había hecho.

Pero esta vez no.

Levantó la mirada y la clavó en los ojos de su tío.

—No voy a hacerlo —dijo sin que le temblara la voz—. No me casaré con él.

—¿Qué... has... dicho? —Cada palabra sonó como una pequeña frase, punzante y fría.

Lucy tragó saliva.

—He dicho...

—¡Sé lo que has dicho! —rugió él, golpeando la mesa con las manos al ponerse en pie—. ¿Cómo te atreves a contradecirme? Te he educado, te he alimentado, te he dado todo lo que necesitas. Llevo diez años cuidando y protegiendo a esta familia, a pesar de que no voy a recibir nada, ¡nada!

—Tío Robert —intentó decir ella. Pero apenas oía su propia voz. Todo lo que decía su tío era cierto. Aquella casa no era suya. Ni Fennsworth Abbey ni ninguna otra de las fincas de la familia le pertenecían. No tenía nada, salvo lo que Richard decidiera darle una vez asumiera por completo su posición como conde.

—Soy tu tutor —dijo su tío tan lentamente que le tembló la voz—. ¿Entiendes? Te casarás con Haselby y no volveremos a hablar de esto.

Lucy le miró con horror. Hacía diez años que era su tutor, y, en todo ese tiempo, nunca le había visto perder los nervios. Su desagrado siempre se servía frío.

—Es por ese idiota de Bridgerton, ¿verdad? —le espetó él, dando un manotazo a unos libros que había sobre su mesa. Los libros cayeron al suelo con estruendo.

Lucy retrocedió de un salto.

—¡Dímelo!

Lucy no dijo nada. Siguió mirando a su tío con recelo mientras él avanzaba hacia ella.

—¡Dímelo! —bramó él.

—Sí —dijo ella rápidamente, dando otro paso atrás—. ¿Cómo lo...? ¿Cómo lo sabe?

—¿Crees que soy idiota? Su madre y su hermana solicitaron el favor de tu compañía el mismo día. —Maldijo en voz baja—. Está claro que pretendían raptarte.

—Pero me dejó usted ir al baile.

—¡Porque su hija es duquesa, estúpida! Hasta Davenport estuvo de acuerdo en que debías ir.

—Pero...

—¡Dios bendito! —juró el tío Robert, y Lucy se calló, impresionada—. No puedo creer que seas tan estúpida. ¿Te ha prometido matrimonio? ¿De veras vas a rechazar al heredero de un condado por la posibilidad del cuarto hijo de un vizconde?

—Sí —musitó Lucy.

Su tío pareció ver reflejada la determinación en su cara, porque palideció.

—¿Qué has hecho? —preguntó—. ¿Has dejado que te toque?

Lucy pensó en su beso, y se sonrojó.

—Idiota —siseó él—. Por suerte para ti, Haselby no sabrá distinguir una virgen de una puta.

—¡Tío Robert! —Lucy se estremeció, horrorizada. No se había vuelto tan osada como para permitir con descaro que él la considerara impura—. Yo jamás... No he... ¿Cómo puede usted pensar eso de mí?

—Porque te estás comportando como una maldita idiota —le espetó él—. Desde este preciso momento, no saldrás de casa hasta el día de tu boda. Si tengo que poner guardias en la puerta de tu habitación, lo haré.

—¡No! —gritó Lucy—. ¿Cómo puede hacerme usted esto? ¿Qué le importa? No necesitamos el dinero. No necesitamos sus contactos. ¿Por qué no puedo casarme por amor?

Al principio, su tío no reaccionó. Pareció quedarse helado. Lo único que se movía en él era una vena que palpitaba en su sien. Y luego, justo cuando Lucy pensaba que podía empezar a respirar de nuevo, él se puso a maldecir violentamente y se abalanzó hacia ella, empujándola contra la pared.

—¡Tío Robert! —exclamó Lucy. Él tenía la mano en su barbilla y le sujetaba la cabeza en una postura forzada. Ella intentó tragar, pero le resultó casi imposible con el cuello tan doblado—. No —logró decir, pero apenas le salió un gemido—. Por favor... Basta.

Pero él le apretó más fuerte, y le oprimió la clavícula con el antebrazo. Los huesos de su muñeca se hundieron dolorosamente en la piel de Lucy.

—Vas a casarte con lord Haselby —siseó—. Vas a casarte con él, y yo voy a decirte por qué.

Lucy no dijo nada. Se quedó mirándole, horrorizada.

—Tú, mi querida Lucinda, eres el último pago de una deuda muy antigua que tenemos con lord Davenport.

—¿Qué quiere usted decir? —murmuró ella.

—Chantaje —contestó el tío Robert con acritud—. Hace años que pagamos a Davenport.

—Pero ¿por qué? —preguntó Lucy. ¿Qué podían haber hecho para que les chantajearan?

Los labios de su tío se curvaron en una sonrisa burlona.

—Tu padre, el adorado octavo conde de Fennsworth, era un traidor.

Lucy sofocó un gemido de sorpresa y sintió que la garganta se le contraía y se le anudaba. No podía ser cierto. Había pensado, quizá, en una relación extramatrimonial. Tal vez en un conde que no era en realidad un Abernathy. Pero, ¿traición? ¡Santo cielo... no!

—Tío Robert —dijo, intentando razonar con él—, tiene que haber un error. Un malentendido. Mi padre... no era un traidor.

—Oh, te aseguro que sí lo era, y Davenport lo sabe.

Lucy pensó en su padre. Todavía se acordaba de él: alto, guapo, con ojos azules y risueños. Gastaba el dinero con demasiada alegría; incluso ella, siendo niña, lo sabía. Pero no era un traidor. No podía serlo. Tenía el honor de un caballero. Lucy se acordaba. Estaba en su porte, en las cosas que le había enseñado.

—Está usted mintiendo —dijo, y las palabras le ardieron en la garganta—. O mal informado.

—Hay pruebas —dijo su tío. De pronto la soltó y cruzó la habitación para coger una botella de coñac. Se sirvió un vaso y bebió un largo trago—. Y Davenport las tiene.

—¿Cómo?

—No sé cómo —contestó él—. Solo sé que las tiene. Las he visto.

Lucy tragó saliva y se abrazó. Todavía intentaba asimilar lo que su tío le estaba diciendo.

—¿Qué clase de pruebas?

—Cartas —dijo él amargamente—. Escritas de puño y letra de tu padre.

—Podrían ser falsas.

—¡Llevan su sello! —bramó él, dejando el vaso de golpe sobre la mesa.

Lucy agrandó los ojos al ver que el coñac resbalaba por un lado del vaso y caía por el borde del escritorio.

—¿Crees que aceptaría algo así sin verificarlo en persona? —preguntó su tío—. Había información..., detalles..., cosas que solo podía saber tu padre. ¿Crees que habría pagado a Davenport todos estos años si hubiera alguna posibilidad de que esas cartas sean falsas?

Lucy negó con la cabeza. Su tío podía ser muchas cosas, pero no era tonto.

—Vino a verme seis meses después de la muerte de tu padre. He estado pagándole desde entonces.

—Pero ¿por qué yo? —preguntó ella.

Su tío se rio agriamente.

—Porque serás la esposa perfecta, digna y obediente. Compensarás todas las deficiencias de Haselby. Davenport tenía que casar al chico con alguien, y necesitaba una familia que no hablara. —La miró fijamente—. Y nosotros no hablaremos. No podemos. Y él lo sabe.

Ella dijo que sí con la cabeza. Jamás hablaría de aquellas cosas, fuera o no la esposa de Haselby. Haselby le agradaba. No quería hacerle la vida difícil. Pero no deseaba ser su esposa.

—Si no te casas con él —dijo lentamente su tío—, toda la familia Abernathy quedará arruinada. ¿Entiendes?

Lucy se quedó paralizada.

—No estamos hablando de una travesura de juventud, de una oveja negra en nuestro árbol genealógico. Tu padre cometió alta traición. Vendió secretos de Estado a los franceses, se los pasaba a agentes que fingían ser contrabandistas en la costa.

—Pero ¿por qué? —murmuró Lucinda—. No necesitábamos el dinero.

—¿De dónde crees que salía el dinero? —replicó su tío mordazmente—. Y tu padre… —Maldijo en voz baja—. Siempre le gustó el peligro. Seguramente lo hizo porque era emocionante. Tiene gracia, ¿no crees? El condado mismo está en peligro, y todo porque a tu padre le apetecía correr una aventura.

—Mi padre no era así —dijo Lucy, pero en el fondo no estaba tan segura. Solo tenía ocho años cuando un ladrón le mató en Londres. Le dijeron que su padre salió en defensa de una dama, pero ¿y si eso también era mentira? ¿Le habían matado por su traición? Era su padre, pero ¿hasta qué punto le conocía?

Pero el tío Robert no parecía haber oído su comentario.

—Si no te casas con Haselby —dijo con voz baja y precisa—, lord Davenport hará pública la verdad sobre tu padre, y harás recaer la vergüenza sobre toda la casa de Fennsworth.

Lucy sacudió la cabeza. Tenía que haber otra solución. Aquel peso no podía descansar sobre sus hombros por entero.

—¿No te lo crees? —Su tío se rio con desdén—. ¿Quién crees que sufrirá, Lucinda? ¿Tú? Pues sí, supongo que sufrirás, pero siempre podemos mandarte a una escuela y dejar que te pudras trabajando de maestra. Seguramente disfrutarías.

Dio un par de pasos hacia ella, sin apartar la mirada de su cara.

—Pero piensa en tu hermano —dijo—. ¿Qué crees que será de él cuando se sepa que es el hijo de un traidor? Es casi seguro que el rey le despojará de su título. Y también de gran parte de su fortuna.

—No —dijo Lucy. No. No quería creerlo. Richard no había hecho nada malo. No podían culparle por los errores de su padre.

Se dejó caer en una silla, intentando desesperadamente aclarar lo que pensaba y sentía.

Traición. ¿Cómo podía haber hecho su padre tal cosa? Iba contra todos los principios en los que la habían educado. ¿Acaso su padre no amaba Inglaterra? ¿No le había dicho que los Abernathy tenían un deber sagrado para con toda Gran Bretaña?

¿O había sido el tío Robert? Lucy cerró los ojos con fuerza, intentando recordar. Alguien le había dicho aquello. Estaba segura. Se acordaba de dónde estaba, frente al retrato del primer conde. Recordaba el olor del aire, y las palabras exactas y... maldición, lo recordaba todo, menos quién se lo había dicho.

Abrió los ojos y miró a su tío. Seguramente había sido él. Parecía propio de él. Su tío no hablaba con ella a menudo, pero, cuando lo hacía, la conversación siempre versaba sobre el deber.

—¡Oh, padre! —musitó. ¿Cómo podía haber hecho aquello? Vender secretos a Napoleón... Había puesto en peligro la vida de miles de soldados británicos. O incluso...

Se le revolvió el estómago. ¡Santo cielo!, tal vez incluso fuera el responsable de sus muertes. ¿Quién sabía qué le había revelado al enemigo, cuántas vidas se habían perdido por su culpa?

—Tú decides, Lucinda —dijo su tío—. Es el único modo de poner fin a esto.

Ella sacudió la cabeza, desconcertada.

—¿Qué quiere usted decir?

—Cuando seas una Davenport, se acabará el chantaje. Cualquier deshonor que caiga sobre nosotros, caerá también sobre sus hombros. —Se acercó a la ventana y se apoyó pesadamente en el alféizar para mirar fuera—. Después de diez años, por fin seré... por fin seremos libres.

Lucy no dijo nada. No había nada que decir. El tío Robert la miró por encima del hombro; luego se volvió y se acercó a ella, sin dejar de mirarla atentamente.

—Veo que por fin comprendes la gravedad de la situación —dijo.

Ella lo miró con pavor. No había compasión en su cara, ni simpatía, ni afecto. Solo la fría máscara del deber. Había hecho lo que se esperaba de él, y ella tendría que hacer lo mismo.

Lucy pensó en Gregory, en su cara al pedirle que se casara con él. La quería. Lucy ignoraba por obra de qué milagro, pero la quería.

Y ella a él.

¡Dios santo!, casi tenía gracia. Ella, que siempre se había burlado del amor romántico, se había enamorado. Completamente y sin remedio, hasta el punto de dejar a un lado todo aquello en lo que creía. Por Gregory, estaba dispuesta a afrontar el caos y el escándalo. Por Gregory, se enfrentaría a las habladurías, a los murmullos y las insinuaciones.

Ella, que se enfadaba cuando sus zapatos estaban desordenados en el armario, estaba dispuesta a dejar plantado al hijo de un conde cuatro días antes de la boda. Si aquello no era amor, no sabía qué era.

Pero todo había acabado. Sus ilusiones, sus sueños, los riesgos que estaba dispuesta a asumir: todo había terminado.

No tenía elección. Si desafiaba a lord Davenport, su familia se vería en la ruina. Pensó en Richard y en Hermione, tan felices, tan enamorados... ¿Cómo iba a condenarlos a una vida de deshonor y pobreza?

Si se casaba con Haselby, su vida no sería como ella quería, pero no sufriría. Haselby era un hombre razonable. Era amable. Si Lucy apelaba a él, sin duda la protegería de su padre. Y su vida sería...

Cómoda.

Rutinaria.

Mucho mejor que la de Richard y Hermione si el deshonor de su padre se hacía público. Su sacrificio no era nada comparado con lo que tendría que afrontar su familia si se negaba.

¿Acaso no había deseado siempre confort y rutina? ¿No podía aprender a desearlo de nuevo?

—Me casaré con él —dijo, mirando distraídamente por la ventana. Estaba lloviendo. ¿Cuándo había empezado a llover?

—Bien.

Lucy se sentó en su silla y se quedó muy quieta. Sintió que la energía abandonaba su cuerpo, deslizándose por sus miembros y escapando por los dedos de sus pies y sus manos. ¡Dios, qué cansada estaba! Estaba agotada. Y pensaba constantemente que tenía ganas de llorar.

Pero no tenía lágrimas. No las tuvo ni siquiera cuando se levantó y volvió lentamente a su cuarto.

Al día siguiente, cuando el mayordomo le preguntó si podía recibir al señor Bridgerton y ella contestó que no con la cabeza, tampoco lloró.

Ni lloró al otro día, cuando se vio obligada a repetir el mismo gesto.

Pero al día siguiente, tras pasar veinticuatro horas con su tarjeta de visita en la mano, deslizando suavemente el dedo sobre su nombre y trazando cada letra (*El honorable Gregory Bridgerton*), empezó a sentir el escozor de las lágrimas tras los ojos.

Luego le vio de pie en la acera, mirando la fachada de Fennsworth House.

Y él la vio. Lucy se dio cuenta; sus ojos se agrandaron y su cuerpo se tensó, y ella pudo sentir todo el peso de su desconcierto y su enfado.

Dejó caer la cortina. Rápidamente. Y se quedó allí, temblando, estremecida, y sin embargo incapaz de moverse. Tenía los pies pegados al suelo, y empezó a sentir de nuevo aquella horrible angustia en el vientre.

Era un error. Era todo un error, y sin embargo sabía que estaba haciendo lo correcto.

Se quedó allí. En la ventana, mirando las ondulaciones de la cortina. Se quedó allí mientras sus miembros se tensaban y se contraían, y mientras se obligaba a respirar. Se quedó allí mientras su corazón se contraía más y más, y se quedó allí mientras todo aquello comenzaba a remitir.

Luego, de algún modo, llegó a la cama y se tumbó.

Y entonces por fin pudo llorar.

19

En el que nuestro héroe toma cartas en el asunto
(y a nuestra heroína).

El viernes, Gregory estaba desesperado.

Había ido tres veces a ver a Lucy a Fennsworth House. Y tres veces le habían despedido.

Se le estaba agotando el tiempo.

Se les estaba agotando el tiempo a los dos.

¿Qué demonios estaba pasando? Aunque el tío de Lucy se hubiera negado a suspender la boda (y no podía haberle hecho gracia; a fin de cuentas, Lucy se proponía dejar plantado a un futuro conde), Lucy habría intentando ponerse en contacto con él.

Le quería.

Gregory lo sabía con la misma certeza con que conocía su voz o su corazón. Estaba tan seguro de ello como de que la Tierra era redonda y los ojos de Lucy azules, y de que dos más dos siempre eran cuatro.

Lucy le quería. No le había mentido. No sabía mentir.

No le mentiría. No, en algo así.

Lo cual significaba que algo iba mal. No podía haber otra explicación.

Gregory la había buscado en el parque, había esperado durante horas en el banco en el que a ella le gustaba sentarse a dar de comer a las palomas, pero Lucy no había aparecido. Había vigilado su puerta con la esperanza de abordarla cuando saliera a hacer algún recado, pero ella no se había aventurado fuera.

Y luego, después de que por tercera vez le cerraran las puertas, la vio. Solo un atisbo a través de la ventana; ella había dejado caer la cortina rápidamente. Pero había sido suficiente. Gregory no había podido verle la cara el tiempo suficiente para percibir su expresión. Pero había algo extraño en su modo de moverse, en su forma precipitada, casi frenética, de soltar la cortina.

Algo iba mal.

¿La estaban reteniendo contra su voluntad? ¿La habían drogado? En la cabeza de Gregory se agolpaban distintas ideas, a cuál más horrenda.

Y ya era viernes por la noche. Faltaban menos de doce horas para su boda. Y no se oía ninguna habladuría, ni un murmullo. Si se sospechaba que la boda entre Haselby y Abernathy tal vez no tuviera lugar como estaba previsto, Gregory se habría enterado. Aunque solo fuera porque Hyacinth le habría dicho algo. Hyacinth lo sabía todo, normalmente antes que aquellos a quienes atañían los rumores.

Gregory se hallaba entre las sombras del otro lado de la calle, frente a Fennsworth House, apoyado contra el tronco de un árbol, mirando. ¿Era aquella la ventana de Lucy? ¿La ventana por la que la había visto esa mañana? No se veía luz, pero seguramente las cortinas eran gruesas. O quizás ella se hubiera ido ya a la cama. Era tarde.

Y al día siguiente se casaba.

¡Santo Dios!

No podía permitir que se casara con lord Haselby. No podía. Si había algo de lo que estaba seguro, era de que Lucinda Abernathy y él estaban hechos para ser marido y mujer. Era la cara de Lucy la que debía ver por las mañanas, cuando desayunara huevos con beicon, arenques ahumados, bacalao y tostadas.

Se le escapó un bufido de risa por la nariz, pero era esa risa nerviosa y desesperada que uno soltaba cuando la única alternativa era llorar. Lucy tenía que casarse con él, aunque solo fuera para que pudieran atiborrarse juntos de comida cada mañana.

Miró su ventana.

La que esperaba fuera su ventana. Con la suerte que tenía, tal vez estuviera mirando anhelante la ventana del cuarto de aseo del servicio.

No sabía cuánto tiempo llevaba allí. Por primera vez desde que tenía uso de razón, se sentía impotente, y al menos aquello (mirar una maldita ventana) era algo que podía controlar.

Pensó en su vida. Había sido deliciosa, desde luego. Dinero de sobra, una familia maravillosa, montones de amigos. Tenía salud, cordura y, hasta su chasco con Hermione Watson, una confianza inconmovible en su propio juicio. Tal vez no fuera muy disciplinado, y quizá debería haber prestado más atención a todas esas cosas sobre las que a Anthony le gustaba incordiarle, pero sabía lo que estaba bien y lo que estaba mal, y había estado siempre convencido (absolutamente convencido) de que su vida compondría un cuadro feliz y satisfactorio.

Sencillamente, era ese tipo de persona.

No era melancólico. No era dado a los arranques de mal genio.

Y nunca había tenido que esforzarse mucho.

Miraba la ventana, pensativo.

Se había vuelto complaciente. Había estado tan seguro de que su vida tendría un final feliz que no había creído (aún no podía creerlo) que quizá no consiguiera lo que quería.

Se había declarado. Ella había aceptado su proposición. Cierto, estaba prometida con Haselby, y seguía estándolo.

Pero ¿no se suponía que el amor verdadero debía triunfar? ¿No había sido así en el caso de sus hermanos y hermanas? ¿Por qué demonios tenía él tan mala suerte?

Pensó en su madre, recordó su semblante cuando con tanta habilidad había diseccionado su carácter. Gregory se dio cuenta de que tenía razón en casi todo.

Pero solo en casi todo.

Era cierto que él nunca había tenido que esforzarse mucho por nada. Pero esa era solo parte de la historia. No era un indolente. Era capaz de esforzarse hasta el último aliento si...

Si tenía una razón.

Miró la ventana.

Ahora tenía una razón.

Comprendió que había estado esperando. Esperando a que Lucy convenciera a su tío de que la liberara de su compromiso. Esperando a que las piezas del rompecabezas de su vida ocuparan su lugar para que él pudiera encajar la última y exclamar, triunfante: «¡Ajá!».

Esperando.

Esperando el amor. Esperando una llamada.

Esperando la lucidez, ese momento en el que sabría por fin exactamente qué hacer.

Era hora de dejar de esperar, hora de olvidarse del destino y la fatalidad.

Era hora de actuar. De esforzarse.

Con ahínco.

Nadie iba a darle esa penúltima pieza del rompecabezas; tenía que encontrarla por sí mismo.

Necesitaba ver a Lucy. Y tenía que ser ya, dado que parecía estarle vedado visitarla de una manera más convencional.

Cruzó la calle y dobló a hurtadillas la esquina que conducía a la parte trasera del edificio. Las ventanas del piso de abajo estaban cerradas a cal y canto, y todo estaba oscuro. Más arriba, algunas cortinas se agitaban empujadas por la brisa, pero Gregory no podría escalar por la fachada sin matarse.

Miró a su alrededor. A la izquierda, la calle. A la derecha, el callejón y las cuadras. Y delante de él...

La entrada de servicio.

La miró pensativamente. Bueno, ¿por qué no?

Dio un paso adelante y puso la mano sobre el picaporte.

El picaporte giró.

Gregory casi se echó a reír, lleno de contento. Al menos volvía a creer (bueno, al menos un poco) en el destino y todo eso. Sin duda aquello no pasaba con frecuencia. Algún criado debía de haber salido a escondidas, quizá para acudir a una cita. Si la puerta estaba abierta, estaba claro que Gregory estaba abocado a entrar.

O quizás estuviera mal de la cabeza.

Decidió creer en el destino.

Cerró la puerta sigilosamente a su espalda y se concedió un minuto para que sus ojos se acostumbraran a la oscuridad. Parecía estar en una despensa grande, con la cocina a la derecha. Era probable que algunos criados durmieran allí cerca, así que se quitó las botas y se aventuró hacia el interior de la casa con ellas en la mano.

Subió las escaleras sin hacer ruido, en calcetines, hasta que llegó a la segunda planta, en la que creía se hallaba la habitación de Lucy. Se detuvo a reflexionar en el rellano antes de salir al pasillo.

¿En qué estaba pensando? No tenía ni la menor idea de qué podía ocurrir si le sorprendían allí. ¿Estaba quebrantando alguna ley? Seguramente. Era imposible que no fuera así. Y aunque su posición como hermano de un vizconde podía salvarle del patíbulo, no le exculparía del todo, habiendo allanado la casa de un conde.

Pero tenía que ver a Lucy. Estaba harto de esperar.

Se quedó un momento en el rellano, intentando orientarse. Luego se dirigió a la parte delantera de la casa. Había dos puertas al final del pasillo. Se paró y recreó en su imaginación la fachada de la casa. Después alargó la mano hacia la puerta de la izquierda. Si Lucy estaba en su habitación cuando la había visto, aquella era la puerta correcta. Si no...

Si no, no tenía ni idea. Ni idea. Y allí estaba, merodeando por la casa del conde de Fennsworth pasada la medianoche.

¡Santo cielo!

Giró el pomo lentamente, y dejó escapar un suspiro de alivio al no oír chasquidos ni chirridos. Abrió la puerta lo justo para que su cuerpo cupiera por el hueco y luego la cerró con todo cuidado a su espalda. Solo entonces se detuvo a examinar la habitación.

Estaba a oscuras. La luz de la luna se filtraba apenas por las cortinas de la ventana. Sus ojos ya se habían acostumbrado a la oscuridad, sin embargo, y pudo distinguir varios muebles: un tocador, un ropero...

Una cama.

Era una cama grande y robusta, con dosel y colgaduras que la rodeaban. Si había alguien dentro, dormía apaciblemente: ni roncaba, ni se removía, ni nada.

Así es como dormiría Lucy, se dijo de pronto. Como un tronco. No era una flor delicada, su Lucy, y no consentiría otra cosa que dormir a pierna suelta. Parecía extraño que estuviera tan seguro de ello, pero así era.

De repente comprendió que la conocía. La conocía de verdad. No sabía solo las cosas de costumbre. De hecho, esas no las sabía. No sabía cuál era su color favorito. Ni podía adivinar cuáles eran su comida y su animal preferidos.

Pero por alguna razón carecía de importancia que él ignorara si Lucy prefería el rosa o el azul, el malva o el negro. Conocía su corazón. Ansiaba su corazón.

Y no podía permitir que se casara con otro.

Apartó las cortinas con cuidado.

No había nadie.

Gregory masculló una maldición, hasta que se dio cuenta de que las sábanas estaban revueltas y de que la almohada tenía aún la marca reciente de una cabeza.

Se volvió justo a tiempo de ver que un candelabro volaba hacia él.

Soltó un gruñido de sorpresa y agachó la cabeza, pero no pudo evitar que el candelabro le golpeara de refilón en la sien. Maldijo otra vez, en voz alta, y entonces oyó...

—¿Gregory?

Él parpadeó.

—¿Lucy?

Ella se acercó corriendo.

—¿Qué estás haciendo aquí?

Él señaló la cama, impaciente.

—¿Por qué no estás dormida?

—Porque me caso mañana.

—Bueno, por eso estoy yo aquí.

Lucy le miró desconcertada, como si su aparición fuera tan inesperada que no sabía cómo reaccionar.

—Creía que eras un intruso —dijo por fin, señalando el candelabro.

Él se permitió una leve sonrisa.

—No es por ponerme puntilloso —murmuró—, pero lo soy.

Por un momento pareció que ella iba a devolverle la sonrisa. Pero en vez de hacerlo le abrazó y dijo:

—Tienes que irte. Enseguida.

—No hasta que hables conmigo.

Los ojos de Lucy se deslizaron hasta un punto más allá de su hombro.

—No hay nada que decir.

—¿Qué te parece «te quiero»?

—No digas eso —musitó ella.

Gregory se acercó.

—Te quiero.

—Gregory, por favor.

Se acercó aún más.

—Te quiero.

Ella tomó aliento. Cuadró los hombros.

—Mañana voy a casarme con lord Haselby.

—No —dijo él—, no vas a casarte con él.

Ella entreabrió los labios.

Gregory alargó un brazo y la cogió de la mano. Lucy no se apartó.

—Lucy... —susurró él.

Ella cerró los ojos.

—Quédate conmigo —dijo él.

Lucy sacudió lentamente la cabeza.

—No, por favor.

Gregory la atrajo hacia sí y le quitó el candelabro de los dedos.

—Quédate conmigo, Lucy Abernathy. Sé mi amor, sé mi esposa.

Ella abrió los ojos, pero solo le sostuvo la mirada un momento antes de apartarse.

—Estás empeorando mucho más las cosas —musitó.

La tristeza de su voz era insoportable.

—Lucy —dijo él, tocándole la mejilla—, déjame ayudarte.

Ella sacudió la cabeza, pero se quedó callada y apoyó la mejilla en la palma de su mano. No por mucho tiempo. Apenas un segundo. Pero Gregory lo sintió.

—No puedes casarte con él —dijo, y le levantó la cara hacia él—. No serás feliz.

Los ojos de Lucy brillaron al mirar los suyos. A la luz tenue de la noche, parecían de un gris muy oscuro, y terriblemente tristes. Gregory podía imaginarse el mundo entero contenido allí, en las profundidades de su mirada. Todo lo que necesitaba saber, todo lo que necesitaría saber a lo largo de su vida estaba allí, dentro de ella.

—No serás feliz, Lucy —susurró—. Tú sabes que no lo serás.

Ella seguía sin decir nada. Lo único que se oía era su respiración, deslizándose suavemente entre sus labios. Luego, por fin...

—Me conformaré.

—¿Conformarte? —repitió él. Bajó la mano de su cara y se apartó—. ¿Te conformarás?

Ella asintió.

—¿Y eso es suficiente?

Ella asintió de nuevo, pero esta vez más débilmente.

La furia empezó a encenderse dentro de él. ¿Estaba ella dispuesta a abandonarle por eso? ¿Por qué no quería luchar?

Le quería, pero ¿le quería lo suficiente?

—¿Es por su posición? —preguntó Gregory—. ¿Tanto significa para ti ser condesa?

Ella esperó demasiado antes de contestar, y Gregory comprendió que estaba mintiendo cuando dijo:

—Sí.

—No te creo —dijo él, y su voz sonó terrible. Dolida. Furiosa. Se miró la mano y parpadeó, sorprendido, al darse cuenta de que aún sujetaba el candelabro. Tenía ganas de arrojarlo contra la pared. Pero lo dejó en el suelo. Vio que sus manos temblaban.

Miró a Lucy. Ella no dijo nada.

—Lucy —dijo en tono suplicante—, cuéntamelo. Déjame ayudarte.

Ella tragó saliva, y Gregory se dio cuenta de que ya no le miraba a la cara.

La tomó de las manos. Ella se puso tensa, pero no se apartó. Estaban el uno frente al otro, y él veía subir y bajar agitadamente su pecho.

Y sentía que el suyo se movía igual.

—Te quiero —dijo. Porque, si seguía diciéndolo, quizá sería suficiente. Tal vez las palabras llenaran la habitación, envolvieran a Lucy y se colaran por su piel. Y tal vez ella por fin se daría cuenta de que había ciertas cosas que no podían negarse.

—Nos pertenecemos el uno al otro —dijo él—. Para toda la eternidad.

Lucy cerró los ojos. Un solo y lento parpadeo. Pero cuando volvió a abrirlos, parecía destrozada.

—Lucy —dijo él, intentando poner toda su alma en aquella sola palabra—. Lucy, cuéntamelo...

—No digas eso, por favor —dijo ella, y volvió la cabeza para no mirarle. Su voz tembló y se quebró—. Di cualquier cosa, menos eso.

—¿Por qué?

Y entonces ella murmuró:

—Porque es verdad.

Gregory contuvo la respiración y con un movimiento rápido la atrajo hacia sí. No fue un abrazo; en absoluto. Sus dedos estaban entrelazados y sus brazos flexionados, de modo que sus manos se hallaban unidas entre sus hombros.

Gregory susurró su nombre.

Ella entreabrió los labios.

Él volvió a susurrarlo, tan suavemente que, más que un sonido, fue un movimiento.

—Lucy... Lucy...

Ella se quedó quieta, sin apenas respirar. El cuerpo de Gregory estaba casi pegado al suyo, pero no lo tocaba. El calor, sin embargo, llenaba el espacio que los separaba, se metía como un torbellino por su camisón y temblaba sobre su piel.

Lucy se estremeció.

—Deja que te bese —susurró él—. Una vez más. Déjame besarte una vez más, y, si me dices que me vaya, juro que me iré.

Lucy sintió que se deslizaba en el deseo, que caía en una bruma de amor y deseo donde lo que estaba bien ya no era tan fácil de distinguir de lo que estaba mal.

Quería a Gregory. Le quería muchísimo, y él no podía ser suyo. Su corazón latía a toda prisa, su aliento temblaba, y solo podía pensar en que nunca volvería a sentirse así. Nadie la miraría nunca como la miraba Gregory en ese momento. Menos de un día después se casaría con un hombre que ni siquiera deseaba besarla.

Jamás volvería a sentir aquel extraño estremecimiento en el núcleo de su sexo, aquel aleteo en su vientre. Aquella era la última vez que miraba los labios de alguien y ansiaba que tocaran los suyos.

¡Santo cielo!, deseaba a Gregory. Deseaba aquello. Antes de que fuera demasiado tarde.

Y él la quería. La quería. Lo había dicho, y aunque Lucy no acababa de creérselo, tenía fe en él.

Se humedeció los labios.

—Lucy —murmuró Gregory, y su nombre sonó como una pregunta, como una afirmación, como una súplica, todo al mismo tiempo.

Ella asintió con la cabeza. Y luego, porque sabía que no podía engañarse a sí misma ni a él, dijo:

—Bésame.

No habría más tarde fingimientos, no podría decir que se había dejado avasallar por la pasión, que había perdido la capacidad de pensar. La decisión era suya. Y la había tomado.

Gregory permaneció inmóvil un instante, pero Lucy sabía que la había oído. Él respiraba trabajosamente, y sus ojos se habían vuelto líquidos cuando la miró.

—Lucy —dijo con voz ronca, profunda y áspera, y cien cosas más que convirtieron en leche los huesos de Lucy.

Sus labios se posaron sobre el hueco en el que su mandíbula se encontraba con su cuello.

—Lucy —murmuró.

Ella quería decir algo a cambio, pero no podía. Había invertido todas sus energías en pedir que la besara.

—Te quiero —murmuró él, desgranando las palabras por su cuello, hasta la clavícula—. Te quiero. Te quiero.

Eran las palabras más dolorosas, maravillosas, horribles y sublimes que podía haber pronunciado. Lucy sintió ganas de llorar... de felicidad y de pena.

De dolor y placer.

Y conoció por primera vez en su vida la espinosa alegría del completo egoísmo. No debía hacer aquello. Sabía que no debía, y sabía que seguramente él pensaba que aquello significaba que encontraría un modo de librarse de su compromiso con Haselby.

Le estaba mintiendo. Con tanta seguridad como si se lo hubiera dicho palabra por palabra.

Pero no podía remediarlo.

Aquel era su momento. El único momento en el que podría tomar la felicidad entre sus manos. Y tendría que durarle toda una vida.

Envalentonada por el fuego que ardía dentro de ella, acercó las manos a las mejillas de Gregory y le atrajo hacia sí para darle un beso tórrido. Ignoraba qué estaba haciendo; estaba segura de que tenía que haber normas para todo aquello, pero no le importaba. Solo quería besarle. No podía detenerse.

Gregory deslizó una mano hasta su cadera, y Lucy notó su ardor a través de la fina tela del camisón. Luego, él movió la mano furtivamente hasta su trasero, lo asió y apretó, y no quedó ya espacio alguno entre ellos. Lucy se sintió caer, y un instante después estaban en la cama, ella de espaldas, con el cuerpo de Gregory pegado al suyo, caliente y pesado, y exquisitamente masculino.

Lucy se sintió mujer.

Se sintió como una diosa.

Se sintió como si pudiera abrazarse por completo a Gregory y no soltarle nunca.

—Gregory —susurró, recuperando la voz mientras metía los dedos entre su pelo.

Él se quedó quieto, y ella comprendió que estaba esperando a que dijera algo más.

—Te quiero —dijo, porque era cierto, y porque necesitaba que algo fuera cierto. Al día siguiente, él la odiaría. Al día siguiente, ella le traicionaría, pero en aquello, al menos, no le mentiría.

—Te deseo —dijo cuando Gregory levantó la cabeza para mirarla a los ojos. La miró largo rato, intensamente, y Lucy supo que le estaba dando una última oportunidad de rechazarle.

—Te deseo —repitió ella, porque le deseaba indescriptiblemente. Quería que la besara, que la tomara, quería olvidar que no estaba susurrando palabras de amor.

—Lu...

Ella puso un dedo sobre su boca. Y susurró:

—Quiero ser tuya. —Y luego añadió—: Esta noche.

Él se estremeció, y su aliento se deslizó audiblemente sobre sus labios. Gruñó algo, tal vez el nombre de Lucy, y se apoderó luego de su boca en un beso que daba y tomaba y ardía y abrasaba, hasta que Lucy no pudo evitar moverse bajo él. Ella deslizó las manos hasta su cuello y luego bajo su chaqueta, buscando ansiosamente su calor y su piel. Todavía a horcajadas sobre ella, Gregory se irguió, mascullando un exabrupto, y se arrancó la chaqueta y la corbata.

Ella le miraba con los ojos muy abiertos. Él se quitó la camisa, no despacio y con delicadeza, sino con una rapidez frenética que enfatizaba su deseo.

Gregory no llevaba las riendas. Tal vez ella no las llevara, pero él tampoco. Era tan esclavo de aquel deseo como ella.

Arrojó a un lado su camisa y Lucy sofocó una exclamación al ver el suave vello que cubría su pecho, los músculos esculpidos que se tensaban bajo su piel.

Era muy bello. Lucy no se había dado cuenta hasta ese momento de que un hombre pudiera ser bello, pero esa era la única palabra que podía describir a Gregory. Lucy levantó una mano y la posó cuidadosamente sobre su piel. La sangre de Gregory saltó y palpitó bajo ella, y Lucy estuvo a punto de apartarla.

—No —dijo él, cubriendo la mano de Lucy con la suya. Tomó sus dedos y los acercó a su corazón.

La miró a los ojos.

Ella no pudo apartar la mirada.

Y entonces él volvió a abrazarla, su cuerpo duro y caliente se frotó contra el de ella y sus manos y labios se deslizaron por todas partes. El camisón de Lucy ya no parecía cubrirla tanto. Lo tenía levantado hasta los muslos; luego, quedó enrollado alrededor de su cintura. Gregory estaba tocándola... no *ahí*, pero cerca. Deslizando los dedos sobre su vientre, abrasando su piel.

—Gregory —jadeó ella, porque de algún modo los dedos de él llegaron a su pecho.

—Ah, Lucy —gruñó él y, tomando su seno, lo apretó, acarició el pezón y...

¡Oh, cielos! ¿Cómo era posible que lo sintiera *ahí*?

Arqueó y contoneó las caderas. Necesitaba acercarse. Necesitaba algo que no podía identificar, algo que la llenaría, que la colmaría.

Él tiró de su camisón, y el camisón se deslizó por su cabeza, dejándola escandalosamente desnuda. Levantó instintivamente una mano para cubrirse, pero Gregory la agarró de la muñeca y le hizo posar la mano sobre su pecho. Estaba a horcajadas sobre ella, sentado y erguido, mirándola como si... como si...

Como si fuera hermosa.

La miraba como siempre miraban los hombres a Hermione, excepto porque allí había algo más. Más pasión, más deseo.

Lucy se sintió idolatrada.

—Lucy —murmuró él al tiempo que acariciaba levemente un lado de su pecho—, siento... creo...

Sus labios se entreabrieron y sacudió la cabeza. Despacio, como si no llegara a entender lo que le estaba pasando.

—He estado esperando esto toda mi vida —susurró—. Ni siquiera lo sabía. No lo sabía.

Lucy cogió su mano, se la llevó a la boca y besó su palma. Le entendía.

El aliento de Gregory se aceleró. Después, se apartó de ella y sus manos se movieron hacia el cierre de sus calzas.

Ella agrandó los ojos y siguió mirando.

—Será suave —le prometió él—, te doy mi palabra.

—No estoy preocupada —dijo ella, y logró esbozar una sonrisa trémula.

Los labios de Gregory se curvaron, a su vez.

—Pareces preocupada.

—No lo estoy. —Pero, aun así, sus ojos vagaban.

Gregory se rio, tendiéndose a su lado.

—Puede que duela. Me han dicho que duele al principio.

Ella sacudió la cabeza.

—No me importa.

Gregory dejó que su mano resbalara por su brazo.

—Recuerda solo que, aunque duela, luego mejora.

Lucy sintió de nuevo aquel lento ardor en su vientre.

—¿Mucho? —preguntó con voz jadeante y extraña.

Gregory sonrió mientras acariciaba con los dedos su cadera.

—Un poco, me han dicho.

—¿Un poco —preguntó ella, apenas capaz de hablar—, o un montón?

Gregory se colocó sobre ella, pegando su piel a la suya, palmo a palmo. Era perverso.

Y delicioso.

—Un montón —contestó, y mordisqueó ligeramente su cuello—. Más que un montón, en realidad.

Ella sintió que sus piernas se abrían y que Gregory se colocaba entre ellas. Sintió su miembro duro y caliente presionando contra su sexo. Se puso rígida y él pareció notarlo, porque le ronroneó al oído:

—Shhh.

A partir de ahí, se movió hacia abajo.

Y hacia abajo.

Y hacia abajo.

Su boca trazó una senda de fuego a lo largo del cuello de Lucy, hasta el hueco de su hombro, y luego...

¡Oh, santo cielo!

Tocó su pecho, haciéndolo redondo y pesado, y acercó la boca al pezón.

Lucy dio un respingo bajo él.

Gregory se rio, y con la otra mano tocó su hombro, sujetándola mientras continuaba con su tortura. Solo se detuvo para pasar al otro lado.

—Gregory —gimió Lucy, porque no sabía qué más decir. Estaba perdida en el placer, completamente indefensa contra aquella avalancha de sensualidad. No podía explicarse, no podía concentrarse, ni racionalizar. Solo podía sentir, y aquello era la cosa más aterradora y emocionante que cupiera imaginar.

Después de un último mordisco, Gregory dejó su pecho y acercó su cara a la de ella. Respiraba entrecortadamente y tenía los músculos tensos.

—Tócame —dijo con voz ronca.

Ella abrió los labios y le miró a los ojos.

—En cualquier parte —le suplicó él.

Solo entonces Lucy se dio cuenta de que tenía las manos a los lados y de que se agarraba a las sábanas como si estas pudieran mantenerla cuerda.

—Lo siento —dijo y luego, sorprendentemente, se echó a reír.

La boca de Gregory se curvó hacia arriba por un lado.

—Vamos a tener que quitarte esa costumbre —murmuró.

Ella posó las manos sobre su espalda y comenzó a explorar levemente su piel.

—¿No quieres que me disculpe? —preguntó. Cuando él bromeaba, cuando la provocaba... se sentía cómoda. Se sentía audaz.

—Por esto, no —gruñó él.

Ella frotó los pies contra sus gemelos.

—¿Nunca?

Entonces, las manos de Gregory comenzaron a hacer cosas indecibles.

—¿Tú quieres que yo me disculpe?

—No —jadeó ella. Gregory estaba tocándola íntimamente. Lucy ignoraba que pudieran tocarla así. Debería haber sido la cosa más horrible del mundo, pero no lo era. La hacía estirarse, arquearse, retorcerse. No tenía ni idea de qué estaba sintiendo. No habría podido describirlo ni teniendo a Shakespeare a su disposición.

Pero quería más. Era lo único que pensaba, lo único que sabía.

Gregory la estaba llevando a algún lugar. Se sentía arrastrada, tomada, transportada.

Y quería todo aquello.

—Por favor —suplicó, y aquellas palabras parecieron escapar de sus labios sin querer—. Por favor...

Pero Gregory también se había quedado sin palabras. Dijo su nombre. Lo dijo una y otra vez, como si sus labios hubieran perdido todo recuerdo de otra cosa.

—Lucy —susurró mientras su boca se deslizaba hasta el hueco entre sus pechos.

—Lucy —gimió, deslizando un dedo dentro de ella.

Y luego jadeó:

—¡Lucy!

Ella le había tocado. Suavemente, con indecisión.

Pero era ella. Era su mano, su caricia, y pareció hacer arder a Gregory.

—Lo siento —dijo ella, apartando la mano.

—No te disculpes —gruñó él, no porque estuviera enfadado, sino porque apenas podía hablar. Buscó su mano y volvió a colocarla en el lugar de antes—. Así es como te deseo —dijo, cerrándole la mano sobre su miembro—. Con todo mi ser, con todo lo que soy.

Su nariz estaba apenas a un par de centímetros de la de ella. Sus alientos se mezclaron y sus ojos...

Era como si fueran uno solo.

—Te quiero —murmuró Gregory, colocándose. Ella apartó la mano y la posó en su espalda.

—Yo también a ti —musitó, y sus ojos se agrandaron, como si le asombrara haberlo dicho.

Pero a él no le importó. Mientras se mantenía quieto, presionando suavemente la entrada de su sexo, se dio cuenta de que estaba al borde del precipicio. Su vida tenía ahora dos partes: un antes y un después.

Jamás volvería a amar a otra mujer.

No podría amar a otra.

No, después de aquello. No, mientras Lucy viviera. No podría haber otra.

Era aterrador, aquel abismo. Aterrador y emocionante, y...

Gregory saltó.

Ella dejó escapar una leve exclamación de sorpresa cuando él empujó, pero, cuando Gregory la miró, no parecía sentir dolor. Tenía la cabeza echada hacia atrás, y cada vez que respiraba gemía un poco, como si no pudiera contener su deseo.

Rodeó a Gregory con las piernas y deslizó los pies por sus gemelos. Y sus caderas se arquearon, presionaron, le suplicaron que continuara.

—No quiero hacerte daño —dijo él. Todos los músculos de su cuerpo luchaban por seguir. Nunca había deseado nada como deseaba a Lucy en ese momento. Y sin embargo nunca se había sentido menos avaricioso. Aquello tenía que ser para ella. No podía hacerle daño.

—No me lo estás haciendo —gruñó ella, y después Gregory no pudo refrenarse. Se apoderó de su pecho con la boca y traspasó la barrera final, hundiéndose por completo en ella.

Si Lucy sintió dolor, no le importó. Dejó escapar un suave grito de placer, y agarró frenéticamente la cabeza de Gregory. Se retorció bajo él y, cuando Gregory intentó pasar a su otro pecho, sus dedos se volvieron implacables y le sujetaron con feroz intensidad.

Y, entre tanto, Gregory la poseía, moviéndose con un ritmo irracional e incontrolable.

—Lucy, Lucy, Lucy —gimió, apartándose por fin de su pecho. Era demasiado difícil. Era excesivo. Necesitaba sitio para respirar, para engullir a bocanadas un aire que nunca parecía llegar a sus pulmones.

—¡Lucy!

Debía esperar. Estaba intentando esperar. Pero ella le agarraba, hundía las uñas en sus hombros, y su cuerpo se arqueaba, levantándose de la cama con tanta fuerza que le alzaba a él también.

Y entonces la sintió. Sintió que se tensaba, que se encogía, que se estremecía alrededor de su miembro, y se dejó ir.

Se dejó ir, y el mundo, sencillamente, estalló.

—Te quiero —jadeó al derrumbarse sobre ella. Había creído que le faltaban las palabras, pero allí estaban.

Ahora, eran sus compañeras. Dos pequeñas palabras.

Te quiero.

Jamás estaría sin ellas.

Y eso era espléndido.

20

En el que nuestro héroe pasa una mañana atroz.

Algún tiempo después (tras dormir y entregarse de nuevo a la pasión, y no volverse a dormir luego, sino quedarse en silencio, en apacible quietud, porque no podían evitarlo), llegó el momento de que Gregory se marchara.

Fue la cosa más difícil que había hecho nunca, y sin embargo pudo hacerlo con el corazón dichoso porque sabía que aquello no era el fin. Ni siquiera era un adiós; no era nada permanente. Pero la hora empezaba a volverse peligrosa. Pronto amanecería, y aunque tenía intención de casarse con Lucy en cuanto pudiera, no quería hacerle pasar la vergüenza de que la sorprendieran en la cama con él la mañana de su boda con otro.

Había que pensar en Haselby, además. Gregory no le conocía bien, pero siempre había pensado que era un tipo afable, y no se merecía la humillación pública que se derivaría de aquello.

—Lucy —murmuró, frotando su mejilla con la nariz—, casi es de día.

Ella dejó escapar un sonido soñoliento y volvió la cabeza.

—Sí —dijo. Solo «Sí», no «Es todo tan injusto...» o «No debería ser así». Pero así era Lucy. Pragmática, prudente y encantadoramente razonable, y él la quería por todo eso y más. Lucy no quería cambiar el mundo. Solo quería hacerlo encantador y maravilloso para la gente a la que quería.

El hecho de que le hubiera dejado hacerle el amor y de que estuviera planeando cancelar la boda la misma mañana de la ceremonia demostraba lo profundamente que le quería. Lucy no buscaba atenciones, ni dramatismos. Adoraba la estabilidad y la rutina, y que estuviera dispuesta a dar aquel paso...

Le llenaba de orgullo.

—Deberías venir conmigo —dijo—. Ahora. Deberíamos irnos juntos, antes de que se despierten los criados.

El labio inferior de Lucy se estiró un poco como si dijera: «¡Ay, Dios!». Su expresión era tan atractiva que Gregory tuvo que besarla. Ligeramente, porque no tenía tiempo para dejarse llevar: solo un besito en la comisura de la boca. Nada que interrumpiera su respuesta, que fue un decepcionante:

—No puedo.

Él se apartó.

—No puedes quedarte.

Pero ella estaba sacudiendo la cabeza.

—Debo... debo hacer lo correcto.

Él la miró inquisitivamente.

—Debo comportarme con honor —explicó ella. Se sentó y sus dedos agarraron con tal fuerza las sábanas que los nudillos se le pusieron blancos. Parecía nerviosa, pero Gregory supuso que era lógico. Él se sentía al borde de un nuevo amanecer, mientras que ella...

Todavía tenía que escalar una enorme montaña antes de alcanzar su final feliz.

Gregory alargó el brazo e intentó cogerla de la mano, pero ella no se dejó. No se apartó de él, sin embargo. Parecía, más bien, que ni siquiera percibía su contacto.

—No puedo escaparme y dejar que lord Haselby espere en vano en la iglesia —dijo atropelladamente, volviendo hacia él unos ojos grandes e implorantes.

Pero fue solo un momento.

Enseguida apartó la mirada.

Tragó saliva. Gregory no podía verle la cara, pero lo notó por su forma de moverse.

Ella dijo, suavemente:

—Seguro que lo entiendes.

Y él lo entendía. Era una de las cosas que más le gustaban de ella. Lucy tenía un sentido tan acusado del bien y del mal que a veces resultaba intratable. Pero nunca daba lecciones de moral, nunca se mostraba condescendiente.

—Estaré esperándote —dijo él.

Ella giró bruscamente la cabeza y sus ojos se agrandaron, interrogadores.

—Puede que necesites mi ayuda —dijo él suavemente.

—No, no será necesario. Estoy segura de que puedo...

—Insisto —dijo con energía suficiente para acallarla—. Esta será nuestra señal. —Levantó la mano con los dedos juntos y la palma hacia fuera. Luego torció la muñeca una vez hasta que la palma de su mano quedó vuelta hacia su cara, y la devolvió después a su posición original—. Estaré observando. Si necesitas mi ayuda, acércate a la ventana y haz la señal.

Ella abrió la boca como si fuera a protestar una vez más, pero al final se limitó a asentir con la cabeza.

Gregory se levantó, abrió las cortinas que rodeaban la cama y buscó su ropa. Sus prendas estaban esparcidas por la habitación (sus calzas aquí, su camisa allá), pero recogió rápidamente lo que necesitaba y se vistió.

Lucy se quedó en la cama, sentada, con la sábana sujeta bajo el brazo. A Gregory, su modestia le pareció encantadora, y estuvo a punto de gastarle una broma por ello. Pero decidió lanzarle una sonrisa divertida. Aquella había sido una noche trascendental para ellos; no quería que Lucy se avergonzara de su candor.

Gregory se acercó a mirar por la ventana. Todavía no había roto el día, pero el cielo esperaba con impaciencia el alba y el horizonte tenía pintado aquel leve fulgor que solo se veía antes del amanecer. Brillaba suavemente, con un azul sereno, casi malva, y era tan bello que Gregory llamó a Lucy para que se uniera a él. Se volvió de espaldas mientras ella se ponía el camisón y luego, después de que cruzara descalza la habitación, la apretó delicadamente contra sí, con su espalda pegada a su pecho. Apoyó la barbilla sobre su cabeza.

—Mira —susurró.

La noche parecía bailar, chispeante y estremecida, como si el aire mismo comprendiera que nada volvería a ser igual. El alba esperaba al otro lado del horizonte, y las estrellas ya empezaban a verse menos brillantes en el cielo.

Si hubiera podido detener el tiempo, Gregory lo habría hecho. Nunca había vivido un momento tan mágico, tan... pleno. Todo estaba allí, todo lo que era bueno, honesto y sincero. Por fin comprendía la diferencia entre la felicidad y el contento, y lo afortunado que era por sentir ambas cosas en cantidad tan ingente.

Era Lucy. Ella le hacía sentirse completo. Convertía su vida en todo lo que Gregory sabía que podía ser algún día.

Aquel era su sueño. Se estaba haciendo realidad a su alrededor, allí, en sus brazos.

Y entonces, mientras estaban de pie junto a la ventana, una estrella cruzó el cielo. Describió un arco amplio y a Gregory casi le pareció que la oía pasar, crepitando y chisporroteando hasta perderse de vista.

Aquello hizo que besara a Lucy. Imaginaba que un arco iris surtiría el mismo efecto, o un trébol de cuatro hojas, o incluso un simple copo de nieve que se posara en su manga sin derretirse. Era sencillamente imposible disfrutar de los pequeños milagros de la naturaleza y no besar a Lucy. La besó en el cuello, y luego la hizo volverse en sus brazos para besarla en la boca, y en la frente, y hasta en la nariz.

Besó también sus siete pecas. ¡Dios, adoraba aquellas pecas!

—Te quiero —susurró.

Ella apoyó la mejilla sobre su pecho, y su voz sonó ronca, casi ahogada cuando dijo:

—Yo también a ti.

—¿Estás segura de que no quieres venir conmigo? —Conocía las respuestas, pero preguntó de todos modos.

Como esperaba, ella asintió.

—Debo hacer esto yo misma.

—¿Cómo reaccionará tu tío?

—No... no estoy segura.

Gregory retrocedió, tomándola por los hombros y flexionando las rodillas para no dejar de mirarla a los ojos.

—¿Te hará daño?

—No —contestó tan rápidamente que Gregory la creyó—. No. Te lo prometo.

—¿Intentará obligarte a que te cases con Haselby? ¿Encerrarte en tu cuarto? Porque puedo quedarme. Si crees que vas a necesitarme, puedo quedarme aquí. —Aquello provocaría un escándalo aún mayor que el que les esperaba, pero si estaba en juego su seguridad...

No había nada que no estuviera dispuesto a hacer.

—Gregory...

Él la hizo callar sacudiendo la cabeza.

—¿Sabes —comenzó a decir— hasta qué punto va contra mi instinto dejarte aquí para que te enfrentes a esto sola?

Ella abrió los labios y sus ojos...

Se llenaron de lágrimas.

—Me he jurado protegerte —dijo él con voz apasionada y fiera, y quizá también un poco reveladoramente. Porque se daba cuenta de que aquel era el día en que por fin habría de convertirse en un hombre. Después de veintiséis años de vida relajada y carente de rumbo, por fin había encontrado su camino.

Por fin sabía para qué había nacido.

—Me lo he jurado de todo corazón —dijo—, y lo juraré ante Dios en cuanto podamos. Y dejarte sola es como verter ácido en mi pecho.

Buscó su mano, y sus dedos se entrelazaron.

—No está bien —dijo en voz baja, pero vehemente.

Ella asintió lentamente.

—Pero es lo que debemos hacer.

—Si hay algún problema —dijo él—, si sientes algún peligro, debes prometerme que harás la señal. Vendré a buscarte. Puedes refugiarte en casa de mi madre. O en la de alguna de mis hermanas. A ellas no les importará el escándalo. Solo pensarán en nuestra felicidad.

Lucy tragó saliva y luego sonrió, y su mirada se volvió melancólica.

—Tu familia debe de ser encantadora.

Él tomó sus manos y se las apretó.

—Ahora es también tu familia. —Esperó a que ella dijera algo, pero Lucy guardó silencio. Gregory se llevó sus manos a los labios y las besó—. Pronto —dijo— habremos dejado esto atrás.

Ella asintió. Después miró hacia la puerta.

—Los criados se levantarán muy pronto.

Y él se fue. Salió a hurtadillas por la puerta, con las botas en la mano, y se marchó por donde había entrado.

Todavía estaba oscuro cuando llegó al parquecillo de la plaza, frente a la casa. Aún quedaban horas para la boda, y sin duda tenía tiempo suficiente para volver a casa a cambiarse de ropa.

Pero no quería arriesgarse. Le había dicho a Lucy que la protegería, y no rompería esa promesa.

Pero entonces pensó que no tenía por qué hacer aquello solo. De hecho, no debía hacerlo solo. Si Lucy le necesitaba, tendría que estar en pleno uso de sus facultades. Y si él tenía que recurrir a la fuerza, le vendría bien contar con otras dos manos.

Nunca había pedido ayuda a sus hermanos, nunca les había rogado que le sacaran de un apuro. Era un hombre relativamente joven. Había bebido, jugado, coqueteado con mujeres.

Pero nunca se había excedido con la bebida, ni había jugado más de la cuenta, ni, hasta la noche anterior, había coqueteado con una mujer que arriesgara su reputación por estar con él.

No había buscado responsabilidades, pero tampoco problemas.

Sus hermanos siempre le habían visto como a un niño. Incluso ahora, a sus veintiséis años, sospechaba que no le consideraban un hombre hecho y derecho. Por eso no les pedía ayuda. Nunca se había colocado en situación de tener que necesitarla.

Hasta ahora.

Uno de sus hermanos mayores vivía no muy lejos de allí. A menos de un cuarto de milla, sin duda; quizá menos. Gregory podía ir y volver en veinte minutos, contando el tiempo que tardaría en arrancar a Colin de la cama.

Acababa de mover los hombros hacia delante y hacia atrás, relajando los músculos para prepararse para la carrera, cuando vio a un deshollinador cruzando la calle. Era joven (doce, tal vez trece años), y sin duda estaba ansioso por ganarse una guinea.

Y otra que le prometió, si le entregaba el mensaje a su hermano.

Gregory le vio doblar la esquina corriendo; luego volvió al parque. No había sitio donde sentarse, ni lugar donde quedarse de pie sin que le vieran enseguida desde Fennsworth House.

De modo que se subió a un árbol. Se sentó en una rama baja y gruesa, se apoyó contra el tronco y esperó.

Algún día, se dijo, se reiría de todo aquello. Algún día les contarían aquella historia a sus nietos, y todo sonaría muy romántico y emocionante.

Pero de momento...

Era romántico, sí. Pero emocionante, no mucho.

Gregory se frotó las manos.

Sobre todo, hacía frío.

Se encogió de hombros y confió en dejar de notar el frío. No fue así, pero no le importó. ¿Qué importaban unos cuantos dedos azules en comparación con el resto de su vida?

Sonrió, levantando la mirada hacia la ventana de Lucy. Allí estaba ella, pensó. Justo allí, detrás de esa cortina. Y él la quería.

La quería.

Pensó en sus amigos, casi todos ellos unos cínicos que miraban con hastío a la última remesa de debutantes y decían entre suspiros que el matrimonio era un fastidio, que las mujeres eran intercambiables y que el amor era mejor dejárselo a los poetas.

Tontos, todos ellos.

El amor existía.

Estaba justo allí, en el aire, en el viento, en el agua. Uno solo tenía que esperar.

Que buscarlo.

Y luchar por él.

Y él lo haría. Dios era su testigo: lo haría. Lucy solo tenía que hacerle una seña, y él iría a buscarla.

Era un hombre enamorado.

Nada podía detenerle.

—No es así como esperaba pasar la mañana del sábado.

Gregory contestó solo asintiendo con la cabeza. Su hermano Colin había llegado hacía cuatro horas y le había saludado diciendo con su flema característica:

—Esto es interesante.

Gregory se lo había contado todo, hasta lo sucedido esa noche. No le contaría cosas de Lucy, pero uno no podía pedirle a su hermano que se sentara en un árbol durante horas sin explicarle por qué. Y Gregory había hallado cierto consuelo al desahogarse con Colin. Su hermano no le había sermoneado. No le había juzgado.

De hecho, le había entendido.

Al acabar su historia explicándole en pocas palabras por qué estaba esperando frente a Fennsworth House, Colin se había limitado a asentir con un gesto y había dicho:

—Supongo que no tendrás algo que comer.

Gregory sacudió la cabeza y sonrió.

Era bueno tener un hermano.

—Muy mal planificado por tu parte —masculló Colin. Pero él también sonreía.

Se volvieron hacia la casa, que mostraba desde hacía rato signos de vida. Sus moradores habían descorrido las cortinas y encendido las velas, y luego las habían apagado cuando el amanecer dio paso a la mañana.

—¿No debería haber salido ya? —preguntó Colin mientras escudriñaba la puerta.

Gregory arrugó el ceño. Él se estaba preguntando lo mismo. Se decía que su tardanza era buena señal. Si su tío iba a obligarla a casarse con Haselby, ¿no debería ella haber salido ya camino de la iglesia? Según su reloj (que no era el más preciso de los relojes, eso había que reconocerlo), faltaba menos de una hora para que empezara la ceremonia.

Pero Lucy tampoco había hecho la señal para pedirle ayuda.

Y aquello le daba mala espina.

De pronto, Colin se animó.

—¿Qué ocurre?

Colin señaló con la cabeza hacia la derecha.

—Traen un carruaje de las cuadras —dijo.

Los ojos de Gregory se agrandaron, llenos de horror, cuando la puerta principal de Fennsworth House se abrió. Empezaron a salir criados, riendo y gastando bromas mientras el vehículo se detenía delante de la casa.

Era blanco, abierto, y estaba adornado con flores completamente rosas y anchas cintas del mismo color que flotaban tras él, empujadas por la brisa suave.

Era una carroza nupcial.

Y a nadie parecía extrañarle.

A Gregory empezó a erizársele la piel. Le ardían los músculos.

—Todavía no —dijo Colin, poniéndole una mano sobre el brazo para sujetarle.

Gregory sacudió la cabeza. Su visión periférica empezaba a emborronarse: lo único que veía era el maldito carruaje.

—Tengo que acercarme a ella —dijo—. Tengo que ir.

—¡Espera! —le ordenó Colin—. Espera a ver qué pasa. Puede que no salga. Quizá...

Pero Lucy salió.

No la primera. Primero salió su hermano y, cogida de su brazo, su flamante esposa.

Después salió un hombre mayor (su tío, con toda probabilidad) y la anciana señora a la que Gregory había conocido en el baile de su hermana.

Y luego...

Lucy.

Vestida de novia.

—¡Santo cielo! —murmuró Gregory.

Iba por su propio pie. Nadie la obligaba.

Hermione le dijo algo, le susurró al oído.

Y Lucy sonrió.

Sonrió.

Gregory sofocó una exclamación de asombro.

El dolor era palpable. Real. Le atravesó la tripa, le estrujó las vísceras hasta que no pudo moverse.

Solo podía mirar.

Y pensar.

—¿Te dijo que no iba a seguir adelante con esto? —susurró Colin.

Gregory intentó decir que sí, pero la voz se le estranguló en la garganta. Intentó recordar su última conversación, hasta la última palabra. Lucy había dicho que debía comportarse con honor. Había dicho que debía hacer lo correcto. Había dicho que le quería.

Pero en ningún momento había dicho que no fuera a casarse con Haselby.

—¡Oh, Dios mío! —murmuró.

Su hermano puso una mano sobre la suya.

—Lo siento —dijo.

Gregory vio montar a Lucy en el carruaje abierto. Los sirvientes seguían contentos. Hermione le atusó el cabello, ajustándole el velo, y se echó a reír cuando el viento levantó la tela vaporosa.

Aquello no podía estar ocurriendo.

Tenía que haber una explicación.

—No —dijo Gregory, porque era lo único que podía pensar—. No.

Entonces se acordó. La señal con la mano. El saludo. Ella lo haría. Le haría la señal. Fuera lo que fuese lo que hubiera ocurrido en la casa, no había podido detener la boda. Pero ahora, al aire libre, donde él podía verla, haría la señal.

Tenía que hacerla. Sabía que él la estaba viendo.

Sabía que estaba allí fuera.

Observándola.

Gregory tragó saliva compulsivamente sin apartar los ojos de la mano derecha de Lucy.

—¿Estamos todos? —oyó preguntar en voz alta al hermano de Lucy.

No oyó la voz de Lucy entre el coro de respuestas, pero nadie parecía cuestionar la presencia de Lucy.

Era la novia.

Y él era un necio, viéndola partir.

—Lo siento —repitió Colin en voz baja al ver desaparecer el carruaje al otro lado de la esquina.

—Esto es absurdo —musitó Gregory.

Colin se bajó del árbol y le tendió la mano sin decir nada.

—Es absurdo —repitió Gregory, tan desconcertado que no pudo hacer nada, salvo dejar que su hermano le ayudara a bajar—. Ella no me haría esto. Me quiere.

Miró a Colin. Su hermano tenía una mirada amable, pero compasiva.

—No —dijo Gregory—. No. Tú no la conoces. Ella no... No. Tú no la conoces.

Y Colin, que solo había visto a lady Lucinda Abernathy en el instante de romperle el corazón a su hermano, preguntó:

—¿La conoces tú?

Gregory dio un paso atrás, como si le hubiera golpeado.

—Sí —dijo—. Sí, la conozco.

Colin no dijo nada, pero levantó las cejas como si preguntara «¿Y entonces?».

Gregory se volvió y miró la esquina por la que acababa de desaparecer Lucy. Se quedó un momento completamente quieto. Su único movimiento fue un parpadeo deliberado y pensativo.

Volvió a girarse y miró a su hermano a la cara.

—Sí —dijo—, la conozco.

Colin apretó los labios como si se dispusiera a formular una pregunta, pero Gregory ya se había dado la vuelta.

Miró de nuevo la esquina.

Y entonces echó a correr.

21

En el que nuestro héroe lo arriesga todo.

—¿Estás lista?

Lucy miró el espléndido interior de la iglesia de Saint George: los brillantes cristales emplomados, las elegantes arcadas, las flores traídas en cantidades ingentes para celebrar su boda.

Pensó en lord Haselby, de pie ante el altar, junto al sacerdote.

Pensó en los más de trescientos invitados que esperaban a que entrara del brazo de su hermano.

Y pensó en Gregory, que sin duda la había visto montar en la carroza nupcial, vestida de novia.

—Lucy —repitió Hermione—, ¿estás lista?

Lucy se preguntó qué haría Hermione si le decía que no.

Hermione era una romántica.

Nada práctica.

Seguramente le diría que no tenía que seguir adelante, que no importaba que estuvieran delante de las puertas de la iglesia, o que el primer ministro en persona estuviera dentro.

Hermione le diría que daba igual que se hubieran firmado papeles o que se hubieran leído las amonestaciones en tres parroquias distintas. No importaba que su huida de la iglesia provocara el escándalo de la década. Le diría a Lucy que no tenía que hacerlo, que no debía conformarse con un matrimonio de conveniencia cuando podía tener amor y pasión. Le diría...

—¿Lucy?

(Fue lo que dijo en realidad.)

Lucy se volvió, parpadeando, confusa, porque la Hermione de su ensueño estaba lanzando un discurso apasionado.

Hermione sonrió con ternura.

—¿Estás lista?

Y Lucy (porque era Lucy, porque siempre sería Lucy) asintió.

No podía hacer otra cosa.

Richard se unió a ellas.

—No puedo creer que vayas a casarte —le dijo, pero no sin antes mirar con amor a su esposa.

—No soy mucho más joven que tú, Richard —le recordó Lucy. Ladeó la cabeza hacia la nueva lady Fennsworth—. Y soy dos meses mayor que Hermione.

Richard esbozó una sonrisa infantil.

—Sí, pero ella no es mi hermana.

Lucy sonrió, y lo agradeció. Necesitaba sonrisas. Hasta la última que pudiera conseguir.

Aquel era el día de su boda. La habían bañado, perfumado y vestido con el vestido más lujoso que había visto nunca, y se sentía...

Vacía.

No podía imaginar lo que Gregory pensaba de ella. Le había dejado creer premeditadamente que pensaba suspender la boda. Era terrible por su parte, cruel y deshonesto, pero no sabía qué otra cosa hacer. Era una cobarde y no soportaba la idea de ver su cara si le decía que seguía pensando en casarse con Haselby.

¡Santo cielo!, ¿cómo podría habérselo explicado? Él habría insistido en que había otros medios, pero Gregory era un idealista, y nunca se había enfrentado a la verdadera adversidad. No había otro camino. Esta vez, no. No, sin sacrificar a su familia.

Lucy dejó escapar un largo suspiro. Podía hacer aquello. De veras. Podía. Podía.

Cerró los ojos y agachó un poco la cabeza mientras aquellas palabras resonaban en su mente.

Puedo hacerlo. Puedo hacerlo.

—¿Lucy? —dijo Hermione, preocupada—. ¿Te ocurre algo?

Lucy abrió los ojos y dijo lo único que Hermione podría creer.

—Solo estaba haciendo sumas de cabeza.

Hermione sacudió la cabeza.

—Espero que a lord Haselby le gusten las matemáticas, porque te aseguro, Lucy, que estás loca.

—Puede ser.

Hermione la miró inquisitivamente.

—¿Qué ocurre? —preguntó Lucy.

Hermione parpadeó varias veces antes de contestar.

—Nada, en realidad —dijo—. Solo que eso ha sonado raro, viniendo de ti.

—No sé qué quieres decir.

—¿Darme la razón cuando te llamo «loca»? No es lo que dirías normalmente.

—Pues, obviamente, es lo que he dicho —gruñó Lucy—, así que no sé qué...

—¡Oh, vamos! La Lucy que yo conozco diría algo así como: «Las matemáticas son una disciplina extremadamente importante, y tú también deberías plantearte practicar haciendo sumas, Hermione».

Lucy dio un respingo.

—¿En serio soy tan quisquillosa?

—Sí —contestó Hermione, como si estuviera loca solo por preguntarlo—. Pero es lo que más me gusta de ti.

Y Lucy logró esbozar otra sonrisa.

Quizá todo saliera bien. Quizá fuera feliz. Si había logrado esbozar dos sonrisas en una sola mañana, sin duda no era para tanto. Solo tenía que seguir adelante, en cuerpo y alma. Tenía que acabar con aquello de una vez, hacerlo permanente, para poder dejar a Gregory en el pasado y fingir, al menos, que abrazaba su nueva vida como esposa de lord Haselby.

Pero Hermione le estaba preguntando a Richard si podía quedarse a solas un momento con ella, y luego la cogió de las manos, se inclinó hacia ella y susurró:

—Lucy, ¿estás segura de que quieres hacer esto?

Lucy la miró con sorpresa. ¿Por qué le preguntaba aquello? Justo en el momento en el que lo que más deseaba era huir.

Lucy tragó saliva. Intentó erguir los hombros.

—Sí —dijo—. Sí, desde luego. ¿Por qué me preguntas eso?

Hermione no respondió enseguida. Pero sus ojos (aquellos ojos enormes y verdes que dejaban sin sentido a hombres hechos y derechos) contestaron por ella.

Lucy tragó saliva y se dio la vuelta, incapaz de soportar lo que veía en ellos.

Y Hermione susurró:

—Lucy...

Eso fue todo. Solo «Lucy».

Lucy se volvió. Quería preguntarle a Hermione qué quería decir. Quería preguntarle por qué decía su nombre como si fuera una tragedia. Pero no lo hizo. No podía. Y confió en que Hermione viera sus preguntas reflejadas en sus ojos.

Así fue. Hermione le tocó la mejilla y sonrió con tristeza.

—Eres la novia más triste que he visto nunca.

Lucy cerró los ojos.

—No estoy triste. Solo siento...

Pero no sabía qué sentía. ¿Qué se suponía que debía sentir? Nadie la había preparado para aquello. No había recibido lecciones sobre aquello ni de su niñera, ni de su institutriz, ni en el colegio de la señorita Moss, donde había pasado tres años.

¿Por qué nadie se había dado cuenta de que aquello era mucho más importante que la costura o los bailes populares?

—Me siento... —Y entonces lo entendió—. Me siento como si estuviera diciendo adiós.

Hermione pestañeó, sorprendida.

—¿A quién?

A mí misma.

Y así era. Se estaba despidiendo de sí misma, y de todo lo que podría haber sido.

Sintió la mano de su hermano sobre el brazo.

—Es hora de empezar —dijo Richard.

Ella asintió con la cabeza.

—¿Dónde está tu ramo? —preguntó Hermione, y contestó—: Ah, aquí mismo. —Cogió el ramo, junto con el suyo, de una mesa cercana y se lo dio a Lucy—. Vas a ser feliz —susurró al besarla en la mejilla—. Tienes que serlo. Sencillamente, no pienso consentir que no lo seas.

Los labios de Lucy temblaron.

—¡Ay, Señor! —dijo Hermione—. Ya hablo como tú. ¿Ves lo buena influencia que eres? —Y entonces, con un último beso, entró en la capilla.

—Tu turno —dijo Richard.

—Casi —contestó Lucy.

Y entonces llegó el momento.

Estaba en la iglesia, avanzando por el pasillo. Estaba frente al altar, inclinando la cabeza ante el párroco, mirando a Haselby y recordándose que pese a..., en fin, pese a ciertas costumbres que ella no entendía, sería un marido perfectamente aceptable.

Aquello era lo que tenía que hacer.

Si decía que no...

No podía decir que no.

Veía a Hermione por el rabillo del ojo, de pie junto a ella, con una sonrisa serena. Richard y ella habían llegado a Londres dos noches antes, y eran tan felices... Se reían y bromeaban y hablaban de las mejoras que pensaban hacer en Fennsworth Abbey. Un invernadero, decían entre risas. Querían un invernadero. Y un cuarto de bebés.

¿Cómo podía ella arrebatarles todo aquello? ¿Cómo iba a condenarlos a una vida de vergüenza y pobreza?

Oyó la voz de Haselby contestando:

—Sí.

Entonces llegó su turno.

—¿Aceptas a este hombre como tu legítimo esposo, para vivir juntos conforme a los mandamientos de Dios en el santo sacramento del matrimonio? ¿Le obedecerás y le servirás, le amarás y le honrarás en la salud y en la enfermedad, y, dando la espalda a todos los demás, le serás fiel mientras ambos viváis?

Lucy tragó saliva e intentó no pensar en Gregory.

—Sí.

Había dado su consentimiento. ¿Estaba hecho, pues? No se sentía distinta. Seguía siendo la misma Lucy de siempre, salvo porque nunca había estado delante de tanta gente, y porque su hermano la estaba entregando en matrimonio.

El sacerdote le hizo poner la mano derecha sobre la de Haselby y este dio su palabra de matrimonio con voz firme, alta y clara.

Haselby y ella se separaron, y luego Lucy tomó la mano de su prometido.

—Yo, Lucinda Margaret Catherine... —dijo el sacerdote.

—Yo, Lucinda Margaret Catherine...

—... te tomo a ti, Arthur Fitzwilliam George...

—... te tomo a ti, Arthur Fitzwilliam George...

Lo dijo. Repitió las palabras del párroco una por una. Dijo su parte hasta el momento en que debía dar a Haselby su palabra de matrimonio, justo hasta que..

Las puertas de la capilla se abrieron de golpe.

Lucy se giró. Todos se giraron.

Gregory...

¡Santo Dios!

Parecía un loco. Respiraba tan trabajosamente que apenas podía hablar.

Se tambaleó hacia delante, agarrándose a los bordes de un banco, y Lucy le oyó decir:

—No.

Su corazón se detuvo.

—No lo hagas.

El ramo se deslizó entre sus manos. No podía moverse, no podía hablar, no podía hacer nada, excepto quedarse allí como una estatua, mientras él avanzaba hacia ella, aparentemente ajeno a los cientos de personas que le miraban.

—No lo hagas —repitió él.

Nadie hablaba. ¿Por qué nadie decía nada? Sin duda alguien se adelantaría corriendo, agarraría a Gregory por los brazos, se lo llevaría de allí...

Pero nadie hizo nada. Era un espectáculo. Era teatro, y nadie parecía querer perderse el final.

Y entonces...

Justo allí.

Justo allí, delante de todo el mundo, Gregory se detuvo.

Se detuvo. Y dijo:

—Te quiero.

Al lado de Lucy, Hermione murmuró:

—¡Oh, Dios mío!

Lucy sintió ganas de llorar.

—No lo hagas —repitió él, y siguió caminando sin apartar los ojos de su cara.

—No lo hagas —dijo cuando por fin llegó frente al altar—. No te cases con él.

—Gregory —susurró ella—, ¿por qué haces esto?

—Porque te quiero —respondió él como si no pudiera haber otra explicación.

Un leve gemido se ahogó en su garganta. Las lágrimas le ardían en los ojos, y su cuerpo se puso rígido por completo. Rígido y helado. Un vientecillo, un suave soplo de aire podría haberla tirado al suelo. Y no podía pensar nada, excepto: *¿Por qué?*

Y: *No.*

Y: *Por favor.*

Y: *¡Oh, cielos, lord Haselby!*

Miró a Haselby, al novio que había quedado relegado a un papel secundario. Había permanecido en silencio todo aquel tiempo, observando el drama que se desplegaba ante sus ojos con tanto interés como el público. Con los ojos, Lucy le rogó que le ofreciera algún consejo, pero él se limitó a sacudir la cabeza. Fue un movimiento minúsculo, demasiado sutil para que los demás se dieran cuenta, pero Lucy lo vio y comprendió lo que quería decir:

Tú decides.

Lucy se volvió hacia Gregory. Los ojos de él ardían. Hincó una rodilla en tierra.

«No», intentó decirle ella. Pero no pudo mover los labios. No encontraba su voz.

—Cásate conmigo —dijo Gregory, y Lucy le sintió en su voz. Su voz envolvió su cuerpo, la besó, la abrazó—. Cásate conmigo.

Y, ¡oh, Dios!, ella quería. Más que nada en el mundo, quería caer de rodillas y tomar la cara de Gregory entre sus manos. Quería besarle, quería gritar a los cuatro vientos su amor por él, allí, delante de todos sus conocidos, posiblemente delante de todas las personas a las que conocería en su vida.

Pero todo eso también lo deseaba el día anterior, y el anterior. Nada había cambiado. Su mundo se había hecho más público, pero no había cambiado.

Su padre seguía siendo un traidor.

Su familia seguía sufriendo chantaje.

El destino de su hermano y de Hermione seguía en sus manos.

Miró a Gregory, sufriendo por él, sufriendo por ambos.

—Cásate conmigo —musitó él.

Ella abrió los labios y dijo:

—No.

22

En el que se desata el caos.

Entonces se desató el caos.

Lord Davenport se abalanzó hacia ellos, lo mismo que el tío de Lucy y que el hermano de Gregory, que acababa de subir los escalones de la iglesia tras perseguir a Gregory por todo Mayfair.

El hermano de Lucy corrió a apartar a Hermione y Lucy del altercado, pero lord Haselby, que había estado observando la escena con el aire de un espectador intrigado, cogió con calma del brazo a su prometida y dijo:

—Yo me ocupo de ella.

En cuanto a Lucy, se tambaleó hacia atrás, boquiabierta por la impresión mientras lord Davenport saltaba sobre Gregory y aterrizaba boca abajo como un..., bueno, como algo que Lucy no había visto nunca.

—¡Lo tengo! —gritó Davenport, triunfante; un instante después, sin embargo, Hyacinth Saint Clair le asestó un sonoro bolsazo.

Lucy cerró los ojos.

—No es la boda de sus sueños, imagino —le susurró Haselby al oído.

Lucy sacudió la cabeza, demasiado aturdida para hacer otra cosa. Debía ayudar a Gregory. Debía hacerlo, en serio. Pero se sentía sin fuerzas, y además era demasiado cobarde para enfrentarse de nuevo a él.

¿Y si la rechazaba?

¿Y si ella no podía resistirse a él?

—Espero que pueda salir de debajo de mi padre —continuó Haselby en tono tan tibio como si estuviera viendo una carrera de caballos no muy emocionante—. El hombre pesa ciento cuarenta kilos, aunque jamás lo admitiría.

Lucy se volvió hacia él, incapaz de creer que estuviera tan tranquilo, teniendo en cuenta que en la iglesia casi había estallado un tumulto. Hasta el primer ministro parecía estar defendiéndose de una señora enorme y oronda que, engalanada con un recargado sombrero de frutas, abofeteaba a todo el que se movía.

—Creo que no ve —dijo Haselby, siguiendo la mirada de Lucy—. Se le están cayendo las uvas.

¿Quién era aquel hombre con el que se había...? ¡Santo cielo!, ¿se había casado ya con él? Habían dado su consentimiento a algo, de eso estaba segura, pero nadie les había declarado marido y mujer. En cualquier caso, la calma de Haselby resultaba chocante, teniendo en cuenta los acontecimientos de la mañana.

—¿Por qué no ha dicho usted nada? —preguntó Lucy.

Él se volvió y la miró con curiosidad.

—¿Quiere decir mientras el señor Bridgerton le declaraba su amor?

«No, mientras el cura se explayaba sobre el sacramento del matrimonio», quiso replicar ella.

Pero asintió.

Haselby ladeó la cabeza.

—Supongo que quería ver qué hacía usted.

Ella le miró con incredulidad. ¿Qué habría hecho si ella hubiera dicho que sí?

—Me siento muy honrado, por cierto —dijo Haselby—. Y seré un buen marido. Por eso no tiene que preocuparse.

Pero Lucy no podía hablar. Alguien había apartado a lord Davenport de Gregory, y aunque otro caballero al que Lucy no conocía tiraba de él hacia atrás, Gregory luchaba por llegar hasta ella.

—Por favor —musitó, aunque nadie podía oírla, ni siquiera Haselby, que había ido a ayudar al primer ministro—. No, por favor.

Pero Gregory no cejaba, y a pesar de que había dos hombres tirando de él (uno amigo y otro no), logró llegar hasta el pie de los escalones del altar. Levantó la cara y sus ojos se clavaron, ardientes, en los de Lucy. Tenían una expresión descarnada y parecían llenos de angustia e incredulidad. Al ver el dolor contenido en ellos, Lucy estuvo a punto de tambalearse.

—¿Por qué? —preguntó él.

Lucy empezó a temblar de la cabeza a los pies. ¿Podía mentirle? ¿Podía hacerlo? Allí, en una iglesia, después de haberle herido de la manera más íntima y más pública que pudiera imaginarse.

—¿Por qué?

—Porque tenía que hacerlo —murmuró ella.

En los ojos de Gregory ardió algo. ¿Decepción, quizá? No. ¿Esperanza? No, eso tampoco. Era otra cosa. Algo que ella no alcanzaba a identificar.

Él abrió la boca para hablar, para hacerle una pregunta, pero en ese momento a los dos hombres que le sujetaban se unió un tercero, y juntos consiguieron tirar de él fuera de la iglesia.

Lucy se abrazó, apenas capaz de mantenerse en pie mientras veía cómo se lo llevaban a rastras.

—¿Cómo has podido?

Lucy se volvió. Hyacinth Saint Clair estaba tras ella, mirándola como si fuera el mismo diablo.

—Tú no lo entiendes —dijo Lucy.

Pero los ojos de Hyacinth brillaban de furia.

—Eres débil —siseó—. No te mereces a mi hermano.

Lucy sacudió la cabeza, sin saber si estaba de acuerdo con ella o no.

—Espero que...

—¡Hyacinth!

Los ojos de Lucy volaron hacia un lado. Otra mujer se acercaba. Era la madre de Gregory. Las habían presentado en el baile de Hastings House.

—Ya es suficiente —dijo con severidad.

Lucy tragó saliva mientras intentaba contener las lágrimas.

Lady Bridgerton se volvió hacia ella.

—Discúlpenos —dijo, y se llevó a su hija.

Lucy las vio alejarse y tuvo la extraña sensación de que todo aquello le estaba pasando a otra persona, de que tal vez era solo un sueño, una simple pesadilla. O quizás estuviera atrapada en una escena de una novela fantástica. Tal vez toda su vida era un engendro de la imaginación de otra persona. Quizá si cerraba los ojos...

—¿Seguimos?

Ella tragó saliva. Era lord Haselby. Junto a él, su padre intentaba expresar lo mismo, pero con palabras mucho menos finas.

Lucy asintió con la cabeza.

—Bien —gruñó Davenport—. Una chica sensata.

Lucy se preguntó qué significaba que lord Davenport le hiciera un cumplido. Seguramente nada bueno.

Pero aun así dejó que la llevara de nuevo al altar. Y se quedó allí, delante de la mitad de la congregación que no había decidido irse fuera a seguir el espectáculo.

Y se casó con Haselby.

—¿En qué estabas pensando?

Gregory tardó un momento en darse cuenta de que su madre le había preguntado aquello a Colin, y no a él. Iban sentados en el carruaje de lady Bridgerton, al que le habían arrastrado al salir de la iglesia. Gregory no sabía adónde iban. Seguramente estaban dando vueltas sin rumbo fijo. Podían ir a cualquier parte, menos a Saint George.

—Intenté detenerle —protestó Colin.

Ninguno de ellos había visto nunca tan enfadada a Violet Bridgerton.

—Es evidente que no lo intentaste con suficiente ahínco.

—¿Tienes idea de lo rápido que puede correr?

—Muy rápido —confirmó Hyacinth sin mirarlos. Estaba sentada frente a Gregory, en diagonal, y miraba por la ventanilla con los ojos entornados.

Gregory no dijo nada.

—¡Ay, Gregory! —suspiró Violet—. ¡Ay, pobre hijo mío!

—Tendrás que irte de la ciudad —dijo Hyacinth.

—Tiene razón —añadió su madre—. Es irremediable.

Gregory no contestó. ¿Qué había querido decir Lucy con «Porque tenía que hacerlo»?

¿Qué significaba aquello?

—Jamás la recibiré —gruñó Hyacinth.

—Va a ser condesa —le recordó Colin.

—Por mí, como si es la maldita reina de...

—¡Hyacinth! —exclamó su madre.

—Pues no pienso recibirla —replicó Hyacinth—. Nadie tiene derecho a tratar así a mi hermano. ¡Nadie!

Violet y Colin la miraron. Colin parecía divertido. Violet, alarmada.

—Voy a causar su ruina —continuó Hyacinth.

—No —dijo Gregory en voz baja—, nada de eso.

El resto de la familia guardó silencio, y Gregory sospechó que hasta ese momento no se habían dado cuenta de que él aún no había intervenido en la conversación.

—Vas a dejarla en paz —añadió.

Hyacinth rechinó los dientes.

Gregory la miró con ojos duros y acerados, llenos de decisión.

—Y si vuestros caminos se cruzan alguna vez —continuó—, serás amable y cariñosa. ¿Entendido?

Hyacinth no dijo nada.

—¿Entendido? —bramó él.

Su familia le miraba con estupor. Gregory nunca perdía los nervios. Nunca.

Y entonces Hyacinth, que nunca había tenido mucho tacto, dijo:

—Pues la verdad es que no.

—¿Cómo dices? —dijo Gregory con voz gélida al tiempo que Colin se volvía hacia ella y siseaba:

—Cállate.

—No te entiendo —prosiguió Hyacinth, dando un codazo en las costillas a Colin—. ¿Cómo puedes compadecerte de ella? Si me hubiera pasado a mí, ¿no habrías...?

—No te ha pasado a ti —le espetó Gregory—. Y tú no la conoces. No conoces los motivos de sus actos.

—¿Y tú sí? —preguntó Hyacinth.

Gregory no los conocía. Y aquello le estaba matando.

—Ofrece la otra mejilla, Hyacinth —dijo su madre en voz baja.

Hyacinth se recostó en el asiento, tensa por la furia, pero refrenó su lengua.

—Tal vez puedas quedarte con Benedict y Sophie en Wiltshire —sugirió Violet—. Creo que Anthony y Kate llegarán pronto a Londres, así que no puedes irte a Aubrey Hall, aunque estoy segura de que no les importaría que vivieras allí mientras ellos estén fuera.

Gregory se limitó a mirar por la ventanilla. No deseaba irse al campo.

—Podrías hacer un viaje —sugirió Colin—. Italia es particularmente agradable en esta época del año. Y no has estado nunca, ¿verdad?

Gregory, que solo les escuchaba a medias, negó con la cabeza. No deseaba ir a Italia.

«Porque tenía que hacerlo», había dicho ella.

No porque quisiera. No porque fuera lo más sensato.

Porque tenía que hacerlo.

¿Qué quería decir aquello?

¿La habían obligado? ¿La estaban chantajeando?

¿Qué podía haber hecho para que la chantajearan?

—Habría sido muy difícil para ella no seguir adelante —dijo Violet de pronto, poniendo una mano sobre su brazo con expresión compasiva—. Nadie querría tener a lord Davenport por enemigo. Y la verdad, allí, en la iglesia, delante de todo el mundo... En fin —añadió con un suspiro resignado—, habría que ser extremadamente valiente. Y resistente. —Se detuvo y sacudió la cabeza—. Y estar preparada.

—¿Preparada? —preguntó Colin.

—Para lo que habría pasado después —aclaró Violet—. Habría sido un escándalo inmenso.

—Ya es un escándalo inmenso —masculló Gregory.

—Sí, pero no tanto como si te hubiera dicho que sí —repuso su madre—. Y no es que me alegre de lo que ha pasado. Ya sabes que solo deseo tu felicidad. Pero la gente pensará que ha hecho bien. La considerarán una chica sensata.

Gregory sintió que una comisura de su boca se levantaba en una sonrisa irónica.

—Y a mí un necio enfermo de amor.

Nadie le contradijo.

Al cabo de un momento, su madre dijo:

—Debo decir que te lo estás tomando bastante bien.

En efecto.

—Yo creía... —Su madre se interrumpió—. Bueno, lo que yo creyera no importa. Solo importa lo que está pasando.

—No —dijo Gregory, volviéndose bruscamente para mirarla—. ¿Qué creías? ¿Cómo debería haber reaccionado?

—No es cuestión de cómo deberías haber reaccionado —dijo su madre, visiblemente azorada por aquellas preguntas repentinas—. Pero creía que estarías más... enfadado.

Él se quedó mirándola un momento; luego, se volvió hacia la ventanilla. Estaban atravesando Piccadilly en dirección oeste, hacia Hyde Park. ¿Por qué no estaba más enfadado? ¿Por qué no estaba dando puñetazos en las paredes? Habían tenido que sacarle de la iglesia a rastras y meterle a empujones en el carruaje, pero después se había apoderado de él una calma extraña y casi sobrenatural.

Luego, algo que había dicho su madre comenzó a resonar en su cabeza como un eco.

Sabes que solo deseo tu felicidad.

Su felicidad.

Lucy le quería. Estaba seguro de ello. Lo había visto en sus ojos, incluso al rechazarle. Lo sabía porque ella misma se lo había dicho, y Lucy no mentía en esas cosas. Lo había sentido en su forma de besarle, y en el calor de su abrazo.

Ella le quería. Y fuera lo que fuese lo que la había obligado a seguir adelante con su boda con Haselby, podía más que ella. Era más fuerte.

Lucy necesitaba ayuda.

—¿Gregory? —dijo su madre suavemente.

Él se volvió. Parpadeó.

—Has dado un respingo en el asiento —dijo ella.

¿De veras? Ni siquiera se había dado cuenta. Pero sus sentidos se habían afinado y, cuando miró hacia abajo, vio que estaba flexionando los dedos.

—Parad el carruaje.

Todos se volvieron para mirarlo. Hasta Hyacinth, que estaba mirando obstinadamente por la ventana.

—Parad el carruaje —repitió.

—¿Por qué? —preguntó su madre con visible desconfianza.

—Necesito tomar el aire —contestó él, y no era mentira.

Colin tocó con los nudillos en la pared del carruaje.

—Te acompaño.

—No. Prefiero estar solo.

Los ojos de su madre se agrandaron.

—Gregory, ¿no pensarás...?

—¿Presentarme en la iglesia? —acabó él en su lugar. Se reclinó en el asiento y la miró de soslayo—. Creo que ya me he puesto suficientemente en ridículo por hoy, ¿no te parece?

—De todas formas, ya estarán casados —terció Hyacinth.

Gregory refrenó el impulso de mirar con rabia a su hermana, que nunca parecía perder la ocasión de hacer uno de sus comentarios.

—Exactamente —contestó.

—Me sentiría mejor si no estuvieras solo —dijo Violet, cuyos ojos azules seguían llenos de preocupación.

—Deja que se vaya —dijo Colin en voz baja.

Gregory se volvió hacia su hermano mayor, sorprendido. No esperaba que saliera en su defensa.

—Es un hombre adulto —añadió Colin—. Puede decidir lo que quiera.

Ni siquiera Hyacinth intentó llevarle la contraria.

El carruaje se había detenido ya, y el conductor estaba esperando al otro lado de la puerta. A una señal de Colin, la abrió.

—Preferiría que no te fueras —dijo Violet.

Gregory le dio un beso en la mejilla.

—Necesito tomar el aire —dijo—. Eso es todo.

Se apeó de un salto, pero antes de que pudiera cerrar la puerta Colin se asomó.

—No hagas ninguna tontería —le dijo sosegadamente.

—Nada de tonterías —le prometió Gregory—. Solo lo que es necesario.

Miró a su alrededor para orientarse y luego, como el carruaje de su madre no se había movido, partió deliberadamente hacia el sur.

Lejos de Saint George.

Sin embargo, al llegar a la calle siguiente dio media vuelta.

Y echó a correr.

23

En el que nuestro héroe lo arriesga todo.
Otra vez.

En los diez años transcurridos desde que su tío se había convertido en su tutor, Lucy nunca le había visto dar una fiesta. No le hacían gracia los gastos innecesarios. A decir verdad, nada le hacía gracia. Así pues, Lucy abrigaba ciertos recelos respecto a la lujosa fiesta que iba a darse en su honor en Fennsworth House después de la boda.

Sin duda lord Davenport había insistido en ello. El tío Robert se habría contentado con servir pastas en la iglesia, y punto.

Pero no, la boda debía ser todo un acontecimiento, en el sentido más ostentoso de la palabra; de ahí que, nada más acabar la ceremonia, Lucy fuera conducida a la que pronto dejaría de ser su casa, con el tiempo justo para lavarse la cara con agua fría, en la que pronto dejaría de ser su habitación, antes de que la llamaran para que bajara a recibir a los invitados.

Era notable, pensó mientras saludaba inclinando la cabeza y recibía los parabienes de los invitados, lo bien que se le daba a la aristocracia fingir que no había pasado nada.

Sí, al día siguiente no hablarían de otra cosa, y Lucy podía estar casi segura de que sería el principal tema de conversación durante los meses siguientes. Durante un año, al menos, nadie diría su nombre sin añadir: «Ya sabes, esa. La de la boda».

A lo cual seguramente contestarían: «Ahhhhh, esa».

Pero, de momento, a ella solo le decían: «Enhorabuena» y «Es usted una novia guapísima». Y, naturalmente, los más astutos y los más atrevidos decían: «Una ceremonia encantadora, lady Haselby».

Lady Haselby.

Lucy probó el nombre para sus adentros. Ahora era lady Haselby.

Podría haber sido la señora Bridgerton.

Lady Lucinda Bridgerton, suponía, porque no tenía por qué abandonar su título por casarse con un plebeyo. Era un nombre bonito, no tan altisonante como lady Haselby, quizá, y mucho menos comparado con el de condesa de Davenport, pero...

Tragó saliva y de algún modo logró borrar la sonrisa que había pegado a su cara cinco minutos antes.

Le habría gustado ser lady Lucinda Bridgerton.

Le gustaba lady Lucinda Bridgerton. Era una mujer alegre, con la sonrisa siempre presta y una vida llena y completa. Tenía un perro (tal vez dos) y varios hijos. Su casa era cálida y acogedora, tomaba el té con sus amigas y reía.

Lady Lucinda Bridgerton reía.

Pero ella nunca sería esa mujer. Se había casado con lord Haselby, y ahora era su esposa, y por más que lo intentaba no podía imaginarse adónde la conduciría aquella vida. No sabía qué significaba ser lady Haselby.

La fiesta bullía, y Lucy bailó la pieza obligada con su flamante esposo, que bailaba bastante bien, notó ella con alivio. Luego bailó con su hermano, que casi la hizo llorar, y después con su tío, porque era lo que se esperaba de ella.

—Has hecho lo correcto, Lucy —le dijo él.

Ella no contestó. No confiaba en poder hacerlo.

—Estoy orgulloso de ti.

Lucy casi se echó a reír.

—Nunca antes había estado usted orgulloso de mí.

—Ahora lo estoy.

Lucy reparó en que no la contradecía.

Su tío la devolvió a un lado del salón de baile, y después (¡santo cielo!) ella tuvo que bailar con lord Davenport.

Cosa que hizo, porque conocía su deber. Aquel día, en especial, conocía su deber.

Al menos no tuvo que hablar. Lord Davenport estaba sumamente efusivo y llevó la conversación por los dos. Estaba encantado con Lucy. Era una adquisición magnífica para la familia.

Y así siguió hasta que Lucy se dio cuenta de que había logrado que aquel hombre la apreciara de la manera más indeleble posible. No solo había aceptado casarse con su hijo, de reputación dudosa, sino que había reafirmado su decisión delante de toda la alta sociedad, en una escena propia de los teatros de Drury Lane.

Lucy ladeó discretamente la cabeza. Cuando lord Davenport se entusiasmaba, su saliva tendía a salir disparada de su boca con velocidad y precisión alarmantes. Verdaderamente, Lucy no sabía qué era peor: el desdén de lord Davenport o su gratitud eterna.

Gracias al cielo, sin embargo, logró esquivar a su recién adquirido suegro casi toda la fiesta. En realidad, logró esquivar a casi todo el mundo con sorprendente facilidad teniendo en cuenta que ella era la novia. No quería ver a lord Davenport porque le detestaba, y no quería ver a su tío porque sospechaba que también le detestaba. No quería ver a lord Haselby porque ello solo la llevaría a pensar en su inminente noche de bodas, y no quería ver a Hermione porque su amiga le haría preguntas, y entonces ella se echaría a llorar.

Y no quería ver a su hermano porque seguramente estaría con Hermione y porque, además, sentía bastante amargura, lo que, a su vez, la hacía sentirse culpable. No era culpa de Richard que él fuera feliz hasta el delirio y ella no.

Pero de todas formas prefería no verle.

Lo cual dejaba disponibles solo a los invitados, a la mayoría de los cuales no conocía. Y a los que no deseaba conocer.

Así pues, encontró un sitio en un rincón y, pasadas un par de horas, todo el mundo había bebido tanto que nadie parecía notar que la novia estaba allí sentada, sola.

Y, desde luego, nadie se dio cuenta cuando escapó a su habitación para descansar un rato. Seguramente era muy descortés que una novia eludiera su propia fiesta, pero en ese momento no le importaba. La gente pensaría que había ido a aliviarse, si alguien notaba su ausencia. Y en cierto modo parecía apropiado que estuviera sola ese día.

Subió a hurtadillas por las escaleras de atrás para no cruzarse con ningún invitado extraviado y, con un suspiro de alivio, entró en su cuarto y cerró la puerta a su espalda.

Se recostó contra ella y exhaló lentamente, hasta que pareció vaciarse por completo.

Y pensó: *Ahora lloraré.*

Quería llorar. De veras. Tenía la sensación de llevar horas conteniendo el llanto, esperando a encontrarse a solas. Pero las lágrimas no llegaban. Estaba demasiado entumecida, demasiado aturdida por lo sucedido en las veinticuatro horas anteriores. Y allí se quedó, mirando su cama.

Recordando.

¡Santo cielo!, ¿hacía solo doce horas que había estado allí tendida, en brazos de Gregory? Parecía que habían pasado años. Era como si su vida hubiera quedado limpiamente dividida en dos y ahora se encontrara claramente en el «después».

Cerró los ojos.

Tal vez si no veía la cama, se le pasaría. Quizá si...

—Lucy...

Se quedó paralizada. ¡Santo cielo, no!

—Lucy...

Abrió los ojos lentamente. Y susurró:

—¿Gregory?

Estaba hecho un desastre, despeinado y sucio como si hubiera cabalgado a tumba abierta. Debía de haber entrado en la casa del mismo modo que la noche anterior. Debía de haber estado esperándola.

Lucy abrió la boca, intentó hablar.

—Lucy —repitió él, y su voz fluyó a través de ella, se fundió a su alrededor.

Ella tragó saliva.

—¿Qué haces aquí?

Gregory dio un paso hacia ella, y a Lucy le dolió el corazón. Su cara era tan bella y tan familiar, tan maravillosamente familiar... Lucy conocía el ángulo de sus mejillas y el tono exacto de sus ojos, marrones cerca del iris y más bien verdes hacia el borde.

Y su boca... Ella conocía aquella boca, su apariencia, su tacto. Conocía su sonrisa, y conocía su ceño, y sabía...

Sabía demasiado.

—No deberías estar aquí —dijo, y su voz se quebró, desmintiendo la rigidez de su postura.

Él dio otro paso hacia ella. No había ira en sus ojos, y ella no lo entendía. Pero su modo de mirarla... era ardiente, y posesivo. Una mujer casada no debía permitir que un hombre que no era su marido la mirara así.

—Tenía que saber por qué —dijo él—. No puedo dejarte marchar. No hasta que sepa por qué.

—No —musitó ella—. Por favor, no hagas esto.

Por favor, no hagas que me arrepienta. Por favor, no me hagas desear, y anhelar, y dudar.

Cruzó los brazos sobre el pecho como si... como si, abrazándose pudiera volverse del revés. Así no tendría que ver, no tendría que oír. Podría estar sola y...

—Lucy...

—No —dijo ella de nuevo, enérgicamente esta vez.

No.

No me hagas creer en el amor.

Él se acercó. Lentamente, pero sin vacilar.

—Lucy —dijo con voz cálida y decidida—, dime solamente por qué. Es lo único que te pido. Te prometo que me iré y que nunca más volveré a acercarme a ti, pero debo saber por qué.

Ella sacudió la cabeza.

—No puedo decírtelo.

—No quieres decírmelo —la corrigió él.

—No —sollozó ella, ahogándose—. ¡No puedo! Por favor, Gregory, debes irte.

Él se quedó callado un momento. Solo miraba su cara, y ella prácticamente podía verle pensar.

No debía permitir aquello, se dijo mientras una burbuja de pánico empezaba a alzarse dentro de ella. Debía gritar. Hacer que le echaran de allí. Debía salir huyendo de la habitación antes de que Gregory arruinara sus ordenados planes de futuro. Pero se quedó allí parada, y él dijo:

—Te están chantajeando.

No era una pregunta.

Ella no respondió, pero comprendió que su cara la había delatado.

—Lucy —dijo él con voz suave y cuidadosa—, yo puedo ayudarte. Sea lo que sea, puedo arreglarlo.

—No —dijo ella—, no puedes, y eres tonto por... —Se interrumpió, demasiado furiosa para hablar. ¿Qué le hacía pensar que podía entrar allí y arreglar las cosas sin saber nada del apuro en que se hallaba? ¿Creía acaso que había cedido por una nimiedad? ¿Por algo fácil de solucionar?

Ella no era tan débil.

—Tú no sabes nada —dijo—. No tienes ni idea.

—Entonces cuéntamelo.

A Lucy le temblaban los músculos. Se sentía... acalorada..., fría..., y todo lo que hubiera entremedias.

—Lucy —dijo él, y su voz sonó serena y firme. Era como un atizador que la pinchaba donde menos podía tolerarlo.

—No puedes arreglar esto —dijo ella con esfuerzo.

—Eso no es cierto. Nadie puede tener nada contra ti que no puedas superar.

—¿Superar cómo? —preguntó ella con aspereza—. ¿Con arco iris y hadas y los buenos deseos eternos de tu familia? No funcionará, Gregory. No funcionará. Los Bridgerton pueden ser muy poderosos, pero no pueden cambiar el pasado, ni doblegar el futuro a su antojo.

—Lucy —dijo él, tendiéndole los brazos.

—No. ¡No! —Le apartó de un empujón, rechazando su consuelo—. Tú no lo entiendes. No puedes entenderlo. Sois todos tan felices, tan perfectos...

—No lo somos.

—Tú sí lo eres, y ni siquiera lo sabes, y no puedes concebir que los demás no lo sean, que tal vez tengamos que luchar y esforzarnos, y ser buenos, y que aun así tal vez no consigamos lo que queremos.

Mientras tanto, él la observaba. La observaba, dejándola sola, con los brazos cruzados, pequeña y pálida y dolorosamente sola.

Y entonces lo preguntó.

—¿Me quieres?

Ella cerró los ojos.

—No me preguntes eso.

—¿Me quieres?

Gregory vio que ella apretaba la mandíbula, vio que sus hombros se tensaban y se alzaban, y comprendió que intentaba negar con la cabeza.

Se acercó a ella... lenta, respetuosamente.

Lucy sufría. Sufría tanto que su dolor se difundía por el aire, envolviéndolo y enroscándose alrededor de su corazón. Gregory sufría por ella. Era algo físico, terrible y afilado, y por primera vez empezó a dudar de su capacidad para librarse de aquella sensación.

—¿Me quieres? —preguntó.

—Gregory...

—¿Me quieres?

—No puedo...

Él le puso las manos sobre los hombros. Ella dio un respingo, pero no se apartó.

Gregory tocó su barbilla, le hizo volver la cara hasta que pudo perderse en el azul de sus ojos.

—¿Me quieres?

—Sí —sollozó ella, derrumbándose en sus brazos—. Pero no puedo. ¿Es que no lo entiendes? No debo. Tengo que parar esto.

Por un instante, Gregory no pudo moverse. La respuesta de Lucy debería haberle aliviado, y en cierto modo así era, pero, más que cualquier otra cosa, sintió que su sangre empezaba a acelerarse.

Creía en el amor.

¿Acaso no había sido aquella una constante en su vida?

Creía en el amor.

Creía en su poder, en su bondad elemental, en su perfección.

Lo reverenciaba por su fortaleza, lo respetaba por su rareza.

Y en ese momento, allí mismo, mientras ella lloraba en sus brazos, comprendió que por amor se atrevería a cualquier cosa.

Por amor.

—Lucy —musitó mientras una idea empezaba a formarse en su cabeza. Era una locura, una mala idea, un plan inadmisible, pero Gregory no podía escapar a aquel pensamiento que cruzaba vertiginosamente su cerebro.

Lucy no había consumado su matrimonio.

Todavía tenían una oportunidad.

—Lucy...

Ella se apartó.

—Debo volver. Van a echarme de menos.

Pero él la cogió de la mano.

—No vuelvas.

Los ojos de ella se agrandaron.

—¿Qué quieres decir?

—Ven conmigo. Ven conmigo ahora. —Se sentía aturdido por la dicha, audaz y un poco loco—. Todavía no eres su mujer. Puedes hacer que anulen el matrimonio.

—¡Oh, no! —Sacudió la cabeza, apartando el brazo—. No, Gregory.

—Sí. Sí. —Y cuanto más pensaba en ello, más lógico le parecía. No tenían mucho tiempo; después de aquella noche, sería imposible que ella alegara estar intacta. Los propios actos de Gregory se habían asegurado de ello. Si tenían alguna oportunidad de estar juntos, tenía que ser ahora.

No podía raptarla; era imposible sacarla de la casa sin dar la alarma. Pero podía ganar un poco de tiempo. El suficiente para aclarar sus ideas y saber qué hacer.

La atrajo hacia sí.

—No —dijo ella, alzando la voz. Empezó a tirar para desasirse, y él vio que sus ojos se llenaban de angustia.

—Sí, Lucy —dijo.

—Gritaré —dijo ella.

—Nadie te oirá.

Ella le miró con estupor. Ni siquiera él podía creer lo que estaba diciendo.

—¿Me estás amenazando? —preguntó ella.

Él movió la cabeza de un lado a otro.

—No. Te estoy salvando. —Y entonces, antes de tener ocasión de reconsiderar sus actos, la agarró por la cintura, se la echó sobre el hombro y salió corriendo de la habitación.

24

***En el que nuestro héroe deja a nuestra heroína
en una situación singular.***

—¿Vas a atarme a un retrete?

—Lo siento —dijo Gregory mientras ataba dos pañuelos con nudos tan expertos que a Lucy casi le preocupó que hubiera hecho aquello otras veces—. No podía dejarte en tu habitación. Es el primer sitio donde te buscarán. —Apretó los nudos y probó luego si aguantaban—. Es el primer sitio donde te busqué yo.

—¡Pero un retrete!

—En la tercera planta —dijo él a modo de explicación—. Tardarán horas en encontrarte aquí.

Lucy apretó la mandíbula, intentando desesperadamente refrenar la furia que empezaba a apoderarse de ella.

Gregory le había atado las manos juntas. Detrás de la espalda.

¡Dios santo!, no sabía que fuera posible enfadarse tanto con otra persona.

No era solo una reacción emotiva: su cuerpo entero bullía. Se sentía acalorada y nerviosa, y aunque sabía que no serviría de nada, tiró con todas sus fuerzas de la cañería del retrete, rechinando los dientes. No consiguió nada, salvo que la cañería emitiera un ruido sordo, y soltó un gruñido cargado de frustración.

—Por favor, no te resistas —dijo Gregory, dándole un beso en la coronilla—. Solo conseguirás cansarte y tener agujetas.

Levantó la mirada y examinó la estructura del cuarto de baño.

—O romper la tubería, y no creo que sea muy higiénico.

—Gregory, tienes que soltarme.

Él se puso en cuclillas para que sus caras quedaran al mismo nivel.

—No puedo —dijo—. No, mientras haya una oportunidad de que estemos juntos.

—Por favor —le suplicó ella—, esto es un disparate. Tienes que dejarme volver. Voy a quedar deshonrada.

—Yo me casaré contigo —dijo él.

—¡Ya estoy casada!

—Todavía no —respondió él con una sonrisa lobuna.

—¡Pronuncié los votos nupciales!

—Pero no los has consumado. Todavía puedes conseguir que se anule el matrimonio.

—¡Esa no es la cuestión! —gritó ella mientras luchaba en vano. Gregory se levantó y se acercó a la puerta—. Tú no entiendes la situación, y eres tan egoísta que antepones tus deseos y tu felicidad a los de todos los demás.

Él se detuvo al oír aquello. Tenía la mano en el picaporte, pero se paró y, cuando se dio la vuelta, su mirada estuvo a punto de romperle el corazón a Lucy.

—¿Eres feliz? —preguntó. En voz baja, y con tanto amor que ella sintió ganas de llorar.

—No —susurró—, pero...

—Nunca he visto una novia que pareciera tan triste.

Lucy cerró los ojos, abatida. Aquello era un eco de lo que había dicho Hermione, y ella sabía que era cierto. Ni siquiera entonces, cuando levantó los ojos hacia él, con los hombros doloridos, podía escapar a los latidos de su corazón.

Le quería.

Siempre le querría.

Y también le odiaba por hacerla desear lo que no podía tener. Le odiaba por quererla hasta el punto de arriesgarlo todo por estar con ella. Y, sobre todo, le odiaba por convertirla en un instrumento que destruiría a su familia.

Hasta conocer a Gregory, Hermione y Richard eran las dos únicas personas en el mundo por las que se preocupaba de veras. Y ahora quedarían arruinadas y humilladas, y serían mucho más infelices de lo que Lucy podría ser nunca con Haselby.

Gregory pensaba que tardarían horas en encontrarla allí, pero ella sabía que no era así. Tardarían días en dar con ella. No recordaba la última vez que alguien había subido allí. Estaba en el aseo de la niñera... y hacía años que no había niñera en Fennsworth House.

Cuando notaran que había desaparecido, primero irían a mirar a su habitación. Después probarían en todos los lugares lógicos: la biblioteca, el cuarto de estar, en los aseos que no llevaban en desuso media década.

Y luego, cuando no la encontraran, darían por sentado que había huido. Y después de lo que había sucedido en la iglesia, nadie pensaría que pudiera haber huido sola.

Quedaría deshonrada. Y todos los demás también.

—No se trata de mi felicidad —dijo por fin en voz queda, casi entrecortada—. Gregory, te lo suplico, por favor, no lo hagas. No se trata de mí. Mi familia... La deshonra caerá sobre todos nosotros.

Gregory se acercó a ella y se sentó. Y entonces dijo con sencillez:

—Cuéntamelo.

Ella se lo contó. Si no, Gregory no cedería, de eso estaba segura.

Se lo contó todo. Lo de su padre, y lo de la prueba escrita de su traición. Le habló del chantaje. Le dijo que era el pago final, lo único que impediría que su hermano se viera despojado del título.

Mientras hablaba, no dejó de mirar al frente, y Gregory se lo agradeció. Porque lo que le dijo le sacudió hasta la médula.

Llevaba todo el día intentando imaginar qué terrible secreto podía haberla inducido a casarse con Haselby. Había recorrido a la carrera las calles de Londres dos veces, primero para ir a la iglesia y luego allí, a Fennsworth House. Había tenido mucho tiempo para pensar, para hacerse preguntas. Pero nunca, ni una sola vez, había imaginado aquello.

—Así que ya ves —dijo ella—, no es algo tan corriente como un hijo ilegítimo, ni tan picante como una aventura extramatrimonial. Mi padre, un conde del reino, cometió traición. Traición. —Y luego se rio. Se rio.

Como se reía la gente cuando lo que en realidad quería era llorar.

—Es un asunto muy feo —concluyó con voz baja y resignada—. No hay escapatoria.

Se volvió hacia él en busca de una respuesta, pero Gregory no tenía ninguna.

Traición. ¡Santo cielo!, no se le ocurría nada peor. Había muchos modos (muchos, muchos modos) de verse rechazado por la sociedad, pero ninguno tan imperdonable como la traición. No había ni un solo hombre, una sola mujer o un niño en toda Inglaterra que no hubiera perdido a alguien por culpa de Napoleón. Las heridas estaban todavía demasiado frescas, y aunque no fuese así...

Era traición.

Un caballero no vendía a su país.

Aquello estaba grabado a fuego en el alma de todos los hombres de Inglaterra.

Si la verdad sobre el padre de Lucy llegaba a saberse, el condado de Fennsworth sería disuelto. El hermano de Lucy sería despojado de su título. Hermione y él tendrían que emigrar, casi con toda seguridad.

Y Lucy...

Bien, Lucy seguramente sobreviviría al escándalo, sobre todo si cambiaba su apellido por el de Bridgerton, pero jamás se perdonaría a sí misma. De eso Gregory estaba seguro.

Y por fin lo entendía.

La miró. Estaba pálida y demacrada, y tenía los puños cerrados con fuerza sobre el regazo.

—Mi familia ha sido buena y leal —dijo con voz temblorosa por la emoción—. Los Abernathy han sido leales a la corona desde que el primer conde fue investido en el siglo xv. Y mi padre nos ha avergonzado a todos. No puedo permitir que se sepa. No puedo. —Tragó saliva con esfuerzo y añadió tristemente—: Deberías ver tu cara. Ni siquiera tú me quieres ahora.

—No —repuso él, casi balbuceando—. No, eso no es cierto. Jamás podría serlo. —Cogió sus manos, las apretó y se deleitó en su forma, en el arco de sus dedos y el calor delicado de su piel.

—Lo siento —dijo—. No debería haber tardado tanto en reponerme. No imaginaba que se tratara de una traición.

Ella sacudió la cabeza.

—¿Cómo ibas a imaginarlo?

—Pero eso no cambia lo que siento. —Tomó su cara entre las manos. Ansiaba besarla, pero sabía que no podía.

Aún no.

—Lo que hizo tu padre es... es condenable. Es... —Masculló un juramento—. Seré sincero contigo. Me pone enfermo. Pero tú, tú, Lucy, tú eres inocente. No has hecho nada malo, y no deberías pagar por sus pecados.

—Tampoco debe hacerlo mi hermano —contestó ella con voz queda—, pero si no consumo mi matrimonio con Haselby, Richard...

—Shhh. —Gregory le puso un dedo sobre los labios—. Escúchame. Te quiero.

Sus ojos se llenaron de lágrimas.

—Te quiero —repitió él—. No hay nada en este mundo o en el siguiente que pueda hacer que deje de quererte.

—Sentías lo mismo por Hermione —susurró ella.

—No —contestó él, casi sonriendo por lo tonto que le parecía ahora todo eso—. Hacía tanto tiempo que esperaba enamorarme que amaba el amor, más que a la mujer. Nunca quise a Hermione, solo la amé como idea. Pero contigo... contigo es distinto, Lucy. Es más profundo. Es... es...

Luchó por encontrar las palabras, pero no había ninguna. Sencillamente, no había palabras para explicar lo que sentía por ella.

—Soy yo —dijo por fin, asombrado por su falta de elocuencia—. Sin ti, no soy nada.

Ella sonrió. Era una sonrisa triste, pero sincera, y Gregory sintió que llevaba años esperando aquella sonrisa.

—Eso no es cierto —dijo ella—. Tú sabes que no lo es.

Él negó con la cabeza.

—Puede que sea una exageración, pero solo eso. Tú me haces mejor, Lucy. Haces que tenga deseos, esperanzas y aspiraciones. Haces que quiera hacer cosas.

Las lágrimas empezaron a correr por las mejillas de Lucy.

Gregory se las enjugó con las yemas de los dedos.

—Eres la mejor persona que conozco —dijo—, la persona más honorable que he conocido. Me haces reír. Y me haces pensar. Y yo... —Respiró hondo—. Te quiero.

Y otra vez.

—Te quiero.

Y otra.

—Te quiero. —Sacudió la cabeza, indefenso—. No sé de qué otra forma decirlo.

Ella se apartó entonces y volvió la cabeza de modo que las manos de Gregory resbalaron por su cara, hasta sus hombros, y por fin se alejaron completamente de su cuerpo. Gregory no podía verle la cara, pero la oía: oía el sonido suave y entrecortado de su respiración, el leve gemido de su voz.

—Te quiero —contestó ella por fin, sin mirarle—. Tú sabes que te quiero. No voy a degradarnos a los dos diciendo lo contrario. Y, si solo se tratara de mí, haría cualquier cosa... cualquier cosa por ese amor. Me arriesgaría a vivir en la pobreza y el deshonor. Me iría a América, me iría al África negra, si fuera el único modo de estar contigo.

Dejó escapar un suspiro largo y tembloroso.

—Pero no puedo provocar la ruina de dos personas que me han querido tanto y durante tanto tiempo; no puedo ser tan egoísta.

—Lucy... —Gregory ignoraba qué quería decirle, pero no quería que ella acabara. Sabía que no quería oír lo que iba a decir.

Pero ella le interrumpió.

—No, Gregory. Por favor. Lo siento. No puedo hacerlo, y si me quieres como dices quererme, me llevarás abajo ahora mismo, antes de que lord Davenport se dé cuenta de que no estoy.

Gregory apretó los puños y luego estiró los dedos. Sabía lo que debía hacer. Debía soltarla, dejarla volver corriendo a la fiesta. Debía volver a salir a hurtadillas por la puerta de servicio y jurar no volver a acercarse a ella.

Lucy había prometido amar, honrar y obedecer a otro hombre. Se suponía que debía dar la espalda a todos los demás.

Sin duda, él entraba en esa categoría.

Y, sin embargo, no podía abandonar.

Aún no.

—Una hora —dijo, poniéndose en cuclillas a su lado—. Dame solo una hora.

Ella se volvió con expresión indecisa y sorprendida, y quizá (quizá) también un poquito esperanzada.

—¿Una hora? —repitió—. ¿Qué crees que puedes...?

—No lo sé —contestó él sinceramente—. Pero te prometo una cosa. Si no encuentro un modo de librarte del chantaje en una hora, volveré por ti. Y te soltaré.

—¿Para que vuelva con Haselby? —musitó ella, y parecía...

¿Parecía desilusionada? ¿Aunque fuera solo un poco?

—Sí —contestó él. Porque en realidad era lo único que podía decir. Por más que deseara mandar la sensatez al garete, sabía que no podía raptar a Lucy. Ella sería respetable si se casaban en cuanto Haselby aceptara la anulación, pero nunca sería feliz.

Y Gregory sabía que él no podría perdonárselo a sí mismo.

—No quedarás deshonrada por faltar una hora —le dijo—. Puedes decir simplemente que estabas agotada. Que querías echar una siesta. Estoy segura de que Hermione corroborará tu historia si le preguntan.

Lucy asintió con la cabeza.

—¿Vas a desatarme?

Gregory movió levemente la cabeza de un lado a otro y se levantó.

—Te confiaría mi vida, Lucy, pero no la tuya. Eres demasiado honrada para tu propio bien.

—¡Gregory!

Él se encogió de hombros mientras se acercaba a la puerta.

—Te vencería la mala conciencia. Tú lo sabes.

—¿Y si te prometo...?

—Lo siento. —Un lado de su boca se estiró para formar una mueca de disculpa—. No te creería.

La miró una última vez antes de marcharse. Y tuvo que sonreír, lo cual era ridículo teniendo en cuenta que disponía solo de una hora para librar a Lucy de su matrimonio con Haselby y de la amenaza que pesaba sobre su familia. En medio de su banquete de boda.

Comparado con aquello, remover cielo y tierra parecía más fácil.

Pero cuando se volvió hacia Lucy y la vio allí sentada, en el suelo, ella parecía tan...

Tan ella misma otra vez...

—Gregory —dijo—, no puedes dejarme aquí. ¿Y si te ve alguien y te echan de la casa? ¿Quién sabrá que estoy aquí? ¿Y si... y si... y si luego...?

Él sonrió. Su puntillosidad le parecía tan deliciosa que no escuchaba sus palabras. Sí, volvía a ser la de siempre.

—Cuando todo esto acabe —dijo Gregory—, te traeré un emparedado.

Aquello la detuvo en seco.

—¿Un emparedado? ¿Un emparedado?

Él giró el pomo de la puerta, pero no la abrió.

—Quieres uno, ¿no? A ti siempre te apetece un emparedado.

—Te has vuelto loco —repuso ella.

Gregory no podía creer que acabara de llegar a esa conclusión.

—No grites —la advirtió.

—Ya sabes que no puedo —masculló ella.

Era cierto. Lo último que quería era que la encontraran. Si Gregory no tenía éxito, tendría que volver a la fiesta a escondidas, con la mayor discreción posible.

—Adiós, Lucy —dijo él—. Te quiero.

Ella levantó los ojos. Y susurró:

—Una hora. ¿De veras crees que puedes hacerlo?

Él asintió con la cabeza. Era lo que ella necesitaba ver, y lo que él necesitaba fingir.

Y, al cerrar la puerta a su espalda, habría jurado que la oía murmurar:

—Buena suerte.

Se detuvo a respirar hondo antes de dirigirse a las escaleras. Iba a necesitar más que suerte; iba a necesitar un milagro.

Tenía las probabilidades en contra. Extremadamente en contra. Pero siempre había sido de los que animaban al caballo perdedor. Y si había justicia en el mundo, si flotaba en el aire alguna equidad existencial, si el «trata a los demás como te gustaría que te trataran a ti» tenía alguna retribución, sin duda él merecía la suya.

El amor existía.

Él lo sabía. Y que le asparan si no existía para él.

Gregory se detuvo primero en la habitación de Lucy, en la segunda planta. No podía entrar en el salón de baile y pedir audiencia con uno de los invitados, pero pensó que tal vez cupiera la posibilidad de que alguien notara la ausencia de Lucy y fuera a buscarla. Dios mediante, sería alguien que simpatizara con su causa, alguien a quien de verdad le importara la felicidad de Lucy.

Pero cuando Gregory se deslizó en la habitación, todo estaba tal y como lo había dejado.

—¡Maldita sea! —masculló, volviendo a la puerta. Ahora iba a tener que idear un modo de hablar con su hermano (o con Haselby, suponía) sin llamar la atención.

Puso la mano en el picaporte y tiró, pero la puerta cedió bruscamente, y Gregory no supo qué vino primero: si el grito femenino de sorpresa, o el cuerpo cálido y suave que chocó con el suyo.

—¡Usted!

—¡Usted! —exclamó él, a su vez—. ¡Gracias a Dios!

Era Hermione. La única persona que, por lo que él sabía, se preocupaba por la felicidad de Lucy por encima de todo lo demás.

—¿Qué hace usted aquí? —siseó ella. Pero cerró la puerta del pasillo, lo cual era sin duda buena señal.

—Tenía que hablar con Lucy.

—Se ha casado con lord Haselby.

Él sacudió la cabeza.

—Aún no han consumado el matrimonio.

Ella se quedó literalmente boquiabierta.

—¡Santo Dios!, ¿no querrá decir...?

—Seré sincero con usted —la interrumpió—. No sé qué voy a hacer, aparte de encontrar un modo de liberarla.

Hermione se quedó mirándole varios segundos. Luego, aparentemente sin venir a cuento, dijo:

—Lucy le quiere.

—¿Se lo ha dicho ella?

Hermione negó con la cabeza.

—No, pero es evidente. O, al menos, lo es echando la vista atrás. —Empezó a pasearse por la habitación; luego, de pronto, se dio la vuelta—. Entonces,

¿por qué se ha casado con lord Haselby? Sé que es muy respetuosa con los compromisos y el honor, pero seguramente podría haber cancelado el compromiso antes de hoy.

—La están chantajeando —dijo Gregory con amargura.

Hermione puso unos ojos como platos.

—¿Por qué razón?

—No puedo decírselo.

Ella no perdió tiempo en protestar, lo cual decía mucho en su favor. Miró a Gregory con ojos penetrantes y firmes.

—¿Qué puedo hacer para ayudar?

Cinco minutos después, Gregory se hallaba en compañía de lord Haselby y del hermano de Lucy. Habría preferido pasar sin el segundo, que daba la impresión de haber podido decapitarle de buen grado, de no ser por la presencia de su mujer.

Que le agarraba con fuerza del brazo.

—¿Dónde está Lucy? —preguntó Richard con aspereza.

—A salvo —contestó Gregory.

—Disculpe si no me quedo más tranquilo —replicó Richard.

—Basta, Richard —terció Hermione, tirando de él—. El señor Bridgerton no va a hacerle daño. Solo quiere lo mejor para ella.

—¿De veras? —contestó Richard con sorna.

Hermione le miró con más energía de la que Gregory había visto nunca en su bello rostro.

—La quiere —declaró ella.

—En efecto.

Todos se volvieron a mirar a lord Haselby, que estaba junto a la puerta, observando la escena con una extraña expresión de ironía.

Nadie parecía saber qué decir.

—Bueno, lo ha dejado bastante claro esta mañana —prosiguió Haselby mientras se acomodaba en un sillón con notable elegancia—. ¿No les parece?

—Eh, sí —contestó Richard, y Gregory no pudo reprocharle, en realidad, su indecisión. Haselby parecía estar tomándose aquello de una manera muy poco común. Con calma. Con tanta calma que el pulso de Gregory parecía sentir la necesidad de correr el doble, aunque solo fuera para compensar las deficiencias de Haselby.

—Lucy me quiere —le dijo Gregory, cerrando el puño tras la espalda, no porque se estuviera preparando para pelear, sino porque, si no movía alguna parte del cuerpo, se subiría por las paredes—. Lamento decirlo, pero...

—No, no, en absoluto —dijo Haselby, agitando la mano—. Soy muy consciente de que no me quiere. Y en realidad es lo mejor. Estoy seguro de que todos estarán de acuerdo conmigo en eso.

Gregory no sabía qué debía responder a aquello. Richard se había puesto como un pimiento, y Hermione parecía completamente desconcertada.

—¿La liberará usted del compromiso? —preguntó Gregory. No tenía tiempo de andarse por las ramas.

—Si no estuviera dispuesto a hacerlo, ¿cree usted que estaría aquí, hablando con usted en el mismo tono que utilizo para hablar del tiempo?

—Eh... no.

Haselby sonrió. Ligeramente.

—A mi padre no le hará ninguna gracia. Lo cual suele causarme gran regocijo, indudablemente, pero presenta ciertas dificultades. Todos tendremos que obrar con prudencia.

—¿No debería estar Lucy aquí? —preguntó Hermione.

Richard volvió a mirar a Gregory con enfado.

—¿Dónde está mi hermana?

—Arriba —dijo Gregory en tono cortante. Aquello reducía las posibilidades a solo treinta y dos habitaciones.

—¿Arriba? ¿Dónde? —gruñó Richard.

Gregory hizo caso omiso de la pregunta. No era el mejor momento para revelar que Lucy estaba atada a un retrete.

Se volvió hacia Haselby, que seguía sentado tranquilamente, con las piernas cruzadas. Se estaba examinando las uñas.

Gregory estaba a punto de subirse por las paredes. ¿Cómo podía aquel hombre estar tan tranquilo? Aquella era la conversación más peliaguda que podían tener, ¿y a él solo se le ocurría inspeccionar su manicura?

—¿La liberará del compromiso? —preguntó Gregory a regañadientes.

Haselby le miró y parpadeó.

—Ya he dicho que sí.

—Pero ¿revelará usted sus secretos?

Al oír aquello, la actitud de Haselby cambió por completo. Su cuerpo pareció tensarse, y sus ojos se volvieron mortalmente afilados.

—No tengo ni idea de qué me habla —dijo con voz enérgica y precisa.

—Yo tampoco —añadió Richard, acercándose.

Gregory se volvió un momento hacia él.

—La están chantajeando.

—Yo no —contestó Haselby enérgicamente.

—Mis disculpas —dijo Gregory con calma. El chantaje era una cosa muy fea—. No era eso lo que quería dar a entender.

—Siempre me he preguntado por qué aceptaba casarse conmigo —dijo Haselby en voz baja.

—Lo arregló su tío —dijo Hermione. Luego, cuando todos se volvieron hacia ella con cierta sorpresa, añadió—: Bueno, ya conocen a Lucy. No es de las que se rebelan. Le gusta el orden.

—De todas formas —dijo Haselby—, ha tenido una oportunidad bastante dramática de librarse de la boda. —Se detuvo y ladeó la cabeza—. Es mi padre, ¿no?

Gregory bajó la barbilla, asintiendo una sola vez, muy serio.

—No me sorprende. Está ansioso por casarme. Bueno, entonces... —Haselby juntó las manos, entrelazó los dedos y los apretó—. ¿Qué hacemos? Tomarle la palabra, imagino.

Gregory sacudió la cabeza.

—No podemos.

—Oh, vamos. No puede ser para tanto. ¿Qué puede haber hecho lady Lucinda?

—Deberíamos hacerla venir —repitió Hermione. Y luego, cuando los tres se volvieron de nuevo hacia ella, añadió—: ¿A ustedes les gustaría que se discutiera su futuro en su ausencia?

Richard se puso delante de Gregory.

—Cuéntemelo —dijo.

Gregory no intentó fingir que no le entendía.

—Es algo malo.

—Cuéntemelo.

—Se trata de su padre —dijo Gregory con voz queda. Y procedió a contarle lo que Lucy le había dicho.

—Lo ha hecho por nosotros —susurró Hermione cuando acabó. Se volvió hacia su marido y le apretó la mano—. Lo ha hecho para salvarnos. ¡Ah, Lucy...!

Pero Richard se limitó a sacudir la cabeza.

—No es cierto —dijo.

Gregory intentó no mirarle con compasión al decir:

—Hay pruebas.

—¿De veras? ¿Qué clase de pruebas?

—Lucy dice que hay una prueba escrita.

—¿La ha visto ella? —preguntó Richard—. ¿Sería siquiera capaz de distinguir una falsificación?

Gregory exhaló un largo suspiro. No podía reprocharle al hermano de Lucy que reaccionara así. Suponía que él haría lo mismo, si una cosa así saliera a la luz respecto a su padre.

—Lucy no sabe nada —continuó Richard, moviendo todavía la cabeza—. Era muy pequeña. Mi padre no habría hecho tal cosa. Es inconcebible.

—Usted también era muy joven —dijo Gregory con suavidad.

—Era lo bastante mayor para conocer a mi padre —replicó Richard—, y no era un traidor. Alguien ha engañado a Lucy.

Gregory se volvió hacia Haselby.

—¿Su padre?

—No es tan listo —respondió Haselby—. Recurriría de buen grado al chantaje, pero lo haría con la verdad, no con una mentira. Es inteligente, pero no imaginativo.

Richard dio un paso adelante.

—Pero mi tío sí lo es.

Gregory se volvió hacia él con ansiedad.

—¿Cree usted que ha mentido a Lucy?

—No hay duda de que le dijo lo único que le impediría suspender la boda —dijo Richard con amargura.

—Pero ¿por qué necesita él que Lucy se case con lord Haselby? —preguntó Hermione.

Todos miraron al hombre en cuestión.

—No tengo ni idea —respondió Haselby.

—Debe de tener cosas que ocultar —dijo Gregory.

Richard sacudió la cabeza.

—Deudas, no.

—No va a recibir ningún dinero por la boda —comentó Haselby.

Todos se volvieron a mirarlo.

—Puede que haya dejado que mi padre me buscara esposa —dijo Haselby, encogiéndose de hombros—, pero no iba a casarme sin leer los contratos.

—Secretos, entonces —dijo Gregory.

—Puede que compartidos con lord Davenport —añadió Hermione, y se volvió hacia Haselby—. Disculpe.

Él agitó una mano.

—No tiene importancia.

—¿Qué hacemos ahora? —preguntó Richard.

—Traer a Lucy —contestó Hermione de inmediato.

Gregory asintió con energía.

—Tiene razón.

—No —dijo Haselby, poniéndose en pie—. Hay que hablar con mi padre.

—¿Su padre? —replicó Richard—. No simpatiza precisamente con nuestra causa.

—Puede ser, y soy el primero en admitir que no hay quien le aguante tres minutos seguidos, pero él podrá despejar nuestras dudas. Y, a pesar de su veneno, es prácticamente inofensivo.

—¿Prácticamente? —repitió Hermione.

Haselby pareció pensárselo.

—Prácticamente.

—Tenemos que ponernos en marcha —dijo Gregory—. Enseguida. Haselby, vaya con Fennsworth a buscar a su padre e interróguenlo. Averigüen la verdad. Lady Fennsworth y yo iremos a buscar a Lucy y la traeremos aquí. Lady Fennsworth se quedará con ella. —Se volvió hacia Richard—. Le pido disculpas por disponer las cosas así, pero he de llevarme a su esposa para salvaguardar la reputación de Lucy si alguien nos descubre. Hace casi una hora que se fue. Es muy posible que alguien lo haya notado.

Richard asintió secamente con la cabeza, pero saltaba a la vista que no le agradaba la situación. Aun así, no tenía elección. Su honor le exigía ir a interrogar a lord Davenport.

—Bien —dijo Gregory—. Entonces, estamos todos de acuerdo. Nos encontraremos en...

Hizo una pausa. Aparte de la habitación de Lucy y el retrete de arriba, desconocía la disposición de la casa.

—Vaya a buscarnos a la biblioteca —ordenó Richard—. Está en el piso de abajo, mirando hacia el este. —Dio un paso hacia la puerta; luego se volvió y le dijo a Gregory—: Espere aquí. Enseguida vuelvo.

Gregory estaba ansioso por marcharse, pero la expresión grave de Richard bastó para convencerle de que debía quedarse. Efectivamente, cuando el hermano de Lucy volvió, apenas un minuto después, llevaba dos pistolas.

Le ofreció una a Gregory.

¡Santo cielo!

—Puede que necesite esto —dijo Richard.

—Que el cielo nos asista, si así es —masculló Gregory.

—¿Cómo dice?

Gregory sacudió la cabeza.

—Buena suerte, entonces. —Richard hizo una seña a Haselby y ambos partieron a toda prisa por el pasillo.

Gregory indicó a Hermione que se acercara.

—Vámonos —dijo, llevándola en la otra dirección—. Y procure no juzgarme cuando vea adónde la llevo.

La oyó reír mientras subían las escaleras.

—¿Por qué será que sospecho que, en todo caso, le juzgaré muy listo? —dijo ella.

—No confiaba en que se estuviera quieta —confesó Gregory, subiendo los peldaños de dos en dos. Cuando llegaron arriba, se volvió para mirarla—. Puede que me haya excedido, pero no podía hacer otra cosa. Solo necesitaba un poco de tiempo.

Hermione asintió con la cabeza.

—¿Adónde vamos?

—Al aseo de la niñera —confesó él—. La he atado al retrete.

—¿La ha atado al...? ¡Ay, Dios, estoy deseando verlo!

Pero cuando abrieron la puerta del pequeño aseo, Lucy no estaba.

Y todo parecía indicar que no se había ido por voluntad propia.

25

***En el que descubrimos qué había
ocurrido diez minutos antes.***

¿Había pasado una hora? Seguramente.

Lucy respiró hondo e intentó calmarse. ¿Por qué a nadie se le había
ocurrido poner un reloj en el aseo? ¿No debería haber pensado alguien que
algún día se encontraría atada al retrete y tal vez querría saber qué hora
era?

Realmente, era solo cuestión de tiempo.

Se puso a tamborilear con los dedos de la mano derecha sobre el suelo. Rápido, rápido, del índice al meñique, del índice al meñique. Tenía la
mano izquierda atada de tal forma que las yemas de sus dedos quedaban
hacia arriba, así que empezó a doblar los dedos y a estirarlos, a doblarlos
y...

—¡Ayyyyy! —gimió, exasperada.

¿Gimió, o más bien gruñó?

Grumió.

Aquella palabra debería existir.

Había pasado una hora, seguro. Tenía que haber pasado.

Y entonces...

Pasos.

Lucy se puso alerta y miró la puerta con rabia. Estaba furiosa. Y llena
de esperanza. Y aterrorizada. Y nerviosa. Y...

¡Santo Dios!, se suponía que no podía sentir todas esas cosas a la vez.
Con una sola emoción podía arreglárselas. Quizá con dos.

El pomo giró y la puerta se abrió de golpe, y...

¿De golpe? Lucy tuvo solo un segundo para darse cuenta de que aquello era sospechoso. Gregory no habría abierto la puerta de un tirón. Habría...

—¿Tío Robert?

—Tú —dijo él en voz baja y furiosa.

—Yo...

—Serás ramera —le espetó él.

Lucy dio un respingo. Sabía que su tío no le tenía mucho afecto, pero aun así aquello le dolió.

—Usted no lo entiende —balbució, porque no tenía ni idea de qué podía decir y se negaba (se negaba absolutamente) a decir «Lo siento».

Estaba harta de disculparse. Harta.

—¿No me digas? —le espetó él, agachándose para ponerse a su nivel—. ¿Qué es lo que no entiendo? ¿Que has huido de tu boda?

—No he huido —replicó ella—. ¡Me han raptado! ¿O no se ha fijado en que estoy atada al retrete?

Los ojos de su tío se entornaron amenazadoramente. Y Lucy empezó a asustarse.

Se encogió y empezó a respirar agitadamente. Hacía mucho tiempo que temía a su tío: su temperamento gélido, su mirada de desdén, fría y tajante.

Pero nunca había estado tan asustada.

—¿Dónde está? —preguntó él.

Ella prefirió no fingir que no le entendía.

—No lo sé.

—¡Dímelo!

—¡No lo sé! —protestó—. ¿Cree usted que me habría atado si se fiara de mí?

Su tío se irguió y soltó una maldición.

—No tiene sentido.

—¿Qué quiere usted decir? —preguntó Lucy con prudencia. Ignoraba qué estaba pasando y no estaba segura de con quién estaría casada cuando acabara el día, pero estaba convencida de que debía ganar tiempo.

Y no revelar nada. Nada de importancia.

—¡Todo esto! ¡Tú! —le espetó su tío—. ¿Por qué iba a raptarte y a dejarte aquí, en Fennsworth House?

—Bueno —dijo Lucy despacio—, no creo que pudiera haberme sacado de la casa sin que nadie se diera cuenta.

—Tampoco podría haber entrado en la fiesta sin que nadie le viera.

—No estoy segura de a qué se refiere.

—¿Cómo —preguntó su tío, inclinándose para acercar la cara a la de ella— se apoderó de ti sin tu consentimiento?

Lucy soltó un breve bufido. La verdad era fácil. E inocua.

—Fui a tumbarme un rato a mi habitación —contestó—. Él estaba esperándome allí.

—¿Sabía cuál era tu habitación?

Ella tragó saliva.

—Eso parece.

Su tío se quedó mirándola un momento.

—La gente ha empezado a notar tu ausencia —masculló.

Lucy no dijo nada.

—Pero no queda otro remedio.

Ella parpadeó. ¿De qué estaba hablando?

Él sacudió la cabeza.

—Es la única salida.

—¿Cómo... cómo dice? —Y entonces se dio cuenta de que no estaba dirigiéndose a ella. Estaba hablando consigo mismo.

—¿Tío Robert? —musitó.

Pero él ya estaba cortando sus ataduras.

¿Cortándolas? ¿Cortándolas? ¿Por qué llevaba un cuchillo?

—Vamos —gruñó.

—¿A la fiesta?

Él soltó una risa agria.

—Te gustaría, ¿verdad?

El pánico empezó a agitarse en el pecho de Lucy.

—¿Adónde me lleva?

Él la obligó a levantarse de un tirón y la asió con fuerza, rodeándola con el brazo.

—Con tu marido.

Ella logró girarse lo justo para verle la cara.

—¿Mi...? ¿Con lord Haselby?

—¿Tienes otro marido?

—Pero ¿no está en la fiesta?

—Deja de hacer preguntas.

Ella miró frenéticamente a su alrededor.

—Pero ¿adónde me lleva?

—No vas a echarlo todo a perder —siseó él—. ¿Entendido?

—No —dijo ella en tono suplicante. Porque no lo entendía. Ya no entendía nada.

Él la apretó con fuerza.

—Quiero que me escuches, porque solo voy a decirlo una vez.

Lucy asintió con la cabeza. No estaba de frente a él, pero sabía que él podía sentir cómo se movía su cabeza, pegada a su pecho.

—Este matrimonio va a seguir adelante —dijo su tío en voz baja y amenazadora—. Y pienso asegurarme personalmente de que se consume esta misma noche.

—¿Qué?

—No me repliques.

—Pero... —Se quedó clavada en el suelo cuando él intentó llevarla a rastras hacia la puerta.

—¡Por el amor de Dios, no te resistas! —masculló él—. De todas formas, ibas a tener que hacerlo. La única diferencia es que habrá espectadores.

—¿Espectadores?

—Es un poco violento, pero yo tendré mi prueba.

Ella empezó a resistirse en serio y logró liberar un brazo el tiempo justo para agitarlo con furia. Su tío la sujetó rápidamente, pero al hacerlo cambió de postura y Lucy pudo propinarle una fuerte patada en la espinilla.

—¡Maldita sea! —masculló él, apretándola contra sí—. ¡Ya basta!

Ella volvió a patalear, volcando un orinal vacío.

—¡Para inmediatamente! —Apretó algo contra sus costillas.

Lucy se quedó quieta al instante.

—¿Eso es un cuchillo? —murmuró.

—Recuerda esto —dijo él, y sus palabras sonaron ardientes y desagradables junto al oído de Lucy—. No puedo matarte, pero puedo hacerte mucho daño.

Ella sofocó un sollozo.

—Soy su sobrina.

—No me importa.

Lucy tragó saliva y preguntó en voz baja:

—¿Y alguna vez sí?

Él la empujó hacia la puerta.

—¿Importarme?

Ella asintió con la cabeza.

Se hizo un silencio momentáneo, y Lucy no supo cómo interpretarlo. No podía ver la cara de su tío, ni sintió cambio alguno en su postura. Solo podía mirar la puerta y la mano de su tío extendida hacia el pomo.

Y entonces él dijo:

—No.

Así pues, ella tenía su respuesta.

—Eras un deber —explicó él—. Un deber que he cumplido y del que me alegra librarme. Ahora ven conmigo y no digas una palabra.

Lucy asintió con una inclinación de cabeza. Su tío le clavaba cada vez más el cuchillo en el costado, y ella ya había oído un leve crujido cuando la punta traspasó la rígida tela de su corpiño.

Dejó que la llevara por el pasillo y escaleras abajo. Gregory estaba allí, se decía continuamente. Estaba allí y la encontraría. Fennsworth House era grande, pero no inmensa. No había tantos sitios donde su tío pudiera encerrarla.

Y había cientos de invitados en la planta baja.

Y lord Haselby..., sin duda, no consentiría semejante escena.

Había al menos una docena de motivos por los que su tío no se saldría con la suya.

Una docena. Doce. Quizá más. Y ella solo necesitaba uno... solo uno para desbaratar su plan.

Pero aquello le sirvió de poco consuelo cuando él se detuvo y le puso una venda sobre los ojos.

Y menos aún cuando la metió a la fuerza en una habitación y la ató.

—Volveré —dijo entre dientes, y la dejó sentada en un rincón, atada de pies y manos.

Lucy le oyó cruzar la habitación. Y entonces se le escapó: solo dos palabras, las únicas que importaban.

—¿Por qué?

Los pasos de su tío se detuvieron.

—¿Por qué, tío Robert?

No podía tratarse únicamente del honor de la familia. ¿Acaso no había demostrado ella su lealtad? ¿No debía su tío confiar en ella?

—¿Por qué? —preguntó otra vez, rezando por que él tuviera conciencia. Sin duda no habría cuidado de Richard y de ella durante tantos años si no tuviera alguna noción del bien y del mal.

—Ya sabes por qué —contestó él por fin, pero Lucy sabía que estaba mintiendo. Había esperado demasiado antes de contestar.

—Adelante, entonces —dijo ella amargamente. No tenía sentido retenerle. Sería mucho mejor que Gregory la encontrara sola.

Pero él no se movió. Y Lucy sintió su recelo, a pesar de la venda que le cubría los ojos.

—¿A qué está esperando? —sollozó.

—No estoy seguro —dijo él lentamente. Y entonces ella oyó que se volvía.

Sus pasos se acercaron.

Despacio.

Muy despacio.

Y entonces...

—¿Dónde está? —preguntó Hermione, sofocando una exclamación de sorpresa.

Gregory entró en el pequeño cuarto, fijándose en todo: en la cuerda cortada, en el orinal volcado.

—Se la ha llevado alguien —dijo torvamente.

—¿Su tío?

—O Davenport. Son los únicos que tienen motivos para... —Sacudió la cabeza—. No, no pueden hacerle daño. Necesitan que el matrimonio sea legal y vinculante. Y duradero. Davenport quiere que Lucy le dé un heredero.

Hermione asintió con la cabeza.

Gregory se volvió hacia ella.

—Usted conoce la casa. ¿Dónde puede estar?

Hermione estaba moviendo la cabeza de un lado a otro.

—No lo sé. No lo sé. Si ha sido su tío...

—Suponga que sí —ordenó Gregory. No estaba seguro de que Davenport tuviera agilidad suficiente para raptar a Lucy, y, además, si lo que Haselby había dicho sobre su padre era cierto, entonces era Robert Abernathy quien guardaba secretos.

Era él quien tenía algo que perder.

—Su despacho —susurró Hermione—. Él siempre está en su despacho.

—¿Dónde está?

—En la planta baja. Da a la parte de atrás.

—No se arriesgaría —dijo Gregory—. Está demasiado cerca del salón de baile.

—Entonces en su dormitorio. Si quiere evitar las habitaciones públicas, la habrá llevado allí. Allí, o al cuarto de Lucy.

Gregory la tomó del brazo y salió de la habitación. Bajaron un tramo de escaleras y se detuvieron antes de abrir la puerta que llevaba de la escalera de servicio al descansillo de la segunda planta.

—Señáleme su puerta —dijo él— y luego váyase.

—No voy a...

—Busque a su marido —ordenó él—. Tráigale aquí.

Hermione pareció dudar, pero por fin asintió e hizo lo que le pedía.

—Váyase —dijo Gregory cuando supo adónde ir—. Aprisa.

Ella corrió escaleras abajo mientras Gregory empezaba a avanzar por el pasillo sigilosamente. Llegó a la puerta que Hermione le había indicado y pegó con cuidado la oreja a ella.

—¿A qué está esperando?

Era Lucy. Su voz sonaba sofocada por la gruesa puerta de madera, pero era ella.

—No lo sé —contestó una voz de hombre, y Gregory se dio cuenta de que no podía identificarla. Había hablado pocas veces con lord Davenport y ninguna con su tío. Ignoraba quién la tenía prisionera.

Contuvo el aliento y giró lentamente el pomo.

Con la mano izquierda.

Con la derecha, sacó la pistola.

Que Dios se apiadara de él si tenía que usarla.

Consiguió abrir la puerta el ancho de una rendija, lo justo para asomarse sin que le vieran.

Se le paró el corazón.

Lucy estaba acurrucada en el rincón del fondo de la habitación, atada y con una venda sobre los ojos. Su tío estaba delante de ella y apuntaba con una pistola hacia su frente, justo entre los ojos.

—¿Qué estás tramando? —le preguntó con voz suave y gélida.

Lucy no dijo nada, pero su barbilla tembló como si se esforzara en exceso por estarse quieta.

—¿Por qué quieres que me vaya? —preguntó su tío.

—No lo sé.

—Dímelo. —Se lanzó hacia delante, clavándole la pistola en el costado. Y entonces, al ver que ella no respondía enseguida, le arrancó la venda de los ojos y quedaron cara a cara—. ¡Dímelo!

—Porque no puedo soportar la espera —musitó ella con voz temblorosa—. Porque...

Gregory entró sigilosamente en la habitación y apuntó con la pistola al centro de la espalda de Robert Abernathy.

—Suéltela.

El tío de Lucy se quedó quieto.

La mano de Gregory se tensó alrededor del gatillo.

—Suelte a Lucy y apártese lentamente.

—Me parece que no —contestó Abernathy, y se volvió lo justo para que Gregory viera que su pistola descansaba ahora sobre la sien de Lucy.

Gregory logró mantenerse firme. No sabía por qué, pero no le temblaba el brazo. Su mano no se movía.

—Suelte el arma —ordenó su tío.

Gregory no se movió. Miró a Lucy un instante y volvió luego a fijar la mirada en su tío. ¿Le haría daño él? ¿Sería capaz? Gregory no sabía aún por qué exactamente necesitaba Robert Abernathy que Lucy se casara con Haselby, pero estaba claro que así era.

Lo cual significaba que no podía matarla.

Gregory rechinó los dientes y tensó el dedo sobre el gatillo.

—Suelte a Lucy —dijo en voz baja, fuerte y firme.

—¡Baje la pistola! —bramó Abernathy, y un sonido ahogado y horrible brotó de la boca de Lucy cuando la agarró con fuerza por debajo de las costillas.

¡Santo cielo, estaba loco! Sus ojos tenían una expresión salvaje, se movían sin cesar, recorriendo la habitación, y su mano, la mano de la pistola, temblaba.

Era capaz de disparar a Lucy. Gregory se dio cuenta con un fogonazo que le hizo sentirse enfermo. Fuera lo que fuese lo que había hecho, Robert Abernathy creía que no tenía ya nada que perder. Y no le importaba a quién arrastrara consigo en su caída.

Gregory empezó a doblar las rodillas sin apartar los ojos de él.

—No lo hagas —sollozó Lucy—. No me hará daño. No puede.

—Oh, claro que puedo —contestó su tío, y sonrió.

A Gregory se le heló la sangre. Intentaría... ¡santo Dios!, intentaría con todas sus fuerzas asegurarse de que ambos salieran de aquello vivos e indemnes, pero si tenía que elegir..., si solo uno de ellos podía salir por su propio pie de la habitación...

Sería Lucy.

Aquello, se dijo, era el amor. Aquella sensación de perfección. Y también la pasión, y el delicioso convencimiento de que podría levantarse felizmente junto a ella el resto de sus días.

Pero era más que todo aquello. Era aquel sentimiento, aquel conocimiento, aquella certeza de que daría su vida por ella. No había duda. Ni vacilación. Si dejaba caer el arma, seguramente Robert Abernathy le dispararía.

Pero Lucy viviría.

Gregory se agachó.

—No le haga daño —dijo suavemente.

—¡No lo hagas! —gritó ella—. No puede...

—¡Cállate! —le espetó su tío, y el cañón de su pistola se clavó más aún en su sien.

—Ni una palabra más, Lucy —la advirtió Gregory. Aún no sabía cómo demonios iba a salir de aquello, pero sabía que la clave era mantener a Robert Abernathy lo más tranquilo y cuerdo posible.

Lucy entreabrió los labios, pero entonces sus ojos se encontraron...

Y ella los cerró.

Confiaba en él. ¡Santo cielo!, confiaba en que la protegiera, en que los mantuviera a ambos a salvo, y él se sentía como un farsante porque lo único que estaba haciendo era intentar ganar tiempo, procurar que no se disparara un solo tiro mientras llegaba alguien.

—No le haré daño, Abernathy —dijo.

—Entonces suelte el arma.

Gregory siguió con el brazo extendido y la pistola hacia un lado, para poder dejarla en el suelo.

Pero no la soltó.

Y tampoco apartó los ojos de la cara de Robert Abernathy cuando preguntó:

—¿Por qué necesita que Lucy se case con lord Haselby?

—¿No se lo ha dicho? —bufó él.

—Me ha dicho lo que usted le contó.

El tío de Lucy empezó a temblar.

—He hablado con lord Fennsworth —dijo Gregory con calma—. Le ha sorprendido un poco cómo pinta usted a su padre.

Abernathy no respondió, pero su garganta se movió y su nuez subió y bajó convulsivamente al tragar saliva.

—De hecho —continuó Gregory—, está convencido de que debe de estar usted en un error. —Hablaba incluso con suavidad. Sin tono de burla. Hablaba como si estuviera en una cena. No quería provocar a Abernathy; solo deseaba conversar.

—Richard no sabe nada —contestó Abernathy.

—También he hablado con lord Haselby —dijo Gregory—. Y él también se ha sorprendido. No sabía que su padre le estuviera chantajeando.

El tío de Lucy le miró con ira.

—Está hablando con él ahora mismo —añadió Gregory con calma.

Nadie dijo nada. Nadie se movió. Los músculos de Gregory chillaban. Llevaba varios minutos agachado, de puntillas. Su brazo, todavía extendido, sujetando aún la pistola de lado, pero con firmeza, parecía arder.

Miró la pistola.

Miró a Lucy.

Ella estaba diciendo que no con la cabeza. Lentamente, con movimientos leves. Sus labios no emitían ningún sonido, pero Gregory distinguía fácilmente sus palabras.

«Vete.»

Y «por favor».

Curiosamente, Gregory se sintió sonreír. Sacudió la cabeza y musitó:

—Eso nunca.

—¿Qué ha dicho? —preguntó Abernathy.

Gregory dijo lo único que se le ocurrió:

—Quiero a su sobrina.

Abernathy le miró como si se hubiera vuelto loco.

—No me importa.

Gregory se arriesgó.

—La quiero lo suficiente para guardar sus secretos.

Robert Abernathy palideció. Se quedó absolutamente lívido e inmóvil.

—Era usted —dijo Gregory en voz baja.

Lucy se giró.

—¿Tío Robert?

—Cállate —le espetó él.

—¿Me mintió usted? —preguntó ella, y su voz casi sonó dolida—. ¿Me mintió?

—Basta, Lucy —dijo Gregory.

Pero ella ya estaba sacudiendo la cabeza.

—No fue mi padre, ¿verdad? Fue usted. Lord Davenport le estaba chantajeando por lo que hizo.

Su tío no dijo nada, pero todos vieron la verdad en sus ojos.

—¡Oh, tío Robert! —musitó ella con tristeza—, ¿cómo pudo hacer eso?

—No tenía nada —siseó él—. Nada. Solo las sobras y los despojos de tu padre.

Lucy palideció.

—¿Le mató usted?

—No —contestó su tío. Nada más. Solo «no».

—Por favor —dijo ella en voz baja y dolorida—, no me mienta. No me mienta en esto.

Su tío soltó un suspiro exasperado y dijo:

—Solo sé lo que me contaron las autoridades. Que le encontraron cerca de un garito de juego, desvalijado y con un tiro en el pecho.

Lucy le miró un momento y luego, con los ojos llenos de lágrimas, asintió brevemente con la cabeza.

Gregory se levantó despacio.

—Se acabó, Abernathy —dijo—. Haselby lo sabe, y también Fennsworth. No puede obligar a Lucy a cumplir sus órdenes.

Abernathy apretó a Lucy con más fuerza.

—Pero puedo utilizarla para escapar.

—En efecto, puede. Soltándola.

Abernathy se echó a reír al oír aquello. Fue una risa amarga y cáustica.

—No tenemos nada que ganar denunciándole —dijo Gregory con prudencia—. Es mejor permitirle que abandone el país discretamente.

—No habrá discreción que valga —dijo el tío de Lucy en tono burlón—. Si no se casa con ese sarasa, Davenport lo gritará a los cuatro vientos desde aquí hasta Escocia. Y la familia caerá en la deshonra.

—No. —Gregory sacudió la cabeza—. Eso no es cierto. Usted no es el conde. No es su padre. Habrá un escándalo, eso no puede remediarse. Pero el hermano de Lucy no perderá su título, y las aguas volverán a su cauce en cuanto la gente empiece a recordar que nunca fue usted de su agrado.

En un abrir y cerrar de ojos, Abernathy movió la pistola de la tripa de Lucy al cuello de Gregory.

—Cuidado con lo que dice —le espetó.

Gregory palideció y dio un paso atrás.

Y entonces lo oyeron.

Un estruendo de pasos. Se acercaban rápidamente por el pasillo.

—Baje la pistola —dijo Gregory—. Solo tiene un momento antes de que...

La puerta se llenó de gente. Ajenos a la mortal confrontación que estaba teniendo lugar, Richard, Haselby, Davenport y Hermione irrumpieron en la habitación.

El tío de Lucy dio un salto hacia atrás y les apuntó con la pistola, frenético.

—¡Apártense! —gritó—. ¡Fuera! ¡Todos! —Sus ojos brillaban como los de un animal acorralado, y su brazo se movía adelante y atrás, apuntándolos a todos.

Pero Richard dio un paso adelante.

—Canalla —siseó—. Le veré en...

Sonó un disparo.

Gregory vio con horror que Lucy caía al suelo. Un grito gutural escapó de su garganta. Levantó su pistola.

Apuntó.

Disparó.

Y por primera vez en su vida, dio en el blanco.

Bueno, casi.

El tío de Lucy no era un hombre corpulento, pero pese a todo, cuando se desplomó encima de ella, le hizo daño. Se quedó completamente sin aire y, jadeante y sin respiración, cerró los ojos por el dolor.

—¡Lucy!

Era Gregory, que estaba apartando a su tío de encima de ella.

—¿Dónde estás herida? —preguntó, y empezó a tocarla por todas partes ansiosamente, buscando una herida.

—No estoy... —Ella luchó por recuperar el aliento—. No me ha... —Logró mirarse el pecho. Estaba cubierto de sangre—. ¡Oh, Dios mío!

—No la encuentro —dijo Gregory. La cogió de la barbilla y le hizo volver la cara de modo que le mirara directamente a los ojos.

Ella casi no le reconoció.

Sus ojos..., sus bellos ojos castaños..., parecían perdidos, casi vacíos. Y aquella expresión casi parecía robarle lo que hacía de él... él.

—Lucy —dijo con voz enronquecida por la emoción—, por favor, háblame.

—No estoy herida —dijo ella por fin.

Las manos de Gregory se detuvieron.

—Pero la sangre...

—No es mía. —Levantó la vista y le tocó la mejilla. Gregory estaba temblando. ¡Dios santo, estaba temblando! Lucy nunca le había visto así, nunca había imaginado que pudiera llegar a aquel extremo.

La mirada de sus ojos... Lucy lo comprendió de pronto. Era de terror.

—No estoy herida —musitó—. Por favor, no... no pasa nada, cariño. —No sabía qué estaba diciendo; solo quería tranquilizarle.

Él respiraba entrecortadamente y, cuando habló, sus palabras sonaron rotas, inacabadas.

—Pensaba que... No sé qué pensaba.

Algo húmedo tocó el dedo de Lucy, y ella lo borró suavemente.

—Ya ha pasado —dijo—. Ya ha pasado, y...

De pronto se dio cuenta de que los demás estaban en la habitación.

—Bueno, creo que ha pasado —dijo, vacilante, mientras se incorporaba. ¿Había muerto su tío? Sabía que le habían disparado. Gregory o Richard, no sabía cuál de los dos. Los dos habían disparado.

Pero el tío Robert no estaba herido de muerte. Le llevaron a un lado de la habitación y quedó apoyado contra la pared, agarrándose un hombro y mirando fijamente hacia delante con expresión derrotada.

Lucy le miró con el ceño fruncido.

—Ha tenido usted suerte de que no tenga mejor puntería.

Gregory profirió un extraño bufido.

En el rincón, Richard y Hermione se abrazaban, pero los dos parecían ilesos. Lord Davenport estaba despotricando sobre algo, Lucy no sabía sobre qué, y lord Haselby (¡santo cielo!, su marido) estaba tranquilamente apoyado contra el quicio de la puerta, contemplando la escena.

Sus miradas se cruzaron y él sonrió. Solo un poco. Sin enseñar los dientes, por supuesto. Él nunca sonreía tan abiertamente.

—Lo siento —dijo Lucy.

—No lo sienta.

Gregory se puso de rodillas junto a Lucy y le pasó un brazo por los hombros como si quisiera protegerla. Haselby observaba la estampa con evidente ironía, y quizá también con un toque de placer.

—¿Todavía quiere la anulación? —preguntó.

Lucy asintió con la cabeza.

—Haré que preparen los papeles mañana mismo.

—¿Está seguro? —preguntó Lucy, preocupada. Lord Haselby era verdaderamente un hombre encantador. Ella no quería que sufriera su reputación.

—¡Lucy!

Ella se volvió rápidamente hacia Gregory.

—Perdona. No quería decir... Solo...

Haselby agitó una mano.

—Por favor, no se preocupe. Es lo mejor que ha podido pasar. Disparos, chantaje, traición... Ahora ya nadie me considerará el causante de la anulación.

—¡Ah! Bueno, eso está bien —dijo Lucy alegremente, y se puso en pie porque le pareció lo más educado, teniendo en cuenta lo generoso que había sido lord Haselby—. Pero ¿sigue queriendo casarse? Porque yo podría ayudarle a encontrar una esposa. Es decir, en cuanto esté establecida.

Gregory casi puso los ojos en blanco.

—¡Por Dios, Lucy!

Ella le miró cuando Gregory se levantó.

—Creo que debo arreglar esto. Lord Haselby pensaba que iba a casarse. En cierto modo, no es justo.

Gregory cerró los ojos un momento.

—Es una suerte que te quiera tanto —dijo cansinamente—, porque, si no, tendría que ponerte una mordaza.

Lucy se quedó boquiabierta.

—¡Gregory! —Luego dijo—: ¡Hermione!

—¡Perdona! —dijo su amiga, tapándose la boca con la mano para contener la risa—. Pero es que hacéis tan buena pareja...

Haselby entró tranquilamente en la habitación y le dio un pañuelo a su tío.

—Más vale que corte la hemorragia —murmuró. Luego se volvió hacia Lucy—. En realidad, no quiero tener esposa, como sin duda sabe usted, pero supongo que debo encontrar algún modo de procrear o el título pasará a mi odioso primo. Lo cual sería una lástima, a decir verdad. No hay duda de que la Cámara de los Lores decidiría disolverse si ese hombre toma alguna vez posesión de su escaño.

Lucy se limitó a mirarle y a parpadear.

Haselby sonrió.

—Así que, sí, le agradecería que buscara a alguien conveniente.

—Por supuesto —murmuró ella.

—Necesitarás mi aprobación —exclamó lord Davenport, acercándose enérgicamente.

Gregory se volvió hacia él con visible desagrado.

—Usted —le espetó—, cállese. Inmediatamente.

Davenport retrocedió lanzando resoplidos.

—¿Tiene usted idea de con quién está hablando, mequetrefe?

Gregory entornó los ojos y se puso en pie.

—Con un hombre en una situación delicada.

—¿Cómo dice?

—Dejará usted el chantaje inmediatamente —dijo Gregory con energía.

Lord Davenport giró la cabeza hacia el tío de Lucy.

—¡Era un traidor!

—Y usted decidió no entregarle —replicó Gregory—. Imagino que eso al rey le parecerá igual de reprensible.

Lord Davenport se tambaleó hacia atrás como si le hubiera golpeado.

Gregory se irguió, atrayendo a Lucy a su lado.

—Usted —le dijo a Abernathy— se irá del país. Mañana mismo. Y no vuelva.

—Yo le pagaré el pasaje —dijo Richard entre dientes—. Nada más.

—Yo no habría sido tan generoso —masculló Gregory.

—Quiero que se vaya —dijo Richard con voz crispada—. Si puedo apresurar su partida, correré de buena gana con los gastos.

Gregory se volvió hacia lord Davenport.

—Usted no dirá jamás una sola palabra de esto. ¿Entendido? En cuanto a usted... —añadió, volviéndose hacia Haselby—. Gracias.

Haselby inclinó la cabeza elegantemente.

—No puedo remediarlo. Soy un romántico. —Se encogió de hombros—. Eso hace que de vez en cuando me meta en un lío, pero uno no puede cambiar su forma de ser, ¿no es cierto?

Gregory movió la cabeza lentamente de un lado a otro mientras una amplia sonrisa empezaba a extenderse por su cara.

—No sabe usted cuánta razón tiene —murmuró, tomando a Lucy de la mano. No soportaba separarse de ella, aunque fueran unos pasos.

Entrelazaron los dedos y él la miró. Los ojos de Lucy brillaban de amor, y Gregory sintió un deseo incontenible y absurdo de echarse a reír. Solo porque podía.

Solo porque la amaba.

Pero entonces notó que ella tenía también los labios tensos. Había tensado las comisuras y estaba conteniendo la risa.

Y allí mismo, delante de aquel extrañísimo grupo de testigos, la estrechó en sus brazos y la besó, depositando en su beso hasta la última gota de su alma irremediablemente romántica.

Al final (pasado un buen rato), lord Haselby se aclaró la garganta.

—Respecto a esa boda...

Gregory se apartó de mala gana. Miró a la izquierda. Miró a la derecha. Volvió a mirar a Lucy.

Y volvió a besarla.

Porque había sido un día muy largo.

Y se merecía un pequeño alivio.

Y solo Dios sabía cuánto tiempo pasaría antes de que pudiera casarse con ella.

Pero, sobre todo, la besó porque...

Porque...

Sonrió, tomó su cabeza entre las manos y apoyó la nariz contra la de ella.

—Te quiero, ¿sabes?

Ella le devolvió la sonrisa.

—Lo sé.

Y Gregory comprendió por fin por qué iba a besarla otra vez.

Solo porque sí.

Epílogo

En el que nuestro héroe y nuestra heroína dan muestras de la laboriosidad de la que les sabíamos capaces.

La primera vez, Gregory fue un manojo de nervios.

La segunda vez fue aún peor. El recuerdo de la primera no hizo mucho por calmarle los nervios. Al contrario, de hecho, ahora que comprendía mejor lo que estaba pasando (Lucy —maldita fuera su meticulosidad— no le había ahorrado ningún detalle), sometía a especulación y morboso escrutinio cada ruidito que oía.

Era una suerte que los hombres no pudieran tener hijos. Gregory no tenía reparos en admitir que, de poder tenerlos, la especie humana se habría extinguido hacía muchas generaciones.

O, al menos, él no habría contribuido a la nueva hornada de pequeños y traviesos Bridgerton.

Pero a Lucy no parecía importarle dar a luz, siempre y cuando después pudiera contarle la experiencia con pelos y señales.

Cada vez que se le antojara.

Y así, la tercera vez Gregory era más dueño de sí mismo. Sentado junto a la puerta, contenía el aliento cada vez que oía un gemido particularmente desagradable, pero no se dejó vencer por los nervios.

La cuarta vez se llevó un libro.

La quinta, solo un periódico. (Con cada niño, la cosa parecía más rápida. Lo cual era muy conveniente.)

El sexto le pilló completamente desprevenido. Se había ido a hacerle una visita rápida a un amigo, y cuando volvió Lucy estaba sentada con el bebé en brazos y una sonrisa alegre y nada cansada en la cara.

Pero Lucy le recordaba a menudo su ausencia, así que Gregory tuvo mucho cuidado para no faltar a la llegada del séptimo. Y no faltó, aunque a decir verdad abandonó su puesto junto a la puerta para ir a buscar un tentempié de madrugada.

Gregory pensó que el séptimo sería el último. Siete era un buen número de hijos, y, como le había dicho una vez a Lucy, ya casi no se acordaban de qué aspecto tenía cuando no estaba embarazada.

—La culpa de que esté embarazada otra vez la tienes tú —había contestado ella con descaro.

Él no había podido llevarle la contraria, así que la había besado en la frente y se había ido a visitar a Hyacinth para explicarle las muchas razones por las que siete era el número ideal de hijos. (A Hyacinth no le hizo ninguna gracia.)

Claro que, como era de esperar, seis meses después del séptimo, Lucy le dijo tímidamente que estaba esperando otro bebé.

—Se acabó —anunció Gregory—. No podemos permitirnos los que tenemos ya.

(Esto no era cierto; la dote de Lucy había sido sumamente generosa, y Gregory había descubierto que tenía muy buen ojo para las inversiones.)

Pero, de veras, ocho eran suficientes.

Gregory no estaba dispuesto a restringir sus actividades nocturnas con Lucy, pero uno podía hacer ciertas cosas..., cosas que seguramente debería haber hecho ya, a decir verdad.

Y así, como estaba convencido de que aquel sería su último hijo, decidió que, ya que estaba, podía ver de qué iba el asunto y, pese al espanto de la matrona, se quedó junto a Lucy durante todo el parto (junto a su hombro, naturalmente).

—Es una experta en esto —dijo el médico, levantando la sábana para echar un vistazo—. La verdad es que yo ya sobro.

Gregory miró a Lucy. Se había llevado su labor de bordado.

Ella se encogió de hombros.

—Cada vez es más fácil, la verdad.

Y, efectivamente, cuando llegó el momento, Lucy dejó su labor, soltó un pequeño gruñido y...

¡Zas!

Gregory miró parpadeando al bebé que, todo arrugado y rojo, chillaba sin cesar.

—Vaya, ha sido mucho menos complicado de lo que esperaba —dijo.

Lucy le miró con expresión malhumorada.

—Si hubieras estado presente la primera vez, habrías... ¡Ayyyyyy!

Gregory se volvió para mirarla.

—¿Qué ocurre?

—No lo sé —contestó Lucy, y sus ojos se llenaron de angustia—. Pero algo no anda bien.

—Vamos, vamos —dijo la matrona—, acaba usted de...

—Sé lo que se supone que tengo que sentir —replicó Lucy—, y no es esto.

El médico entregó el nuevo bebé (Gregory descubrió con placer que era una niña) a la matrona y volvió junto a Lucy. Puso las manos sobre su vientre.

—Hum...

—¿Hum? —dijo Lucy. Y no con mucha paciencia.

El médico levantó la sábana y miró debajo.

—¡Por Dios! —gritó Gregory, volviendo junto al hombro de Lucy—. Yo no quería ver eso.

—¿Qué pasa? —preguntó ella—. ¿Qué...? ¡Ayyyyy!

¡Zas!

—¡Santo cielo! —exclamó la matrona—. Son dos.

No, pensó Gregory, decididamente mareado, eran nueve.

Nueve hijos.

Nueve.

Solo uno para llegar a diez.

Y diez era un número con dos dígitos. Si volvía a hacerlo, sería un padre de dos dígitos.

—¡Ay, Señor! —murmuró.

—¿Gregory? —dijo Lucy.

—Necesito sentarme.

Lucy sonrió lánguidamente.

—Bueno, al menos tu madre estará contenta.

Él asintió, apenas capaz de pensar. Nueve hijos. ¿Qué hacía uno con nueve hijos?

Quererlos, suponía.

Miró a su mujer. Estaba despeinada, tenía la cara hinchada y las bolsas de sus ojos habían pasado del malva al morado grisáceo.

Le pareció muy hermosa.

El amor existía, se dijo.

Y era maravilloso.

Sonrió.

Nueve veces maravilloso.

Y eso era mucha maravilla, ciertamente.

¿TE GUSTÓ
ESTE LIBRO?

escríbenos y
cuéntanos tu opinión en

f /Sellotitania   🐦 /@Titania_ed

📷 /titania.ed

#SíSoyRomántica

Ecosistema digital

Floqq
Complementa tu lectura con un curso o webinar y sigue aprendiendo.
Floqq.com

Amabook
Accede a la compra de todas nuestras novedades en diferentes formatos: papel, digital, audiolibro y/o suscripción.
www.amabook.com

Redes sociales
Sigue toda nuestra actividad. Facebook, Twitter, YouTube, Instagram.

EDICIONES URANO